Stefanie Schuhen

Die rastlosen Geister des Salon Nocturne

Stefanie Schuhen wurde 1987 im Westerwald geboren. Für ihr Studium der Literaturwissenschaft verschlug es sie nach Mainz und Berlin und ein Auslandssemester verbrachte sie in Paris. Seit 2016 ist sie zurück im Westerwald und arbeitet dort als freie Lektorin für wissenschaftliche Texte. »Die rastlosen Geister des Salon Nocturne« ist ihr erster Roman.

Stefanie Schuhen

Die rastlosen Geister des Salon Nocturne

Roman

PIPER

Mehr über unsere Autoren und Bücher:
www.piper.de

Wenn Ihnen dieser Roman gefallen hat, schreiben Sie uns unter Nennung des Titels »Die rastlosen Geister des Salon Nocturne« an *empfehlungen@piper.de*, und wir empfehlen Ihnen gerne vergleichbare Bücher.

Wir produzieren nachhaltig
www.piper.de

ISBN 978-3-492-50601-4

Redaktion: Susanne Döllner
Satz auf Grundlage eines CSS-Layouts
von digital publishing competence (München)
mit abavo vlow (Buchloe)
Covergestaltung: Giessel Design
Covermotiv: Bilder unter Lizenzierung von Shutterstock.com genutzt
Printed in ScandBook UAB, Litauen

FSC www.fsc.org
MIX
Paper | Supporting responsible forestry
FSC® C021394

Kapitel 1

Manchmal, wenn ihr Geist aus einem fremden Körper auszubrechen drohte, erinnerte sie sich an den Tag, seit dem ein Teil von ihr nicht mehr zum Diesseits gehörte. Dann fühlte sie, wie es an ihr zerrte, wie das Flüstern des Zwischenreichs in ihr Innerstes drang. Eine Welle klirrender Kälte, die in ihrem Nacken ihren Anfang nahm und von dort aus ihren Körper durchströmte, bis ihre Fingerspitzen zu zittern begannen.

Sie kniff fest die Augen zu. Konzentrierte sich auf das, was sie im Hier und Jetzt umgab. Als Erstes ihr Name. Jackie. Kein verlorener, namenloser Geist. *Jackie.* Als Nächstes ihre Sinne. Der Duft von Lavendel und unter ihren Händen das weiche, rissige Holz. Nein! Diese Dinge gehörten zu dem Raum ein paar Straßen weiter, in dem sie ihren eigenen, ihren menschlichen Körper zurückgelassen hatte. Sich darauf zu konzentrieren, würde sie nur aus dem fremden Körper reißen, von dem sie vorübergehend Besitz ergriffen hatte.

Jackie hielt inne, spürte in diesen fremden Körper hinein. Suchte nach dem kühlen, nassen Asphalt unter ihren Pfoten, nach dem Geruch des frisch gefallenen Regens auf dem Herbstlaub. Ihre Sicht klärte sich, ihr Geist fand seinen Weg zurück – als würde sie aus einem Traum erwachen, dessen Bilder nun rasch verblassten, um der Wirklichkeit zu weichen. Vor ihr lag die Avenue Samson auf dem Cimetière de Montmartre, dem Nordfriedhof von Paris.

Der Morgen war grau und ihre Schnurrhaare zuckten in der frostigen Luft. Niemand war so früh hier außer den Katzen von Montmartre, die zwischen den Grabsteinen von Schatten zu Schatten huschten. Diese Stille war es, die Jackie jeden Morgen hierher kommen ließ. Entgegen dem, was so manche sagten, waren auf dem Friedhof selten Geister vorzufinden – die Körper, die in ihren Gräbern und Mausoleen verrotteten, waren von ihren Geistern verlassen worden, lange bevor jemand sie hier vergraben hatte.

Jackie sprang die Treppenstufen hinauf und wandte sich nach links. Ob der Morgen durch Menschenaugen auch so grau wirkte? Es war lange her, dass sie diese Wege in ihrem menschlichen Körper gegangen war. In der Avenue Montebello, direkt hinter dem Grab Edgar Degas', steuerte sie die von Efeu überwucherte Friedhofsmauer an. Mit einem Sprung und einer kurzen Klettereinlage war sie oben, mit einem weiteren Satz auf der anderen Seite. Auch in den Straßen jenseits der Mauern hingen noch die Reste der morgendlichen Stille, aber Paris erwachte bereits allmählich. In der Ferne hallte eine Sirene, in einer Wohnung ging gerade das Licht an.

Leichtfüßig und lautlos setzte Jackie ihren Weg fort, bis sie die Rue Steinlen erreichte. Die Tore vor ihrem Haus waren noch verschlossen; sie würde sie bald öffnen. Für den Moment erklomm sie die niedrige Mauer und schlüpfte zwischen den Gitterstäben darauf hindurch. Sie durchquerte den Innenhof, folgte dem schmalen Pfad zwischen ihren Kräuterbeeten. Durch die Katzenklappe schlüpfte sie nach drinnen, eilte dann gleich in den dritten Stock – und fand ihren menschlichen Körper genau dort vor, wo sie ihn zurückgelassen hatte.

Einen Moment noch verharrte sie im Körper der Katze. So oft schon hatte sie diesen Sprung gewagt, und doch war an diesem Morgen etwas anders. Etwas zerrte an ihrem Geist – das gleiche Etwas, das sie vorhin auf dem Cimetière de Montmartre aus dem Gleichgewicht gebracht hatte. Um von dem fremden Körper in ihren eigenen zurückzukehren, musste sie für einige wenige Augenblicke ins Zwischenreich springen. Wenn dieses Etwas nun dort auf sie lauerte? Nein. Wahrscheinlich bildete sie sich das alles nur ein. Sie war müde und unkonzentriert, mehr nicht. Es würde ihr schon gelingen, den nötigen Fokus für ein paar Sekunden im Zwischenreich aufzubringen. Selbst wenn dort etwas auf sie wartete – sie musste einfach so schnell sein, dass es keine Chance hatte. Sachte legte sie die Pfote auf eine Hand ihres menschlichen Körpers. Je näher sie ihm war, desto leichter würde der Sprung sein. Einmal tief Luft holen.

Ins Zwischenreich zu springen war in etwa so, als tauche sie in einen See ein – einen äußerst düsteren See, dessen Tiefe sich nicht einmal erahnen ließ und dessen Kälte sie jeden Augenblick zu lähmen drohte. Sofort wurde Jackie nach unten gezogen, aber sie kannte dieses Spiel. Kannte ihr Ziel. Dort drüben, das sanfte Leuchten, das war ihr menschlicher Körper. Sie konzentrierte sich darauf, griff danach. Und schlug die Augen auf.

Blinzelte ein paarmal. Der Wechsel von Katzen- zu Menschenaugen ließ die Welt zunächst zu grell und zu bunt erscheinen; die zuvor gedämpften Farben gewannen an Leuchtkraft und trieben Jackie Tränen in die Augen. Noch einmal blinzeln. Allmählich nahm ihre Umgebung gewohnte Formen an.

Sie saß auf dem Fußboden, mit dem Rücken gegen ihr noch ungemachtes Bett gelehnt. Vor ihr hockte die schwarze Katze, deren Körper sie sich für den morgendlichen Spaziergang geliehen hatte. Das Tier blickte kurz in ihre Richtung, zuckte mit dem Schwanz und huschte dann durch die angelehnte Tür hinaus.

Jackie kämpfte sich auf die Beine, streckte ihre Gliedmaßen, um wieder ein Gefühl für ihren menschlichen Körper zu erlangen. Für gewöhnlich ließen ihre Morgenspaziergänge sie nicht so erschöpft zurück. *Für gewöhnlich verlor sie nicht die Kontrolle über ihren Geist.* Sie verjagte den Gedanken in eine dunkle Ecke ihres Bewusstseins. Dann riss sie mit einem Ruck die Vorhänge auf und öffnete das Fenster. Allmählich ging die Dämmerung in den Tag über. Sie tauschte das Nacht-Shirt gegen Jeans und Pulli und machte sich auf den Weg ins Bad. Als sie später hinunter in ihr Café im Erdgeschoss kam, saß die schwarze Katze zwischen den noch leeren Tischen und schaute sie erwartungsvoll an.

»Ich weiß schon.« Sie musste sich nicht umdrehen, um zu wissen, dass die Katze ihr folgte. Sie hatten einen Deal, sie und die streunenden Katzen von Montmartre: Die Tiere erlaubten es ihr, vorübergehend von ihnen Besitz zu ergreifen, dafür stellte Jackie jeden Morgen ein paar Schalen Futter vor die Tür.

In der Küche schaltete sie das Licht und den Ofen ein. Die Croissant-Teiglinge, die sie gestern Abend vorbereitet hatte, würde sie nachher mit Eigelb bepinseln und in den Ofen schieben, bevor die ersten Gäste auftauchten. Die zugehörige Marmelade würde sie noch mit einer kleinen Portion Magie verfeinern – Pflaume-Zimt mit einem Schuss Glückseligkeits-Trunk, um den einsetzenden Herbstblues zu bekämpfen. Jetzt befüllte sie erst einmal drei Schälchen mit Katzenfutter, während die schwarze Katze ihr maunzend um die Beine strich. Die Schälchen balancierte sie auf einem Tablett, während sie mit der freien Hand den Schlüssel zum Eingang von seinem Haken neben der Küchentür angelte. Dicht gefolgt von dem kleinen Vierbeiner durchquerte sie das Café und steckte den Schlüssel ins Schloss. Ein entsetztes Maunzen kündigte den Eindringling an, ehe er ihr durch die nun offene Tür entgegenstürzte.

Jackie stolperte zurück, das Tablett samt Katzenfutter fiel krachend zu Boden. Die Katze fauchte und schoss an ihr vorbei, um sich unter einem der Tische zu verstecken. Ehe sie sich dem Störenfried zuwandte, holte sie tief Luft. Roland kostete sie wirklich eine Menge Energie.

»Hey Jackie, gut geschlafen?«, fragte er mit einem unschuldigen Grinsen – als hätte er nicht die ganze Nacht wer weiß wo verbracht, sondern sei gerade erst frisch ausgeruht aus dem Bett gestiegen. Er quetschte sich an ihr vorbei durch die Tür und ließ sich in den erstbesten Stuhl fallen. Wie er dort saß, die Beine lang von sich gestreckt, die Hände hinter dem Kopf verschränkt, in den gleichen Klamotten, in denen er am Vorabend ausgegangen war ... auch ohne die bernsteinfarbenen Augen wäre die Ähnlichkeit mit seiner Mutter nicht zu leugnen gewesen.

»So schön, dich hier zu haben, Roland«, sagte Jackie. »Als wäre Tante Florence wieder eingezogen.« Als er das Gesicht verzog, konnte sie sich selbst ein Grinsen nicht verkneifen. So stark er seiner Mutter auch ähnelte, so sehr hasste er es, mit ihr verglichen zu werden.

»Nimm das sofort zurück!«, protestierte er. »Ich bin viel unterhaltsamer als Maman.«

»Kommt drauf an, wen du fragst.« Sie zog einen Stuhl zu sich heran und nahm ihm gegenüber Platz. Tatsächlich würde sie nie zugeben, wie froh sie gewesen war, als sie vor fünf Nächten ihren Cousin im strömenden Regen vor ihren Toren entdeckt hatte. Seitdem besetzte Roland das Gästezimmer – auf unbestimmte Zeit. Er hatte ihr nicht gesagt, warum er aus Kalifornien weggegangen war oder wie lange er bleiben würde, und sie fragte ihn auch nicht danach – für den Moment war seine Anwesenheit eine willkommene Abwechslung.

»Ich hatte fast vergessen, wie viel Spaß man in dieser Stadt haben kann … du hast nicht zufällig schon Kaffee aufgesetzt?« Er schaute sie erwartungsvoll an.

»Nein, aber ich weiß, dass du die Kaffeemaschine selbst bedienen kannst.«

»Komm schon, Jacks, ich hab nicht geschlafen seit …« Er hob beide Hände vors Gesicht und zählte seine Finger ab. Mit einem Seufzen ließ er die Hände wieder sinken. »Seit kurz vor dem letzten Frühstück. Das ich vor sehr, sehr langer Zeit hatte.«

»Ich bin mir ziemlich sicher, dass dich niemand gezwungen hat, die Nacht durchzufeiern.«

»Dann bist du ganz offensichtlich noch nie dem berüchtigten Party-Dämon begegnet. Er belegt dich mit einem Fluch, und dann musst du die ganze Nacht tanzen oder du fällst tot um.« Er trug die Worte mit einer solchen Ernsthaftigkeit vor, dass Jackie sich das Lachen nur schwer verkneifen konnte. Stattdessen gab sie ihrem Cousin einen Klaps auf den Hinterkopf.

»Mach keine Scherze über Dämonen.«

»Sehr wohl, Mademoiselle, bitte vielmals um Entschuldigung. Würde sich Mademoiselle erbarmen, eine arme erschöpfte Seele mit einer Tasse Kaffee zu beehren?«

»Nur weil ich auch einen will«, murmelte sie und erhob sich von ihrem Platz. »Und nur wenn Monsieur sich in der Zwischenzeit der Schweinerei zuwendet, die er verursacht hat.« Sie deutete auf das Tablett bei der Eingangstür und das über den Boden verteilte Katzenfutter. »Du weißt ja, wo der Besen ist.«

Rolands Murren begleitete sie auf ihrem Weg hinter den Tresen. Dort schaltete sie den Kaffeevollautomaten ein, ehe sie in die Küche ging. Sie legte sich die Schürze um und wandte sich den Croissants zu. Der Kaffeeautomat brauchte ohnehin ein paar Augenblicke, ehe er voll einsatzbereit war. Bis dahin konnte sie in aller Ruhe ihre Croissants einpinseln.

Nachdem sie das Gebäck in den Ofen geschoben hatte, ließ sie zwei Tassen Kaffee durchlaufen. Roland saß am gleichen Platz wie vorhin, von dem überall verstreuten Katzenfutter war aber nichts mehr zu sehen. Sie reichte ihrem Cousin den ersehnten Kaffee und stellte ihren eigenen auf dem Tisch ab. So langsam sollte sie draußen das Tor aufschließen, ehe noch jemand auf den Gedanken kam, sie habe heute geschlossen.

»Jackie.«

Sie war bereits auf halbem Weg zur Eingangstür. Bei seinem Tonfall hielt sie jedoch inne und drehte sich um. Rolands vorhin noch lässige Pose wirkte nun angespannt, seine Stirn lag in Falten.

»Ist was mit dem Kaffee?«, fragte sie.

»Der Kaffee ist super. Ich muss aber kurz mit dir über eine Sache sprechen. Ich hab letzte Nacht diesen Typ kennengelernt, Édouard.«

»Das ging ja schnell.«

»Nicht so, Jacks.« Roland schüttelte den Kopf und deutete auf den leeren Stuhl ihm gegenüber. Langsam nahm sie wieder Platz.

»Nicht, dass er schlecht aussah und so«, fuhr er fort, »aber zum einen hat er eine Verlobte, zum anderen ist das hier ein magisches Problem.«

Etwas machte ihn nervös. Er konnte nicht aufhören, seine Finger ineinander zu verhaken, wieder aufzulösen, erneut zu verhaken. Magische Probleme waren für sie beide nichts Neues oder auch nur Außergewöhnliches. Da musste noch mehr dahinterstecken, um Roland so aus der Fassung zu bringen. Die Art, wie er ständig kurz zu Jackie schielte, dann auf seinen Kaffee starrte, ließ sie ahnen, um was es ging. Sie hatte die Gerüchte selbst schon gehört. Bislang war es aber nicht mehr als das: Gerüchte, ohne erwiesenen Wahrheitsgehalt. Jemand, der von Dingen erzählte, von denen er oder sie keine Ahnung hatte.

»Édouard sagte, er und seine Verlobte hätten ein Bindungsritual durchführen lassen«, gestand Roland schließlich und bestätigte damit ihren Verdacht. Das Wort ›Bindungsritual‹ fuhr wie eine Schockwelle durch ihren Körper, obwohl – oder gerade weil – sie eine der wenigen Personen auf dieser Welt war, die Teil einer funktionierenden magischen Bindung waren. Mehr oder weniger.

»Jackie?«

»Bist du sicher?«, hakte sie nach. »Vielleicht glaubt dieser Édouard nur, dass es ein Bindungsritual wäre. Ich meine, das ist ziemlich alte und komplizierte Magie. Ich kenne exakt eine Person, die so was durchführen kann, und wenn ich mich nicht irre, ist Tante Florence in Peru.«

»Édouard schien mir überaus sicher. Ich persönlich teile deine Zweifel. Weswegen ich ihm gesagt habe, dass er heute mal hier vorbeischauen soll. Damit du dir die Sache ansehen kannst.« Roland starrte wieder in seinen Kaffee.

»Da ist noch mehr, richtig?«

»Angeblich ist was schiefgelaufen«, erwiderte er langsam. »Mit dem Ritual. Er will deine Hilfe.«

Sie seufzte. Dass jemand da draußen erfolgreich Bindungsrituale durchführte, klang mehr als abwegig. Dass jemand sich für talentierter hielt, als er oder sie war, und halbfertige magische Bindungen heraufbeschwor, die für keinen gut ausgingen – das klang schon glaubwürdiger. Und es klang nach Ärger.

Kapitel 2

Das Laub der Bäume entlang des Quai des Alpes hatte begonnen, sich zu verfärben. Gelbe, braune und rote Blätter säumten den Weg, klebten dank des Regens auf dem Asphalt und sorgten für eine ziemlich rutschige Joggingrunde. Fast schien es, als sei der Herbst über Nacht in Straßburg eingetroffen. In jedem Fall kam Gabriel die Morgenluft heute weitaus kühler vor als an den vergangenen Spätsommertagen. Dafür waren im Nieselregen weniger Menschen an den Ufern des Kanals unterwegs und er musste nur einem einzigen Radfahrer ausweichen.

Wie jeden Morgen folgte er dem Quai des Alpes bis zur Pont Winston Churchill, wandte sich dann nach rechts in die Allée Jean Pierre Levy. Die beigen Fassaden der hohen Gebäude wirkten im Regen fast noch trister als sonst. Vor wenigen Tagen hatten auf den Balkonen noch bunte Sonnenschirme gestanden, jetzt waren alle Stühle eingeklappt und sicher verstaut. Er bog in die Rue de Nicosie ein und beendete seine Runde vor einem der beigefarbenen Gebäude. Er tippte den Türcode ein und stemmte sich gegen die Haustür. Der Mechanismus funktionierte nicht richtig: Ohne einen kräftigen Stoß im passenden Moment blieb sie geschlossen und er würde den Code erneut eingeben müssen.

Im Treppenhaus nickte er der alten Madame Verdier zu, die ihn manchmal danach fragte, wie es im Archiv lief. Inzwischen erzählte Gabriel kaum noch jemandem von seinem vorgeblichen Job. Ein simples und leicht schroff dahergesagtes »Ich spreche nicht gern über meine Arbeit« reichte meistens aus, um weiteren Fragen zu entgehen.

Im vierten Stock betrat er seine Wohnung, ließ den Schlüssel in die Schale auf dem Sideboard fallen und stellte die Schuhe an ihren Platz auf der Schmutzfangmatte. Nach einer schnellen Dusche legte er den dunkelblauen Anzug an – heute hatte er einen Termin im Büro – und startete die Kaffeemaschine. Die Tageszeitung lag schon auf dem Tisch bereit, auch wenn ihm kaum fünfzehn Minuten blieben, um sie durchzublättern. Immerhin lenkte ihn das von dem Bürotermin ab.

Mouricot hatte am Telefon nicht sonderlich verheißungsvoll geklungen. Die Worte »Wir müssen uns über einen Fall unterhalten« hatten nach Gabriels Erfahrung noch nie zu etwas Gutem geführt – schon gar nicht in Verbindung mit Mouricots todernster Stimme. Er kippte seinen Kaffee herunter, versuchte sich geschlagene drei Minuten lang auf die Zeitung zu konzentrieren und gab dann auf. Besser, die Sache einfach hinter sich zu bringen. Er seufzte, band sich die Krawatte um und machte sich auf den Weg.

Die Büros der Agence befanden sich in der Nähe der Universität, waren aber weitaus weniger auffällig. Der Eingang lag in einer engen Seitengasse, das kleine Schild neben der Tür verkündete, dass es sich um ein Regierungsarchiv handle und der Zutritt Unbefugten verboten sei. Hinter der Tür befand sich eine Lobby, der Weg zu Treppe und Fahrstühlen war durch eine Sicherheitsschleuse versperrt und vorne am Empfang saß das erste Hindernis – in Form von Madame Durand. Sie kannte jede einzelne Person, die autorisiert war, einen Fuß in das Gebäude zu setzen, und hielt ein umfängliches Arsenal an Erklärungen und Bedrohungen bereit, um alle Unbefugten ihrer Wege zu schicken. Gabriel nickte ihr zu.

»Mouricot hat mich herbestellt«, erklärte er. »Sie können mir nicht zufällig einen Tipp geben, worum es geht?«

»Leider nein«, erwiderte Madame Durand. »Aber Sie sind schon groß, Agent Rivera, Sie schaffen das auch ohne meine Hilfe.«

Er schnaubte und setzte seinen Weg durch die Sicherheitsschleuse fort. Seine Keycard wies ihn als Angestellten des Regierungsarchivs aus. Dann folgte die nächste Sicherheitsmaßnahme – das tatsächliche Archiv. Die beste Lüge enthielt immer einen Funken Wahrheit. Deswegen fanden sich alle, die es an Madame Durand und der Sicherheitsschleuse vorbeischafften, zunächst genau dort wieder, wo sie laut dem Schild am Eingang auch landen sollten: in einem Regierungsarchiv. Selbst ein guter Teil der hier gelagerten Akten war authentisch, und ein echter Archivar kümmerte sich um sie.

Spätestens hier endete jedoch die Reise der meisten Unbefugten. Wer es dennoch irgendwie schaffte, die geheime Tür zwischen den Regalreihen zwölf und dreizehn zu finden, und auch noch eine berechtigte Keycard bei sich trug, der war entweder ein Agent oder in großen Schwierigkeiten, sobald er auf der anderen Seite ankam. Dort saß nämlich Mouricots rechte Hand, Agent Lefebvre, der nicht zögern würde, alle ihm zur Verfügung stehenden Mittel einzusetzen, um Eindringlinge aufzuhalten. Gabriel hatte keine Ahnung, was genau alles zu diesen Mitteln gehörte. Aber er wusste, dass Lefebvre zu den nichtmenschlichen Mitarbeitern der Agence zählte, trotz seines menschlichen Aussehens. Nur ein einziges Mal hatte er es gewagt, den Mann nach seiner Herkunft zu fragen. Er war sich ziemlich sicher, dass sein plötzliches Umknicken unmittelbar danach kein Zufall gewesen war.

»Er wartet bereits«, sagte Lefebvre bloß, ohne auch nur eine Sekunde von seinem Bildschirm aufzuschauen.

Er, das war Jean Mouricot, seit exakt vierzehn Jahren leitender Agent im Straßburger Büro. Der es hasste, wenn Dinge nicht nach Plan liefen. Genau aus diesem Grund ging Gabriel in Gedanken die Details seines letzten Falls im Schnelltempo noch einmal durch, während er auf die Tür von Mouricots Büro zuschritt. Er hatte keine Fehler gemacht, alles genau nach Handbuch. Was war ihm entgangen?

»Kommen Sie rein«, forderte Mouricot ihn auf, kaum dass er fertig geklopft hatte. Gabriels Chef saß hinter seinem ausladenden Schreibtisch, vor sich eine aufgeschlagene Akte. Zu welchem Fall sie gehörte, konnte er nicht erkennen. Er setzte sich auf den schmalen Stuhl auf der anderen Seite und wartete darauf, dass der Sturm über ihn hereinbrach. Mouricot sah in an und sagte nichts, seufzte, blätterte in der Akte.

»Chef?«, fragte Gabriel, als er die Stille nicht länger aushielt.

Ein weiteres Seufzen.

»Ich sag das nicht gern, Rivera, aber wir werden hier eine Weile auf Sie verzichten müssen.«

»Ich verstehe nicht«, erwiderte Gabriel. »Wenn es ein Problem mit meinem letzten Fall gab, dann wüsste ich gerne, um was genau es geht. Ich kann Ihnen versichern –«

Mouricot hob die Hand und er verstummte, presste die Lippen aufeinander.

»Ich habe mich wohl missverständlich ausgedrückt. Wir haben nicht vor, Sie zu suspendieren, Rivera. Im Gegenteil – wir verleihen Sie an unsere Leute in Paris. Ihr Zug fährt in fünf Stunden. Das sollte Ihnen ja reichen, um das Nötigste zu packen.«

Das war definitiv nicht das, was Gabriel erwartet hatte, und nicht nur aufgrund des fehlenden Zusammenhangs mit seinem letzten Fall. Er sollte nach Paris? Seit er im Straßburger Büro tätig war, hatte ihn keine andere Stelle je angefordert. Warum auch?

»Haben die in Paris nicht ihre eigenen Leute?«, fragte er.

»Besonderer Fall«, erwiderte Mouricot.

»Personalmangel?«

Mouricot klappte die Akte zu und ließ seine Handflächen darauf ruhen.

»Sie wurden persönlich angefordert, Rivera. Hat nichts damit zu tun, dass die in Paris zu wenig Leute oder Kompetenz hätten. Obwohl man bei Letzterem durchaus geteilter Meinung sein kann. Jedenfalls ist das ein schwicriger Fall und die brauchen einen Experten.«

Gabriel hätte gern behauptet, über Expertenwissen zu verfügen, das die Agentinnen und Agenten in Paris nicht besaßen. In Wahrheit war es wahrscheinlich umgekehrt – im Vergleich zu der magischen Gemeinschaft in der Hauptstadt war die Zahl der magischen Wesen im Raum Straßburg eher überschaubar. Die meisten Regelverstöße endeten nicht einmal in großen Konflikten. Vielleicht brauchten sie in Paris jemanden, der gut darin war, Verwarnungen auszustellen?

»Und welche Expertise ist das genau, die sie von mir brauchen?«

Mouricot schnaubte.

»Sie sind nicht der Experte, Rivera. Ihr Job wird es sein, die notwendige Kooperation mit dem Experten – der Expertin, um genau zu sein – sicherzustellen.« Langsam schob er Gabriel die Akte hin. »Die junge Dame soll etwas schwierig sein und ist nicht unser größter Fan. Hat in der Vergangenheit schon Kooperationen abgelehnt. Sie sind dafür zuständig, dass es dieses Mal was wird.«

Gabriel runzelte die Stirn. Seit wann galt er bitte als Profi für die Zusammenarbeit mit widerwilligen magischen Wesen? Und etwas anderes als magisch konnte diese Expertin kaum sein. Er schlug die Akte auf. Das alles ergab so wenig Sinn wie … Sein Blick fiel auf den Namen ganz oben auf der Seite, den Namen der Expertin; einen Namen, den er seit vielen Jahren nicht mehr gehört hatte. Und während innerhalb eines Augenblicks plötzlich alles Sinn ergab, taten sich im nächsten Moment hundert neue Fragen auf. Jacqueline Beaumont. *Jackie.*

Kapitel 3

Jackie wischte mit dem feuchten Geschirrtuch über die Theke, bis auch der letzte Krümel verschwunden war. Die Auslage hatte sich längst geleert und nur ein einziger Gast verblieb im Salon Nocturne. Roland hatte sie einmal gefragt, warum sie den Ort nicht wenigstens in ›Café Nocturne‹ umbenannte, aber seit das Haus im Besitz ihrer Familie war, hatte niemand ihrer Vorfahrinnen und Vorfahren den Namen je angepasst – seit ihre Ahnin im späten 19. Jahrhundert den Salon Nocturne als Versammlungsort für Fans des Okkulten gegründet hatte. Seitdem war der Salon vieles gewesen – eine Apotheke, ein Tabakladen, ein Antiquariat und nun, unter Jackies Führung, ein Café. Aber egal, in welcher Erscheinungsform der Salon Nocturne auch auftrat, eines war immer gleich geblieben: Dies war ein Ort, an dem Mitglieder der magischen Gemeinschaft Hilfe und Zuflucht finden konnten. Das – und nur das! – war der Grund, aus dem sie einem Treffen mit Rolands neuer Bekanntschaft zugestimmt hatte. Dieser Édouard wollte angeblich um 18 Uhr hier sein; bis dahin waren noch zehn Minuten Zeit, um den letzten Gast vor die Tür zu setzen.

Das Problem erledigte sich von selbst, als besagter Gast sich von seinem Platz erhob und die Tür ansteuerte. Nur einen Augenblick später kam Roland die Treppe ins Café hinuntergestürmt. Vor dem Tresen kam er schlitternd zum Halten.

»Gut, dass du kommst«, sagte Jackie und griff nach der Einkaufsliste. Rolands Gegenwart in ihrem Zuhause hatte in jedem Fall einen Vorteil: Sie musste nicht ständig Stammgäste darum bitten, ihre Einkäufe zu erledigen, oder sich auf Lieferservices verlassen.

»Könntest du mir kurz noch ein paar Sachen besorgen?« Sie schob ihm die Einkaufsliste zu.

»Ich dachte, du hättest Leute, die das für dich erledigen?«

»Ich komm dir dafür mit der Miete entgegen.«

»Welche Miete? Hatten wir nicht gesagt, dass es okay ist, wenn ich erst mal ...« Jackie zog die Augenbrauen hoch. Roland verstummte und griff nach dem Zettel. »Weißt du was, Jacks, ich gehe liebend gern für dich einkaufen.«

»Hatte ich mir schon fast gedacht.«

Sie umrundete den Tresen und fischte den Schlüssel zum Tor aus ihrer Tasche. Sobald ihr abendlicher Gast hier auftauchte, würde sie alles verriegeln. Das Gespräch sollte besser ungestört stattfinden.

»Willst du mich aussperren?«, fragte Roland.

»Muss ich dir noch mal die Klingel zeigen?«

»Muss ich dich noch mal daran erinnern, dass ich meine halbe Kindheit in diesem Haus verbracht habe?«

Er erreichte als Erstes den Eingang und hielt Jackie mit einer übertrieben tiefen Verbeugung die Tür auf.

»Mylady.«

Kommentarlos schritt sie an ihm vorüber. Mit einem Schnauben überholte er sie und riss das Tor auf. Dort wartete er wieder auf sie, salutierte und zog dann mit dem Einkaufszettel von dannen. Wenn sie sich ganz nah ans Tor stellte, konnte sie bis zu dem Zebrastreifen an der Kreuzung die Straße hinaufsehen. Dort bog Roland gerade um die Ecke und war im nächsten Moment schon verschwunden.

Etwas zog ihren Blick an, eine kleine Bewegung bei der Straßenlaterne gegenüber. Der Mann dort starrte sie an. War das Édouard? Mit seiner großen und breitschultrigen Statur, dem dunkelblauen Anzug und dem ernsten Gesichtsausdruck hätte er beinahe bedrohlich gewirkt – wäre da nicht der neongrüne Regenschirm, auf den er sich stützte. Wobei ihn der gerade einsetzende Regen nicht weiter zu stören schien. Jackie machte einen zögerlichen Schritt nach vorn – und wurde zum zweiten Mal an diesem Tag umgerannt.

Haltlos stolperte sie in ihr Kräuterbeet und konnte sich gerade noch am Zaun abstützen. Ihr Basilikum kam weniger gut davon. Hastig suchte ihr Blick den Mann auf der anderen Straßenseite. Er stand noch dort, war also definitiv nicht derjenige, der ihr gerade entgegengestürzt war. Stattdessen befand sich nun ein anderer Mann in ihrem Innenhof und schaute sich in nervösen, ruckartigen Bewegungen nach allen Seiten um, als sei eine Horde Dämonen hinter ihm her.

»Édouard?«, fragte Jackie vorsichtig.

Sein Kopf zuckte in ihre Richtung. Er brachte ein hastiges Nicken zustande. Dann nahm er den Anzugträger gegenüber ins Visier.

»Warum gehen Sie nicht schon mal rein?«, sagte Jackie. »Ich schließe hier alles ab, dann sind wir ungestört.«

Er reagierte nicht auf ihre Worte. Also ging Jackie zu ihm hin und legte ihm eine Hand auf die Schulter, um ihn Richtung Eingangstür zu dirigieren. Heftig entwand er sich ihrem Griff und wich zurück, bis er mit den Fersen gegen die Umrandung des Kräuterbeets stieß.

»Roland hat gesagt, dass Sie Hilfe brauchen«, erklärte Jackie langsam und hielt vorsichtshalber zwei Schritte Abstand. Édouards Augen bewegten sich in alle Richtungen, als vermute er in den Schatten lauernde Gargoyles. *Oder als treibe ein schiefgelaufenes Bindungsritual ihn in den Wahnsinn.*

»Können Sie mir sagen, warum Sie hier sind? Édouard?«

»Ich ...« Er schien sich sichtlich anstrengen zu müssen, um die Worte herauszubekommen. »Amélie und ich, wir wollen im Dezember heiraten.«

Sie wagte einen winzigen Schritt nach vorn, dann noch einen.

»Dieser Mann, er hat gesagt ...« Édouards Atem ging schnell und rasselnd. »Er hat gesagt, dass wir dadurch für immer verbunden wären. Wie sie es in alten Zeiten gemacht haben. Amélie fand das so romantisch.«

Jackie schnaubte, verzichtete aber darauf, Édouard aufzuklären. Die wenigsten hatten »in alten Zeiten« Bindungsrituale aus romantischen Beweggründen durchgeführt. Und überhaupt: Wenn die Sache bloß eine unschuldige romantische Geste wäre, dann hätte sicherlich niemand das Wissen zur Durchführung der Rituale so tief vergraben, dass es heute kaum noch jemandem zugänglich war.

»Wo ist Amélie jetzt?«, fragte sie.

»Ich hätte nie einwilligen dürfen. Das ist alles meine Schuld!« Er schlug die Hände vors Gesicht und sackte in sich zusammen. »Meine Schuld«, wiederholte er, immer und immer wieder, während er sich im Regen vor- und zurückwiegte.

Einige Augenblicke ließ Jackie ihn gewähren, dann näherte sie sich ihm langsam. Dieses Mal zuckte er nur kurz zusammen, als sie seine Schulter berührte.

»Édouard. Wo ist Ihre Verlobte?«

Wie in Zeitlupe hob er den Kopf. Blickte in Jackies Richtung, ohne sie direkt anzusehen.

»Gestern Nacht, als ich nach Hause kam ... sie lag einfach nur da. Ich dachte schon ... sie ist jetzt im Krankenhaus. Der Arzt sagt, sie liegt im Koma, aber es weiß keiner, warum. Aber ich weiß es: Wegen mir. Wegen diesem ...« Erneut begann er, sich vor- und zurückzuwiegen, schneller als eben. Das sah nicht gut aus. Auf der einen Seite der Bindung eine Frau, die im Koma lag; auf der anderen dieser Mann, der kurz davor war, den Verstand zu verlieren. Sie hatte so sehr gehofft, dass die Gerüchte nicht wahr seien.

»Ich werde versuchen, Ihnen beiden zu helfen«, sagte sie, bevor sie sich davon abhalten konnte. Ein Bindungsritual konnte nicht gebrochen werden, das wusste sie besser als jeder andere. Und doch – sie konnte Édouard nicht tatenlos seinem Schicksal überlassen. Nicht so, wie er vor ihr im Regen kauerte und mit jedem Atemzug weiter von einem verpatzten Ritual aufgezehrt wurde.

»Möchten Sie nicht mit mir nach drinnen kommen? Ich mache uns einen Tee und Sie erzählen mir alles von Anfang an.«

Langsam, ganz langsam hielt Édouard in seinen wiegenden Bewegungen inne und kämpfte sich auf die Beine. Jackie stützte ihn auf dem Weg zur Eingangstür. Gerade als sie ihn nach drinnen begleiten wollte, fiel ihr das Tor wieder ein.

»Setzen Sie sich doch, ich bin in wenigen Augenblicken zurück.« Aus dem Augenwinkel sah sie, wie er sich in einen Stuhl sinken ließ, dann war sie wieder draußen im Hof, die Schlüssel in der Hand.

Fast hätte sie den Mann im Anzug vergessen. Sie eilte zu dem offenen Tor. Im Schein der Straßenlaterne gegenüber leuchteten die Regentropfen, ein Stück weiter die Straße hinunter führte eine Frau ihren Pudel aus. Ansonsten war niemand zu sehen – wer auch immer dieser Mann gewesen sein mochte, er war nicht mehr hier.

Kapitel 4

Gabriel bahnte sich einen Weg durch die Menge, hinaus aus dem Bahnhofsgebäude und auf den weitschweifigen Platz. Nachdem er beinahe eine Stunde eingeklemmt zwischen Studierenden, Touristen und Anzugträgern in der Métro verbracht hatte, war die offene Weite des Platzes eine willkommene Abwechslung. Um ihn herum ragten Wolkenkratzer gen Himmel, verspiegelte Bürogebäude, deren Fenster das Sonnenlicht reflektierten. Er hielt inne, während Menschen an ihm vorübereilten. Gestern noch hatte er im Regen vor einem Café in Montmartre gestanden und sich nicht bereit gefühlt, die Straße zu überqueren. Nun starrte er auf die Grande Arche de la Défense und fragte sich, wie es weiterging. Der Bogen wirkte wie ein mächtiger Quader, aus dem jemand die Mitte herausgeschnitten hatte. Und genau dort, im Schatten der Grande Arche, sollte Gabriel von ASRAM Paris abgeholt werden. Mehr hatte er am Vortag nicht bekommen – nichts als einen Mitarbeiter, der am Gare de l'Est ein Pappschild mit Gabriels Namen hochhielt.

ASRAM hatte seine Gründe für die Vorsicht, das wusste er und war es nicht anders gewohnt. Trotzdem hätte er sich mehr Antworten gewünscht … oder besser erhofft. Immerhin war er lange genug dabei, um nicht wie ein potenzielles Risiko behandelt zu werden. Wenigstens ein Zimmer hatten sie ihm noch gegeben, darüber hinaus aber nur eine Anweisung: am nächsten Morgen, Punkt 9 Uhr, unter der Grande Arche zu sein.

Auf den hellen Treppen unter dem Bogen saßen vereinzelt Menschen, aber keine der Personen wirkte, als gehöre sie zu ASRAM – außer, die Pariser Agenten tarnten sich neuerdings als Studierende mit Smartphones. Er erklomm die Treppenstufen und blieb am oberen Absatz stehen. Über ihm thronte die Arche, vor ihm breitete sich die Stadt aus, gesäumt von den Hochhäusern des La-Défense-Viertels. Der Blick reichte bis hinüber zum Arc de Triomphe, dahinter verloren sich die Häuser im Dunst.

»Monsieur Rivera.«

Er fuhr herum und sah sich dem gleichen jungen Mann gegenüber, der ihn gestern am Bahnhof empfangen hatte. Agent im Training, wenn er sich recht erinnerte. Irgendetwas mit B.

»Monsieur Batide.«

»Bailly. Mathys Bailly.« Wenn es den jungen Mann störte, dass Gabriel seinen Namen über Nacht vergessen hatte, so ließ er es sich zumindest nicht anmerken. Vielmehr machte Mathys Bailly den Eindruck eines Praktikanten, der zwar in einen ordentlichen Anzug investiert, dem aber dann das Geld für einen guten Friseur gefehlt hatte.

»Folgen Sie mir«, sagte Bailly. »Es warten schon alle auf Sie.«

Die meisten angehenden Agenten ASRAMs kamen nicht an einem Trainings-Seminar in Paris herum. Während Gabriels Ausbildung hatten die Räume der Agence aber ganz sicher nicht in La Défense gelegen.

Bailly eilte die Stufen hinab und bahnte sich zielstrebig seinen Weg über den Platz. Nur ein Moment des Zögerns und Gabriel musste zwei Stufen auf einmal nehmen, um den jungen Mann einzuholen. Sie entfernten sich von der Grande Arche, eilten am Bahnhofsgebäude vorbei, an Café-Außenterrassen, Kaufhäusern und Bürogebäuden. In dem Getümmel konnte man sich leicht verirren, zwischen all den Stimmen und dem Klappern von Absätzen auf dem Asphalt.

Schließlich wandte sich Bailly nach links und die Menge lichtete sich allmählich. Vor einem der Gebäude in der Straße hielt er an. Von den umstehenden Bauten unterschied es sich kaum: ein Betonklotz mit verspiegelten Fenstern. Ein Schild in verblasstem Gelb gab Auskunft darüber, was drinnen zu finden war: eine Reihe von Firmen, eine Anwaltskanzlei und ... Gabriel runzelte die Stirn.

»Archiv für Okkultismus? Ist das nicht etwas offensichtlich?«

Halb erwartete er, dass Bailly ihm mitteilte, in Wahrheit verstecke sich ASRAM hinter der Anwaltskanzlei. Doch der junge Mann zuckte nur mit den Schultern.

»Die besten Lügen enthalten einen Funken Wahrheit«, meinte er. Einen Funken? Das hier schien schon fast ein ganzes Freudenfeuer zu sein.

»Sie waren noch nicht hier?«

»Nicht, seit die Büros ein Regierungsarchiv beim Jardin du Luxembourg waren.«

Bailly nickte und griff in die Hosentasche. Kurz hielt er inne, als eine Anzugträgerin an ihnen vorbei und zielstrebig ins Gebäude marschierte. Der schielende Blick in alle Richtungen danach sollte wohl unauffälliger sein, als er tatsächlich war. Bailly trat einen Schritt auf Gabriel zu und förderte etwas zutage, dass er ihm in der geschlossenen Faust entgegenhielt.

»Das brauchen Sie noch«, flüsterte er und vergewisserte sich mit einem weiteren Blick nach links und rechts, dass auch ja niemand zuschaute. Gabriel kam sich vor wie bei einer geheimen Geldübergabe. Dennoch hielt er Bailly die Hand hin und nahm ein walnussgroßes Objekt entgegen. Trotz des alarmierten Gesichtsausdrucks des Jungagenten betrachtete Gabriel den Gegenstand in der offenen Handfläche eingehend – besonders verdächtig sah das Teil nicht gerade aus. Ein Stein, kühl und glatt, mit dunkelgrau glänzender Oberfläche. Ein Hämatit vielleicht.

»Ohne kommen Sie nicht ins Büro«, flüsterte Bailly. Ein Schlüssel also. In Straßburg hatten sie ihm seine Keycard nicht auf offener Straße ausgehändigt. Ob Bailly das hier zum ersten Mal machte? Vielleicht waren sie in Paris ja doch unterbesetzt, wenn sie lediglich den Praktikanten schickten. Der hatte ihn nicht einmal darum gebeten, sich auszuweisen. Mit dem Stein in der geschlossenen Faust folgte Gabriel dem jungen Mann durch die Drehtüren und in den ersten Stock hinauf.

Dort wies eine Plakette darauf hin, dass sie nun die Räumlichkeiten des Archivs des Okkulten betraten. Keine Absperrung, keine Warnhinweise für Unbefugte, nicht mal eine verschlossene Tür. Drinnen verstärkte sich der Eindruck, dass hier jeder einfach so hereinspazieren konnte. Das Ganze wirkte wie ein Buchladen für Fans des Fantastischen – bis unter die Decke vollgestopfte Regale und dazwischen Figurinen von mythischen Gestalten.

»Ist das hier ein öffentlicher Ort?«

»Nicht die wichtigen Teile«, erwiderte Bailly. »Kommen Sie.«

Ein Stück weiter in den Raum hinein tat sich eine Lücke zwischen den Bücherregalen auf. Dahinter lag das nächste Zimmer voller Regale, komplett mit Kopierern und Computerarbeitsplätzen. Hier war es nun endlich, das Schild, nach dem Gabriel die ganze Zeit Ausschau gehalten hatte: »Accès interdit aux personnes non autorisées« in leuchtend roten Buchstaben an einer Tür am Ende des Raums – Zutritt nur für Befugte. Sogleich steuerte Bailly die verdächtig unverschlossene Tür an und winkte Gabriel nach drinnen … geradewegs in eine Abstellkammer. Mit zwei Personen zwischen Putzeimern, Besen und zitronigem Allzweckreiniger war es hier doch recht eng.

»Wollen Sie mir irgendetwas sagen, Bailly?«

»Sie brauchen den Schlüssel. Den, den ich Ihnen vorhin gegeben hab.«

Gabriel hielt den Stein immer noch in der Hand.

»Dort drüben.« Bailly zwängte sich an ihm vorbei, schob einen Mopp zur Seite und deutete auf die beiden Steckdosen, die dahinter verborgen gewesen waren. »Ich empfehle die linke, außer Sie wollen einen Stromschlag abkriegen.«

Ein öffentliches Archiv für Okkultismus, eine enge Abstellkammer mit zwei Steckdosen, ein dunkelgrauer Stein – offenbar hatte Paris seit Gabriels letztem Besuch so einiges oben drauf gesetzt. Lange musste man nicht bei ASRAM gewesen sein, um zu wissen, was die Kombination aus mysteriösem Stein und einer halbwegs passenden Mulde in der Wand zu bedeuten hatte. Auch wenn er eine Lösung ohne potenzielle Stromschläge bevorzugt hätte.

Er trat an die Steckdose heran und streckte die Hand danach aus. Genau passte der Schlüssel nicht hinein, aber der Mechanismus funktionierte. Kaum berührte der Stein die Steckdose, da ratterte und rauschte es. Es klickte, als die Tür sich automatisch verschloss, und unter Gabriels Füßen vibrierte der Boden. Ein Lichtstreifen fuhr wie ein Blitz von der Steckdose bis zur Decke, verzweigte sich und zeichnete Muster an die Wand. Muster, die im nächsten Augenblick zum Bedienpanel eines Fahrstuhls wurden. Zwei Knöpfe leuchteten auf, »Bureau« und »Archive«. Gabriel fragte erst gar nicht nach, sondern drückte einfach auf »Bureau«. Der Abstellkammer-Fahrstuhl setzte sich quietschend in Bewegung.

Wenige Sekunden später hörte der Boden auf zu vibrieren. Mit einem weiteren Klacken entriegelte sich die Tür und Bailly öffnete sie. Vor ihnen lag ein langer Flur im kalten Schein von Neonleuchten. Sobald die Tür der Abstellkammer hinter ihnen ins Schloss fiel, war von drinnen ein Poltern zu hören – der Fahrstuhl setzte sich wieder in Bewegung.

Die kahlen Wände des Gangs wurden nur von einer weiteren Tür unterbrochen. In der Stille hallten Gabriels Schritte von den Wänden wider. Aller Wahrscheinlichkeit befanden sie sich nun unterirdisch. Am Ende des Korridors bogen sie nach rechts ab. Mehr Türen in diesem Gang, und schließlich auch Stimmen und das Klackern von Tastaturen. Die Räume trugen keine Namensschilder, nur jeweils eine Nummer über dem Türrahmen. Bei Nummer elf blieb Bailly stehen und klopfte.

»Kommen Sie rein«, antwortete eine Frauenstimme, und im nächsten Augenblick fand sich Gabriel in einem Konferenzraum wieder. Zwei Personen saßen an dem Tisch, der den Großteil des Raumes einnahm: eine Frau, die Gabriel vage bekannt vorkam, und ein Mann, den er noch nie in seinem Leben gesehen hatte.

»Directrice Duveau, Agent Corbec: Agent Gabriel Rivera.« In einer ausladenden Geste deutete Bailly auf Gabriel, als würde er den Hauptakteur des Abends ankündigen.

»Danke, Bailly. Sie können jetzt gehen«, erwiderte die Frau. Bailly entfernte sich rückwärts aus dem Raum.

Hätte hier eine Wanduhr gehangen, so wäre ihr Ticken das Einzige gewesen, das für die nächsten Sekunden zu hören war. Gabriel stand still neben der Tür, während die Frau ihn musterte. Der Mann wiederum bedachte ihn keines Blickes, sondern schien auf eine aufgeschlagene Mappe auf dem Tisch konzentriert zu sein. Schließlich nickte die Frau.

»Agent Rivera. Mein Name ist Amandine Duveau, ich bin die Leiterin dieser Niederlassung. Setzen Sie sich.« Gabriel wählte den Stuhl, der ihm am nächsten war, schräg gegenüber von dem Mann, der immer noch seine Akte anstarrte. Das musste dann wohl Agent Corbec sein.

Amandine Duveau. Ihre streng zurückgebundenen schwarzen Haare, die dunkel umrahmten Brillengläser, der blutrote Lippenstift – ja, Gabriel war dieser Frau schon einmal begegnet.

»Sie waren vor ein paar Jahren Trainerin in der Agentenausbildung«, sagte er.

»Ich korrigiere, Agent Rivera: Ich war Agentin und habe Trainingsseminare geleitet. Ich muss sagen, dass Sie mir nicht in Erinnerung geblieben sind.«

Ein Schnauben ertönte von Agent Corbec.

»Aber offenbar haben Sie eine Verbindung, die für uns von Vorteil sein kann. Hat man Sie über den Fall aufgeklärt?« Über gar nichts hatte man ihn aufgeklärt. Mouricot hatte ihm in Straßburg kaum mehr als ein Schulterzucken und ein Zugticket nach Paris gegeben. Er hatte nichts als Stichworte – magische Bindungsrituale, eine Ausnahmesituation … und Jackie.

»Noch nicht im Detail«, erwiderte er.

»Wir haben Ihnen eine Übersicht erstellt. Agent Corbec.« Duveau gab ihrem Agenten ein Handzeichen. Der musste etwa in Gabriels Alter sein und hatte etwas von einer schlecht gelaunten Raubkatze. Ganz langsam schloss er die Akte und schob sie ihm über den Tisch zu.

Darunter kam eine zweite Akte zum Vorschein, auf der Corbec nun besitzergreifend die Handflächen platzierte. Beide Mappen waren cremefarbenen und sahen aus, als wären sie gerade erst aus der Verpackung genommen worden.

»Agent Corbec leitet den Fall«, erklärte Duveau. »Er steht Ihnen für Fragen zur Verfügung.«

Corbec sah ob dieser Aussage nicht sonderlich erfreut aus.

»Geben Sie mir eine Woche und ich krieg das selbst hin«, erklärte er mürrisch. »Sie wissen doch genauso gut wie ich, wie die solche Dinge drüben in Straßburg handhaben …«

»Wie genau handhaben wir denn *solche Dinge,* Agent Corbec«, fragte Gabriel gereizt.

»Wollen Sie die ganzen Details oder reichen Ihnen die Highlights?«

»Corbec!« Da war sie, die militärische Stimme Duveaus, die in ihm Erinnerungen an seine Zeit im Training wachrief. Corbec verschränkte die Arme und lehnte sich in seinem Stuhl zurück. Duveau wandte sich an Gabriel.

»Was Agent Corbec sagen möchte und sicherlich etwas … diplomatischer hätte ausdrücken können, ist, dass wir viel Wert auf klare Strukturen legen. Keine Alleingänge, direkte Berichterstattung an die Ihnen zugewiesene Stelle, genaue Dokumentation Ihrer unternommenen Schritte. Wir wollen jeden Ort und jeden Namen.«

Gabriel nickte. Schon schien sich Directrice Duveau erheben zu wollen, aber eine Frage blieb noch offen. Eine, die Gabriel nicht aus dem Kopf gegangen war, seit er *ihren* Namen in einer ASRAM-Akte gelesen hatte.

»Warum haben Sie mich angefragt?«

»Das frage ich mich auch schon die ganze Zeit«, meinte Corbec.

»Um ihre Hilfe bei der Herstellung einer Kooperation zu erlangen«, erwiderte Duveau. »Hat man Sie nicht informiert?«

»Was ich meinte, Directrice Duveau, ist: Warum haben Sie *mich* angefragt?«

»Ich denke, dass Sie die Antwort darauf in der Akte finden werden, Agent Rivera.« Sie nickte zu der Akte vor ihm und erhob sich dann endgültig. »Alle weiteren Fragen kann Ihnen Agent Corbec beantworten. Wenn Sie mich jetzt bitte entschuldigen würden.«

Nachdem Duveau gegangen war, wurde es still in dem Raum. Gabriel schaute auf die Akte, die ihm Corbec zugeschoben hatte. Außen stand nichts drauf, kein Name, keine Nummer, kein Hinweis auf das, was er darin finden würde. Seine Neugier ließe sich ganz einfach befriedigen ... aber allein der Gedanke ließ sein Herz rasen. Corbec hatte solche Probleme nicht. Mit einer raschen Handbewegung öffnete er die Akte, die er selbst vor sich liegen hatte.

»Seit mehreren Wochen kursieren Gerüchte zu einer maskierten Person, die Bindungszauber durchführt«, erklärte er und klang dabei wie jemand, der gezwungen wurde, eine Präsentation zu halten, aber eigentlich alles andere lieber getan hätte. »Wie Ihnen sicherlich bekannt ist, fallen Bindungsrituale unter die durch die Agence als höchst gefährlich und daher verboten eingestufte Magie. Die Sicherstellung des Täters ist absolute Priorität. Der uns bekannte erste Fall liegt drei Wochen zurück.« Er schien einfach die Informationen aus der Akte vorzulesen, sein Tonfall dabei mehr als monoton. Gabriel sah er nicht an. »Die uns zugängliche Expertise zu Bindungsritualen ist lückenhaft. Personen mit entsprechendem Wissen sind rar, zwei von ihnen finden Sie in der Akte. Eine davon residiert in Paris, und ihre Kooperation ist in dem Fall unabdingbar.« Damit schloss er die Akte und schob sie Gabriel zu. »An dieser Stelle kommen offenbar Sie ins Spiel, Rivera. Viel Erfolg.«

Am Abend lagen beide Akten ungelesen in Gabriels Zimmer auf dem Schreibtisch, einer schmalen, an der Wand angebrachten weißen Tischplatte mit schwarzer Gummiauflage. Den Vormittag hatte er mit einer Tour durch das Hauptquartier von ASRAM Paris verbracht, hatte sich weitere Regeln angehört und die Namen derjenigen genannt bekommen, denen er seine Schritte in dem Fall zu berichten hatte. Den ganzen Nachmittag über hatte er die Fragen vor sich hergeschoben, auf die die Akten angeblich eine Antwort liefern konnten. Vielleicht kannte er sie aber auch schon längst. Seit er Jackies Namen in Mouricots Büro gelesen hatte.

Er seufzte und nahm einen Schluck von dem Merlot, den er auf dem Rückweg im Supermarkt an der Straßenecke gekauft hatte. Durch das gekippte Fenster drangen Stimmen von der Straße herauf, irgendwer ließ elektronische Musik laufen. Die einzige Lichtquelle im Raum war aktuell die Leuchtröhre über dem Schreibtisch.

Er brauchte Antworten. Zu dem Fall, zu Jackie. Und dazu, woher ASRAM von seiner Verbindung zu Jackie wusste. Denn genau das musste es doch sein: der Grund, warum ausgerechnet er hier war, um eine »Kooperation« herzustellen. Es konnte einfach kein Zufall sein. Aber er hatte Jackie ganz sicher nie erwähnt, nicht gegenüber ASRAM.

Ein leichter Schwindel überkam ihn. Das alles war lange vor seiner Zeit bei der Agence gewesen – woher wussten sie davon? Und wie lange schon? In einem Zug leerte er sein Glas. Vielleicht war es besser, nicht darüber nachzudenken, was ASRAM alles über ihn wusste. Natürlich hatten sie sein Leben gründlich seziert, bevor sie ihn damals aufgenommen hatten. Sollte es ihn da wirklich überraschen, dass sie dabei bis in seine Kindheit zurückgegangen waren? Nein, das Gefühl, den Boden unter den Füßen zu verlieren, rührte woanders her. Er hatte so lange nicht mehr an sie gedacht, hatte die Erinnerungen irgendwo in den Tiefen seines Geistes verborgen. Und plötzlich standen sie wieder direkt vor ihm. Er füllte sich großzügig nach und schlug die erste Akte auf.

Kapitel 5

Es war still geworden im Salon Nocturne. Nicht nur, weil der letzte Gast vor zehn Minuten gegangen war. Es war diese Art von Stille, die nicht nur von der Abwesenheit einer Geräuschkulisse herrührte, sondern sich vielmehr wie ein schweres Tuch über alles legte, alles zu erdrücken schien. Die Art von Stille, in der die Anwesenden wussten, dass es Worte gab, die gesagt werden mussten – aber für den Moment schwiegen sie. Jackie sippte wortlos an ihrem Pfefferminztee, Roland starrte ihr gegenüber aus dem Fenster, in die Dunkelheit dahinter. Über ihnen, in einem der Gästezimmer, schlief Édouard.

Noch hatten sie sich nicht ausführlich mit ihm unterhalten können, hatten nur abgehackte Informationen eines verzweifelten und vollkommen erschöpften jungen Mannes erhalten. Beinahe die ganze Nacht und den nächsten Tag hatte er geschlafen, nachdem Jackie einen Schlafzauber in eine Handvoll Madeleines eingebacken hatte. Erst musste der Mann einmal zur Ruhe kommen, dann konnten sie reden.

Während Édouard schlief, hatte sie mit ihren Händlern und Gästen gesprochen, hatte nach den Gerüchten gefragt, die seit einiger Zeit im Raum hingen und die sie am liebsten weiter ignoriert hätte. Aber irgendwo da draußen war jemand, der Bindungsrituale durchführte.

Roland zückte sein Smartphone und starrte auf den Bildschirm.

»Nichts«, sagte er, und das eine Wort schnitt fast schmerzhaft durch die Stille. »Maman hat noch nicht geantwortet.«

Tante Florence war die einzige Person, von der Jackie wusste, die ein Bindungsritual erfolgreich durchgeführt hatte, und Florence hatte ihr immer wieder versichert, dass es sehr komplexe Magie sei – damals, als Jackie noch nach Antworten gesucht hatte.

»Ich hatte gehofft, dass da nur irgendein Verschwörungstheoretiker rumläuft und dumme Gerüchte verbreitet«, meinte Roland nun. »Mit manchen Formen von Magie sollte man einfach nicht spielen.«

Jackie erwiderte nichts. Sie wussten beide, dass er recht hatte. Und warum die Stille gerade so auf ihr lastete – den leicht besorgten Blick in ihre Richtung hätte er sich sparen können. Es war alles in Ordnung. Nur ein weiterer Fall. In der Vergangenheit hatte sie oft genug bei magischen Problemen geholfen. Das hier war nichts Anderes.

Leise Schritte erklangen aus Richtung des Wohnbereichs, dann eine zaghafte Stimme: »Hallo?« Édouard. Jackie und Roland tauschten einen raschen Blick. Roland war derjenige, der aufsprang und Édouard entgegenlief. Jackie seufzte und holte eine weitere Tasse, zog einen dritten Stuhl an den Tisch heran.

Wenig später saßen sie alle drei beisammen. Édouard umklammerte seinen Tee und sah zu erschöpft aus für jemanden, der gerade beinahe zwanzig Stunden geschlafen hatte. Dunkle Ringe unter den Augen, das blonde Haar ungewaschen und ungekämmt, die Kleidung zerknittert und zu lose am Körper.

»Wie geht es Ihnen?«, fragte Jackie schließlich. Es nützte ja nichts, irgendwann mussten sie das Gespräch beginnen.

»Besser«, erwiderte Édouard, als würde er das Wort von seiner Tasse ablesen. »Danke.«

»Édouard ... Wir müssen mit Ihnen darüber sprechen, was passiert ist«, sagte Jackie vorsichtig.

»Damit wir helfen können«, ergänzte Roland.

Édouard schien einen Augenblick nachzudenken, in sich gekehrt, dann nickte er.

»Was wollen Sie wissen?«

»Können Sie uns sagen, wer das Ritual für Sie durchgeführt hat?«

Édouard starrte stumm in seinen Tee und schüttelte den Kopf.

»Sind Sie sicher? Sie erlauben einer wildfremden Person, Ihnen einen extrem komplizierten und lebensverändernden Zauber aufzuerlegen, und fragen nicht mal nach deren Namen?«

Édouard schien nur noch mehr in sich zusammenzusinken, schüttelte erneut den Kopf.

»Haben sie einen Vertrag, irgendetwas? Oder haben Sie es tatsächlich für eine gute Idee gehalten, diese unbekannte Person ohne jedwede Rückversicherung an Ihnen mit Magie herumexperimentieren zu lassen?«

»Ich ...«, begann Édouard, die Hände fest um die Tasse geklammert. »Ich ... ich dachte ...«

»Was? Sie dachten, dass es schon gut gehen würde?«

»Jackie!« Roland starrte sie über den Tisch hinweg vorwurfsvoll an und wandte sich dann Édouard zu. »Sie haben keine Schuld, Édouard. Aber Sie müssen uns erzählen, an was Sie sich erinnern.«

Keine Schuld. Wahrscheinlich hatte Roland recht, wahrscheinlich war da diese unbekannte Person, die arglose Menschen zu dummen Ideen überredete. Und doch ... etwas in Jackie sträubte sich gegen den Gedanken, dass irgendjemand sich freiwillig einen solchen Zauber auferlegen lassen würde, und dann noch ohne jegliche Kenntnis des Magiers.

Édouard schielte zu ihr hinüber. Sie presste die Lippen fest zusammen. Vielleicht war es besser, Roland die Gesprächsführung zu überlassen, auch wenn so viele Worte aus ihr herausdrängten, dass sie sie beinahe gewaltsam zurückhalten musste.

»Ein Mann«, sagte Édouard schließlich. »Es war ein Mann. Er nannte sich Eros.«

»Eros?« Jackie schnaubte. Roland warf ihr einen warnenden Blick zu.

»Und dieser Eros«, fragte er, »wie sah der aus?«

»Wir sind ihm nur das eine Mal begegnet, Amélie und ich. Wir haben davon gehört, was er macht, und Amélie ... sie wollte das unbedingt.«

»Nur das eine Mal?«, wiederholte Jackie. Eros musste sehr überzeugend sein, wenn er Paare nach nur einem einzigen Treffen für Bindungsrituale begeistern konnte – ohne Vertrag, ohne Referenzen, ohne irgendwelche Kenntnisse zu seiner Person. »Wie haben Sie Eros überhaupt gefunden? Oder er Sie?«

»In einer Bar im Quartier Latin, da hat uns einer von einer Party erzählt, auf der er sein würde. Also sind wir hin. Einfach nur, um uns die Sache mal anzuhören«, erwiderte Édouard.

»Und dann haben Sie ihn getroffen? Auf dieser Party?«

Er nickte. »Und was er erzählt hat über die Bindung … es klang ja auch … ich meine, früher haben sie das auch so gemacht, in den Magierfamilien.«

»Haben sie.« Nun klang sogar Roland, als müsse er sich große Mühe geben, sich zurückzuhalten. Klar hatten sie im Mittelalter Bindungsrituale durchgeführt. So konnte man ja auch wunderbar dafür sorgen, dass die beiden Verheirateten nicht fremdgingen und ihr magisches Blut mit dem des schnöden Pöbels vermischten. Brav die magische Linie fortsetzten.

»Ich weiß auch nicht«, meinte Édouard nun. »Dieser Typ, Eros, als er uns davon erzählt hat, es klang einfach … irgendwie überzeugend. Es war so seltsam. Als ich reinging, da war ich noch unsicher. Wollen wir das wirklich? Wir wussten ja kaum etwas über das Ritual. Aber sich das erst mal anhören, das konnte doch nicht schaden.«

»Okay. Typ namens Eros, offensichtlich ein Deckname«, fasste Roland zusammen. »Bisschen zu offensichtlich, wenn ihr mich fragt. Also kein Fan des Subtilen, dafür irgendwie überzeugend. Sonst noch was? Stimme, Größe, Klamotten, vielleicht ein Holzbein oder so?«

»Eine Maske«, erwiderte Édouard. »Er trug eine Maske, die sein Gesicht verdeckte. Nicht so ein Plastikteil, mehr so was Venezianisches. In Gold. Dunkler Umhang mit Kapuze. Die hat er auch die ganze Zeit aufbehalten. Bei der Stimme bin ich mir nicht sicher, ob es seine eigene war. Die klang irgendwie gefiltert, ein bisschen blechern und mit einem Hall darin, wie in alten Spionagefilmen.«

Also offenbar jemand, der zumindest einigermaßen wusste, was er tat, wenn er seinen Opfern so leicht ihr natürliches Misstrauen nehmen konnte. Und dem klar war, dass er das, was er da tat, nicht am helllichten Tag tun konnte, ohne sich eine Menge Ärger einzufangen. Dass er sich im Verborgenen bewegen musste.

»Was ist als Nächstes passiert?«, fragte Jackie. »Er hat doch sicher das Ritual nicht direkt auf der Party durchgeführt?«

Édouard sah sie an wie ein Prüfling, der gerade erkannte, dass er einen Blackout hatte. »Ich …«, begann er, schüttelte verwirrt den Kopf, runzelte die Stirn. »Ich kann mich nicht erinnern. Das ist das Letzte, was ich von dieser Nacht weiß – dass wir zu der Party hin sind, dass er angefangen hat zu erzählen. Und dann … dann waren wir plötzlich wieder zu Hause, die Sonne ging gerade auf und alles war anders.«

Édouard stöhnte und fasste sich an den Kopf.

»Die Kopfschmerzen wollen einfach nicht weggehen«, sagte er. »Seit zwei Wochen, seit … ein paar Tage nach dem Zauber. Egal wie viel Aspirin ich nehme.«

»Ich kann Ihnen etwas zubereiten«, erwiderte Jackie. »Aber ich kann nicht versprechen, dass es wirkt. Nicht in diesem Fall.« Nicht, wenn es die Bindung war, die an Édouards Geist zerrte. Zwei Wochen war nicht lang. Trotzdem schien sich etwas in Édouard und Amélie vom ersten Augenblick an gegen den Zauber gewehrt zu haben. Das Ritual war offensichtlich unvollständig durchgeführt worden.

Édouard schloss die Augen und massierte sich die Schläfen.

»Ich …«

»Vielleicht sollten wir das Gespräch an dieser Stelle beenden«, sagte Jackie, obwohl sie längst nicht alles geklärt hatten, noch so viele Fragen offen blieben. Aber Édouard schien gerade einfach nicht in der Lage, weitere Fragen zu beantworten. In jedem Fall klang es so, als ob der mysteriöse Maskenträger mehr Ahnung davon hatte, seine Identität geheim zu halten, als davon, funktionierende Bindungsrituale durchzuführen.

Jackie blieb in ihrem Stuhl sitzen, während Roland ihren Gast wieder nach oben begleitete. Die Stille kehrte zurück und legte sich über den Raum, blieb auch dann noch, als Roland zurückkehrte. Eine halbe Ewigkeit saßen sie schweigend da.

»Kannst du ihm helfen?«, fragte Roland schließlich leise.

»Ein Bindungsritual kann man nicht brechen«, erwiderte sie. Niemand wusste das so gut wie sie. »Aber es gibt Wege, um den Effekt zu lindern. Falls du morgen noch nichts vorhast, hätte ich da eine Aufgabe für dich …«

Der Abend verging langsamer als sonst, als würde sich die Zeit wie eine zähe Masse auseinanderziehen. Roland verkündete schließlich, er wolle noch einmal versuchen, seine Mutter zu erreichen, und zog sich in sein eigenes Gästezimmer zurück. Sie wussten ja nicht, wo sich Tante Florence gerade herumtrieb und ob es dort überhaupt Netz gab. Jackie würde es jedenfalls nicht wundern, wenn sie in diesem Moment in irgendeinem Reich im Verborgenen unterwegs war. Sie selbst bereitete in der Küche noch ein Pulver gegen Kopfschmerzen zu und gab das Ganze in einen Tee, den sie zu Édouard hinaufbrachte. Der war zwischenzeitlich wieder eingeschlafen, also stellte sie die Tasse neben ihm auf den Nachttisch. Wahrscheinlich würde er den Kopfschmerz ohnehin höchstens lindern.

Es war fast Mitternacht, als Jackie in den Keller hinabstieg. Hier unten war es kühl, nackte Glühbirnen hingen von der Decke, Spinnweben zwischen den Balken. Das Untergeschoss bestand aus drei Räumen: einer schmalen

Waschküche, aus der gerade eine schwarzgefleckte Katze durch die angelehnte Tür gehuscht kam; einem Vorratsraum, fest verriegelt, weil er bei Weitem nicht nur für Mehl und Zucker genutzt wurde; der dritte und zugleich größte Raum beherbergte ein Sammelsurium an Dingen, die Tante Florence hier zurückgelassen hatte und für die oben im Wohnbereich kein Platz gewesen war – oder denen Jackie einfach nicht jeden Tag begegnen wollte. Es war dieser Raum, den sie nun betrat.

Möbel drängten sich hier dicht an dicht. Früher hatte es mal eine Schneise gegeben. Mittlerweile waren so viele Sachen hinzugekommen, dass man nicht ans gegenüberliegende Ende kam, ohne wenigstens über einen Stuhl klettern zu müssen. Zwischen den Möbeln sammelten sich Kisten und Kartons, die meisten stichpunktartig beschriftet in Florences verschnörkelter Handschrift: Bücher; Phiolen; Sonstiges. Eine Truhe trug die Aufschrift »Öffnen auf eigene Gefahr«. Angesichts von Florences Sammelleidenschaft für obskure und mitunter fragwürdige magische Objekte hatte Jackie bislang darauf verzichtet, einen Blick in die Truhe zu riskieren – zumal ihre Tante den Schlüssel wahrscheinlich mit auf ihre Weltreise genommen hatte.

Oft war Jackie nicht in diesem Raum. Eigentlich nur, wenn unter den Büchern oben das passende nicht dabei war. Oder wenn Florences Aufzeichnungen mehr herzugeben versprachen als das, was irgendein Altmagier vor hundert Jahren in ein Lehrbuch gepackt hatte.

Diese Aufzeichnungen hatten einen Platz in einem Regal an der hinteren Wand gefunden – Unmengen von Notizbüchern, Heften und losen Blättern, in denen Florence all ihre Erkenntnisse und Beobachtungen niedergeschrieben hatte. Die Sammlung wuchs jedes Mal, wenn sie für kurze Zeit von ihren Reisen zurückkehrte. Aber was Jackie brauchte, befand sich nicht in diesem Regal.

Rechts daneben stand ein schmaler Schrank auf kurzen, verschnörkelten Beinen, mit zwei Türen im oberen und zweien im unteren Bereich, in der Mitte eine lange Schublade. Eine dicke Staubschicht hatte die Messingknäufe stumpf werden lassen. Jackie zwängte sich zwischen zwei Stühlen hindurch und streckte die Hand aus. Es schien so lange her, dass sie diese Türen zuletzt geöffnet hatte ... fast wie in einem anderen Leben. Ihr Herz schlug schneller. Nur ein Schrank, es war nur ein Schrank. Und darin ... ein paar Kisten, Ordner, noch mehr Notizbücher. Nichts, was ihr schaden konnte. Und doch ... Jackie zog die Hand zurück, schloss einen Moment lang die Augen und atmete tief durch. Es half ja nichts. Entschlossen trat sie vor und riss die oberen Schranktüren auf. Dahinter stapelten sich mehrere Boxen, dazwischen ein paar Ordner. Die rote Box ganz oben rechts würde fürs Erste genügen.

Sie trug sie nach oben in die Küche und stellte sie mit einem Seufzen auf dem Tisch ab. Ehe sie den Inhalt nicht durchgegangen war, würde sie ohnehin keinen Schlaf finden. Auch wenn dieser Inhalt für sie längst keine Geheimnisse mehr bereithielt. Die Notizbücher, die darin zum Vorschein kamen, hatte sie schon so oft gelesen. Sie förmlich studiert. Das war zwar inzwischen Jahre her, doch die Vertrautheit war sofort wieder da – die kartonierten Einbände mit floralen Mustern, die Florence bevorzugte, die in ihrer verworrenen Handschrift gefüllten Seiten, hier und da gespickt mit eingeklebten Notizzetteln, Fotografien und aus Büchern herausgetrennten Abschnitten.

Schon als sie noch deutlich jünger war, hatte Florence ihr jegliche Hoffnung genommen, die Bindung brechen zu können. So viele Fragen, so viele Nachforschungen, aber sie hatte nie einen Weg gefunden. *»Das hier ist das einzige Leben, das du haben kannst«*, hatte Florence gesagt. Nach mehr zu suchen, werde nur zu Enttäuschung führen. Nicht, dass Jackie es nicht dennoch versucht hätte. Aber all das schien schon so lange her ... Sie seufzte und hob einen Stapel Notizbücher aus der Kiste heraus. Es ging jetzt nicht um sie, es ging um Édouard. Und während sie mit erbarmungsloser Sicherheit wusste, dass ein Bindungsritual unbrechbar war, gab es zumindest Wege, mit der Bindung zu leben. Mit etwas Glück auch dann, wenn die Bindung wie in Édouards und Amélies Fall unvollständig und schmerzhaft war. Irgendwo in diesem Stapel aus Papieren versteckte sich die Antwort. Nun war sie die letzte Hoffnung für den jungen Mann, der in ihrem Gästezimmer in unruhigem Schlaf versunken lag.

Kapitel 6

Gabriel bog in die Rue Steinlen ab. Vor drei Tagen hatte er sich zuletzt im Regen seinen Weg durch die Straßen von Paris bis zum Salon Nocturne gebahnt. Es war das erste Mal seit damals gewesen, dass er nach Jackie gesucht hatte. Dass er ihren Namen in ein Suchfeld eintippte und als Ergebnis die Adresse ihres Cafés erhielt. Sicher hatte er sich immer mal wieder gefragt, was aus ihr geworden sein könnte, aber verfolgt hatte er den Gedanken nie. In den vergangenen beiden Tage jedoch hatte er ihren Namen in den Akten so oft gelesen, dass sie sich ihren Weg zurück in sein Bewusstsein gebahnt hatte. Gabriel blinzelte gegen das Sonnenlicht. Viel zu grell war es heute, was seinen Kopfschmerzen nicht gerade gut tat. Vielleicht hätte er es gestern besser bei einem Glas Rotwein belassen sollen.

Wieder blieb er auf der Straßenseite gegenüber dem Salon Nocturne stehen. Bei Tageslicht sah er anders aus, weniger bedrohlich als neulich, als die schmiedeeisernen Stäbe nass im Schein der Straßenlaternen geglänzt hatten. Heute wusste Gabriel mehr als vorgestern. Jackies Akte begann mit dem Teil, den er schon kannte: aufgewachsen in Petit-Caux in der Normandie – das hatte er mit ihr gemeinsam. Die Pension Beaumont, die ihre Eltern dort geführt hatten, war fest in sein Gedächtnis eingebrannt – ockerfarben getünchte Fassaden, weiße Fensterläden, die

Rosenranken neben der Haustür und der weitläufige Garten, durch den sie gemeinsam getobt waren. Alles, was danach kam – nachdem Jackies Familie Petit-Caux verlassen hatte – war neu für ihn, und mit so vielen Fragen verbunden.

Gabriel steuerte das Tor an, das zum Glück nicht verschlossen war. Dahinter betrat er den kleinen Pfad, der zwischen Kräuter- und Gemüsebeeten zu dem schmalen, mehrstöckigen Gebäude führte. Neben dem Eingang standen ein runder Klapptisch und zwei Stühle, beide unbesetzt. Ein Blick durch das große Panoramafenster genügte, um zu sehen, dass es sich drinnen anders verhielt: Im ganzen Raum fanden sich nur zwei leere Tische.

Laut Jackies Akte waren ASRAM-Agenten im Salon Nocturne keine gern gesehenen Gäste. Aber es war nicht das erste Mal, dass Gabriel einen Ort betrat, an dem er womöglich nicht willkommen war. Die Tür zum Salon Nocturne war nur angelehnt und quietschte leicht, als Gabriel das Café betrat. Keiner der Gäste schenkte ihm Beachtung. Er wählte einen der beiden freien Tische – denjenigen, der näher an der Tür stand.

Orte der magischen Gemeinschaft hatten eine besondere Atmosphäre: Es lag stets ein leichtes energetisches Prickeln in der Luft. Nicht jeder spürte es auf gleiche Weise, manche merkten gar nichts davon. Bei den meisten löste die Nähe eines solchen Ortes aber etwas aus, ohne dass sie das Gefühl benennen konnten – oder ihm besonders viel Bedeutung beimaßen. Auch Gabriel hatte erst während seines Trainings erfahren, woher die plötzliche Gänsehaut kam, die sich bei ihm gelegentlich einstellte – ein kleines Schaudern, wenn er an einem magischen Ort vorüberging, die Reaktion seines Körpers auf die magische Energie, die sich dort in den Ecken und Zwischenräumen festsetzte. Der Salon Nocturne war, wie sich Jackies Akte entnehmen ließ, ein bekannter Treffpunkt für die magische Gemeinschaft in Paris – und war es wohl schon gewesen, lange bevor Jackie geboren wurde.

So viel alte Magie musste sich hier festgesetzt haben und so viel mehr war mit den Gästen verbunden, die gerade im Café saßen. Dieses Prickeln, die leichte Gänsehaut, wurde begleitet von einem leisen Summen, das er gar nicht hörte, wenn er sich nicht bewusst darauf konzentrierte – oder gerade sowieso höllische Kopfschmerzen hatte, die durch das Geräusch zu einem konstanten Pochen anschwollen. Kaffee, er brauchte Kaffee. Und mindestens eine Aspirin. Suchend schaute er sich um. Eine Bedienung schien es in dem Café nicht zu geben, und die Besitzerin ... sah anders aus als damals. Natürlich tat sie das, damals war sie schließlich dreizehn, vielleicht vierzehn gewesen. Die Jackie Beaumont von heute war eine erwachsene Frau mit einem eigenen Café – auch wenn die pechschwarzen Haare, die ihre helle Haut blass wirken ließen, und das leichte Lächeln auf den Lippen ihn auf fast unheimliche Weise an den Teenager von damals erinnerten. Sie stand in ihrem kirschroten T-Shirt hinter dem Tresen und sprach gerade mit einem Mann, der Gabriel den Rücken zudrehte.

Der Mann erinnerte an jemanden, zu dessen bevorzugter Freizeitbeschäftigung es gehörte, mit seinem Motorrad die Küste hochzufahren: rissige braune Lederjacke und kurze, schwere Stiefel, mit einer Schicht aus getrocknetem Matsch überzogen, wie man ihn in den Straßen von Montmartre wahrscheinlich eher selten vorfand. Der Typ beugte sich lässig über den Tresen und schob Jackie mehrere Säckchen zu. Geldscheine wechselten die Hände. Zwei Wangenküsse später wirbelte der Typ so schnell herum, dass Gabriel fast nicht genug Zeit blieb, wegzuschauen. Er blickte bewusst entspannt auf seine Finger hinab, bis er das Quietschen der Tür hörte. Käme sicher nicht gut an, wenn er gleich in den ersten Minuten dabei erwischt wurde, wie er die anderen Gäste beobachtete. Dann könnte er sich auch gleich ein Schild mit der Aufschrift »ASRAM-Agent« um den Hals hängen. Gabriel trommelte mit dem Zeigefinger auf der Tischplatte. Auch ohne aufzuschauen, spürte er, dass sich jemand näherte. Ein Schatten tauchte neben ihm auf, zusammen mit der deutlichen Präsenz einer anderen Person.

»Kann ich Ihnen etwas bringen?« Jackies Stimme war hell und klang ein wenig gelangweilt. Gabriel schaute auf und wartete. Einen Moment, dann zwei. Erkannte sie ihn?

»Monsieur?«

»Kaffee bitte.«

Keine Reaktion. Nicht mal ein Stirnrunzeln.

Drei Minuten später stand der Kaffee vor ihm und Jackie wieder hinter dem Tresen. Nun gut. Gabriel lehnte sich zurück. Ein paar Schlucke Kaffee konnten nicht schaden, ehe er zur Hauptherausforderung des Tages überging. Und ein paar verstohlene Blicke in den Raum auch nicht. Der Salon Nocturne war kein verborgener Ort. Nicht verwunderlich also, dass niemand offen zur Schau trug, dass er oder sie der magischen Gemeinschaft angehörte. Es brauchte schon ein geschultes Auge, um die normalen Menschen von den magischen Wesen zu unterscheiden, wenn Letztere nicht als solche erkannt werden wollten. Lange Handschuhe, getönte Sonnenbrillen, tief sitzende Mützen, dicke Schichten Make-up oder auch das leichte Schimmern eines Illusionszaubers verrieten mehr als eine Person in diesem Raum. Gabriel trank den letzten Schluck Kaffee und erhob sich. Zeit, die Sache anzugehen.

Als er an den Tresen trat, füllte Jackie gerade das Gebäck in der Auslage nach.

»Brauchen Sie noch etwas?«, fragte sie, ohne aufzuschauen.

»Wahrscheinlich weißt du gar nicht mehr, wer ich bin«, erwiderte er.

Dies veranlasste sie nun doch, mit einem Stirnrunzeln den Blick zu heben.

»Gabriel«, sagte er. »Gabriel Rivera.«

»Tut mir leid«, meinte sie und schob das letzte Croissant in die Auslage. »Sagt mir nichts.«

Ernsthaft, wollte er fragen, *nachdem wir unsere halbe Kindheit zusammen verbracht haben?*

»Wir sind zusammen aufgewachsen«, sagte er stattdessen. »In Petit-Caux.«

Das reichte nun offenbar zumindest, um ihre Aufmerksamkeit zu gewinnen. Sie musterte ihn, immer noch mit gerunzelter Stirn, schüttelte dann jedoch den Kopf.

»Désolée, Monsieur Rivera.«

Im Sommer sind wir zusammen durch euren Garten gerannt. Nach der Schule haben wir am gleichen Tisch Hausaufgaben gemacht. Wie konnte sie sich daran nicht erinnern?

»Bist du sicher? Mein Vater hat bei euch in der Pension gearbeitet.«

»Tatsächlich?« Sie schien nachzudenken, beugte sich dann leicht vor, um ihn eingehender zu betrachten. »Kann sein«, sagte sie. »Aber ich hatte damals so viele Freunde ... Gabriel sagten Sie?«

Er nickte.

»Waren Sie der Sohn vom Koch? Ich meine, da wäre was gewesen ... Aber so genau kann ich mich wirklich nicht erinnern.«

»Das macht nichts«, sagte er. *Wie konnte sie ihn vergessen haben?* »Immerhin ist es lange her.«

»Sind Sie wegen mir gekommen?«, fragte Jackie. »Ich hoffe, ich habe Sie nicht zu sehr enttäuscht.«

»Keineswegs, Mademoiselle Beaumont.«

Und eigentlich sollte das die Wahrheit sein, denn sie hatte recht – seitdem war viel Zeit vergangen. Kein Grund, gekränkt zu sein, nur weil eine Freundin aus Kindertagen sich nicht mehr an ihn erinnerte. Und doch schien es ihm, als wäre er gerade auf dem vierten Platz über die Ziellinie gelaufen, als hätte da einfach mehr sein sollen.

»Dann stört es Sie wohl auch nicht, unser Gespräch zu beenden? Wie Sie sehen, habe ich einen Raum voller Gäste. Haben Sie einen schönen Tag, Monsieur Rivera.« Sie wandte sich von ihm ab, schenkte ihre Aufmerksamkeit stattdessen der Espressomaschine. Und beinahe hätte auch Gabriel sich umgedreht. Schon hatte er einen Schritt getan, aber etwas hielt ihn zurück, das ihm beinahe entfallen wäre: Er war eigentlich nicht hier, um eine Kindheitsfreundschaft wieder aufleben zu lassen – er hatte einen Auftrag zu erfüllen.

»Mademoiselle Beaumont, ich fürchte, ich habe mich nicht klug ausgedrückt«, sagte er.

»Inwiefern?«

»Ich bin wegen Ihnen hier, das ist richtig. Aber es handelt sich nicht um einen privaten Besuch. Wenn ich Ihnen kurz –«

Sie wirbelte herum und musterte ihn erneut, dieses Mal von Kopf bis Fuß. Als suche sie etwas. Dann schnaubte sie.

»ASRAM.«

»Woher …?«

»Ich muss zugeben, fast wäre es mir entgangen«, erwiderte sie. »Sich als jemand aus meiner Kindheit auszugeben, wirklich clever. Und auch sonst haben Sie sich Mühe gegeben, keine Frage. Aber letztlich sind Sie alle gleich. Jeder Agent, den Ihre Leute hierher geschickt haben, sie alle haben eines gemeinsam: Sie gehören nicht hierher – und sie benehmen sich auch so. Es haftet an Ihnen, dieses … heimliche Beobachtertum.«

»Verzeihung?«

»Beobachtertum«, wiederholte sie, eindringlicher als zuvor. »Wie ein Ornithologe, der von den Vögeln nicht entdeckt werden will und sich deswegen mit einem Haufen Federn schmückt. Aber wissen Sie, Monsieur Rivera, die Vögel erkennen ihresgleichen.«

Sie verschränkte die Arme vor der Brust. Das Stirnrunzeln war nun begleitet von einem aufgebrachten Funkeln in ihren Augen.

»Bitte gehen Sie«, verlangte Jackie. »Und richten Sie Ihren Kollegen freundlicherweise aus, dass ich nicht noch mehr angeblichen Kindheitsfreunden begegnen möchte.«

»Nicht angeblich«, entgegnete Gabriel. »Ich muss nicht vorgeben, dass wir uns schon einmal begegnet sind, weil es tatsächlich so ist – ob Sie sich nun daran erinnern oder nicht. Hören Sie, Mademoiselle Beaumont … Jackie. Uns ist bewusst, dass Ihnen die Agentur … nicht in allen Belangen zusagt.«

»Das ist ja mal diplomatisch ausgedrückt. Schicken die Sie bei ASRAM neuerdings in Rhetorik-Kurse?«

Während sie vorhin noch zurückhaltend, nachdenklich und ja, vielleicht ein wenig abweisend gewirkt hatte, kam sich Gabriel jetzt vor, als habe er sich soeben als Gerichtsvollzieher geoutet. Dabei hatte er noch nicht mal versucht, den eigentlichen Grund seines Hierseins anzusprechen.

»Es geht um ernste Fälle von Magiemissbrauch, Mademoiselle Beaumont. Sicherlich haben Sie bereits davon gehört, dass jemand mit Bindungsmagie experimentiert.«

»Was soll das werden? Stehe ich unter Verdacht? Oder haben Sie Fragen, die Ihre Akten nicht beantworten können? So oder so – verlassen Sie mein Café.«

Es war wohl keine Untertreibung gewesen, dass sie nicht gern mit der Agentur kooperierte. Die letzten Worte hatte sie so laut gesprochen, dass sich der eine oder andere Gast zu ihnen umdrehte.

»Sie sind uns als Expertin auf dem Gebiet der Bindungsmagie bekannt«, fuhr er fort.

»Was haben Sie an ›Raus aus meinem Café‹ nicht verstanden, Monsieur Rivera?«

Er wandte sich ihr zu, begegnete ihrem Blick direkt, streckte die Wirbelsäule durch. Er hatte einen Job zu machen.

»Sie haben vorhin einen Handel abgeschlossen, nicht wahr? Als ich hereingekommen bin? Was würde ich in den Säckchen finden, wenn ich hineinschaue?«

Die Akte hatte mehr enthalten als nur Jackies Kindheit und Notizen zu gescheiterten Kooperationen mit ASRAM. Sie stand auf einer Beobachtungsliste und durfte sich keine Fehler erlauben. Ein falscher Schritt, eine verbotene magische Substanz in den falschen Händen ...

»Sie haben hier auch nichtmagische Gäste, richtig? Ich muss Ihnen ja nicht erklären, was passiert, wenn Nichtwissende mit Magie in Kontakt kommen und sich für einen solchen Zwischenfall ein Schuldiger finden lässt.«

Sie schaute nicht weg. Die ganze Zeit hielt sie seinen Blick, die grauen Augen gefährlich funkelnd.

»Solche Fehler mache ich nicht, Monsieur Rivera.«

Minuten schienen zu vergehen, in denen sie sich stumm gegenüberstanden. Irgendwo musste es noch sein, das Mädchen von damals. Er versuchte, die Verbindung zu finden. Die Sommersprossen waren nicht mehr da, aber ihr Blick war genau wie früher: herausfordernd, Abenteuer versprechend. An diesen Ausdruck erinnerte er sich, als ob es gestern gewesen wäre. Die Frau ihm gegenüber wusste genau, was sie tat – er konnte ihr entweder folgen oder zurückbleiben, aufhalten konnte er sie nicht. Nur war er damals Teil des Abenteuers gewesen, während er heute als Außenseiter dastand, den sie nicht mitspielen ließ.

»Es sind Menschen in Gefahr«, sagte er schließlich.

»Dann machen Sie Ihren Job«, erwiderte sie, und bevor er noch etwas entgegnen konnte: »Ohne meine Hilfe, Monsieur Rivera. Denn die bekommen Sie weder, wenn Sie mir drohen, noch, wenn Sie versuchen, mir Schuldgefühle einzureden. Es ist nicht mein Problem, wenn ASRAM in einer Sackgasse steckt.«

Er wollte gerade erneut ansetzen, als es über ihren Köpfen polterte.

Als hätte jemand einen äußerst schweren Gegenstand fallen lassen. Jackie zog kurz die Augenbrauen zusammen, gab ansonsten aber kein Zeichen von sich, dass sie wusste, was da vor sich ging. Erneut krachte es über ihnen, dann ein kurzer Schrei.

»Gibt es etwas, das Sie mir mitteilen wollen?«, fragte Gabriel.

»Wie groß ist denn Ihr Interesse an der Arachnophobie meines Cousins?«, entgegnete sie. »Da er offenbar gerade eben die Spinne im Bad entdeckt hat.«

Das hatte sie schon damals meisterhaft gekonnt – lügen, ohne das Gesicht zu verziehen. Schritte erschollen nun laut durch das Haus, waren bis ins Café zu hören. Jemand eilte eine Treppe hinab. Sekunden später stürzte dieser Jemand durch die Tür hinter dem Tresen.

»Jackie, du ...« Der Neuankömmling, ein junger Mann, stockte und starrte Gabriel an.

»Monsieur Rivera gehört zu ASRAM«, erklärte Jackie mit ruhiger Stimme. »Und wollte gerade gehen.«

»Okay ... ich dachte, die trauen sich gar nicht mehr her. Jedenfalls – du wirst oben gebraucht.«

»Wegen der Spinne?«, fragte Gabriel.

Der junge Mann sah ihn perplex an. »Wegen der ...?«

»Spinne«, vervollständigte Jackie. »Oben im Bad. Ich nehme an, du möchtest, dass ich sie jetzt entferne, Roland?«

»Absolut. Ich kann keine Spinnen im Bad dulden. Du solltest dich sofort darum kümmern.«

Ohne ein weiteres Wort wandte Jackie sich um. Gabriel machte einen Schritt nach vorn, doch der junge Mann – Roland – versperrte ihm den Weg. Einen Augenblick später war Jackie bereits verschwunden.

Das Gespräch hätte nun wirklich besser laufen können. Von einer Kooperation schienen sie jedenfalls meilenweit entfernt.

»ASRAM also«, meinte Roland und lehnte sich gegen den Tresen. »Sie steht nicht auf euch.«

»Ist mir nicht entgangen, danke«, erwiderte Gabriel.

»Und doch sind Sie noch hier.«

Ein besseres Stichwort würde er nicht bekommen, bevor die Sache eskalierte. Also nickte er dem jungen Mann kurz zu und marschierte ohne ein weiteres Wort aus dem Café. Er wusste, wann er die Schlacht verloren hatte, und etwas sagte ihm, dass Jackie eine Weile im Haus verschwunden bleiben würde. Insgeheim hatte er auf mehr Erfolg gehofft, auch wenn Jackies Akte etwas anderes suggerierte. Aber es war nur ein erster Versuch gewesen. Jahrelang hatte er sich mit Magie beschäftigt und Antworten gesucht, bis er ASRAM gefunden hatte und in deren Trainingsprogramm aufgenommen wurde. Im Durchhalten hatte er mehr als genug Erfahrung.

Kapitel 7

Jackie lehnte sich mit ihrem Kaffee in der Hand zurück. Der Morgen versprach einen sonnigen Tag. Eben erst war sie von ihrer Runde über den Nordfriedhof zurückgekehrt, um Roland bereits oben in der Küche zu finden. Die kleine Küchenzeile im Wohnbereich konnte mit der Industrieküche unten vielleicht nicht ganz mithalten, was Umfang und Ausstattung anging, dafür war es hier oben angenehm ruhig, fast friedlich in den frühen Morgenstunden. Meistens jedenfalls.

»Worüber willst du zuerst sprechen«, fragte Roland, »Édouards Episode gestern oder den gut aussehenden Typen von ASRAM?«

Sie starrte ihn über den Rand ihrer Kaffeetasse hinweg an und hoffte, dass ihr Blick so finster rüberkam, wie sie sich fühlte. Über Édouard hatten sie am Vortag genug geredet, und was Gabriel Rivera anging ... nicht ohne mindestens zwei Gläser Wein. Wenn überhaupt. Wenn es also unbedingt eins von beidem sein musste ...

»Édouards Situation wird nicht besser. Und ich habe nichts als einen vagen Hinweis auf etwas, das *möglicherweise* funktionieren wird. Aber vielleicht findest du ja was, das mir bislang entgangen ist.« Sie nickte zu der roten Box hin, die zwischenzeitlich neben die Mikrowelle gewechselt war. Ein Packen loser Blätter lag auf der Anrichte daneben, zwei Notizbücher auf der Mikrowelle selbst. Eigentlich hätte sie wissen müssen, dass es nichts brachte, ihre alten Recherchen zum Bindungsritual auszugraben. Egal, wie lange sie die Dokumente nicht angefasst hatte – es war alles noch da, in ihr Gedächtnis eingebrannt. Und darunter nur diese eine Möglichkeit, die vielleicht etwas ausrichten konnte. Keine Lösung; wahrscheinlich nicht einmal genug, um Édouard dauerhaft zu helfen.

»Denkst du, ASRAM weiß was?«, fragte Roland.

»Wenn ASRAM mehr wüsste als ich, dann hätten sie niemanden zu mir geschickt.«

»Aber sie haben nicht irgendwen geschickt, richtig?«

Jackie biss die Zähne zusammen. Sie vermisste stille Samstagmorgen ohne Fragen.

»Ich weiß nicht, worauf du hinauswillst«, entgegnete sie – was natürlich nicht stimmte. Das Problem an Roland war, dass er von Anfang an hier gewesen war, als sie damals nach Paris kam. Dass er ihre Bezugsperson gewesen war, nachdem sie alles andere in Petit-Caux hatte zurücklassen müssen. Und ihr jugendliches Ich hatte zu viel geredet.

»War das ernsthaft der Typ von damals, der –«

»Roland.« Sie erhob sich so schnell vom Tisch, dass sie gegen die Tischkante stieß und die Kaffeetassen zum Klirren brachte. »Ich gehe jetzt aufschließen.«

»So früh?«, rief er ihr noch nach, als sie bereits durch die Tür geeilt war. Gabriel Rivera. Von damals. Ja, sie erinnerte sich an Gabriel. Wie könnte sie nicht? Das bedeutete noch lange nicht, dass sie darüber reden wollte. Oder sich gar mit ihm selbst auseinandersetzen.

Das mit ASRAM war eine Überraschung gewesen. Klar hatte sie seinen Namen über die Jahre das eine oder andere Mal in eine Suchmaschine eingegeben. Hatte genau das gestern nach seinem Besuch auch getan, aber an ihrem letzten Kenntnisstand hatte sich nichts geändert: Gabriel Rivera war ein Archivar, der es vor zwei Jahren beim Luxemburg Marathon auf den siebten Platz geschafft hatte.

Auf der anderen Seite würde es sich ASRAM niemals erlauben, ihre Existenz im öffentlichen Raum auch nur anzudeuten. Und »Archivar« gehörte zu ihren Standard-Tarnberufen. Während sie unten das Café betrat, schwirrten ihr die Worte »Gabriel« und »ASRAM« weiter durch den Kopf, führten einen stillen Kampf gegeneinander aus. Warum ASRAM? Warum hatte er sich nach damals nicht einfach von all dem ferngehalten?

Das Café lag still da, die Stühle unter die Tische geschoben, die Auslage leer, die sauberen Tassen stapelten sich in den offenen Regalen hinter dem Tresen. Als sie sich ihren Weg zum Tor bahnte, warteten zwei Katzen draußen im Hof. Maunzend schlichen sie ihr hinterher. Es war kühl geworden in den vergangenen Tagen und die Sonne ließ sich am Morgen Zeit.

Dass jemand draußen neben dem Tor stand, den Rücken der Mauer zugewandt, konnte sie bereits sehen, bevor sie den Schlüssel ins Schloss steckte. Die Person trug eine Kapuze, und im ersten Moment erwartete Jackie, erneut Gabriel gegenüberzustehen. Dann aber drehte sich der Gast um und grinste sie an. »Hey Jackie.«

Fatou sah nicht im Geringsten aus wie Gabriel und auch mit Kapuze war sie einen guten Kopf kleiner als er. Jackie seufzte. Normalerweise sah sie nur dann Geister, wenn es sich um echte handelte.

Fatou hatte wie immer eine halbe Bibliothek im Gepäck, die sie nun zu ihrem Stammplatz am Fenster schleppte – eine bunte Mischung aus Büchern über Magie und Wirtschaftswissenschaften. Eines davon studierte sie an der Sorbonne, das andere war mehr ein Hobby. Die meisten der Magiebücher, die sie neben sich aufstapelte, stammten aus Jackies privater Bibliothek. In den letzten paar Tagen war Fatou nicht hier gewesen, und das machte sie jetzt zu jemandem, der keine Ahnung davon hatte, was hier zuletzt geschehen war. Keine Ahnung von Bindungsritualen ... oder von Gabriel Rivera. Irgendwie tat es gut, sie dort sitzen zu sehen, wie sie es immer tat, nach wenigen Sekunden bereits in ihre Bücher vertieft, als hätte sich nichts verändert.

Jackie schaltete die Espressomaschine ein, die beiden Katzen immer noch dicht an den Fersen. »Ich weiß«, entgegnete sie auf ein forderndes Miau. »Zeit fürs Frühstück.« Sie wandte sich gen Küche – und stieß prompt gegen Roland. Der schaute sie erschreckend ähnlich an wie die beiden Katzen: mit einer kaum verborgenen Forderung im Blick, und der festen Erwartung, dass sie dieser sogleich nachkommen würde. Sie marschierte wortlos an ihrem Cousin vorbei und kramte das Katzenfutter hervor.

»Wusstest du, dass er bei ASRAM ist?«, fragte Roland vom Türrahmen aus. Sie presste die Lippen zusammen und zerquetschte das Futter in der Schale mit einer Gabel.

»Was genau wollen die?«, fuhr Roland fort. »Jackie?«

Sie warf ihm über die Schulter einen finsteren Blick zu. Die Futterschalen stellte sie auf den Boden. Wenigstens die Katzen waren jetzt zufrieden.

»Du hast also vor, mich zu ignorieren, richtig?«, meine Roland.

»Kommt drauf an«, erwiderte sie. »Hörst du auf, dumme Fragen zu stellen?«

»Also, dumm fand ich meine Fragen jetzt eigentlich nicht ...«

»Hatte ich dir nicht gestern eine Aufgabe gegeben? Außerdem habe ich Gäste«, sagte Jackie brüsk und zwängte sich an ihm vorbei zurück ins Café.

»Ich seh nur einen Gast.« Die Katzen mochten sich mit etwas Futter abwimmeln lassen, Roland schien jedoch nicht so leicht aufzugeben. Also ging sie dazu über, ihn schlichtweg zu ignorieren. Sie stellte das alte Küchenradio im Regal über der Espressomaschine besonders laut und füllte die Auslage mit dem ofenfrischen Gebäck. Ein paar Teigteilchen kamen in den Brotkasten unter dem Tresen, wo reguläre Gäste sie nicht sehen würden – eine Mischung aus Vorbestellungen und Spezialanfertigungen, die in den Händen Normalsterblicher nichts verloren hatten. Rolands Blicken konnte sie leider nicht so leicht entgehen. Er musste seine Fragen gar nicht laut stellen, sie konnte sie auch so hören. Er musste nichts weiter tun, als dort an den Tresen gelehnt zu stehen und sie stumm zu beobachten. Die schwarzgefleckte Katze kam ins Café stolziert, strich Roland einmal um die Beine und steuerte dann die Katzenklappe an. Sie musste hier raus.

»Warte!«, rief sie dem Tier nach. Die Katze zuckte mit dem Schwanz, ließ sich aber von Jackie hochnehmen und in Richtung Wohnbereich tragen.

»Roland, würdest du dich hier kümmern? Ist ja nur ein Gast«, sagte Jackie noch im Vorübergehen, dann eilte sie zurück in ihr Schlafzimmer. Es gab diese Tage, an denen reichte eine Runde dort draußen einfach nicht aus.

Sie blieb so lange draußen, wie sie konnte. Nicht zu weit vom Salon Nocturne entfernt – je näher sie ihrem menschlichen Körper war, desto länger konnte sie es in einer anderen Gestalt aushalten, ohne Gefahr zu laufen, gewaltsam aus dem fremden Körper gerissen zu werden und hilflos im Zwischenreich zu landen. Ohne ihre Magie, die an ihren eigenen Körper, ihr Blut gebunden war – und das verweilte nun mal gerade im Salon –, würde sie den Weg nach Hause niemals wiederfinden. Also begnügte sich Jackie mit den Straßen von Montmartre. Sie hielt sich an die kleinen Gässchen in der Nähe des Cafés, in die sich weniger Touristen verirrten, zwischen deren Füßen sie sich hindurchschlängeln musste. Die Touristen waren einer der Gründe, warum Jackie die frühen Morgenstunden für ihre Spaziergänge bevorzugte. Den größten Teil des Vormittags verbrachte sie auf dem Friedhof, oben auf der Mauer mit Blick auf die Rue de la Barrière Blanche, und schaute den vorbeieilenden Passanten nach. Niemand erwartete Antworten von einer Katze.

Irgendwann aber spürte sie das Ziehen, das Gefühl, dass sie nicht hier sein sollte, woanders hin musste. Es war ihr Stichwort, den Rückweg anzutreten. Manchmal ignorierte sie es so lange, bis es nicht mehr anders ging, bis das Ziehen fast schmerzhaft wurde – in diesen Momenten fühlte es sich an, als hätte ihr jemand einen Angelhaken in den Schädel gerammt und würde nun kräftig daran zerren. Auf Samtpfoten lief sie zurück zum Salon Nocturne, schlüpfte durch die Gitterstäbe im Tor, die Katzenklappe in der Eingangstür.

Drinnen war es inzwischen lauter als vorhin, nicht nur, weil Katzenohren empfindlicher auf Geräusche reagierten. Ihre Ohrenspitzen zuckten, als der Schwall aus Worten und Radiomusik, aus klapperndem Besteck und Porzellan, über den Boden scharrenden Stühlen und raschelnden Jacken auf sie einprallte. Gemischt war das Ganze mit einer angenehmen Wärme und dem Duft nach frisch gebrühtem Kaffee und Gebäck.

Sie verharrte einen Moment bei der Eingangstür. Der alte Herr am Tisch links von ihr war häufiger hier und ein erfahrener Magier; das Pärchen am Tisch daneben hingegen offenbar Touristen, höchstwahrscheinlich Unwissende. Fatou saß nach wie vor an ihrem Platz, der Bücherstapel war zwischenzeitlich auf die Fensterbank gewandert. Und sie war nicht mehr alleine. Dort, ausgerechnet dort, saß niemand anderes als Gabriel Rivera. Und als wäre das noch nicht genug, hatte Roland sich den dritten Stuhl unter den Nagel gerissen. Gerade lachte er über etwas, das Gabriel von sich gab, und drehte sich dann wie zufällig in Jackies Richtung. Natürlich wusste er, dass sie es war. Er hob eine Augenbraue und erhob sich von seinem Platz. Nur ein paar Stunden war sie fort gewesen – aber offensichtlich reichte das bereits, damit ihr Cousin plötzlich ganz gelassen mit Gabriel Rivera plauderte? Und dann auch noch Fatou mit hineinzog, Jackies kleines Stückchen Normalität? Ihre Schnurrhaare vibrierten, reflexartig fuhr sie die Krallen aus. Roland war noch nicht ganz bei ihr angelangt, da begrüßte sie ihn schon mit einem lauten Fauchen. Schickte noch eins hinterher, während sie Richtung Küche davoneilte, die Treppe hinauf und in ihre Wohnung. Hinter sich hörte sie Schritte auf der Treppe und wäre am liebsten einfach weitergerannt, aber sie konnte nicht länger in dem fremden Körper bleiben. Also holte sie tief Luft, schloss die Augen ... und sprang.

Als Jackie in ihrem eigenen Körper die Augen aufschlug, saß die Katze neben ihr auf dem Bett und putzte sich. Einen Augenblick herrschte noch Ruhe, dann erschien Roland im Türrahmen.

»Alles klar, Jacks?«

»Warum ist er wieder hier?«

Roland zuckte mit den Schultern. »Scheint hartnäckig zu sein. Aber vielleicht solltest du ihn selbst fragen. Ist eigentlich ganz nett, für ASRAM.«

Ihr fielen auf Anhieb tausend Dinge ein, die sie stattdessen tun konnte, aber dadurch würde Gabriel Rivera nicht aus ihrem Café verschwinden. Also sprang sie auf, gab sich einen Augenblick, um sich die richtigen Worte zurechtzulegen. Verwarf sie dann prompt wieder. Sie hatte keine Lust, diplomatisch zu sein.

Unten hatte sich nichts verändert. Der Schwall an Geräuschen klang für menschliche Ohren dumpfer, aber dafür hatte der Raum all seine Farben zurückerlangt. Sie konnte nicht umhin, schnell den Brotkasten zu kontrollieren – alles noch da. Immerhin dabei konnte sie sich auf Roland verlassen.

Gabriel saß halb mit dem Rücken zu ihr lässig in seinem Stuhl zurückgelehnt, offenbar in ein Gespräch mit Fatou vertieft. Seinen Mantel hatte er sauber über die Stuhllehne drapiert, die Ärmel seines Hemdes hochgekrempelt.

»Du wirst dem armen Kerl ein Loch in den Kopf starren«, meinte Roland, der ihr nach unten gefolgt war.

»Du bist immer noch hier?«, entgegnete sie. »Darf ich dich daran erinnern, dass uns die Zeit davonläuft? Wenn wir wenigstens die Effekte des Rituals für Édouard und seine Verlobte lindern wollen, dann sollte sich jemand schleunigst auf den Weg ins Krankenhaus machen. Und ich werde das ja wohl kaum sein. Vergiss nicht die beiden Phiolen.« Sie wartete seine Antwort gar nicht erst ab und steuerte stattdessen den Stuhl an, auf dem er bis eben noch gesessen hatte. Wortlos nahm sie am Tisch Platz.

»Jackie!« Fatou grinste sie an. »Du kennst Monsieur Rivera? Wusstest du, dass es in Straßburg eine alte Villa gibt, in der nur Fae wohnen?«

»Da fragt man sich doch, woher Monsieur Rivera das weiß.«

Besagter Monsieur begegnete Jackies Blick und wagte es, sie anzulächeln.

»Ich hatte beruflich des Öfteren mit den Fae zu tun«, erklärte er. Natürlich hatte er damit Fatous Interesse geweckt. Immerhin hatte ein Großteil der Bücher in ihrem Stapel genau diese Gattung magischer Wesen zum Thema, denn es war ihre Magie, die in Fatou ruhte – lange Zeit ohne ihr Wissen.

»Monsieur Rivera arbeitet für eine Agentur, die magische Wesen beschützt«, sagte Fatou mit der Begeisterung einer jungen Frau, die erst vor wenigen Monaten Magie entdeckt hatte und noch keine Ahnung davon besaß, was sich in den Schatten abspielte. »Astat?«

»ASRAM«, korrigierte Jackie. »*Agence pour la supervision et la régulation des activités magiques.* Schon der Name hat nichts damit zu tun, irgendwen zu schützen. Überwachung und Regulierung, meine liebe Fatou, das sind hier die Stichworte.«

»Und wie sähe Ihrer Meinung nach die Gesellschaft ohne jedwede Regeln aus, Mademoiselle Beaumont?«, entgegnete Gabriel. »Es ist sehr wohl unser Auftrag, zu schützen. Nichtmagische ebenso wie magische Personen.«

»Die Nichtmagischen nennt er zuerst, weil dort seine Priorität liegt«, meinte Jackie, direkt an Fatou gewandt. »Vor ein paar Jahren wollte ASRAM den Salon Nocturne übrigens mal dicht machen. Und jetzt denken sie dauernd, ich würde ihnen helfen, ihre Probleme zu lösen.«

Fatou schien ein wenig in sich zusammenzusinken, ihre Augen huschten zwischen Gabriel und Jackie hin und her.

»Okay …«, erwiderte sie zaghaft.

»Es sind nicht ›unsere‹ Probleme«, erklärte Gabriel, und auch er adressierte Fatou. »Es sind übergreifende Konflikte, die die magische Gesellschaft im Ganzen betreffen und damit jeden, der ihr zugehörig ist.«

»Da muss ich ihm nun doch recht geben«, meinte Jackie. »Wenn man nach der Aussage geht, sind es selbstverständlich nicht seine Probleme. Wenn man bedenkt, dass er keinerlei magische Fähigkeiten besitzt und damit der ›magischen Gesellschaft‹, wie er es nennt, gar nicht zuzurechnen wäre.«

Gabriel stieß ein trockenes Lachen aus. »Mademoiselle Beaumont weiß ebenso gut wie ich, dass magische Fähigkeiten kein zwingendes Kriterium sind, um in … Moment.« Jackie konnte spüren, wie er sich ihr zuwandte, fühlte seinen bohrenden Blick auf ihr ruhen. Langsam drehte auch sie sich ihm zu. Er wirkte gleichsam irritiert wie neugierig – als hätte er gerade ein mysteriöses Etwas entdeckt und wüsste noch nicht so recht, was er damit anfangen sollte.

»Woher wissen Sie eigentlich, dass ich keine Magie besitze?«, fragte er. »Wenn Sie sich doch gar nicht an mich erinnern.«

Er war clever, das musste man ihm lassen. Die in seinen Augen aufblitzende Herausforderung rief etwas in ihr wach – eine Erinnerung an fast vergessene Abenteuer, im nächsten Moment davongespült von der aufkeimenden Wut, die sie kaum zurückhalten konnte. Er sollte nicht hier sein. Er sollte nichts mit ASRAM zu tun haben, sollte nicht in ihrem Café sitzen. Und schon gar nicht sollte er ihr erzählen, was sie zu tun und zu lassen hatte.

»Zufallstreffer«, erwiderte sie. »Soweit ich weiß, sind die meisten Agenten bei ASRAM nichtmagisch. Aber Sie dürfen mich gern korrigieren, wenn Sie zu der seltenen Ausnahme gehören.«

Sie schaute nicht weg, auch als er die Augen leicht zusammenkniff, die Herausforderung in seinem Blick Nachdenklichkeit wich. Ganz hatte sie ihn nicht überzeugt, so viel war deutlich. Aber er ging auch nicht weiter darauf ein.

»Mademoiselle Beaumont.« Sein Tonfall wurde geschäftig, als er ihr zunickte und dann nach seiner Tasse griff, um sie in einem Zug zu leeren. »Ich sehe, dass ich Sie noch nicht für eine Zusammenarbeit begeistern konnte. Falls Sie es sich jedoch anders überlegen sollten ...« Er griff hinter sich und holte aus seiner Manteltasche eine Visitenkarte hervor, die er ihr über den Tisch zuschob. Darauf nichts außer seinem Namen und einer Handynummer, in silbrig glänzender Schrift auf weißem Grund. Jackie starrte die Karte an und rührte sich nicht.

Gabriel wandte sich Fatou zu. »Mademoiselle Ndione. Es hat mich gefreut, Ihre Bekanntschaft zu machen. Lassen Sie sich die Agentur von Mademoiselle Beaumont nicht allzu schlecht reden.« Damit erhob er sich, streifte seinen Mantel über und legte ein paar Münzen neben die leere Kaffeetasse. Kurz bevor er die Tür erreichte, drehte er sich noch einmal um. »Wir sehen uns morgen.« Ehe sie noch etwas erwidern konnte, war er zur Tür hinaus.

Sie starrte ihm hinterher. Er würde wiederkommen. Beim nächsten Mal musste sie besser aufpassen, sich nicht zu unüberlegten Worten hinreißen lassen. Vorbereitet sein. Eine Kooperation mit ASRAM war kompliziert. Eine Zusammenarbeit mit Gabriel Rivera aber hatte das Potenzial, in einer Katastrophe zu enden.

»Jackie?« Fatou sah sie fragend an, aber jetzt war nicht die Zeit für Antworten. Sie schüttelte den Kopf, schnappte sich Gabriels Visitenkarte, stopfte sie achtlos in die Hosentasche und kehrte zum Tresen zurück. Sie hatte keine Lust, nachzudenken. Also beschäftigte sie sich mit dem Einräumen der Spülmaschine, dem Säubern der Kaffeemaschine und allem, was ihr sonst noch so unterkam – bis ihr Handy klingelte und Rolands Name auf dem Display erschien.

»Ich bin drin«, erklärte er in einem Tonfall, als hätte sie ihn losgeschickt, um in die Nationalbank einzubrechen. Tatsächlich war seine Aufgabe deutlich einfacher.

»Wie geht es ihr?«

Eine kurze Pause am anderen Ende der anderen Leitung. »Nicht gut. Sie wirkt, als ob sie schon nicht mehr ganz hier wäre.«

Jackie seufzte. »Dann werden wir unser Bestes tun, um zu helfen.«

»Mhm … ich beeile mich besser, bevor mich jemand erwischt. Ich will ungern erklären müssen, warum ich das Blut einer Patientin stehle.« Und damit legte er auf.

Jackie war nicht hundertprozentig sicher, dass das, was sie vorhatten, funktionieren würde, aber mit etwas Glück würde es zumindest den negativen Effekt der verkorksten Bindung lindern. Mit dem Blut des Bindungspartners in der Nähe sollte es leichter sein, mit der physischen Distanz umzugehen. Vielleicht war es vergebens, vielleicht bekämpften sie nur die Symptome, ohne die wirkliche Ursache lösen zu können. Aber sie mussten es zumindest versuchen.

Kapitel 8

Gabriels Tage in Paris hatten inzwischen einen gewissen Rhythmus erlangt. Über eine Woche war er nun schon hier und fast war so etwas wie eine neue Normalität eingekehrt. Den Morgen verbrachte er mit einer kurzen Joggingrunde durch den Jardin du Luxembourg, nahm dann im Speisesaal der Maison Le Cygne sein Frühstück ein. Die Unterkunft war offenbar das einzige Überbleibsel der ehemaligen ASRAM-Büros in diesem Viertel. Außer Gabriel waren hier ein paar wenige Agenten im Training untergebracht, darunter Mathys Bailly, der sich gerne ungefragt an Gabriels Tisch verirrte. Nach dem Frühstück ging es in das rege Treiben der Straßen und Métrostationen von Paris. Zu Fuß zur Station Edgar Quinet, von dort die überfüllte Linie 6 bis Charles de Gaulle Étoile und dann die Linie A nach La Défense. Die Büros hier waren auch nach einer Woche noch ungewohnt – vorbei an Nichtwissenden, die sich im Archiv für Okkultes umsahen, und mit dem Schlüsselstein in die Abstellkammer. Möglichst dann, wenn gerade keiner hinschaute.

Man hatte ihm einen eigenen Büroplatz zur Verfügung gestellt. Dort verbrachte Gabriel die Vormittage damit, den Status seiner Mission zu dokumentieren, seine jüngsten Versuche der Überzeugungsarbeit niederzuschreiben, um das Ganze dann an den ihm zugeteilten Agenten weiterzuleiten. Das war Agent Patrice Corbec – jener stets kritisch dreinblickende Mann, dem Gabriel bei seinem ersten Meeting hier am Konferenztisch gegenübergesessen hatte. Corbec quittierte seine Updates zumeist mit nur halbherzig verborgener Unzufriedenheit, manchmal ergänzte er noch ein abfälliges Schnauben und ein: »Wieder nicht weitergekommen, wie ich sehe«. Heute gab es noch »Vielleicht sollten wir Sie zurück nach Straßburg schicken« gratis obendrauf, bevor Corbec den Statusbericht zu den anderen heftete.

»Noch gebe ich nicht auf«, erklärte Gabriel und erntete dafür ein extra langes Schnauben, das halb in ein Lachen überging. Er musste zugeben, dass seine Fortschritte in dem Fall aktuell nicht ganz existent waren, aber er würde schon einen Weg finden, Jackie zu überzeugen. Vielleicht. Seinerseits bekam er von der Agentur kurze Updates zum Fall – man fahndete nach einem mysteriösen Fremden, der allem Anschein nach nicht nur magischen, sondern auch vollkommen nichtwissenden Personen gefährliche Angebote unterbreitete.

Gegen Mittag brach Gabriel auf nach Montmartre, um im Salon Nocturne einen Kaffee zu trinken. Jackie war inzwischen dazu übergegangen, ihn weitgehend zu ignorieren. Auf Fragen reagierte sie nicht oder allenfalls mit einem ungehaltenen Blick. Die meisten der anderen Gäste waren ebenfalls zurückhaltend, wenn auch nicht offen feindselig, so dass Gabriel in den vergangenen Tagen so gut wie gar nichts über den Fall hatte in Erfahrung bringen können. Die einzige Person, die schon mal freundliche Worte mit ihm wechselte, war Fatou Ndione, die jedoch nicht so sehr in der magischen Gemeinschaft verwoben schien und Gabriel daher kaum relevante Informationen bieten konnte – zumindest nicht zu dem Fall.

Dafür hatte er der jungen Dame die eine oder andere Information über Jackie entlocken können – dass sie das Café seit ein paar Jahren allein führte; dass sie Mitgliedern der magischen Gemeinschaft bei Problemen regelmäßig Hilfe anbot. Dass sie die meisten ihrer Gäste nicht so anschaute, als würde sie sie insgeheim ins Jenseits hexen wollen. Auch heute wählte Gabriel den zum Glück noch leeren Tisch bei der Eingangstür, in unmittelbarer Nähe von Fatou, die ihm kurz über den Rand ihres Buches hinweg zulächelte, ehe sie sich wieder in die Lektüre vertiefte. Jackie sah ihn sofort. Vom Tresen aus gab sie ihm mit nur einem Blick zu verstehen, dass er auch heute allenfalls geduldet wurde. Mit dem gleichen Ausdruck platzierte sie ein paar Minuten später seinen Kaffee auf dem Tisch, so heftig, dass die Tasse überschwappte.

»Es gibt hier übrigens noch andere Cafés«, sagte sie, wirbelte aber sofort wieder herum und ließ ihm so keine Chance, zu antworten. Gabriel seufzte, lehnte sich in seinem Stuhl zurück und wandte sich dem Kaffee zu. Er hatte sich eine Pause verdient, bevor er einen erneuten Anlauf mit Jackie wagte. Abgesehen von den feindseligen Blicken war der Salon Nocturne ein Ort, an dem man sich durchaus wohlfühlen konnte. Ein kleines Café mit warmen Farben, der großen Fensterfront mit Blick auf Terrasse und Vorgarten – immerhin ein paar Meter abseits der geschäftigen Straßen hinter dem Tor. Auch wenn häufig mehrere Tische besetzt waren, schien es hier selten so überfüllt wie in anderen Pariser Cafés. Vermutlich verirrten sich kaum Personen aus Versehen hierher, auch wenn es ein öffentlicher Ort war. Es gab am Tor draußen kein Schild, das auf das Vorhandensein des Cafés hinwies, und besagtes Tor hatte Gabriel noch nie ganz offen stehen sehen. Stets war es angelehnt oder allenfalls einen kleinen Spalt geöffnet.

Ein lautes Poltern über seinem Kopf riss ihn aus seinen Gedanken. Die Deckenlampe über ihm schaukelte ein wenig. Er sah zu Jackie hinüber – was genau versteckte sie da oben? Immerhin war es nicht das erste Mal diese Woche, dass er das Gefühl hatte, oben sei gerade jemand mit einem Vorschlaghammer zu Gange. Jackie, die gerade mit einer Tasse auf dem Weg zu einem anderen Gast gewesen war, hielt nur kurz inne. Sie stellte die Tasse ab und machte sich zurück auf den Weg Richtung Tresen. Als es erneut krachte, zuckte sie leicht zusammen. Im nächsten Moment begegnete sie Gabriels Blick, nur ganz kurz, dann setzte sie ihren Weg fort. Beim dritten Poltern kam ein junger Mann – Roland, wenn er sich recht erinnerte – durch die Tür hinter dem Tresen gestürmt.

Etwas war definitiv im Gange. Etwas, das Jackie offenbar nervös machte – während sie mit Roland sprach, umklammerte sie mit einer Hand den Tresen. So fest, dass ihre Fingerknöchel weiß hervortraten. Er konnte nicht verstehen, worüber sie sprachen. Noch einmal krachte es und Jackie rannte los, stürzte förmlich durch die Tür in Richtung dessen, was immer dahinter war. Die Küche? Ihre Wohnung? Der Mann, Roland, folgte ihr mit eiligen Schritten. Die Tür hinter ihm blieb offen.

Gabriel dachte nicht lange nach. Er würde dieser Sache jetzt auf den Grund gehen. Irgendetwas passierte in den Tiefen des Hauses und einem Rätsel hatte er noch nie widerstehen können. Deshalb zögerte er auch jetzt keine Sekunde und trat durch die offene Tür. Dahinter verbarg sich ein schmaler Korridor aus hellen Fliesen, der nach einer Seite in weiteren Türen mündete und nach der anderen in einer sich windenden Treppe. Jackie und Roland waren nicht mehr zu sehen, aber das Poltern war von oben gekommen. Keine Frage, wo er sich hinzuwenden hatte.

»Monsieur Rivera.« Der entschlossene Tonfall ließ ihn mitten in der Bewegung innehalten. Er wandte sich um. Fatou stand hinter ihm im Korridor. Sie wirkte wie jemand, der die falsche Abzweigung genommen hatte und nun nicht sicher war, ob er sich auf verbotenem Gelände befand. Die Festigkeit in ihrer Stimme schien dem nervösen Ineinanderkneten ihrer Hände widersprechen zu wollen.

»Monsieur Rivera, Sie sollten nicht hier sein.«

»Ich weiß«, entgegnete er. Dann nahm er die nächste Stufe.

Oben befand sich ein weiterer Korridor, kürzer als der unten und in einer einzigen Tür mündend. Daneben führte die Treppe weiter nach oben. Ein Kranz aus vertrockneten Lavendelzweigen hing an der Tür. Die Fußmatte lag schief, die Tür stand einen kleinen Spalt offen.

Er war nicht sicher, was er erwartet hatte – geheime magische Labore mit Regalen voller Phiolen wahrscheinlich, auch wenn ihm aus Erfahrung längst klar war, dass magische Wesen diese Klischees selten erfüllten. Und doch kam ihm Jackies Wohnung seltsam normal vor. Eine Ablage im Flur bei der Wohnungstür, eine Garderobe mit Spiegel, ein Schirmständer. Mehrere Türen führten vom Flur ab, die meisten davon waren leicht geöffnet.

»Monsieur Rivera, ich finde wirklich –«

Fatou lugte hinter ihm vorsichtig durch die Wohnungstür. Gabriel hob eine Hand. Da war dieses Geräusch wieder, lauter als vorhin. Näher. Es krachte und klirrte. Dann ein Schrei. Die Tür rechts am Ende des Ganges. Gabriel näherte sich vorsichtig. Sie stand gerade weit genug offen, dass er in den Raum dahinter schauen konnte.

Jackie und Roland hatten ihm den Rücken zugewandt. Beide knieten am Boden, über etwas gebeugt. Oder besser: über jemanden. Eine dritte Person, die in sich zusammengekrümmt dalag. Der Raum um sie herum wirkte, als sei ein Wirbelsturm hindurchgefegt. Ein umgestürzter Stuhl, Scherben quer durch das Zimmer zerstreut, der abgebrochene Fuß einer Tischlampe in einem zerwühlten Bett.

»Édouard«, sagte Jackie und legte dem am Boden kauernden Mann eine Hand auf die Stirn. »Édouard, hören Sie mich?«

»Was können wir tun?«, fragte Roland. Jackie deutete angespannt neben sich, in einen Teil des Raumes, den Gabriel von seiner Position aus nicht sehen konnte. Einen Augenblick verschwand Roland, dann kehrte er mit einer Handvoll Phiolen zurück.

»Beruhigung?«, fragte er und hielt Jackie eine der Phiolen entgegen, die mit einer hellblauen Flüssigkeit gefüllt war.

»Kann jedenfalls nicht schaden«, erwiderte sie. »Wollen Sie ewig dort in der Tür stehen bleiben, Monsieur Rivera, oder wollen Sie uns zur Hand gehen?«

Sie drehte sich nicht einmal um – im Gegensatz zu Roland, der augenblicklich herumwirbelte und Gabriel mit gerunzelter Stirn anstarrte.

»Ich wollte ihn aufhalten«, sagte Fatou irgendwo hinter Gabriel leise, dann zwängte sie sich an ihm vorbei ins Zimmer und ging neben Jackie und dem anderen Mann in die Hocke. »Wer ist das? Was stimmt mit ihm nicht?«

»Verpatztes Bindungsritual«, erwiderte Jackie.

Natürlich. Während er noch versuchte, sie für den Fall zu gewinnen, steckte sie schon mitten drin.

Jackie griff nach der Phiole, die Roland ihr immer noch hinhielt, entkorkte das Fläschchen und setzte es dem Mann an die Lippen.

»Das wird nicht reichen«, sagte sie. »Wir müssen einen Schild aufbauen. Machen Sie sich doch wenigstens nützlich, Monsieur Rivera, und kommen Sie her!«

Immer noch drehte sie sich nicht um, sondern winkte ihn nur unwirsch zu sich heran. Wortlos folgte Gabriel der Aufforderung. Aus der Nähe wirkte der Mann am Boden erschreckend bleich, Schweißtropfen standen ihm auf der Stirn. Er zuckte leicht, schien aber ansonsten kaum bei Bewusstsein. Gabriel ging neben Jackie auf die Knie.

»Ich vermute, dass sich die Magie des Bindungsrituals gegen einen Schild wehren wird«, erklärte Jackie. »Fatou, hast du schon mal Schutzmagie gewirkt?« Auf ihrer anderer Seite schüttelte die junge Studentin den Kopf.

»Also gut.« Jackie und Roland tauschten einen kurzen Blick. »Dann hilfst du Monsieur Rivera dabei, unseren Patienten festzuhalten.«

Erstmals, seit Gabriel die Wohnung betreten hatte, schaute sie ihn an – fragend, herausfordernd, aber da lag noch etwas anderes in ihren Augen: Angst. Sie erhob sich und ging zum Beistelltisch hinüber, den Gabriel von der Tür aus nicht hatte sehen können. Neben einem halben Dutzend Phiolen standen dort mehrere Messingschalen und kleine Säckchen, deren Äußeres nichts über den Inhalt verriet. Eines der Säckchen riss sie auf.

»Monsieur Rivera, halten Sie seine Hände. Fatou, die Füße.«

Fatou kroch von Gabriel fort und packte den Mann an den Fußgelenken. Gabriel zögerte.

»Was genau haben Sie vor?«, fragte er.

»Habe ich Ihnen das nicht gerade eben gesagt? Ich weiß, dass ihr bei ASRAM nicht gerade die hellsten Leuchten seid ...«

»Warum, meine ich«, entgegnete Gabriel. »Einen Schild. Warum?«

»Wirklich? Sie wollen ausgerechnet jetzt eine Schulstunde haben?« Sie tauschte einen Blick mit Roland. »Sehen Sie sich den Mann an, Monsieur Rivera. Wollen Sie sein Leben riskieren, während ich Ihren Wissensdurst stille, oder werden Sie verdammt noch mal einfach tun, was ich Ihnen sage?« Sie trat nah an Gabriel heran, baute sich über ihm auf. Aus dem Säckchen rieselten einige Körnchen herab und landeten in Gabriels Schoß. Glitzernd weißer Staub. Der Mann am Boden stöhnte.

»Meinetwegen«, sagte Gabriel und verlagerte sein Gewicht, um nach den Handgelenken des Mannes zu greifen. Er spürte den Puls unter seinen Fingern pochen, schnell und unregelmäßig.

»Treten Sie einen Schritt zurück«, sagte Jackie. »Du auch, Fatou.«

»Wie soll ich ihn festhalten, wenn –«

»Strecken Sie Ihre Arme aus, Monsieur Rivera. Das werden Sie doch hinbekommen, oder?«

»Ihr Körper darf nicht im Kreis sein«, erläuterte Roland mit ruhiger Stimme.

»Welcher –«

»Hören Sie auch mal auf, Fragen zu stellen?!«, fauchte Jackie. Gabriel begegnete ihrem Blick, dem aufgebrachten Funkeln in ihren Augen. Er schaute nicht weg, als er zurückkroch, so weit er konnte, um mit ausgestreckten Armen die Hände des Mannes noch festhalten zu können. Fatou tat es ihm an den Füßen wortlos gleich. Jackie wirbelte herum und kippte das Säckchen in ihrer Hand. Damit zeichnete sie eine Spur aus weißem Staub um den Körper des Mannes. Dieses Mal wartete Gabriel nicht auf ihren Befehl, stellte keine Fragen, als sie mit dem Säckchen bei ihm anlangte. Er hob einfach kurz die Arme, damit sie den Kreis um den Kopf des Mannes schließen konnte.

In Rolands Händen blitzte etwas auf – ein Messer, dessen Klinge er nun gegen seine Handinnenfläche drückte, bis das Blut in einem feinen Rinnsal in seinen Hemdsärmel lief. Dann reichte er das Messer an Jackie weiter, die es ebenfalls gegen ihre Handfläche setzte. Schutzmagie und Blutmagie also. Gabriel war vielleicht nicht in der Lage, selbst Magie zu wirken, aber er hatte gelernt, sie zu erkennen – mitsamt all ihren Unterarten. Der glitzernde weiße Staub musste ein spezieller Kristall sein, wahrscheinlich mit schützenden magischen Eigenschaften, die nur aktiviert werden mussten. Durch einen magischen Funken, das Blut eines Magiers. Jackie und Roland fielen gleichzeitig auf die Knie und pressten ihre blutigen Handflächen in den weißen Staub.

Die zermahlenen Kristallkörner leuchteten grell auf, glitzerten und strahlten blendend hell wie eine unberührte Schneedecke unter der tief stehenden Sonne. Der Mann im Kreis gab ein lautes Stöhnen von sich. Roland begann Worte zu flüstern, so leise, dass Gabriel sie nicht verstehen konnte. Neben ihm hatte Jackie die Augen geschlossen und hob eine Hand, ließ sie ruckartig durch die Luft schwingen, Daumen und Zeigefinger aneinandergepresst.

Die Wirkung war unverkennbar. Der Mann im Kreis zuckte, seine Gliedmaßen versteiften sich. Im nächsten Moment schien er sich Gabriels Griff entwinden zu wollen – die Muskeln in den Handgelenken des Mannes spannten sich heftig an. Dann begannen seine Arme und Beine zu zittern. Fatou stieß einen kurzen Schrei aus, als der Mann einen Fuß aus ihrem Griff befreite und nach ihr trat. Der kurze Moment der Unaufmerksamkeit war genug, damit er sich auch aus Gabriels Griff winden konnte.

»Er darf den Kreis nicht verlassen!«, rief Roland, als der Mann sich auf die Seite drehte und die Hand nach der unsichtbaren Barriere ausstreckte. Doch Gabriel war schneller. Ehe der andere auch nur mit der Fingerspitze an den Kristall kam, hatte er ihn wieder gepackt. Er legte sein gesamtes Gewicht in den Griff. Der andere wehrte sich, weit kräftiger, als man ihm zutrauen würde. Lange würde Gabriel ihn jedenfalls nicht halten können. Am anderen Ende schien Fatou noch mehr zu kämpfen. Ein Bein des Mannes hielt sie noch umklammert, das andere zuckte und zitterte, als stünde der ganze Körper unter Strom. Links und rechts von Fatou hielten Jackie und Roland weiter ihre Hände in den weißen Staub und murmelten unverständliche Worte – höchstwahrscheinlich Zauberformeln. Plötzlich begann der Staub zu glühen – hellweiß zuerst, dann in einem grellen und schließlich immer sanfter werdenden Gelb. Ein Ruck ging durch den Körper des Mannes.

»Loslassen!«, rief Jackie und sprang selbst vom Kreis zurück. Gabriel, Roland und Fatou taten es ihr gleich. Der Kristallstaub schien sich aufzulösen, verwandelte sich in Dampf – wie heißer Atem in frostiger Winterluft. Um den Mann herum stieg der Dampf erst langsam auf, dann fuhr er mit einem Mal in ihn hinein. Der Körper lehnte sich auf, spannte sich bis zum Zerreißen an – dann schien er plötzlich jegliche Kraft zu verlieren und sackte in sich zusammen. Von dem weißen Staub war nichts mehr zu sehen.

»Und?«, fragte Roland, der sich vorsichtig dem Mann wieder näherte. »Was nun?«

Kapitel 9

Jackie konnte die Erschöpfung in ihrem ganzen Körper spüren. Ihre Gliedmaßen waren schwer, ihre Gedanken träge. Zwei Tage lang hielt der Schild schon, den sie um Édouard errichtet hatten. Zwei Tage, in denen er nur geschlafen hatte, während Jackie keine Ruhe finden konnte. Die schrecklichen Bilder schwirrten ihr ohne Unterlass im Kopf herum und eine Stimme aus ihrem tiefsten Innern flüsterte ihr zu, dass dies erst der Anfang war. Dass sie im Grunde nichts tun konnte. Sie hatte es in dem Augenblick gespürt, als Édouards Handy vor zwei Tagen geklingelt hatte – mit der Nachricht, dass Édouards Verlobte das Reich der Lebenden verlassen hatte. Ein Bindungsritual aber endete nicht mit dem Tod. Die Magie würde erst ruhen, wenn beide Seelen in der gleichen Dimension weilten. Ihnen blieb also nicht viel Zeit, einen Weg zu finden. Wenn es überhaupt einen gab.

Sie schloss die Augen und spürte der Sonne nach, die durch die Fensterfront in das Café fiel. Nur ein Augenblick der Stille.

Immerhin blieb Gabriel Rivera schon den zweiten Tag in Folge fern. Gestern war er nicht aufgetaucht und nun war es schon Spätnachmittag. So war Jackie bisher wenigstens dem unausweichlichen Gespräch über die Ereignisse im Gästezimmer entgangen. Vielleicht hätte sie ihn doch gleich rauswerfen sollen, als er in ihre Wohnung eindrang, und nicht erst, nachdem sie den Schild aufgebaut hatten. Auf der anderen Seite: Vielleicht hatte sie ja Glück und die ganze Sache hatte ihn irgendwie abgeschreckt. Nicht eine Frage hatte er gestellt, als sie ihn am Arm gepackt und aus ihrer Wohnung gezerrt hatte. Jackie ballte die Hand zur Faust, wie um damit die unerwünschten Gedanken wegzuboxen.

Sie würde sich auf ihre Arbeit konzentrieren, so gut das eben gerade ging. Darin hatte sie Übung und daran würde sie sich festhalten. Sie schnappte sich einen Lappen und wischte die Espressomaschine ab, kontrollierte dann die Gebäckauslage und drehte eine Runde durch den Raum, um nach ihren Gästen zu sehen. Eigentlich wollte sie noch einen Kontrollgang in die Küche obendrauf legen, aber Roland unterbrach ihre Pläne.

»Wie gehabt«, sagte er, ehe Jackie nachfragen konnte. »Der Schild hält.« Er hatte schon überzeugter geklungen, aber sie wussten beide, dass sie gegen die Zeit spielten.

»Und wir sind weiter auf uns gestellt.« Er legte seufzend sein Smartphone auf den Tresen und wählte im Kontaktbuch wieder einmal die Nummer seiner Mutter aus. »Der gewählte Teilnehmer ist vorübergehend nicht erreichbar«, tönte es aus dem Lautsprecher.

»Um Maman würde ich mir keine Sorgen machen«, meinte er mit einem Achselzucken. »Ich schätze, sie ist irgendwo im Verborgenen unterwegs. Aber wir sollten nicht darauf hoffen, dass sie sich in nächster Zeit meldet.«

Jackie nickte knapp. Natürlich war Tante Florence ausgerechnet jetzt untergetaucht. Aber selbst, wenn sie sie erreicht hätten – was hätte sie tun können, das Jackie und Roland nicht schon versucht hatten?

»Man kann es nicht brechen, Roland«, sagte sie.

»Der Schild hält«, wiederholte er. Aber der Schild war nur ein vorübergehender Schutz, und ein schwacher noch dazu, ein Damm aus Streichhölzern gegen eine reißende Flut.

Die Eingangstür riss Jackie aus ihren Gedanken. Zuerst dachte sie, es wäre doch Gabriel, aber der Mann in der verschlissenen Lederjacke war ihr ein weitaus willkommenerer Gast. Ob es nun einen Weg gab oder nicht – sie würde es in jedem Fall versuchen.

Antoine gehörte seit Jahren zu Jackies ergiebigsten Handelspartnern. Seine Verbindungen gingen weit über die Welt der Menschen hinaus in die verborgenen Reiche der Magie. Und genau diese Verbindungen brauchte Jackie jetzt. Immerhin gab es auf den Märkten im Verborgenen so einiges, an das sie in der Menschenwelt nur schwer herankommen würde.

Er kam geradewegs auf Jackie zu und hievte seinen Rucksack auf den Tresen. Unzählige silberne Schnallen blitzten daran. Jede davon verbarg ein eigenes Fach, das außer Antoine niemand öffnen konnte.

»Alles klar?«, meinte er anstelle einer Begrüßung.

»Alles bestens«, log Jackie und zwang sich zu einem Lächeln. »Bitte sag mir, dass du es gekriegt hast.«

»Einfach war es nicht, das kann ich dir sagen. Wofür brauchst du das Zeug überhaupt? Du hattest doch noch nie Probleme, dich mit dem Jenseits zu verbinden.«

»Keine Fragen, schon vergessen?«

Ein anderer Grund, aus dem sie Antoine schätzte. Manchmal schien er sich die Frage nicht verkneifen zu können, aber eine kleine Erinnerung und ein großzügiges Trinkgeld reichten meist aus, um ihn zum Schweigen zu bringen.

»Bisschen teurer als vermutet«, sagte er nun. »Bin einfach mal davon ausgegangen, dass du es trotzdem willst.«

»Dann bist du richtig ausgegangen.«

Antoine nickte und machte sich an seinem Rucksack zu schaffen. Eine kleine Schnalle unten links schnappte auf und der Händler griff in die Tasche. Zum Vorschein kam ein Reagenzglas, fest verkorkt und halb voll mit feiner dunkelgrauer Asche.

»Mehr war nicht drin«, sagte er. Er hielt es Jackie entgegen, die vorsichtig danach griff. Es musste reichen. Dann langte er erneut in die Tasche und förderte dieses Mal einen Zettel zutage, den er ihr über den Tresen zuschob. »Wie gesagt, das Zeug ist nicht billig.«

Jackie warf einen Blick auf das Stück Papier. Handel in verborgenen Reichen waren so eine Sache – nicht alle dort konnten etwas mit den Währungen der Menschenwelt anfangen. Jackie wusste nie, was genau sie als Bezahlung erwartete. Umso überraschter war sie, einen vierstelligen Eurobetrag zu sehen.

»Wird erledigt«, versprach sie.

Antoine verschloss die Schnalle wieder und lud sich den Rucksack auf den Rücken – aber er blieb stehen, wo er war.

»Ist alles in Ordnung bei dir?«, fragte er nach einer kurzen Pause.

»Mach dir keine Sorgen um mich«, entgegnete sie.

Einen Moment wirkte es, als würde er mit sich selbst ringen. Er öffnete den Mund, schien es sich aber dann anders zu überlegen und seufzte bloß.

»Du weißt, wie du mich erreichen kannst«, sagte er nur.

Jackie wartete nicht, bis Antoine zur Tür hinaus war. Sofort eilte sie durch den Durchgang zur Küche, das Reagenzglas fest umklammert und Roland dicht auf den Fersen. Sie stürmten die Treppe hinauf in ihre Wohnung. Im Korridor hielten sie inne und sahen einander an, als würden sie darauf warten, dass der andere ein Zeichen gab.

»Versuchen wir es«, sagte Jackie schließlich. Das bisschen Phönixasche in ihrer Hand war vielleicht die einzige und letzte Chance, die Édouard noch blieb. Das Notizbuch mit Tante Florences Aufzeichnungen zu diesem speziellen Zauber lag noch auf dem Küchentisch, von wo Jackie es rasch auflas, ehe sie weiter ins Gästezimmer eilten. Édouard lag auf dem Bett, umgeben von einem leichten Schimmer – nur für diejenigen sichtbar, die wussten, wonach sie suchen mussten. Für Nichtwissende würde es wirken wie ein Flirren von Staubkörnern in der Luft, in Wahrheit aber war es feinste Magie, zu einem schützenden Schild verwoben. Das Schimmern umhüllte Édouard wie eine kaum wahrzunehmende, sanfte Decke – eine Decke, durch deren Mitte sich in diesem Moment ein Riss zog.

»Jackie.« Roland packte ihren Unterarm, aber sie hatte es längst gesehen: Der Schild brach. Zu beiden Seiten des Risses stoben die Magiepartikel davon, überschlugen sich, glühten auf wie winzige Funken, die sogleich wieder erloschen. Erst einige wenige, dann immer mehr. Die Härchen auf Jackies Armen stellten sich auf, reagierten auf das Knistern der magischen Energie. Roland zog sie zur Seite, wo sie neben dem Schrank in Deckung gingen. Brechende Schilde waren nicht lebensgefährlich, zumindest nicht für die Umstehenden. Aber verirrte Funken davonstiebender Energie brannten auf der Haut wie heißes Fett. Auf den Knien hockend lehnte sich Jackie vor. Ein Glitzern lag über Édouard in der Luft. Dann, ohne Vorwarnung, jagten die Funken in einem furiosen Feuerwerk quer durch den Raum. Rasch ging Jackie wieder in Deckung.

»Keine Zeit zu verlieren«, sagte Roland und griff nach dem Notizbuch, das Jackie hatte fallen lassen.

Sie erhob sich. Noch lag Édouard genauso ruhig da wie zuvor, aber all das, was der Schild ferngehalten hatte, musste nun auf ihn einströmen.

»Wir brauchen Feuer«, meinte Roland, als hätte Jackie die entsprechenden Seiten in dem Buch nicht hundert Mal gelesen. Aber es schien, als spreche er mehr zu sich selbst. »Feuerstein. Kerzen. Feuerlilie. Haben wir. Sollten wir haben. Jacks –«

»Küche«, entgegnete sie. »Das Kästchen auf dem Schrank oben. Ich hab alles bereitgelegt.«

Ohne ein weiteres Wort drückte er ihr das Notizbuch in die Hand und verließ den Raum. Jackie legte Buch und Reagenzglas vorsichtig auf das Sideboard, dort, wo sie gestern noch frische Blumen in eine Vase gestellt hatte. Dann trat sie zu Édouard. Der begann sich nun allmählich zu rühren. Seine Finger zuckten, hinter den geschlossenen Lidern bewegten sich seine Augen hektisch.

»Édouard?« Vorsichtig griff sie nach seiner Hand und er schlug die Augen auf. Ein paarmal blinzelte er, richtete sich dann vorsichtig auf.

»Was ist passiert?«

»Der Schild ist gebrochen«, erklärte Jackie. »Tut mir leid. Sie sollten es bald spüren. Ich verspreche Ihnen, wir tun alles, um Sie hier zu behalten.«

Mit gerunzelter Stirn schaute er sich um. In seinem Kopf überschlugen sich wahrscheinlich gerade die Gedanken. Der Schild sollte zumindest einen Teil der physischen Belastung durch die Bindung dämpfen, und nun strömte das alles wieder auf ihn ein. Die Entfernung zwischen ihm und seiner Bindungspartnerin war unüberwindbar weit. Dieses Zerren, das Jackie spürte, wenn sie sich einen Schritt zu weit, eine Minute zu lang vom Haus entfernte, das musste Édouard gerade hundertfach fühlen.

»Was …«, begann er und presste die Fingerkuppen gegen die Stirn. »Etwas … etwas stimmt nicht …« Er verzerrte das Gesicht, als müsse er einen Schrei unterdrücken.

»Ich weiß«, sagte Jackie und legte eine Hand auf seinen Arm. »Aber wir werden das hinbekommen.« Sie kam sich wie eine Lügnerin vor, auch wenn sie sich selbst gerne geglaubt hätte. Aber vielleicht klappte es. Vielleicht … sie erhob sich, nahm das Reagenzglas und Tante Florences Aufzeichnungen wieder zur Hand und trug sie zu Édouard ans Bett, kniete sich beim Kopfende auf den Boden.

»Sehen Sie das?« Jackie hielt das schmale Behältnis mit der Phönixasche hoch. »Wir denken, dass es Ihnen helfen kann.«

Édouard betrachtete das Reagenzglas, öffnete den Mund. Dann schloss er ihn wieder, runzelte die Stirn.

»Etwas stimmt nicht«, wiederholte er. »Irgendwas … ist falsch, das ist es. Etwas ist falsch, nicht an seinem Platz, nicht …« Er stöhnte auf und fasste sich erneut an die Stirn. Dann wirbelte er plötzlich zu Jackie herum, sah ihr direkt in die Augen.

»Amélie«, flüsterte er.

Jackie sagte nichts. Sie hatte mit dieser Reaktion gerechnet. Hatte gewusst, dass Édouard das Fortsein seiner Verlobten durch ihre Verbindung spüren würde. Die Magie versuchte nach Amélie zu greifen, aber sie war zu weit weg, nicht mehr Teil der gleichen Welt.

»Wo ist sie?«, fragte er, doch seine Augen verrieten ihn: Er kannte die Antwort längst.

»Es tut mir leid«, sagte Jackie leise. Er saß nur da. Wahrscheinlich hatte er gehofft, dass die Wahrheit, die er in sich spürte, sich doch noch als Trugschluss erwies. Ein Traum vielleicht, oder ein Irrglauben. Und realisierte dann allmählich, dass es die Wirklichkeit war. Noch weiter schien er in sich zusammenzusacken, ein Zittern ging durch seinen Körper, ein Schluchzen entrang sich seinen Lippen.

»Ich verstehe nicht«, wimmerte er. »Es war doch ... der Zauber, wir sind doch ... wir sollten doch für immer verbunden sein.«

Genau das war das Problem. So sehr das Bindungsritual im Fall von Édouard und Amélie auch missglückt war, eine Bindung war doch zustande gekommen – eine, die Schaden zufügte, weil sich die Seelen der Bindungspartner dagegen wehrten und ihr doch nicht entkommen konnten. Genau das war es ja, was diesen Zauber so gefährlich machte, wenn jemand nicht wusste, was er tat: eine kranke, eine unvollständige Bindung, die sich wie ein Krebsgeschwür in der Seele der Bindungspartner festsetzte – unheilbar und unausweichlich. Ja, Édouard und Amélie waren für immer verbunden. Aber zugleich würde sich etwas in ihnen für immer gegen diese Bindung wehren und den Kampf doch niemals gewinnen können.

Dass Roland zurückgekehrt war, bemerkte Jackie erst, als er anfing, die Sachen auf dem Sideboard aufzubauen. Mit einem dumpfen Geräusch ließ er die Feuersteine auf das Holz fallen. Sie wandte sich zu ihm hin und überließ Édouard seinen Gedanken.

»Er weiß es«, sagte sie nur, und Roland nickte.

Schweigend bereiteten sie den Zauber vor. Der Phönix war untrennbar mit dem Element des Feuers verbunden und genau dieses Element brauchten sie, um die Asche zu aktivieren. Symbole des Feuers, angeordnet im Kreis um eine Schale aus Gold. Antoine hatte recht: Jackie hatte nie Probleme damit gehabt, die Geisterebene zu erreichen. Wer aber keine solche Verbindung zum Zwischenreich oder gar dem noch dahinter im ewig Verborgenen liegenden Jenseits hatte, der musste Brücken bauen. Und es gab kaum etwas, das besser dazu geeignet wäre als Phönixasche, entstanden zwischen Tod und Neugeburt des Feuervogels.

Roland entzündete die vier Kerzen um die Schale herum, eine in jeder Himmelsrichtung. Dazwischen ordneten sie die Feuersteine und die Blüten der Feuerlilie an. Dann entkorkte sie das Reagenzglas und füllte die Asche vorsichtig in die Schale ein. Sie zog Tante Florences Notizbuch heran und schlug die Seite auf, auf der sie von eben jenem Zauber berichtete, der angeblich einem Bindungspartner das Weiterleben im Diesseits ermöglichte, auch wenn die andere Person nicht länger hier war. Ein Zauber, auf den Florence laut ihren Notizen vor Jahren in einer Magiergemeinschaft auf Korsika gestoßen war und dessen Erfolg sie nicht abschließend hatte bestätigen können. Mehr ein Gerücht war es, eine Legende, nach der es einmal jemandem gelungen war, auf diese Weise ein Leben im Hier und Jetzt zu bewahren.

»Was tun Sie?«, fragte plötzlich Édouard vom Bett her. Seine Stimme klang fester, entschlossener, als Jackie es erwartet hätte.

»Wir bauen eine Brücke für Sie«, erwiderte Roland.

»Eine Brücke wohin?«

»Zu Amélie.«

Édouards Augen leuchteten auf, langsam, ganz langsam, erhob er sich vom Bett und stolperte auf Jackie und Roland zu. Hoffnungsvoll betrachtete er die goldene Schale.

»Ich werde zu ihr gehen?«

Jackie und Roland tauschten einen Blick.

»Irgendwann«, sagte Jackie. »Aber nein, nicht heute.«

»Aber Sie sagten …«

»Keine Brücke, die Sie frei in beide Richtungen überqueren können«, erklärte Jackie. Vielleicht war ›Brücke‹ auch überhaupt das falsche Wort. Mehr etwas, das Seelen miteinander verband, zwischen deren Welten eine tiefe Schlucht klaffte. Eine, die zwar überwunden werden konnte, aber nur von einer Seite aus und nur für diejenigen, die nicht mehr auf diese Seite zurückkehrten.

»Mehr eine Leitung«, meinte Jackie. »Oder ein Faden. Das eine Ende in Ihrer Hand, das andere in Amélies. Es bedeutet, dass Sie ihr nicht gleich folgen müssen, trotz der Bindung.«

Édouard schien einen Moment über ihre Worte nachzudenken. Wo seine Augen zuvor noch geleuchtet hatten, legte sich nun ein Schatten über sein Gesicht. Aber er nickte.

»Wie funktioniert es?«, fragte er.

»Sie müssen kaum was tun«, erwiderte Roland. »Wir machen das schon.«

Édouard nahm die Worte ohne jegliche Regung auf. Sein Blick war auf die goldene Schale fixiert, auf die Flammen der Kerzen. Langsam wiegte er sich vor und zurück, zuckte dabei immer wieder zusammen, als würde ein Stromschlag durch seinen Körper gehen. Nicht mehr lange und es würde zu spät sein, der Zauber wirkungslos bleiben.

»Wir brauchen Amélies Blut«, sagte Jackie. Wie von selbst schnellte Édouards Hand zu dem kleinen Gefäß, das er nicht abgelegt hatte, seit Roland es ihm nach seinem Besuch im Krankenhaus überreicht hatte.

»Nicht alles davon«, meinte Roland, der nun Édouard sanft näher an die goldene Schale heranführte. »Nur ein paar Tropfen. Hier auf die Asche.«

Édouard starrte die Phönixasche an, während er die kleine Phiole um seinen Hals zwischen den Fingern drehte. Ganz langsam nahm er die Kette ab und reichte sie Roland. Der öffnete sie und ließ ein paar Tropfen Blut auf die Asche fallen. Dann gab er die Kette Édouard zurück, der sie hastig wieder umhängte.

»Ihr Blut brauchen wir auch, Édouard«, erklärte Jackie. Den Dolch hatte sie schon vor Tagen in das Kästchen mit den Feuersymbolen gelegt, nun war es der einzige Gegenstand, der noch darin verblieb, eingewickelt in einen cremefarbenen Baumwollstoff. Ein Küchenmesser hätte ebenso gut funktioniert, fühlte sich aber irgendwie falsch an. Es gehörte in die Küche, den Alltag. Den Dolch hingegen benutzte sie ausschließlich für Blutzauber.

Édouard protestierte nicht, als sie seine Hand nahm und sie über die Asche hielt. Kalt und kraftlos fühlten sich seine Finger an. Kurz zuckte er zusammen, als sie die Klinge an der Spitze seines Zeigefingers ansetzte. Nur ein paar Tropfen Blut aus einer winzigen Wunde, kaum größer, als wenn er sich an einer Nadel gestochen hätte. Édouards Blut vermischte sich inmitten der Phönixasche mit Amélies. Die Bestandteile waren alle da, nun lag es an Jackie und Roland, daraus eine Brücke zu bauen.

»Was ... was muss ich tun?«, fragte Édouard zaghaft. Sein Blick war auf die Asche fixiert – und doch schien er zugleich darüber hinaus ins Leere zu gehen, wirkte verloren.

»Gar nichts«, sagte Jackie. »Wir machen das schon.«

Roland war bereits dabei, die Feuersymbole näher an die Schale zu rücken. Sie waren Verstärker, mit deren Hilfe sie die Asche zu neuem Leben erwecken und sie einem neuen Zweck zuführen würden. Er positionierte sich rechts neben der Schale, Jackie nahm ihren Platz auf der linken Seite ein. Sie schielte zu Édouard hinüber, der einen winzigen Schritt nach vorn trat – kurz wirkte er entschlossen, dann verlor sich sein Blick wieder in der Ferne. Er war schon dabei, davonzutreiben. Eine Seele auf dem offenen Meer und die Wellen trugen ihn immer weiter Richtung Dunkelheit, dorthin, wo Amélie verschwunden war.

»Jackie.« Rolands Stimme riss sie zurück. Er hatte recht, sie musste sich jetzt auf den Zauber konzentrieren. Nur ein Moment der Unaufmerksamkeit, ein falscher Gedanke – so leicht konnte ein Zauber verfälscht werden, und gerade bei diesem durfte ihnen das auf keinen Fall passieren. Sie holte tief Luft.

»Okay?«, fragte Roland.

»Okay.«

Er hielt beide Hände über die Schale. Er arbeitete gern mit Worten, ließ die Magie durch sie fließen. Natürlich hatten die Worte selbst keine Macht, aber sie halfen dabei, einen Zauber zu fokussieren, in die richtige Richtung zu lenken. Jackie benutzte selten Worte – dann vielleicht, wenn es bereits Formeln gab, wenn jemand vor langer Zeit schon genau die passenden Worte gefunden hatte, um die Magie zu leiten. Wenn es keine Formeln, keine erprobten Schritte gab, dann hatte sie ihre eigene Methode: Magie war für sie wie ein Orchester aus zahlreichen Instrumenten und sie die Dirigentin, die Harmonie kreieren musste. Ihre Hände hielt sie auf unterschiedlicher Höhe in der Luft, Daumen und Zeigefinger jeweils aneinandergepresst. Einen letzten Blick tauschte sie mit Roland, ein kurzes Nicken, dann griffen sie mit ihrem Geist gemeinsam zu.

Magie war immer da, an manchen Orten und in manchen Dingen stärker als anderswo, oft nur ein Rauschen im Hintergrund, an das man sich längst gewöhnt hatte und das man nur dann noch wirklich wahrnahm, wenn man sich aktiv darauf konzentrierte. Im Geiste verfolgte sie die Magie im Raum wie ein Netz aus Fäden, suchte nach dem einen, der sie zu der Phönixasche führte. Ein Glühen, ein aufgeregtes Zittern in ihrer Brust. Sie stellte sich die Flammen vor – das war der erste Schritt. Stellte sich vor, wie das Feuer der Kerzen überging auf die Feuerlilien, auch sie zu Asche werden ließ. Wie ein kleiner Kreis aus Feuer die goldene Schale umzüngelte. Sie suchte die Fäden, griff nach ihnen, zog daran, verwob sie miteinander. Die Flamme der ersten Kerze stob empor, Funken sprühten über Lilien, Feuerstein und Phönixasche. Einen Moment glühten sie nur, dann wurden sie zu neuen Flammen. Nacheinander sandten die übrigen Kerzen ihre Funken aus, bis die Schale umgeben war von unzähligen Feuerzungen. Aber es war nicht Feuer, wonach sie suchten – Feuer war nur der Antrieb. Jackie lenkte ihre Aufmerksamkeit auf die Phönixasche. Auch dort waren die Funken zu winzigen Flammen geworden, die Jackie Tränen in die Augen trieben. Die Fäden waren hier dichter, breiter, heller, ein Nest aus intensiver Magie. Sie streckte ihren Geist nach dieser Magie aus, bis sie von ihr umhüllt wurde, sie in ihren Fingerspitzen kribbelte. Zeit, sie zu formen.

Sie stellte sich eine Brücke vor. Eine Brücke aus dunklem Granit, die vom Salon Nocturne bis in die ferne Dunkelheit jenseits des Meeres zwischen den Welten reichte. Auf der einen Seite Édouard, auf der anderen Amélie. Die Steine fügten sich bereits zusammen, einer nach dem anderen, die Brücke wuchs … da tauchte ein Riss im Stein auf, dann noch einer. Fein zuerst, dann immer größer, bis sie zu kleinen Schluchten wurden. Etwas stimmte nicht. Am hinteren Ende begann die Brücke bereits zu bröckeln. Aus der Ferne erklang Rolands Fluchen.

Es funktionierte nicht. Die Erkenntnis kam so plötzlich, war so mächtig, dass Jackie beinahe die Fäden verlor. Nein, sie musste es versuchen. Nichts war verloren, sie musste nur die Risse flicken. Sie stellte sich vor, wie sie wieder zusammenwuchsen. Aber etwas stand im Weg, eine Blockade, die nicht zuließ, dass sie die Magie in diese Richtung lenkte. Und dann … etwas stieß in Jackie hinein und sie stolperte zurück. Die Fäden entglitten ihr, die Brücke verschwand und sie war zurück im Gästezimmer. Das Etwas, das war Édouard gewesen. Die goldene Schale hielt er noch in der Hand, aber die Asche war über das Sideboard und den Boden verteilt, die Flammen erloschen.

Roland stand Édouard gegenüber, redete auf ihn ein. »Édouard, wir können es noch mal versuchen.«

»Ich kann sie hören«, erwiderte Édouard. »Ich kann ihre Stimme hören. Sie ruft nach mir, die ganze Zeit ruft sie nach mir.«

»Wenn wir erst eine Brücke haben –«

Ein blechernes Krachen, als Édouard die Schale auf den Boden schmetterte.

»Wird es dann aufhören? Werde ich sie dann nicht mehr rufen hören?« Er schüttelte den Kopf, immer und immer wieder.

»Édouard.« Jackie machte einen Schritt auf ihn zu und versuchte nach ihm zu greifen, doch er wich zurück. »Lassen Sie es uns doch wenigstens versuchen.«

Vielleicht klang ihre Stimme so müde und hoffnungslos, wie sie sich fühlte. Vielleicht war es das, was Édouard dazu bewegte, nach dem Dolch zu greifen. Die Klinge blitzte in seiner Hand auf und dann, ehe Jackie mehr tun konnte, als seinen Namen zu rufen, rammte er sie sich in den Bauch.

Kapitel 10

Zwei Tage waren vergangen. Zwei Tage, in denen Gabriel entweder durch die Straßen von Paris geirrt war oder hier an seinem vorübergehenden Schreibtisch bei ASRAM Paris gesessen hatte. Gestern war er in der Nähe des Salon Nocturne gewesen, hatte aber an der Biegung zur Rue Steinlen kehrtgemacht. Nein, er musste erst seine Gedanken ordnen. Was er zuletzt dort gesehen hatte – der Schildzauber, der Mann oben in Jackies Wohnung ... Jackie, die Magie wirkte. Ein Bild blitzte vor seinem inneren Auge auf: die Jackie von heute, die ihre blutige Handfläche in den glitzernden weißen Staub drückte, während er den Mann festhielt, der von ihm umgeben war. Und dann die Jackie von damals, verschwommen an den Rändern, vielleicht dreizehn Jahre alt, mit dem Meer im Rücken und einem Lachen auf den Lippen und ... etwas. Etwas, das Gabriel nicht sehen, aber spüren konnte, ein fehlendes Puzzleteil, von dem er nicht mal wusste, wie es aussah. Wie ein Traum, der gerade noch greifbar schien, dessen Bilder sich aber auflösten, sobald er versuchte, sich an sie zu erinnern.

Er blinzelte gegen die beginnenden Kopfschmerzen an und griff nach seinem Kaffee. Erinnerungen verblassten nun einmal, und das Ganze war lange her. Die Jackie von heute war es, mit er sich jetzt auseinandersetzen musste. Schließlich hatte er seinen Auftrag immer noch nicht erfüllt. Das seltsame Gefühl, dass ihm irgendetwas fehlte, würde er einfach beiseiteschieben müssen, damit er seine Arbeit machen konnte, bevor noch mehr Menschen zu Schaden kamen.

Ein weiterer kräftiger Schluck von dem längst kalten Kaffee, dann zog er Jackies Akte zu sich heran. Sie war ein Fall, mehr nicht. Und einen Fall konnte er lösen. Er musste nur herausfinden, wo ihre Schwachstellen lagen, wie er sie zu einer Zusammenarbeit bewegen konnte. Es musste einfach etwas geben.

Er vertiefte sich in die Akte, die er bereits dutzende Male gelesen hatte, bis er deren Worte schon beinahe auswendig kannte. Und doch hoffte er darauf, etwas übersehen zu haben, irgendwo zwischen den Zeilen die Antwort zu finden. Jacqueline Beaumont, seit ihrem vierzehnten Lebensjahr wohnhaft im Salon Nocturne. Hat das Haus seit damals nicht verlassen. Diesen Teil hatte er noch nicht gekannt – er hatte nichts mehr von Jackie gesehen oder gehört, nachdem sie mit ihrer Familie aus Petit-Caux fortgegangen war. Er konnte sich nicht erinnern, warum er damals nicht versucht hatte, den Kontakt aufrechtzuerhalten.

Durch ein Bindungsritual mit dem Salon Nocturne verbunden. Das war es natürlich, was sie zur Expertin machte, warum ASRAM sie in dem Fall haben wollte. Er hatte sie noch nicht danach gefragt und die Akte selbst verriet auch nichts darüber, wie Jackie in diese Situation geraten war. Seine Schläfen pochten und er kniff die Augen zusammen. Vielleicht sollte er sich ein paar Tage Urlaub nehmen, wenn die ganze Sache vorbei war.

Herannahende Schritte ließen ihn aufschauen. Agent Corbec baute sich vor Gabriels Schreibtisch auf. Noch hatte er ihn nicht ohne diesen misstrauisch-kritischen

Blick gesehen, als wäre sein Gesicht auf dem Weg zu einem Stirnrunzeln eingefroren.

»Ich habe länger keinen Statusbericht von Ihnen erhalten, Rivera.«

»Ich habe vorgestern einen eingereicht«, erwiderte Gabriel.

»Womit Sie mir den gestrigen wie auch den heutigen noch schuldig sind. Oder haben Sie etwas an dieser Regelung nicht verstanden? Tägliche Berichte, Rivera. *Täglich.*«

Gabriel biss die Zähne zusammen.

»Oder wollen Sie mir sagen, dass Sie seit vorgestern vollkommen untätig waren, was Ihren Auftrag angeht?«, fuhr Corbec fort. »Nicht, dass mich der ausbleibende Fortschritt überraschen würde. Seien Sie nicht allzu enttäuscht, Sie sind weder der erste noch der letzte Agent, den Mademoiselle Beaumont konsequent abblitzen lässt.«

Gabriel schlug Jackies Akte zu und begegnete Corbecs überaus nervigem, selbstzufriedenem Blick.

»Sprechen Sie da aus eigener Erfahrung, Agent Corbec?«

»Ich wüsste nicht, inwiefern das relevant ist.« Er hatte noch mehr sagen wollen, dessen war sich Gabriel sicher. Aber das plötzliche Hereineilen Amandine Duveaus ließ ihn innehalten. Wäre Gabriel in einem Shakespeare-Stück gefangen gewesen, so hätte die leitende Agentin von ASRAM Paris in diesem Augenblick definitiv die Rolle des unheilverkündenden Boten übernommen.

»Ein Anruf vom Polizeipräfekten«, sagte sie ohne weitere Umschweife. »Agent Rivera, Sie sollten sich augenblicklich zum Salon Nocturne begeben.«

Kapitel 11

Die Geräusche um sie herum klangen gedämpft, vermischten sich zu einem einzigen Rauschen, ohne dass Jackie einzelne Worte verstehen konnte. Verstehen wollte. Sie fixierte die halb geöffnete Tür ihr gegenüber, sah bewusst vorbei an dem jungen Mann, der an ihrem Küchentisch saß und dort nicht hingehörte. Sie hatte nicht damit gerechnet, dass es auf diese Weise enden würde. Nein, das wäre gelogen. Sie hatte gehofft, dass es nicht so endete – in Verzweiflung und Zerstörung und Blut. Édouards Blick ging ihr nicht aus dem Kopf. Diese plötzliche Klarheit, bevor er … Jackie griff nach dem Glas Wasser vor ihr, einfach, um sich an irgendetwas festhalten zu können. So hätte es nicht enden dürfen.

Der junge Mann ihr gegenüber schlug mit der flachen Hand auf die Tischplatte, Millimeter von Jackies eigenen Händen entfernt. Es tat, was er wohl damit beabsichtigt hatte, holte sie zurück ins Hier und Jetzt. Er starrte sie an.

»Mademoiselle, es ist unabdingbar, dass Sie meine Fragen beantworten.«

Er schien fast noch zu jung für seine Uniform, als sei er frisch von der Polizeischule direkt in den Salon Nocturne geeilt, um seine Karriere mit etwas zu beginnen, das er unmöglich verstehen konnte. Definitiv ein Nichtwissender.

»Wo waren Sie genau, als es zu dem Vorfall kam?«, fragte der junge Polizist. Seinen Namen hatte Jackie schon wieder vergessen.

»Unten«, erwiderte sie. »Im Café«

»Hm.« Er nickte langsam und schaute dann zu Roland hinüber, der neben dem Herd gegen die Arbeitsplatte gelehnt stand, die Arme vor der Brust verschränkt.

»Ebenfalls unten«, sagte Roland.

»Und Monsieur Hugues war ein Gast«, fuhr der Polizist fort.

»Sind wir das nicht schon durchgegangen, Monsieur Tessier?«, erwiderte Roland. »Ja, ein Gast. Nein, wir haben keine *Dokumente,* um das zu beweisen. Nein, wir sind kein Hotel.«

Tessier, das war es gewesen. Der Name des Nichtwissenden, der ihnen die Geschichte mit dem Selbstmord definitiv nicht abnahm. Der gar nicht hier sein sollte. Wenn überhaupt, stand bei einem magischen Vorfall ASRAM auf der Matte. Hatten die nicht Verbindungen zur Police Nationale? Polizisten ohne einen Funken Ahnung von Magie verirrten sich sonst höchstens mal hierher, wenn sie einen Kaffee wollten.

»Und als Sie *unten* waren, während des Vorfalls, da haben Sie nichts gehört?«

Vorfall. Als ginge es um etwas ganz Banales, als hätte bloß jemand eine Scheibe eingeschlagen. Als habe Édouard nicht vor weniger als zwei Stunden entschieden, dass es für ihn keinen anderen Weg mehr gab als den ins Jenseits.

»Nichts«, entgegnete Roland, als Jackie stumm blieb. »Wir hatten Musik an.«

Tessier glaubte ihnen nicht. Er mochte keine Ahnung von den wahren Umständen haben, aber dumm war er nicht. Mit gerunzelter Stirn kritzelte er etwas in seinen Notizblock, schaute von Jackie zu Roland und wieder zurück. Dann erhob er sich und verschwand in Richtung Korridor. Sie konnte hören, wie er sich mit gedämpfter Stimme mit einem der Kollegen unterhielt, die gerade in ihren Sachen herumwühlten. Die Worte verstand sie nicht.

»Irgendwelche Ideen, wie wir aus der Nummer wieder rauskommen?«, fragte Roland mit offensichtlich erzwungener Leichtigkeit. Jackie presste die Lippen zusammen. Eben hatten sie Édouard hinausgetragen. Sie hätte mehr tun müssen.

Tessier kam zurück in die Küche. Mit einer schwungvollen Bewegung ließ er die goldene Schale auf dem Tisch landen, die zwischenzeitlich in einen durchsichtigen Plastikbeutel gewandert war. Daneben legte er einen zweiten Beutel, gefüllt mit Asche.

»Können Sie mir das erklären?«, fragte er.

»Sie haben meinen Aschenbecher gefunden!«, rief Roland. »Haben Sie zufällig auch meine Zigarren gesehen?«

Tessier sah ihn an, als würde er am liebsten gleich die Handschellen auspacken.

»Ich sage Ihnen, was ich hier sehe«, meinte er und beugte sich dabei über den Tisch zu Jackie hin. »Sie gehören einem dieser satanischen Kulte an und haben irgendeine Art Opferritual betrieben. Wir haben noch mehr Sachen gefunden.«

Jackie erwiderte nichts. Die Wahrheit konnte sie Tessier nicht sagen, und eine Lüge würde er nicht glauben. Das war genau der Grund, warum der Salon Nocturne mit Schildzaubern umgeben war: um zu laute Geräusche ebenso zu dämpfen wie zu grelles Licht. Draußen hätte niemand Édouards Schreie hören oder das Feuer sehen dürfen. Wer hatte also die Polizei verständigt? Vielleicht einer der Gäste, die noch unten im Café gewesen waren. Sie hätte vor dem Zauber schließen müssen. Ein dummer Fehler ... aber nun war es nicht mehr zu ändern. Schweigend begegnete Jackie Tessiers Blick. Er schaute zuerst weg.

»Sie haben etwas zu verbergen, Mademoiselle Beaumont«, sagte er, als wäre das nicht längst offensichtlich. »Und ich werde herausfinden, was es ist.«

»Ich würde jetzt gerne meinen Anwalt anrufen«, entgegnete Jackie schließlich. Tessier war nicht besonders gut darin, sein triumphierendes Lächeln zu verbergen, auch wenn er sich sichtlich bemühte, seiner Stimme einen neutralen Klang zu verleihen.

»Ist das so?«

»Wenn Sie erlauben.« Mit zwei Fingern deutete Jackie Richtung Korridor. Tatsächlich entfernte sich der Polizist ein paar Schritte, blieb aber im Türrahmen stehen. Jackie seufzte. Sie erhob sich und griff nach ihrem Smartphone. Roland sah sie mit hochgezogenen Augenbrauen an. Seine Lippen formten stumm das Wort »Anwalt«, eine Frage. Nein, Jackie hatte keinen Anwalt. Leider. Sie hätte viel lieber ihren nicht vorhandenen Anwalt kontaktiert, als die Nummer zu wählen, die auf der unscheinbaren, inzwischen reichlich zerknitterten Visitenkarte stand, die sie nun aus der Hosentasche fischte und glattstrich. Ihr fiel beim besten Willen keine andere Möglichkeit ein, um Tessier und seinen Trupp wieder loszuwerden, bevor noch jemand auf die Idee kam, sie aufs nächste Polizeirevier zu beordern. Einen Augenblick zögerte sie noch in der vagen Hoffnung, dass das Universum ihr gnädigerweise eine bessere Lösung präsentieren würde. Dann begann sie zu wählen.

Kapitel 12

Mit dem Auto hätte Gabriel sich wohler gefühlt, auch wenn man ihm versichert hatte, dass er mit der Métro schneller am Ziel sein würde. Abgesehen davon war Duveau ohnehin schon dabei, die Polizisten abziehen zu lassen, die offenbar völlig ahnungslos im Salon Nocturne aufgetaucht waren. Dennoch wollte er so schnell wie möglich dort sein. Momentan allerdings steckte er in der überfüllten Linie A fest und konnte nicht mal aufs Gaspedal treten, damit er rascher vorankam. Als die Durchsage die Ankunft in der Station Charles de Gaulle Étoile ankündigte, rückte er noch ein Stück näher an die Türen. Ein Toter, hatte Duveau gesagt, ein Mann namens Édouard Hugues. Der Mann, den Gabriel vor wenigen Tagen festgehalten hatte, damit Jackie einen Schutzschild um ihn aufbauen konnte.

Sie gefiel ihm nicht, diese plötzliche Dringlichkeit, mit der er durch die Türen stürzte, sobald sie sich weit genug geöffnet hatten. Bewusst verlangsamte er seine Schritte, schaffte aber nur vier, ehe er das Tempo wieder anzog. Normalerweise ging er mit weitaus mehr Ruhe an einen Fall heran. Er brauchte diese Distanz, musste sie sich zurückerkämpfen, wenn es nicht anders ging. Doch für den Moment beherrschte ihn ein einziger Gedanke: Er musste ihr so schnell wie möglich helfen.

Gabriel bahnte sich einen Weg durch die Menschenmenge in der Métrostation, in Richtung des nächsten Abfahrgleises. Im allgemeinen Lärm um ihn herum hätte er sein Handy beinahe nicht klingeln gehört. Das Display zeigte eine unbekannte Nummer. Ohne nachzudenken, ging er ran, presste das Smartphone ans Ohr und eilte weiter.

»Hallo? Monsieur Rivera?«

Ihre Stimme war es, die ihn nun doch anhalten ließ. So plötzlich, dass der Passant hinter ihm geradewegs in ihn hineinrannte. Die nächsten Worte am anderen Ende der Leitung gingen in dem Fluchen des Passanten unter. Gabriel wich zur Seite aus, ganz an den Rand des Ganges.

»Monsieur Rivera, hören Sie mich?«

»Ja. Ja, ich höre Sie.«

Eine Pause auf der anderen Seite, dann:

»Ich benötige Ihre Hilfe.« Der Tonfall passte nicht ganz zu Jackies Worten. Sie klang eher, als wäre es ganz und gar Gabriels Schuld, dass sie ihn unangenehmerweise um Hilfe bitten musste.

»Tatsächlich?«, erwiderte Gabriel.

»Nur ein kleines Problem«, sagte sie. »Nichts, das Ihre Freunde bei ASRAM nicht lösen können.«

»Nach dem zu urteilen, was mir meine Freunde bei ASRAM vorhin erzählt haben, würde ich Ihr Problem nicht als ›klein‹ bezeichnen, Mademoiselle Beaumont.«

Eine erneute Pause. Gabriel wünschte, er könnte in diesem Moment ihren Gesichtsausdruck sehen.

»Wenn Sie Bescheid wissen, wie kommt es dann, dass mein Café voller nichtsahnender Polizisten ist? Ist es nicht Ihr Job –«

»Mademoiselle Beaumont«, unterbrach Gabriel und warf einen Blick auf die Anzeigetafel. Nächste Métro

Richtung Blanche in zwei Minuten. »Wir kümmern uns darum. Ich bin bereits auf dem Weg zu Ihnen.«

Lange dauerte das Gespräch danach nicht mehr. Ein ungläubiges Schnauben von Jackie, ein weiterer Erklärungsversuch von Gabriel. Er war mitten im Satz, als sie auflegte.

Auch wenn sie gefasst geklungen hatte, hatte das Gespräch nicht im Geringsten dazu beigetragen, ihm dieses Gefühl der Dringlichkeit zu nehmen. Das mochte auch der Grund sein, warum er zwei Treppenstufen auf einmal nahm, als er aus der Métrostation Blanche hinauseilte. Er rannte nicht auf dem Weg in die Rue Steinlen, aber viel fehlte nicht.

Vor dem Salon parkten zwei Polizeiwagen, und eine kleine Traube Schaulustiger tat so, als stünden sie nur zufällig auf der gegenüberliegenden Straßenseite herum. Das Tor zum Vorhof des Cafés war leicht angelehnt, und in seiner Eile stieß er es schwungvoll auf. Beinahe hätte er damit den Polizisten erwischt, der gerade durch Jackies Beete trampelte. Offenbar hatte noch niemand die Truppen zurückbeordert, was angesichts von Duveaus Bemühungen verwunderlich schien. Gabriel war ziemlich sicher, dass sie die Privatnummer des Polizeipräfekten hatte. Vielleicht hatte ja längst jemand den Befehl dazu erhalten und stellte sich einfach aus Prinzip quer.

»Sie können hier nicht durch!«, verkündete der Polizist im Vorgarten, als Gabriel in Richtung Café-Tür marschierte.

»Ich denke doch«, erwiderte er. »Warten Sie es ab.«

Der Polizist folgte ihm nach drinnen. Zwei seiner Kollegen standen zwischen den Tischen und warteten offenbar auf Anweisung. Ein dritter Polizist presste bei der Gebäckauslage sein Smartphone ans Ohr. Er sprach mit gesenkter Stimme, Gabriel verstand trotzdem jedes Wort.

»Ich dachte nur, dass ... ja, ich verstehe. In Ordnung. Aber sollte man nicht ...?«

Hinter dem Mann, bei der Tür in Richtung Küche, stand Jackie. Neben ihr der junge Mann, den Gabriel hier schon öfter gesehen hatte. Roland. Jackie setzte sich in Bewegung, sobald sie ihn sah.

»Vielleicht wollen Sie da ein wenig nachhelfen, *Agent* Rivera?« Sie nickte zu dem immer noch telefonierenden Polizisten hin. Kein »Danke für Ihr Kommen«, kein »Zum Glück sind Sie da!«. Stattdessen starrte sie Gabriel beinahe vorwurfsvoll an. Aber da war noch mehr in ihrem Blick: Erschöpfung und Unsicherheit, die nur kurz hindurchschimmerte, ehe Jackie die Arme vor der Brust verschränkte und ihre Gesichtszüge verhärtete.

Gabriel wandte sich dem Polizisten zu, der gerade sein Gespräch beendete und missmutig den Hörer fixierte.

»Ihr Vorgesetzter, nehme ich an?«, fragte er und der Polizist sah ihn fragend an. »Bonjour. Gabriel Rivera. Ich werde ab hier übernehmen. Wie Ihr Vorgesetzter Ihnen wahrscheinlich gerade mitgeteilt hat.«

Der Polizist presste die Lippen zusammen, als wolle er sich davon abhalten, etwas Dummes zu sagen. Er schielte zu Jackie und Roland hinüber.

»Sie haben den Mann gehört, Tessier«, meinte Roland. »Machen Sie sich auf den Weg. Und lassen Sie mir meinen Aschenbecher da.«

Nach und nach räumten die Polizisten das Feld. Gabriel sah ihnen vom Tresen aus nach, bis er mit Jackie und Roland allein im Café war. Ein paar Spuren blieben zurück – geöffnete Schränke, bereits in Plastiktüten gepackte Beweisstücke, die Tessier widerwillig auf einem Tisch beim Ausgang zurückgelassen hatte. Und eine Atmosphäre, die man mit einer Stecknadel hätte zum Platzen bringen können.

»Sie werden mir erzählen müssen, was passiert ist«, sagte Gabriel schließlich. Er kannte die Kurzfassung, die ihm Duveau mit auf den Weg gegeben hatte, aber er wollte es von Jackie hören, jedes Detail. Sie schüttelte den Kopf.

»Auf dem Teppich in meinem Gästezimmer ist eine Blutlache, Monsieur Rivera. Ein Haufen Polizisten hat gerade mein Haus durchwühlt. Ein Mann ist eben ... gönnen Sie mir wenigstens erst einen Drink, bevor Sie mit der Fragerei loslegen.«

Sie wartete seine Antwort nicht ab, sondern marschierte wortlos Richtung Küche davon. Im Vorübergehen schloss sie den offenen Schrank hinter dem Tresen.

Etwas hielt ihn davon ab, ihr hinterherzueilen. Die Sache mit der Polizei war fürs Erste geklärt; vielleicht konnte der Rest wirklich etwas warten. Zumindest einen Drink lang.

Roland holte Gläser aus einem der Schränke. Zuerst zwei, dann stellte er mit einem Schulterzucken ein drittes hinzu. »Sie sehen aus, als könnten Sie auch einen gebrauchen«, meinte er. »Macht die Sache vielleicht einfacher.«

Der Salon Nocturne wirkte anders als bei Gabriels bisherigen Besuchen im mal mehr, mal weniger belebten Café. Heute Abend war der Raum düster und leer, und die plötzliche Gänsehaut rührte nicht allein von der Magie her, die sich hier in den Ecken eingenistet hatte. Es war, als hinge etwas von dem in der Luft, was sich eine Etage höher ereignet hatte. Und etwas von dem, was als Nächstes kommen würde.

Jackie kehrte aus der Küche zurück, in jeder Hand eine Flasche Wein. Als sie das dritte Glas bemerkte, warf sie Roland einen fragenden Blick zu, entkorkte dann aber kommentarlos die erste Flasche und goss ein.

»Na dann.« Roland hob sein Glas. »Auf Édouard.«

Sie tranken schweigend. Draußen neigte sich der Tag dem Ende entgegen, die Dämmerung hatte eingesetzt. Roland war es, der schließlich das Licht einschaltete, zu grell und zu künstlich in der bedrückenden Stille des Cafés.

»Irgendeine Chance, dass Sie einfach wieder verschwinden?«, fragte Jackie schließlich und stellte ihr leeres Glas auf dem Tresen ab. »Nicht, dass ich nicht dankbar für die Hilfe wäre, aber eigentlich brauchen wir Sie hier nicht mehr.«

»Sie wissen genauso gut wie ich, dass jemand längst eine Akte zu dem Fall angelegt hat«, erwiderte Gabriel. »Und dass Sie dieses Mal unsere Fragen tatsächlich beantworten müssen. Sie können mit mir reden oder darauf warten, dass ASRAM jemand anderen schickt. Wie Sie wollen.«

Fast erwartete er, dass sie sich für Option B entschied ... dann aber seufzte sie und steuerte einen der Tische an. Winkte ihn zu sich herüber. Er nahm ihr gegenüber Platz. Sie sahen einander nicht an. Mit einem dumpfen Knall platzierte Roland die beiden Weinflaschen zwischen ihnen auf dem Tisch.

»Das hier scheint mir eine Sache zwischen euch zweien zu sein«, meinte er. Weder Jackie noch Gabriel protestierten, als er daraufhin hinausmarschierte. Wahrscheinlich würde Gabriel seine Zeugenaussage früher oder später noch brauchen. Für den Moment musste er Roland aber recht geben – dieses Gespräch war eines, das Jackie und er unter vier Augen führen mussten.

Schließlich begann sie zu reden. Sprach von den Ereignissen, die dazu geführt hatten, dass sie beide hier einander gegenübersaßen, in der abendlichen Stille des Salon Nocturne. Er erfuhr, dass Édouard das Opfer eines maskierten Unbekannten geworden war, der ein verunglücktes Bindungsritual an ihm und seiner Verlobten durchgeführt hatte – so viel hatte er selbst schon vermutet. Ebenso, dass Édouard sie um Hilfe gebeten hatte.

»Wir haben es mit einem Schild versucht«, sagte sie. »Aber den Teil kennen Sie ja bereits – von dem Tag, an dem Sie in meine Wohnung eingebrochen sind.«

Gabriel erwiderte nichts, füllte stattdessen sein Weinglas auf. Die beiden Tage, an denen er nicht im Café gewesen war, hatten Édouard offensichtlich keine Verbesserung gebracht.

»Wir haben es versucht«, sagte Jackie schließlich. »Es hat nicht funktioniert.«

Was genau sie versucht hatten – was die Schale und die Asche bedeuteten, die der Polizist vorhin auf einem der Tische deponiert hatte –, das verriet sie nicht. Die Frage brannte ihm auf der Zunge, aber er stellte sie nicht. Das, was sie mit ihm geteilt hatte, schien sie viel Kraft gekostet zu haben. Die Ringe unter ihren Augen waren allzu deutlich und immer öfter blitzte Erschöpfung durch den sonst geschult neutralen Blick, mit dem sie Gabriel gewöhnlich begegnete.

»Er nennt sich Eros«, meinte sie nach weiteren Momenten der Stille. »Der Typ, der ...«

»Das wussten wir bereits«, erwiderte Gabriel.

Sie schnaubte.

»Natürlich tun Sie das. Was wissen Sie sonst noch?«

»Nicht genug. Es wurden Befragungen durchgeführt, bevor ich nach Paris gekommen bin. Wir haben eine Liste mit Namen. Zeugen, Opfer. Verdächtige.« Das Meiste davon war vage, nicht greifbar. Erwähnungen, einander widersprechende Beschreibungen, Vermutungen ohne Beweiskraft. Natürlich könnte die unvollständige Natur seiner Informationen auch darauf zurückzuführen sein, dass er von Corbec selbst nur eine ungewöhnlich dünne und frisch gedruckte Fallakte erhalten hatte – höchstwahrscheinlich eine Zusammenfassung. Nur das, was er unbedingt wissen musste, um eine Kooperation mit Jackie herzustellen. Eigentlich kannte er es nicht anders. ASRAM gab nie mehr preis als zwingend notwendig. Das bedeutete aber nicht, dass er Jackie gegenüber zugeben musste, kaum Details zu kennen.

»Was haben *Sie* denn herausgefunden?«, fragte er.

»Agent Rivera, versuchen Sie, mich zu einer Kooperation zu verleiten?«

»Seit einiger Zeit bereits, Mademoiselle Beaumont. Ich dachte, das wäre offensichtlich.«

Der Moment war gekommen. Seit dem ersten Tag, an dem Gabriel in den Salon Nocturne gestolpert war, hatte sie kaum ein offenes Wort mit ihm gewechselt. Auch heute Abend mochte sie ihm nicht alles erzählen ... trotzdem hatte er in der vergangenen halben Stunde mehr erfahren als bei all seinen Besuchen zuvor. Er hatte sie. Ein paar Worte noch, ein gezielt platzierter Köder, und er hätte seinen Auftrag erfüllt. Sie wusste es ebenso wie er, schien aber immer noch mit sich zu ringen. Die neutrale Fassade bröckelte zunehmend – eine langsam einstürzende Mauer, hinter der die Wahrheit verborgen lag. Und Gabriel wollte plötzlich nichts so sehr, als das Funkeln in ihre Augen zurückzubringen.

»Wir haben das gleiche Ziel«, sagte er mit fester Stimme. »Wir können nicht zulassen, dass es noch mehr Opfer gibt.«

Sie sah ihn an. Und langsam, kaum merklich, nickte sie.

Kapitel 13

Der frühe Morgen war neblig, Nieselregen hing über den Gräbern des Cimetière de Montmartre. Auf leisen Pfoten bahnte sich Jackie ihren Weg über den Friedhof. Diese morgendliche Runde war ein Stück Normalität. Dennoch konnte sie die Veränderung spüren, als verberge sie sich im Nieselregen, überall um sie herum. Der gestrige Tag hatte alles über den Haufen geworfen.

Sie beschleunigte ihre Schritte, als könne sie dem Gedanken dadurch davonrennen. Mit einem Satz huschte sie zwischen zwei Mausoleen durch. Eine Krähe flog unter protestierendem Geschrei gen Himmel. Gabriel blitzte vor ihrem innerem Auge auf, dann Édouard. Sie verjagte die Bilder, ging stattdessen ihre Pläne für den Rest des Morgens durch. Sie war noch früher aufgestanden als sonst. Roland hatte sie seit dem gestrigen Abend nicht gesehen, aber seine Schuhe hatten im Korridor gestanden – irgendwann während der Nacht musste er zurückgekommen sein. Bevor sie sich auf den Weg zum Friedhof gemacht hatte, hatte sie unten in der Küche einen Mürbeteig geknetet, der jetzt im Kühlschrank wartete, weiterverarbeitet zu werden. Schon vor ein paar Tagen hatte sie den Kakao bekommen, den sie bei einer Hexengemeinschaft in Ghana bestellt hatte. Die kleine Plantage befand sich auf einem Landstrich, dessen Boden mit regenerativer Magie durchwoben war. Die Besitzerinnen der Plantage sorgten dafür, dass jede Kakaobohne einen Funken dieser Magie enthielt. Das machte sie zur idealen Zutat für Tartes au Chocolats gegen Magieblockaden. Jackie hatte spontan mehrere Personen im Kopf, deren Magie ein wenig Regeneration gebrauchen könnte. Vielleicht sollte sie eine der Tartes für sich selbst beiseitelegen.

Vereinzelte Sonnenstrahlen kämpften sich ihren Weg durch den Nebel, als Jackie sich der Friedhofsmauer näherte. Einen Moment verweilte sie noch und sog die morgendliche Stille in sich auf. Regentropfen hatten sich in ihrem Fell gesammelt, der Geruch nach nassem Laub und Erde lag in der Luft. Das Rufen einer Krähe vermischte sich mit dem Geräusch der vorbeifahrenden Autos auf der anderen Seite der Mauer. Ein Teil von ihr wollte einfach hierbleiben, zwischen den anderen Katzen von Montmartre verschwinden. Keine von ihnen würde sich übermorgen mit Gabriel Rivera treffen müssen, um über Eros zu reden. Für keine von ihnen hatte sich die Welt verändert. Schon wieder.

So sehr dieser Teil von ihr auch davonrennen wollte – sie hatte ihm noch nie nachgegeben. Ein paar Schritte lief sie noch, dorthin, wo die Efeuranken die Friedhofsmauer bedeckten und ein Hinaufklettern leichter machten. Sie erklomm die Mauer, sprang auf der anderen Seite auf die Straße hinab. Vielleicht würde sich auch einfach alles von selbst ergeben, vielleicht … quietschende Bremsen rissen sie aus ihren Gedanken. Keinen Meter von ihrer Nasenspitze entfernt stand plötzlich ein Auto. Der Fahrer starrte die gedankenverlorene Katze erschrocken durch die Windschutzscheibe an. Sie blinzelte ihm entgegen. Vielleicht sollte sie besser zwei Tartes beiseitelegen.

Der erste Gast stand bereits vor dem Tor, als Jackie aufschloss. Antoine lehnte draußen gegen die Mauer, die Haare feucht vom Regen. Er folgte ihr wortlos nach drinnen. Seine Bestellung brauchte sie nicht zu erfragen, dafür kannte sie ihn zu gut. Starker Kaffee, ein Schuss Milch, ein gebuttertes Brioche-Brötchen. Eine Zeit lang hatte er sein Frühstück oben in ihrer Küche eingenommen. Natürlich war ihre Beziehung damals weder rein geschäftlich noch ausschließlich freundschaftlich gewesen. Auch wenn das vorbei war, gehörten die kleinen Brioche-Brötchen seitdem zur ständigen Gebäckauslage im Café, manchmal in magischer Sonderanfertigung, meist aber einfach ganz normal. Ein kurzer Gang in die Küche, wo sie die fertigen Tartelettes aus dem Ofen holte. Der ganze Raum duftete nach geschmolzener Schokolade. Sie platzierte die kleinen Törtchen auf dem Abkühlgitter.

Im Café war Antoine nach wie vor der einzige Gast, auch von Roland fehlte weiterhin jede Spur. Der Regen draußen hatte zugelegt und trommelte gegen die Fensterfront. Jackie schaltete die Beleuchtung ein. Es versprach, ein düsterer Tag zu werden.

Als er mit Frühstücken fertig war, erhob sich Antoine von seinem Platz und kam zum Tresen hinüber.

»Hat alles funktioniert?«, fragte er. »Mit der Phönixasche?«

Sie hatte immer an ihm gemocht, dass er nicht viele Fragen stellte – normalerweise. Sie antwortete nicht. Irgendwann seufzte er.

»Manche Dinge ändern sich nie, richtig?«, meinte er. »Ich nehme an, du wirst mir auch nicht erzählen, warum du so aussiehst, als hättest du seit Tagen nicht geschlafen.«

»Eine kleine Komplikation, mehr nicht«, erwiderte sie. Er runzelte die Stirn. Sie war sich nie sicher gewesen, ob sie ihm wirklich etwas vormachen konnte – oder ob er sie nur in dem Glauben ließ. In jedem Fall hakte er fürs Erste nicht weiter nach ... aber er ging auch nicht. Vielleicht war da noch etwas von der alten Verbundenheit, etwas zwischen ihnen, das nie ganz verschwunden war. Möglicherweise war das der Grund, warum Jackie zu seinem Tisch hinging, zwei Teller mit Tartelettes au Chocolat in der Hand.

»Regenerativ«, meinte sie, als sie ihm den einen Teller hinschob. Schokolade selbst besaß sowieso eine ganz eigene Magie. Den Kakao hatte sie mit einem Hauch von Chili verfeinert, bevor sie ihn unter die geschmolzene Schokolade gemischt hatte.

»Es hat nicht funktioniert«, sagte sie schließlich, als auf ihrem Teller nur noch Krümel übrig waren.

»Die Tartelette?«

»Die Phönixasche. Wir wollten ... es hat nicht funktioniert.«

»Die Magie eines Phönix ist komplex, Jackie. Was auch immer du damit vorhattest.« Er schielte auf seinen leeren Teller und blickte sie fragend an.

Sie schüttelte den Kopf. »Wie du sagst, zu komplex für Gebäck. Ich kann schlecht riskieren, dass meine Gäste in Flammen aufgehen, weil irgendetwas nicht nach Plan gelaufen ist. Nein, die brauchten wir für einen anderen Zauber.«

Mehr sagte sie nicht, hin- und hergerissen zwischen dem Bedürfnis, ihm einfach alles zu erzählen, und dem Wunsch, die ganze Sache für sich zu behalten. Vielleicht konnte sie irgendwo dazwischen einen Kompromiss finden.

»Jemand führt Bindungsrituale durch«, begann sie. Antoine kannte ihre Situation. Zumindest Teile davon.

»Ja, ich weiß«, erwiderte er. »Das Gerücht geistert schon seit Wochen durch die magischen Bars. Ich kann mir kaum vorstellen, dass du es erst gestern aufgeschnappt hast.«

Nein, das hatte sie sicher nicht. Und auch nicht erst an dem Tag, an dem Gabriel ihr davon erzählt hatte. Es war die ganze Zeit da gewesen, ein Flüstern hier, ein Raunen dort. Viele, die etwas gehört hatten, wenige, die tatsächlich etwas wussten.

»Ich helfe ASRAM bei der Aufklärung«, sagte sie leise.

»Bitte was?« Die Reaktion hatte sie erwartet – den entgeisterten Blick, die zur Faust geballte Hand auf dem Tisch. »ASRAM, Jackie? ASRAM?!«

Er sagte es, als handele es sich dabei um eine bekannte terroristische Einheit, die sich auf die Verfolgung Unschuldiger spezialisiert hatte.

»Lass es mich anders formulieren«, sagte sie rasch, bevor Antoine auf die Idee kam, die Wand mit seiner geballten Faust bekannt zu machen. »Ich habe einem Agenten meine Kooperation zugesagt, weil ich an deren Akten kommen muss. Mach dir mal keine Sorgen, ich laufe nicht über oder so.«

Langsam, ganz langsam, öffnete er seine Faust wieder. Dafür, dass ASRAM gerne von sich behauptete, dem Schutz der magischen Gemeinschaft zu dienen, kannte sie eine Menge Magische, die der Agence sicher keine Fünf-Sterne-Wertung verpassen würden. So einige ihrer Gäste hatten Geschichten zu erzählen ... und Antoine war da keine Ausnahme. Dennoch musste sie wissen, was ASRAM zu diesem Eros herausgefunden hatte. Jede zusätzliche Information konnte helfen, dem Unbekannten ein

Stück näher zu kommen, der da draußen für so viel Chaos sorgte.

»Hätte ich von dir auch nicht erwartet«, meinte er. »Aber sei vorsichtig. Ich habe das Gefühl, dass die in letzter Zeit besonders schlecht auf uns zu sprechen sind.«

»Ich komm klar«, erwiderte Jackie.

Vielleicht war es das Gespräch mit Antoine, vielleicht der Funken regenerativer Magie aus der Tartelette – jedenfalls fühlte sie sich weniger müde als noch ein paar Stunden zuvor. Und stärker entschlossen.

Kapitel 14

Duveaus Büro war für einen Kellerraum erstaunlich hell. Tageslichtlampen zierten die Decke, weiß gestrichene Regalreihen zogen sich an den Wänden entlang. Ein breites Gemälde mit alpiner Landschaft hing an der Wand hinter ihrem Schreibtisch wie eine Art Fensterersatz. Aber es war die Akte auf ihrem Schreibtisch, die Gabriels Aufmerksamkeit hauptsächlich beanspruchte. Dass es eine Akte mit seinem Namen gab, war keine Überraschung. Aber es war etwas Anderes, ob diese Akte irgendwo in einem Schrank eingeschlossen lag oder sich gerade auf dem Tisch der leitenden Agentin von ASRAM Paris befand.

»Gute Arbeit, Agent Rivera«, sagte Duveau nun. »Eine Kooperation mit Jacqueline Beaumont wird uns in diesem Fall äußerst nützlich sein. Ihr Vorgesetzter in Straßburg wird von mir einen positiven Bericht erhalten.«

Es klang wie eine Verabschiedung, wie ein »Vielen Dank und gute Rückreise«, und auch das hätte ihn eigentlich nicht überraschen dürfen. Immerhin war er hierherbeordert worden, um Jackies Mitarbeit zu erzielen. Die Aufgabe war erfüllt. Und doch ließen ihn Duveaus Worte mit einem unangenehmen Ziehen im Magen zurück. Sollte er sich nun einfach in den nächsten Zug zurück nach Straßburg setzen? Konnte er das überhaupt, mit all den offenen Fragen in seinem Kopf? Mit Jackie, die ihn am nächsten Abend wieder im Salon Nocturne erwartete?

»Ich gehe davon aus, dass Agent Corbec von Ihnen bereits die relevanten Details erhalten hat?« Diesmal sah Duveau nicht Gabriel an, sondern Corbec, der im zweiten Stuhl gegenüber der leitenden Agentin saß.

»Er hat brav seine Statusberichte abgegeben«, erklärte Corbec. Wenn ihm jetzt noch jemand ein Leckerli zuwarf, würde Gabriel etwas sagen. Etwas weniger Nettes. Vielleicht.

»Na ja, mit ein paar Lücken darin«, fügte Corbec hinzu. »Aber ich werde die fehlenden Informationen schon von Mademoiselle Beaumont bekommen.«

Das Ziehen wurde stärker, schwoll zu einem Beben an, eine plötzliche Energie, die ihn unwillkürlich aufspringen ließ. Duveau und Corbec starrten ihn verwundert an.

»Ich sollte bleiben«, erklärte Gabriel, bevor er sich daran hindern konnte. »Directrice Duveau, ich denke … ich weiß, dass Jackie … Mademoiselle Beaumont mich beim morgigen Treffen erwartet. Sie haben mich nicht ohne Grund angefragt. Die Kooperation sollte weiterhin über mich laufen.« So verlockend der Gedanke auch war, in die Normalität zurückzukehren – so normal das Leben eines ASRAM-Agenten eben sein konnte –, Gabriel war nie ein Fan unerledigter Dinge gewesen.

Corbec schien ihn mit seinem Blick durchbohren zu wollen. »Ich denke nicht, dass das nötig sein wird, Rivera. Es war mein Fall, lange bevor Sie sich eingemischt haben.«

»Ich habe mich lediglich der Aufgabe angenommen, die Sie mir übertragen haben«, entgegnete Gabriel. »Und ausgehend von meiner Erfahrung mit genau dieser Aufgabe bin ich der Meinung, dass Sie mich weiterhin brauchen. Aber Sie können es auch gerne ohne mich versuchen.«

Corbec wollte erneut ansetzen, ein kurzes Handzeichen von Duveau ließ ihn jedoch einhalten. Stattdessen presste er nur stumm die Lippen zusammen. Die leitende Agentin seufzte.

»Setzen Sie sich, Rivera.«

Gabriel tat, wie geheißen. Wenn auch langsam. Das Beben hatte längst nicht nachgelassen. Ein Blick zur Seite verriet ihm, dass er nicht der Einzige war, in dem es brodelte. Corbec hatte wahrscheinlich gänzlich andere Gründe für seine Unruhe, auch wenn Gabriel sie nur erahnen konnte. Mit dem Zeigefinger tippte Corbec in einem schnellen Rhythmus gegen die Armlehne seines Stuhls, während er die Schreibtischplatte anstarrte.

»Ich halte das für keine gute Idee«, sagte er schließlich. »Agent Rivera kennt sich mit den Gegebenheiten in Paris nicht aus. Er ist kaum mit dem Fall vertraut.«

»Ich habe die Akte gelesen«, erwiderte Gabriel, wohl wissend, dass besagte Akte nur einen Bruchteil dessen enthalten haben konnte, was ASRAM Paris zu dem Fall hatte. Sie hätten es in Straßburg nicht anders gehandhabt, mit einem Agenten von außerhalb: Gerade so viel mitteilen, wie notwendig war, um die Aufgabe zu erfüllen.

»Und an Ihren Auftrag erinnern Sie sich auch?« Corbec drehte sich zu ihm hin. »Der ist nämlich abgeschlossen. Sie wollen doch Ihre Leute in Straßburg nicht warten lassen. Ich bin sicher, dass Sie dort besser aufgehoben sind.«

»Sie wird nicht mit Ihnen kooperieren, Corbec«, entgegnete Gabriel. Mehr eine Ahnung, als dass er es mit absoluter Sicherheit sagen konnte. Oder ein Wunsch?

»Ich werde sie schon dazu bringen.«

»Das würde ich gerne sehen.«

»Genug!« Duveaus scharfer Ton durchschnitt die Luft. »Agent Rivera. Sie sind nicht derjenige, der entscheidet, ob Sie weiter an diesem Fall arbeiten. Und Agent Corbec. Sie entscheiden das auch nicht. Habe ich mich klar ausgedrückt?«

Gabriel nickte, neben ihm verschränkte Corbec die Arme vor der Brust. Duveau nahm sich einen Augenblick, um beide Männer zu fixieren, dann zog sie Gabriels Akte zu sich heran. Schlug sie auf.

Gabriel konnte sich nicht davon abhalten, zu ihr hinüberzuschielen. Entziffern konnte er aber nichts – zumal Duveau die Mappe prompt noch näher zu sich heranzog.

»An Ihrem Resümee ist an sich nichts anzusetzen«, meinte sie. »Und offenbar haben Sie bei mir Prüfungen absolviert. Wenn ich Sie habe bestehen lassen, dann sollten Sie das notwendige Potenzial für einen Fall wie diesen mitbringen.«

Alles Dinge, die sie schon vorher gewusst haben musste. Ganz bestimmt hatte sie heute nicht zum ersten Mal in Gabriels Akte geschaut. Nein, mit dieser Show ließ sie sie wissen, dass sie hinreichend in der Lage war, über das Schicksal ihrer Agenten zu entscheiden – und die absolute Befugnis dazu hatte. Zumindest in ihrem Zuständigkeitsbereich.

»Potenzial kann Jahre brauchen, um sich zu entfalten«, bemerkte Corbec. »Mit Verlaub, Directrice Duveau, haben Sie nicht selbst gesagt, dass der Fall weiterhin mir gehört, trotz der … freundlichen Unterstützung von außerhalb?«

»Agent Corbec, ich denke, Sie stimmen mir zu, dass wir den besten Weg finden müssen, um den Fall schnell zu lösen – nicht den besten Weg, um die beteiligten Agenten zufriedenzustellen.«

Schwungvoll schlug sie Gabriels Akte wieder zu, faltete die Hände auf der Tischplatte und studierte die beiden Agenten mit leicht zusammengezogenen Augenbrauen. Schon bevor sie in diesem Amt gewesen war, damals, als Gabriel sie als Trainerin kennenlernte, hätte ihr niemand die natürliche Autorität aberkennen können. Es war nicht eine Sache, ein Detail, an dem er sie hätte festmachen können – mehr ein Zusammenspiel aus Haltung, Blicken und einer fordernden, kraftvollen Stimme. Amandine Duveau zu widersprechen war keine leichte Sache. Für den Moment schwiegen sowohl Gabriel als auch Corbec.

»Agent Rivera. Ihre Verbindung zu Jacqueline Beaumont hat sich als nützlich erwiesen. Und Sie haben Grund zu der Annahme, dass dies auch weiterhin ein Vorteil bei den Ermittlungen sein könnte.«

Gabriel nickte, auch wenn es nicht als Frage formuliert gewesen war. Duveau wandte sich Corbec zu.

»Agent Corbec. Sie sind mit den Gegebenheiten der magischen Gemeinschaft in Paris vertraut und haben in diesem Fall bereits vor Agent Riveras Ankunft ermittelt. Ich stimme mit Ihnen überein, dass Sie auch weiterhin den Fall bearbeiten sollten.«

Ein zufriedenes Lächeln breitete sich auf Corbecs Lippen aus.

»Sehr gerne, Directrice Duveau, Sie werden –«

»Gemeinsam mit Agent Rivera.«

Corbec biss die Zähne zusammen und es war Gabriel, der sich nun ein kleines Lächeln nicht verkneifen konnte. Er konnte sich angenehmere Partner vorstellen als Corbec, aber für den Moment würde er es als Sieg werten, überhaupt an der Sache dranbleiben zu können.

Kapitel 15

Die Geräusche aus dem Café oben wurden leiser, je weiter Jackie die Kellertreppe hinunterstieg. Es war später Nachmittag, in wenigen Stunden würde Gabriel wieder im Salon Nocturne sitzen, in ganz offizieller Mission. Sie konnte das Ganze nicht länger vor sich herschieben. Die rote Box hatte sie zurück an ihren Platz geräumt. Jetzt kämpfte sie sich zwischen den Kisten, Kartons und Möbelstücken hindurch bis an die gegenüberliegende Wand. Ein kurzes Gefühl von Déjà-vu überkam sie. Vor allzu kurzer Zeit hatte sie genau hier gestanden und nach einem Weg gesucht, Édouard zu helfen. Und am Ende war alles Suchen vergebens gewesen.

Sie konzentrierte sich auf den nächsten Atemzug und holte ihre Gedanken zurück in die Gegenwart. Vielleicht war es dieses Mal nicht umsonst. Eros war immer noch da draußen. Vielleicht konnte sie ihren Teil dazu leisten, dass niemand Édouards Schicksal teilen musste.

Sie öffnete den Schrank, schob mit dem Fuß einen Karton zur Seite, um daneben eine freie Fläche zu schaffen. Dann stellte sie Tante Florences Hocker in die neu entstandene Lücke. Zwischenzeitlich hatte sich auf dem Möbel genug Staub gesammelt, um das einst leuchtende Dunkelrosa blass wirken zu lassen. Auch der goldene Anstrich hatte längst seinen Glanz verloren. Und doch musste Jackie bei dem Anblick lächeln – wie oft hatte sie Florence auf genau diesem Hocker sitzen sehen, über ihren Schminktisch gebeugt, einen Lippenstift von der gleichen Farbe wie der Hocker in der Hand. Vielleicht sollte sie sich irgendwann die Zeit nehmen, die Möbel hier unten zu entstauben. Für den Moment klopfte sie die Sitzfläche nur schnell ab und zog dann der Reihe nach zwei Boxen, einen Stapel Notizbücher, mehrere Aktenordner und eine Reihe uralter magischer Fachbücher mit rissigen Einbänden aus dem Schrank. Sie machte es sich auf dem Hocker ihrer Tante bequem und überflog ein Dokument nach dem anderen. Hier unten Recherche für sich selbst zu betreiben war eine ganz andere Sache, als ASRAM mit Material zu versorgen.

Der Agence gar nichts auszuhändigen würde mit ziemlicher Wahrscheinlichkeit dazu führen, dass sie im Gegenzug auch nichts von deren Aufzeichnungen zu sehen bekam. Ihr dagegen wahllos alles zu überreichen, was sie an Informationen über das Bindungsritual hatte, wäre eine ausgesprochen schlechte Idee. Wissen um das Ritual war nicht ohne Grund überall auf der Welt vernichtet worden, die Details nur noch wenigen Eingeweihten zugänglich. Jackie selbst wäre nicht in der Lage, eine Bindung herzustellen. Und Eros war das beste Beispiel dafür, dass Halbwissen mindestens genauso gefährlich war wie die ganze Wahrheit. Auf keinen Fall würde sie ASRAM Informationen geben, mit denen sich die Agence ein solches Halbwissen zur Durchführung des Rituals zusammenbasteln konnte. Nein, alle Unterlagen, die auch nur das kleinste Bruchstück zur konkreten Umsetzung des Rituals enthielten, sortierte sie rigoros aus. Viele dieser Aufzeichnungen basierten auf Gerüchten, auf Mutmaßungen – alte Tagebucheinträge, Notizen und Abhandlungen in verschiedenen Sprachen und aus unterschiedlichen Zeiten. Viel zu viele hatten in der Vergangenheit versucht, dem Ritual auf die Spur zu kommen. Jedes Mal, wenn sie den Schrank im Keller öffnete, hallten Tante Florences warnende Worte in ihrem Kopf nach: »Es gibt einen Grund, warum das Wissen nur an sehr wenige Personen und nur mündlich von einer Person an die nächste weitergegeben wird.« Jeder Wissensträger suchte sich eines Tages genau einen Nachfolger aus.

Der Stapel der aussortierten Dokumente wuchs wesentlich schneller als der der weniger verfänglichen. ASRAM durfte Informationen zu den Auswirkungen des Rituals haben, Berichte von Betroffenen, Aufzeichnungen aus der Hochphase des Rituals im Mittelalter und ein paar Notizen aus den Jahrhunderten danach. Informationen dazu, wie man Betroffene erkennen konnte, und warum Halbwissen so gefährlich war. Eros war längst nicht die erste Person in der Geschichte der Magie, die einen so machtvollen Zauber mit so offensichtlich unvollständigem Wissen umzusetzen versuchte.

Als sie fertig war, las Jackie den ASRAM-Stapel auf und trug ihn nach oben. Im Café war Roland schon dabei, alles für ihren abendlichen Gast vorzubereiten. Dieses Mal kam Gabriel in offizieller Mission, und mehr noch – mit Jackies Erlaubnis. Sie konnten nicht ausschließen, dass er sich genauer umsehen würde. Und es gab genug Dinge im Salon Nocturne, die ASRAM besser nicht zu Gesicht bekam.

Den Papierstapel platzierte sie auf dem Schreibtisch in ihrem Büro. Okay, das klang vielleicht etwas zu schick für die fensterlose Kammer neben der Küche, in der sie ihre Buchhaltung erledigte und wo sich unsortierte Aktenordner bis unter die Decke stapelten. Das alte Kopiergerät stand in der Ecke neben einer Stehlampe und erfüllte den ganzen Raum bei jedem Kopiervorgang mit lautem Quietschen und Rattern. Hauptakteur des nächsten Schrittes der Unterlagenvorbereitung war der schwarze Marker, der seinen Platz gemeinsam mit einem Sammelsurium an Kugelschreibern in einer alten Kaffeedose auf dem Schreibtisch hatte.

Ein Name nach dem anderen fiel dem Marker zum Opfer. Die so präparierten Unterlagen landeten in einem Karton, die Originale brachte Jackie zurück in den Keller.

Wenig später stand der Karton im Café bereit. Roland war gerade dabei, die Tische abzuwischen. In der Mitte des Raumes hatte er einen für ihren Gast vorbereitet. Drei Stühle, Gläser, eine Flasche Tafelwasser und eine Schale Madeleines, die Jackie extra für diese Gelegenheit gebacken hatte. Zum Glück hatte sie noch etwas von ihrem selbst gemachten Orangenöl übrig gehabt – und von ein paar ganz besonderen Zutaten, die Zungen leichter lösten, als eine Flasche Wein es je könnte.

Ein paar Tropfen des Gegenmittels gab sie in Rolands und ihr Glas, ehe sie beide mit Wasser auffüllte. Es würde den Effekt nicht ganz blocken, ihn aber zumindest deutlich abschwächen.

»Wir haben viel zu selten Gäste zum Essen da«, meinte Roland hinter ihr. »Ich frage mich, warum …«

»Sei still und setz dich.«

Sie steckte das kleine Fläschchen zurück in ihren Ausschnitt. Wer weiß, was ASRAM alles mitbringen würde. Vielleicht würde sie im Laufe des Abends die Dosis erhöhen müssen. Noch eine Sache, die sie von Tante Florence gelernt hatte: Traue nie einem ASRAM-Agenten, schon gar nicht einem mit freundlichem Lächeln. Sie setzte sich zu Roland an den Tisch und wartete. Gabriel sollte um

19 Uhr kommen. Die Chancen standen gut, dass er bereits zehn Minuten früher vorm Tor stehen würde.

Tatsächlich war es genau 18:54 Uhr, als er das erste Mal läutete. Jackie rührte sich nicht vom Fleck, auch nicht nach dem dritten und fünften Läuten. Erst als die Uhr an der Wand hinter dem Tresen eine halbe Minute nach 19 Uhr zeigte, erhob sie sich von ihrem Platz. Begleitet von erneutem Klingeln ging sie durch den Vorgarten und schloss das Tor auf. Den überraschten Blick hatte sie eigentlich vortäuschen wollen, am Ende war er aber echt: Gabriel war nicht allein gekommen. Womit sie eigentlich hätte rechnen sollen.

Ein zweiter Mann stand neben ihm, ein paar Zentimeter kleiner als Gabriel, mit kurzem dunkelblondem Haar und einem berechnenden Blick in den hellen Augen. Gabriel hatte also Verstärkung mitgebracht. Wie gut, dass auch Jackie nicht vorhatte, allein an dem Meeting teilzunehmen.

»Agent Rivera. Mussten Sie lange warten? Ich war gerade unten im Keller …«

»Nur ein paar Minuten«, erwiderte Gabriel. »Guten Abend, Mademoiselle Beaumont.«

»Kommen Sie rein. Aber sagen Sie mir doch bitte noch, wer der unangemeldete Gast ist, den Sie da mitgebracht haben.«

»Agent Patrice Corbec«, entgegnete der Mann, ehe Gabriel antworten konnte.

»Erfreut, Sie kennenzulernen, Agent Corbec« Sie wandte sich noch im Sprechen um und bedeutete den beiden Männern, ihr zu folgen. Hinter ihr schnaubte es.

»Wir sind uns bereits begegnet«, meinte Corbec. »Aber vielleicht blenden Sie die Agenten einfach aus, die Ihr Reich betreten?«

»Keineswegs, Agent Corbec. Wahrscheinlich waren Sie einfach nicht bemerkenswert genug.«

Sie hielt den Männern die Tür zum Café auf. Wenn sie so darüber nachdachte, konnte sie nicht ausschließen, dass Corbec einer der Agenten war, die in den letzten Wochen und Monaten hier herumgelungert hatten. Vielleicht sogar einer von denen, der vor Gabriel versucht hatte, sie für eine Kooperation zu begeistern. Aber am Ende eben doch jemand, dem sie keinen bleibenden Platz in ihren Erinnerungen eingeräumt hatte.

Sie deutete auf den Tisch, an dem Roland bereits saß, die Beine lässig von sich gestreckt. Als er Corbec sah, hob er eine Augenbraue.

»Ein Glas zu wenig?«

»Eher ein Gast zu viel«, erwiderte Jackie und holte trotzdem ein viertes Glas, zog einen vierten Stuhl an den Tisch heran. Und dann saßen sie dort. Jackie und Roland auf der einen Seite, Corbec und Gabriel auf der anderen. Zwischen ihnen ein Schälchen Madeleines und eine Kiste mit geschwärzten Akten. Corbec hatte einen ledernen Aktenkoffer dabei, den er neben sich an ein Stuhlbein lehnte. Das Einzige, was zu hören war, war das leise Brummen der Spülmaschine in der Küche.

»Nun gut«, sagte Corbec schließlich. »Rivera hier meinte, dass Sie allein sein würden. Hat er sich wohl geirrt.« Er schaute zu Roland hinüber. »Patrice Corbec, leitender Agent in diesem Fall.« Letzteres sagte er mit einem Seitenblick zu Gabriel.

»Roland Valois, unbeeindruckt von Titeln«, erwiderte Roland. Mit dem Zeigefinger schob er die Schale ein paar Zentimeter über den Tisch. »Madeleine?«

Corbec beäugte das Gebäck.

»Frisch zubereitet«, ergänzte Jackie.

»Danke, nein.« Corbec schob die Schale zurück in die Mitte des Tisches. Auch Gabriel machte keine Anstalten, zuzugreifen. Einen Versuch war es wert gewesen.

»Agent Corbec war mit dem Fall betraut, bevor ich hinzugestoßen bin«, erklärte Gabriel nun in geschäftsmäßigem Tonfall. Als wolle er ihnen eine Versicherung verkaufen. »Sie werden also mit uns beiden zu tun haben in dieser ... Zusammenarbeit.«

Großartig. Als wäre ein ASRAM-Agent nicht schon Ärger genug. Und Gabriel zählte schon fast als zwei Agenten, mit all der Geschichte, die an ihm dranhing und an die Jackie angestrengt nicht zu denken versuchte. Aber gut, sie würde den Abend schon irgendwie überstehen.

»Was haben Sie mitgebracht?«, fragte sie mit einem Nicken zu Corbecs Aktenkoffer.

»Was ist in der Kiste?«, entgegnete Gabriel.

»Wenn ich nicht ganz danebenliege: das Gleiche wie in Ihrem Köfferchen da drüben. Fallakten. Ich muss Sie allerdings warnen: Meine sind nicht gestempelt.«

Keiner rührte sich. Die ganze Sache wirkte wie eine geheime Übergabe zwischen zwei Drogenbossen, von denen keiner dem anderen über den Weg traute. Beide warteten nur auf den richtigen Moment, den anderen schnell und unauffällig loszuwerden und sich mit der Beute aus dem Staub zu machen. Gleichzeitig mussten alle am Tisch wissen, dass es so einfach nicht sein würde, dass diese Kooperation nicht mit einer Übergabe von Akten getan war. Sie hatten einen gemeinsamen Feind, den sie noch lieber loswerden wollten, als übereinander zu triumphieren. Trotzdem – ASRAM hatte nach der Kooperation verlangt, sollten sie den ersten Schritt machen. Dann würde Jackie sich überlegen, wie viele Dokumente aus der Kiste sie haben durften. Sie nahm einen Schluck Wasser und griff nach einer Madeleine. Vanille, Orange und ein Hauch Magie.

Ihr gegenüber seufzte Gabriel.

»Reichen Sie mir doch eben den Koffer, Corbec.«

»Nicht, bevor ich gesehen habe, was in der Kiste da ist.«

»Soll ich ein Schild raushängen, dass morgen geschlossen ist?«, meinte Roland. »Da wir offenbar die ganze Nacht hier sein werden …«

Mit einem weiteren Seufzen erhob sich Gabriel, umrundete Corbec und griff nach der Aktentasche. Corbec war schneller, aber Gabriel bekam noch ein Ende der Tasche zu fassen. Gut zu wissen, dass die Jungs bei ASRAM so auf einer Wellenlänge waren. Beide Agenten zerrten an dem Koffer. Sie rutschte auf die Stuhlkante vor und trat nach Corbec. Ihr Fuß traf zielsicher sein Schienbein. Ein überraschtes Japsen und Gabriel hielt den Aktenkoffer triumphierend in Händen. Jackie lächelte Corbec freundlich an.

»Unsere Akten zu dem Fall«, erklärte Gabriel überflüssigerweise, als er den Koffer öffnete und einen Stapel Dokumentenmappen in dunklem Beige herausholte. »Soweit wir wissen, geht der unbekannte Täter, der sich selbst Eros nennt, seit gut vier Wochen seinem fragwürdigen Geschäft nach. Hier.« Er zog eine der Akten aus dem Stapel. »Der erste von uns untersuchte Vorfall. Junges Paar, beide magisch, Touristen aus England.«

»Beide tot«, ergänzte Corbec.

»Der jüngste uns bekannt gewordene Vorfall«, fuhr Gabriel fort, ohne seinen Kollegen weiter zu beachten. »Édouard Hugues. Aber den kennen Sie ja bereits.«

Jackie starrte auf die Akte, auf der Édouards Name stand. Zumindest der Vorname, den Rest hatten sie geschwärzt. Édouards Akte war dünner als manche der anderen. ASRAM hatte wohl erst von ihm erfahren, als ... sich der Vorfall ereignete. Sie berührte die Akte mit den Fingerspitzen, als könne sie dadurch eine Eingebung hervorrufen.

»Alles in Ordnung?« Das Geschäftsmäßige war aus Gabriels Stimme verschwunden. Darunter kam ein viel zu sanfter Tonfall hervor. »Jackie?«

Sie konnte ihn nicht ansehen. Die paar Worte reichten, um sie zurückzuwerfen. Wenn er voll und ganz in seiner Agentenrolle steckte, dann war es so viel einfacher zu vergessen, wer er einmal gewesen war. Und dann plötzlich diese Stimme, die der des Jungen von damals so ähnlich war, dass Jackie nicht umhin konnte, sich daran zu erinnern. An Petit-Caux, an das Rauschen des Meeres. Den Sommer, in dem sie Gabriel zum letzten Mal sah – den Sommer, in dem sie auch zum letzten Mal das Meer gesehen hatte. Es war zu viel.

Jackie stand abrupt auf. Sie sah Corbec an, als sie sprach. »Würden Sie mich einen Augenblick entschuldigen?«

Kapitel 16

Die Atmosphäre im Raum war so aufgeladen, dass Gabriel sie förmlich auf der Haut kribbeln spürte. Wie ein leichtes Vibrieren, das die Härchen auf seinen Unterarmen aufstellte. Vor zwei Minuten war Jackie nach draußen gestürmt. Wenn er sich umwandte, konnte er sie durch die Fensterfront sehen. Sie stand im Garten, schemenhaft und verschwommen im Schein der Lichter aus dem Café und der Straßenlaterne gegenüber. Keiner hier drinnen hatte auch nur ein Wort gesagt, seit sie gegangen war. Die Stimmung war anders als an den übrigen Tagen, an denen er hierher gekommen war, um mit ihr zu reden. Da war sie distanziert gewesen, geübt darin, ihn mit wenigen Worten abzuweisen. Die tatsächliche Vereinbarung einer Zusammenarbeit hatte diese Distanz nicht verringert, ganz im Gegenteil – der Raum zwischen ihnen schien nur weiter angewachsen zu sein.

»So richtig gesprächig seid ihr beide nicht, was?«, meinte Roland, den Gabriel immer noch nicht ganz einordnen konnte. Er schien ständig hier zu sein, in Jackies Nähe. In ihrer Akte gab es eine Notiz zu Roland Valois. Mit großer Wahrscheinlichkeit gab es auch eine Akte mit seinem Namen, die Gabriel aber nicht zu Gesicht bekommen hatte. Er war Jackies Cousin, Sohn der Frau, die den Salon Nocturne vor Jackie geleitet hatte – um ihn an ihre Nichte weiterzugeben anstatt an ihren Sohn. So viele Fragen … die nicht im Geringsten etwas damit zu tun hatten, weswegen er hier war.

Roland griff nach einer Dokumentenmappe und begann, darin zu blättern.

»Wird schwierig, wenn wir mit einem von diesen Leuten sprechen wollen«, sagte er. »Angesichts der schwarzen Balken und so.«

»Von den uns bekannten Opfern haben wir leider erst nach deren Tod erfahren«, erwiderte Corbec.

»Sie haben doch sicher Jackies Akte gelesen«, entgegnete Roland. »Verstorben ist nun wirklich kein Grund, warum man nicht mehr mit diesen Leuten sprechen sollte.« Er klappte die Mappe zu und griff nach der nächsten.

»Vielleicht lassen Sie mich einen Blick in die Kiste werfen und ich denke darüber nach«, meinte Corbec.

Die beiden starrten einander an. Wahrscheinlich merkten sie nicht einmal, wie Gabriel aufstand und durch die Tür nach draußen trat. Kühle Abendluft schlug ihm entgegen – seine Jacke hing noch drinnen über der Stuhllehne. Still war es in Paris selten und auch hier waren die Stimmen aus den umliegenden Straßen zu hören, Gespräche, Musikfetzen, Hundebellen, das Rauschen der Métro. Aber es klang nicht so klar wie auf der anderen Seite des Tores – als säße auf dem Grundstück eine riesige Glaskuppel. Oder ein Zauber.

Jackie stand neben dem geschlossenen Tor, die Hüfte gegen die Mauer gelehnt, und blickte durch die Gitterstäbe zur Straße hinüber. Je näher er an sie herantrat, desto klarer wurden die Geräusche von draußen, aber auch beim Tor waren sie noch leicht gedämpft. Jackies Stimme hingegen war so klar wie die Abendluft.

»Sie verabschieden sich bereits?«

»Keineswegs.«

Er stand zwei Schritte hinter ihr, aber sie drehte sich nicht um. Er wünschte, sie würde sich umdrehen.

»Ist alles in Ordnung?«

»Sagen Sie's mir. Sie haben genug Akten mitgebracht, um eine Ahnung davon zu haben, was da draußen geschieht.«

Die meisten dieser Akten hatte er selbst erst heute zu Gesicht bekommen. Immerhin, sie hatten ihm nicht die geschwärzten Versionen vorgelegt. Duveau hatte gestern ein recht langes Gespräch mit Gabriels Vorgesetztem in Straßburg geführt. Hinterher wurde er ganz offiziell von einem Berater von außerhalb zum ermittelnden Agenten in dem Fall befördert.

»Sie können nicht durch das Tor treten«, sagte Gabriel. Auch das wusste er aus ihrer Akte.

»Nicht so, wie ich vor Ihnen stehe«, erwiderte sie.

»Darf ich fragen ...«

Endlich wirbelte sie herum. Ihre Augen blitzten im Schein der Straßenlaterne.

»Wie ich zu der Ehre gekommen bin, an mein Haus gebunden zu sein? Nein, dürfen Sie nicht.« Sie rauschte an ihm vorüber, zurück in Richtung Café. »Kommen Sie, Agent Rivera, wir sollten den beiden da drinnen nicht die ganze Arbeit allein überlassen.«

Hatte sie vorhin noch beinahe verletzlich ausgesehen, so schien sie nun zurück zu ihrer neutralen Fassade gefunden zu haben. Sie nahm ihren Platz wieder ein, griff sofort nach einer der Akten von Corbec und vertiefte sich darin. Der schien mit Roland immer noch um die Kiste zu ringen. Die war mittlerweile in Rolands Schoß gelandet, während die beiden Männer versuchten, einander mit Blicken zu vernichten.

»Wir werden Namen brauchen, wenn wir Ihnen helfen sollen«, sagte Jackie, ohne von der Akte aufzuschauen.

»Hab ich auch schon gesagt«, meinte Roland. »Er da will erst die Kiste sehen.« Mit dem Daumen deutete er in Corbecs Richtung. »Ich hab gesagt, er darf sich was aus der Kiste aussuchen, wenn er uns ein paar Namen gibt, aber er mag nicht spielen.«

Jackie seufzte. »Gib ihm die Kiste, Roland.«

Langsam und sichtlich widerwillig gehorchte Roland. Corbec riss ihm die Kiste aus der Hand, bevor sie auch nur die Tischplatte berührte. Der Deckel landete polternd auf dem Boden. Gabriel beugte sich neugierig vor. Eine Box voller Dokumente, die denen auf dem Tisch verdächtig ähnlich sahen. Weniger geordnet, aber mindestens genauso stark geschwärzt. Corbec fischte ein Papier nach dem anderen heraus. Alles frische weiße Blätter mit dunkelschwarzer Tinte. Kopien. Einige davon in Druckschrift, andere handschriftlich, wieder andere sahen aus wie Seiten aus Büchern.

»Witzig«, meinte Corbec und hielt einen Zettel hoch, auf dem in so ziemlich jeder dritten Zeile etwas geschwärzt worden war. »Wir werden auch Namen brauchen.«

»Nicht diese Namen«, erwiderte Jackie. »Kein einziger davon hat etwas mit dem Fall zu tun.«

Corbec wollte erneut ansetzen, aber Gabriel kam ihm zuvor. »Dann erklären Sie uns doch bitte, was wir hier in Händen halten.«

Es dauerte fast zwei Stunden, bis er und Corbec den Salon Nocturne an diesem Abend wieder verließen. Nicht, weil Jackie ihnen viel erzählt hätte. Nein, die meiste Zeit hatten die Verhandlungen in Anspruch genommen, das ständige Hin und Her – ein Spiel, in dem keiner hatte nachgeben wollen. Die Kiste trug Corbec nun unter dem Arm, als sie durch das Tor hinaus auf die Straße traten. Darin waren, wie Jackie schließlich widerstrebend erklärt hatte, Unterlagen zum Bindungsritual. Recherchen, die sie selbst zusammengetragen hatte: über die Auswirkungen des Rituals, über vergangene Vorfälle. Keine Namen, keine Details, das war die Bedingung. Corbec umklammerte die Box wie eine Truhe voll Gold. Seine Aktentasche lag noch im Salon Nocturne, gemeinsam mit einer Liste von Namen. Nicht allen, nur vier Stück, zwei der ermordeten Pärchen. Sie würden sich in der kommenden Zeit jeden zweiten Abend wieder im Salon Nocturne treffen und darauf hoffen, dass Jackies Verbindungen mehr hergaben als ASRAMs Informanten.

»Wissen Sie was?«, meinte Corbec, als sie an der Ecke zur Rue Damrémont ankamen. »Ich könnte einen Drink vertragen. Wie steht's mit Ihnen?«

Seine Überraschung konnte Gabriel offenbar nicht gut verbergen – der Mann, der ihn gerade noch um jeden Preis aus Paris verschwinden sehen wollte, lud ihn auf einen Drink ein?

»Nun schauen Sie nicht so, Rivera, ich habe nichts gegen Sie persönlich. Kommen Sie.«

Gabriel fiel keine passende Ausrede ein, und neugierig war er auch. Ein Drink klang nach dem heutigen Tag wirklich nicht nach der schlechtesten Idee.

Corbec schien sich in der Gegend auszukennen. Er führte sie zu einer Brasserie zwei Straßen weiter. Rattanstühle mit hellen Bezügen standen draußen an Bistrotischen, dicht an dicht gegen die Fassade gedrängt. Die meisten der Tische waren besetzt, neben dem Eingang an der Ecke war jedoch noch einer frei. Corbec deponierte die Kiste auf dem Tisch. Es war laut hier draußen, aber eine angenehme Art von laut – sich unterhaltende, gestikulierende, ausgelassen lachende Menschen. Musik aus dem Innern der Brasserie, das Klappern von Geschirr, das Klirren von Gläsern. Auf dem Bürgersteig schlenderten Touristen vorbei. Corbec bestellte eine Flasche Pinot Noir und lehnte sich zurück.

»Sie haben mir noch nicht erzählt, wie Sie die ganze Sache einordnen. Das mit dem Ritual«, meinte Gabriel.

»Wir haben für heute genug gearbeitet, Rivera. Lassen Sie die Sache ruhen. Entspannen Sie sich.«

Corbec nach Feierabend schien ein auf fast unheimliche Weise gänzlich anderer Mann als Corbec im Dienst. Ein Mann, der sich lachend mit dem Kellner über Nichtigkeiten austauschte und Weingläser bis knapp unter den Rand füllte. Und fast klang seine Frage nach aufrichtigem Interesse, nach einfachem Smalltalk: »Sie kennen Jacqueline Beaumont aus Ihrer Kindheit?«

»Zusammen aufgewachsen«, erwiderte Gabriel, ohne nachzudenken. Seine Gedanken waren angenehm umnebelt, der Geschmack des Pinot Noir lag auf der Zunge. »Ist lange her.«

»Sie haben sie aber doch bestimmt seitdem mal gesehen.«

»Nicht, bis …« Gabriel hielt inne. An den Rändern seines Bewusstseins war gerade noch genügend Klarheit übrig. »Warum wollen Sie das wissen?«

»Einfach so.« Corbec zuckte mit den Schultern. »Wissen Sie, was passiert ist? Wie sie unter das Bindungsritual geraten ist?«

Gabriel blinzelte gegen verschwommene Gedanken an. »Keine Ahnung«, erwiderte er, und es war die Wahrheit. Wenn der Wein nur dem Zweck diente, etwas über ihn und Jackie herauszufinden, dann hätte sich Corbec das Geld sparen können. »Hatten Sie schon öfter mit ihr zu tun?«

»Gelegentlich«, erwiderte Corbec. »Ausschließlich beruflich.«

Gabriel konnte das Ganze nicht einordnen – diesen Abend, den Mann auf der anderen Seite des Tisches. Vielleicht lag es am Wein. Vielleicht war das hier nur ein freundschaftliches Gespräch nach Feierabend. Vielleicht war es aber auch ein Drink unter falschem Vorwand, eine Befragung. Aber warum? Er war sich ziemlich sicher, dass Corbec nicht nur mehr Informationen zu dem Fall hatte als er, sondern auch dazu, was Jackie in den letzten Jahren getrieben hatte. Sie schien auf der Beobachtungsliste von ASRAM Paris zu stehen. Gabriel dagegen hatte in den vergangenen Jahren kaum je an sie gedacht. Hatte nicht einmal von der Bindung gewusst, ehe er hierhergekommen war. Was also versprach sich Corbec von seinen Fragen? Oder dachte er, dass Gabriel etwas vor ihm verbarg?

»Was wissen Sie zu Mademoiselle Beaumonts Fähigkeiten?«, fragte Corbec weiter. »Haben Sie sie früher schon einmal Magie wirken sehen?« Er griff nach der Weinflasche und machte Anstalten, Gabriels Glas aufzufüllen. Der legte rasch die Hand darüber. Corbec zuckte mit den Schultern und füllte stattdessen sein eigenes Glas nach.

»Sie meinen, abgesehen von dem einen Mal im Salon Nocturne? Das ich in meinem obligatorischen Bericht an Sie bereits dokumentiert habe?«, entgegnete Gabriel.

»Genau das meine ich.« Gelassen stellte Corbec die Weinflasche zurück auf den Tisch.

»Dann hätten Sie einen Bericht dazu.« Ahnte Corbec, dass Gabriels jüngste Berichte weniger detailreich waren, als sie hätten sein können? Waren sie hier, weil er mehr wissen wollte? Oder kam der Auftrag, ihn auszufragen, gar von Duveau? Der Gedanke, dass die Agence ihn des Regelbruchs verdächtigen könnte, ließ Gabriel beinahe doch wieder nach der Weinflasche greifen.

»Wissen Sie ...« Corbec beugte sich nach vorn, die Unterarme auf die Tischplatte gestützt. »Es wäre doch sehr praktisch, wenn wir die Akte zu Mademoiselle Beaumont erweitern könnten. Es gibt da noch ein paar ... Lücken. Und falls Sie etwas beobachten, das uns helfen kann, diese Lücken zu füllen, dann wäre ich Ihnen wirklich überaus verbunden.«

»Was für Lücken?« Jackie würde es sicherlich freuen, dass ASRAM zu ihrer Person offenbar noch etwas im Dunkeln tappte. Aber er war nicht hier, um sie auszuspionieren, sondern um gemeinsam einen Fall zu lösen. Zugegeben: Corbec sah das möglicherweise anders.

»*Informations*-Lücken«, betonte der. »Sie kannten Mademoiselle Beaumont, bevor sie in Paris residierte. Haben Sie damals etwas Ungewöhnliches beobachtet?« Corbecs Stimme mochte entspannt klingen, aber seine Augen verrieten ihn – ein plötzliches Funkeln, eine erhöhte Aufmerksamkeit, als sei genau das die Frage, auf die er den ganzen Abend hingearbeitet hatte.

»Nicht wirklich«, erwiderte Gabriel. Er hatte ja damals nicht einmal gewusst, dass Jackie magische Fähigkeiten hatte. Dass Magie überhaupt existierte. Und doch ... von irgendwoher erschien vor seinem geistigen Auge ein Bild. Unscharf und an den Rändern verblassend, aber doch erkennbar: Jackie als Kind am Meer, den Wind in den Haaren, die Arme in die Luft gestreckt. Daumen und Zeigefinger aneinandergepresst.

Der plötzliche stechende Schmerz hinter seiner Stirn vertrieb das Bild so schnell, wie es aufgetaucht war. Stattdessen sah Gabriel schwarze Punkte vor den Augen tanzen.

»Alles okay bei Ihnen?«, fragte Corbec. »Doch nicht etwa zu viel Wein?«

Eher zu viele Fragen.

»Vielleicht«, antwortete Gabriel vorsichtig. »Es wäre wohl besser, wenn ich mich auf den Heimweg mache.« Und das war nicht einmal eine Ausrede. Das Pochen hinter seiner Stirn erreichte gerade ein neues Level – als ob sich in seinem Kopf etwas ausdehnte und unablässig von innen gegen den Schädel drückte. Etwas Spitzes, Scharfes. Er unterdrückte ein Stöhnen.

»Denken Sie, Mademoiselle Beaumont würde *Ihre* Geheimnisse genauso schützen?«, fragte Corbec, als sich Gabriel auf die Beine kämpfte.

»Ich kenne ihre Geheimnisse nicht«, presste er hervor. »Warum fragen Sie sie nicht einfach selbst?« Der Boden unter seinen Füßen wankte gefährlich.

Corbec zog die Augenbrauen hoch. »Einen schönen Abend noch, Agent Corbec.«

Gabriel wandte sich zum Gehen. Nach ein paar Schritten machte er kehrt, schnappte sich die noch halb volle Weinflasche vom Tisch und setzte dann seinen Weg durch die hell erleuchteten Straßen von Montmartre fort, begleitet von zu grellen Lichtern und zu viel Lärm.

Kapitel 17

Der Salon Nocturne blieb an diesem Tag geschlossen. Nur am Morgen war Jackie kurz unten gewesen, um das »Fermée«-Schild draußen ans Tor zu hängen. Dann hatte Roland oben in der Küche einen Kaffee aufgesetzt und sie hatten Agent Corbecs Akten zwischen ihnen auf den Tisch gelegt. Nun war es 13 Uhr, Dokumentenmappen und lose Blätter lagen überall in der Küche verstreut, daneben die leeren Schachteln vom Thai-Restaurant um die Ecke, von dem Roland das Mittagessen besorgt hatte.

Die Dokumente von ASRAM erwiesen sich als erwartet und unerwartet zugleich. Natürlich waren es Kopien, sämtliche Namen, Adressen, Telefonnummern waren geschwärzt worden, in einigen Fällen hatten die Agenten auch ganze Zeilen und Absätze unkenntlich gemacht. Zahlreiche der Informationen waren nicht neu – Beschreibungen von Eros; Notizen zum Bindungsritual, die davon zeugten, wie wenig Ahnung ASRAM auf diesem Gebiet glücklicherweise hatte. Vieles davon mit Fragezeichen versehen. Die Namen der ermittelnden Agenten waren ebenso geschwärzt worden wie die der Opfer. Unerwartet dagegen war die schiere Menge an Unterlagen.

Sie hatte die Gerüchte gehört, schon vor Wochen, aber am Anfang war ihr alles so weit weg erschienen. Ein Flüstern im Wind, verdrehte Worte, nichts Greifbares. Also hatte sie die Stimmen ausgeblendet. Es wäre nicht das erste Mal gewesen, dass sich Geschichten wie diese in Paris verbreiteten – von großen Zaubern, neu entdeckter Magie, Wunderheilmitteln. In den meisten Fällen hatte das alles keine Substanz. Aber das Flüstern war lauter geworden … und dann war Édouard aufgetaucht. Und jetzt lagen all diese Akten in ihrer Küche verteilt. So viele mehr, als Jackie gedacht hatte. Nicht nur waren die Gerüchte alles andere als Märchen, sondern Eros hatte da draußen bereits weit mehr Schaden angerichtet, mehr Leben zerstört, als sie sich in ihren schlimmsten Alpträumen hätte ausmalen können.

»Ich hätte hinhören sollen«, sagte Jackie schließlich. Wenn sie es nur früher bemerkt hätte …

»Jacks, wenn du auch nur eine Ahnung von alldem gehabt hättest, dann hättest du was unternommen.« Roland umfasste die Akten in einer ausladenden Geste. »Wer immer dieser Eros ist, er scheint zu wissen, wie man nicht auffällt.«

»Aber wenn wir –«

»Machen wir ja«, unterbrach er sie. »Wir tun etwas. Jetzt, gerade in diesem Moment. Das muss fürs Erste genügen.«

Sie nickte, auch wenn es eben nicht genug war – oder sich zumindest nicht so anfühlte. In einem hatte Roland aber recht: Sie unternahmen etwas.

Jackie griff nach dem Zettel, der ganz oben auf dem Stapel neben ihr lag. Vier Namen hatten sie ihr schließlich gegeben, nach einer umfänglichen Diskussion, ob ein Agent dabei sein sollte, wenn Jackie versuchte, Kontakt aufzunehmen. Am Ende hatten sie sich darauf geeinigt, zunächst am Abend im Salon Nocturne zusammenzukommen und ihre Ergebnisse miteinander zu teilen. Die Agenten mussten ebenso gut wie Jackie wissen, dass keine Seite dabei alles herausgeben würde. Sie würden sich in der Mitte treffen, mit dem gemeinsamen Ziel, Eros zu fassen. Und sie würden darauf hoffen, dass ihr Gegenüber keine Informationen zurückhielt, die dazu beitragen konnten.

Sie starrte die vier Namen auf dem Zettel an.

»Denkst du, dass sie noch da sind? Im Zwischenreich, meine ich?«, fragte Roland.

»Vielleicht.«

»Ein verpatztes Bindungsritual könnte immerhin zu unerledigten Dingen führen … ich wäre zumindest echt sauer und würde definitiv hängen bleiben, bis der Typ erledigt ist.«

»Ich hoffe nicht«, erwiderte Jackie. »Rachegeister sind nicht gerade freundlich. Und du würdest dir womöglich den Weg ins Jenseits dauerhaft verbauen.«

Roland zuckte mit den Schultern. »Vielleicht wär's das ja wert.«

Jackie seufzte. »Komm und hilf mir. Ich versuche, einen von ihnen zu finden.«

Mit der Namensliste in der Hand und Roland an ihren Fersen ging sie hinüber ins Wohnzimmer. Was nach außen hin wie ein gewöhnlicher Salle de Séjour wirkte – ein Wohnzimmer wie jedes andere –, hatte auch heute noch seine verborgenen Ecken. Über Generationen von Bewohnern des Salon Nocturne war dies der Salle de Magie gewesen. Ein Ort, an dem Jackies Vorfahren sich in Zauberei übten. Heute war die Magie nicht mehr so offensichtlich, zu groß die Gefahr, dass doch einmal Nichtwissende hereinstolperten. Aber der Raum erinnerte sich daran, nicht immer so gewöhnlich gewesen zu sein. Und genau das machte ihn zum besten Ort in der Wohnung, um nach Geistern zu suchen – oder besser gesagt, nach einem ganz bestimmten Geist.

»Ich würde ja echt gern mal mitkommen«, meinte Roland, als er auf dem Couchtisch die Kerzen entzündete. Sogleich erfüllte ein eindringlicher Lavendelgeruch den Raum. Er rümpfte die Nase.

»Ich verstehe ja, dass du einen Anker brauchst, aber du weißt schon, dass die auch angenehmere Gerüche haben?«

Jackie zuckte nur mit den Schultern. Sie hatte genug Düfte durchprobiert; aus irgendeinem Grund funktionierte dieser für sie am besten. Sie setzte sich in den Armlehnstuhl beim Fenster. Die blassblauen Polster waren vor ein paar Jahren neu hinzugekommen, das dunkle Holz im Laufe der Jahrzehnte immer wieder aufpoliert worden. Die kleinen Kerben und Kratzer in den Armlehnen, an den Stuhlbeinen, den Schnitzereien entlang der Rückenlehne, sie alle zeugten von der Geschichte dieses Möbelstücks, das bereits seit mehr als hundert Jahren ein Teil des Salon Nocturne war.

Sie legte die Hände auf die Armstützen und lehnte sich zurück. Roland schnappte sich eine Zeitschrift vom Couchtisch und machte es sich auf dem Sofa bequem. »Grüß Celestine von mir«, meinte er.

Sie schloss die Augen. Gelegentlich erhielt sie Anfragen für Séancen, doch tatsächlich führte sie selten welche durch – denn das, was sie nun tat, war eben keine Séance. Sie rief die Geister nicht zu sich ins Diesseits. Warum auch, wenn es ihre Verbindung ins Zwischenreich ihr erlaubte, die Geister direkt dort aufzusuchen? Den Sprung über die Grenze hinweg hatte sie inzwischen so oft gemacht, sprang tatsächlich jeden Morgen, um von einem Katzenkörper Besitz zu ergreifen. Und doch würde sie sich nie gänzlich an das Gefühl gewöhnen.

Eisige Kälte und Dunkelheit umgaben sie, als sei sie in die tiefsten Regionen des Ozeans hinabgetaucht. Immer gab es einen Moment, an dem die Oberfläche so weit entfernt, so unerreichbar schien und Jackies Herz kurz aussetzte, ehe sie das Licht sah. Und dann war plötzlich alles hell, wo eben noch Finsternis gewesen war.

Sie blinzelte, bis das Licht langsam wieder verblasste, mit jeder Sekunde ein wenig mehr. Und dann war sie zurück im Salle – und zugleich auch nicht.

Das Zwischenreich, das Reich der Geister, war der realen Welt ähnlich, ein Widerhall der Wirklichkeit. Der Salle existierte auch hier, aber auf andere Weise: die Formen an den Rändern verschwommen, die Farben verblasst und überall ein überwältigendes Gefühl von Leere und eine Stille, wie sie im Diesseits nicht existierte. Diese Stille im Zwischenreich war allübergreifend. So sehr, dass Jackie im ersten Augenblick stets die Orientierung verlor. Es war nicht nur eine Abwesenheit von Geräuschen – keine Stimmen von der Straße her, keine vorbeirauschenden Autos, keine Schritte, kein Vogelgesang. Die Stille griff um sich, ließ alles gefrieren. Im Zwischenreich ging kein Wind, nichts bewegte sich – nichts außer denjenigen, die hier verweilten. Auch ihr eigenes Herz schlug hier nicht, sie hatte keinen Atem mehr in den Lungen – all das blieb in ihrem Körper im Diesseits zurück. Hier im Zwischenreich wurde Jackie selbst zu einem Geist.

Und doch glich ihre Gestalt weiter der im Diesseits, nur blasser, wie alles andere hier, und leichter. Ihre Füße berührten noch den Boden, wenn sie ging, aber es fühlte sich an, als würde sie jeden Augenblick abheben, als herrsche hier eine ganz andere Schwerkraft. Der Salle um sie herum war ein Echo des Raumes, den sie im Diesseits verlassen hatte, alles genau am gleichen Platz. Nur Roland fehlte. Es war der Teil, den Jackie mit sich gebracht hatte, so tief in ihren Geist gebrannt, dass die Umgebung sich darstellte, wie sie sie zuletzt gesehen hatte. Mehr oder weniger. Doch das hier war nicht der Ort, den sie suchte. Celestine hatte ihre eigene Version des Salon Nocturne und genau dort würde Jackie sie finden. Hoffentlich konnte Celestine ihr helfen, nach den Namen auf der Liste zu suchen.

»Celestine?« Jackies Stimme verlor sich in der Stille des Zwischenreiches, aber Celestine hatte sie gehört. Wahrscheinlich hatte sie sie schon in dem Moment gespürt, in dem sie hergekommen war. Celestine war ebenso an den Salon Nocturne gebunden wie sie selbst, nur auf einer anderen Daseinsebene. Der Salle, in dem sie sich befand, veränderte seine Form. Die ohnehin unscharfen Konturen verschwammen weiter, lösten sich auf und setzten sich neu zusammen. Aus den hellen Regalen wurde eine Schrankwand mit dunklen Schnitzereien, eine Wand tat sich auf, um Platz für den zwischenzeitlich zugemauerten Kamin zu machen. Nur eines blieb, wo es war: der Armlehnstuhl, dessen Armstützen Jackie immer noch mit den Händen umklammert hielt. Die Polster allerdings nun in einem verwaschenen Rot. Celestines nackte Füße berührten den Boden kaum, als sie vom Korridor aus hereinglitt.

»Ah, meine liebste Besucherin«, sagte sie. Ihre Stimme klang wie von weit her, als müsse sie die ganze Distanz von 1903 bis heute zurücklegen – all die Jahre, die Celestine Lavergne im Zwischenreich verbracht hatte.

»Wie läuft es so auf deiner Seite?«, fragte Jackie.

»Nichts wandelt sich. Ich hoffe auf deine Geschichten von drüben.«

Celestine schwebte näher heran.

»Ich bin nicht mehr geübt darin, Lebende zu lesen«, sagte sie. »Und doch meine ich zu sehen, dass du Sorgen bei dir trägst.«

»Das Übliche«, meinte Jackie. »Probleme mit ASRAM. Irgendein Idiot, der da draußen rumläuft und Magie für seine Zwecke missbraucht.«

»Die Welt scheint sich auf deiner Seite auch nicht in allen Dingen gewandelt zu haben.«

»Ich suche jemanden.« Es war nicht ganz einfach, etwas ins Zwischenreich mitzunehmen, mit etwas Übung klappte es jedoch – so lange sie es in der Hand hielt, konnte es mit ihr hier existieren. Sobald sie es losließ oder die Geisterwelt wieder verließ, löste es sich in Luft auf. Jetzt hielt sie Celestine den Zettel mit den Namen entgegen.

»Gleich vier?«, meinte Celestine. »Persönlich oder beruflich?«

»Etwas von beidem.«

»Derjenige, der Magiemissbrauch verübt?«

Jackie nickte.

»Die Leute hier gehören zu seinen Opfern. Ich muss mit ihnen reden, falls sie noch hier sind.«

»Wir wissen also nicht, ob sie noch hier sind.« Celestines Gesichtsausdruck veränderte sich kaum, während sie den Zettel studierte. Eine leichte Falte war kurz zwischen ihren Augenbrauen erkennbar, dann kehrte das sanfte Lächeln zurück, das meist auf ihren Lippen lag. Jackie hatte sich oft gefragt, ob sie mit diesem Lächeln gestorben war, aber irgendwie schien das schwer vorstellbar. Für jemanden, der seinen Mörder auch über hundert Jahre nach seinem Tod nicht kannte, war Celestine in jedem Fall ein ungewöhnlich sanftmütiger Geist.

»Es ist nicht gut draußen, momentan«, meinte Celestine. »Aber ich werde es versuchen.« Sie glitt an Jackie vorüber zum Fenster und zog die Gardine ein Stück weit beiseite. Draußen sah die Welt anders aus als hier, wo es jemanden gab, der an etwas festhielt. Die Rue Steinlen war schemenhaft noch einige Meter weit erkennbar, doch je weiter sie sich entfernte, desto unklarer wurden die Konturen, verschwammen ineinander. Am Ende der Straße, vom Fenster aus gerade noch zu sehen, waren die Gebäude nichts als farblose Blöcke.

»Muss ich mir Sorgen um dich machen?« Jackie ließ ihren Blick durch den Raum gleiten. Nur an den Rändern waren die Konturen der Gegenstände unscharf, aber das war immer so. Die Farben mochten verblasst wirken, aber sie waren weiterhin erkennbar. Auch schien nichts aus dem Raum verschwunden zu sein, seit sie zuletzt hier gewesen war.

»Nicht mehr als um dich selbst«, erwiderte Celestine. »Schließlich sind wir beide gut darin, an diesem Ort festzuhalten.« Sie beugte sich vor. Im Hof unten gab es keine Beete, das Tor war höher und mit dunklen Eisenstangen versehen – Celestines Echo des Salon Nocturne zu Beginn des 20. Jahrhunderts. Vor dem Tor war eine Gestalt erkennbar. Instinktiv wich Jackie zurück.

»Rastlose Geister«, sagte Celestine, als wüsste Jackie das nicht schon längst. »Ein paar scheinen gerade durch die Nachbarschaft zu ziehen.«

Die Gestalt beim Tor war irgendwann einmal ein Mensch gewesen. Inzwischen war nicht mehr viel Menschliches übrig. Das da unten war kaum mehr als ein Schatten, ein Wabern aus dunklem Nebel ... mit zwei glühend roten Augen.

»Denkst du, sie sind noch in der Nähe, diese Menschen?«, fragte Celestine und deutete zu dem Zettel, den Jackie weiter umklammert hielt.

Jackie wusste es nicht. Unmöglich zu sagen, ob jemand im Zwischenreich hängen blieb oder direkt zur anderen Seite hinüberging. Erst recht bei Menschen, die sie nicht einmal gekannt hatte.

»Vielleicht«, erwiderte sie. »Einen Versuch ist es wert.«

Celestine wandte sich vom Fenster ab.

»Zeig mir die Namen noch einmal«, forderte sie, und Jackie hielt den Zettel hoch, während Celestine stumm die Lippen bewegte und schließlich nickte.

»Ein weiterer Name«, sagte Jackie. »Édouard Hugues.«

»Ich sehe, was ich tun kann.«

»Sei vorsichtig da draußen.«

»Immer.«

Celestine entfernte sich langsam. Nicht weil sie davonglitt. Tatsächlich blieb sie an genau der gleichen Stelle stehen – aber sie wirkte mit jeder Sekunde ferner. Jackie ließ es geschehen, erlaubte ihr, sich und ihr Echo des Salon Nocturne zurückzuziehen, während sie hier blieb. Die Formen verwandelten sich wieder, bis sie nicht mehr Celestines Salon Nocturne darstellten, sondern Jackies. Hinter den Toren aber blieb die Geisterwelt gleich. Der rastlose Geist schwebte immer noch dort, direkt am Rand der Straße. Ihn nur anzusehen war, als würde die Temperatur plötzlich um zehn Grad sinken. Sie zog die Vorhänge zu und setzte sich zurück in den Armlehnstuhl. Schloss die Augen. Er würde nicht hereinkommen. Der Salon war auch auf dieser Seite zu beständig, um von etwas wie ihm durchdrungen zu werden. Und doch war es, als bohrten sich seine roten Augen durch die Wände hindurch, als könne er Jackie genau sehen und wartete nur darauf, dass sie einen Fehler beging. Sie biss die Zähne zusammen. Zeit, nach Hause zurückzukehren.

Kapitel 18

Der Abend war kühl, die Sonne bereits untergegangen. Eigentlich hätten sie im Salon Nocturne vorbeischauen müssen, aber Corbec hatte den Termin abgesagt. Ein Informant, der kurzfristig reden wollte, mehr hatte er nicht gesagt. Gabriel schob die Hände in die Taschen seines Mantels, während er Corbec hinterhereilte. Sie waren entlang der Seine unterwegs, am Rande des Quartier Latin, gerade noch in Sichtweite von Notre Dame. Aus den Brasserien entlang des Quai strömten Musik und Stimmengewirr auf die Straße. Der Asphalt war noch feucht, am Nachmittag hatte es geregnet. Weder Corbec noch Gabriel erwähnten den vorherigen Abend. Corbec schien wieder zurückgekehrt zu sein zu dem pflichtbewussten Agenten im Dienst, der keine Scherze verzieh. Was das alles gestern zu bedeuten hatte, blieb für den Moment offen.

Schließlich steuerte Corbec eine der Bars an. Gabriel folgte ihm nach drinnen. Ein warmer Raum voller Studenten und Touristen, Weingläser und Tapas. Die gefärbten Deckenlampen tauchten alles in einen rötlichen Schein. Corbec schlängelte sich zielsicher zwischen den Tischen zum gegenüberliegenden Ende des Raums durch. Ein von zwei eingetopften Farnen gesäumter Korridor führte augenscheinlich Richtung Toilette.

Gabriel kannte solche Orte, es gab sie in Straßburg ebenso wie in Paris. Vielleicht nicht so viele. Und doch war das hier anders – er war nie hier gewesen, kannte die Regeln nicht. Davon schien jeder dieser Orte seine eigenen zu haben. In Straßburg wusste er, wo die geheimen Türen lagen – zumindest einige davon –, wusste, was er sagen und tun musste, um in die Räume dahinter zu gelangen. Er hatte seine eigenen Informanten, wusste, wem er trauen konnte. Meistens jedenfalls. Hier war er auf Corbec angewiesen, der sich definitiv auskannte, und auf seine eigenen Instinkte. Als Nichtmagischer und obendrein als ASRAM-Agent zum ersten Mal einen magischen Ort zu betreten, war nicht ohne Tücken. Im Training hatte es ganze Seminare zu dem Thema gegeben.

Am Ende des Korridors gab es eine fest verriegelte Tür. Ein Schild zeichnete den Raum dahinter als »Privée« aus. Corbec blieb stehen, schaute sich im Gang um. Niemand hier außer ihnen beiden.

»Seien Sie so gut und treten Sie einen Schritt zurück«, sagte er an Gabriel gewandt, ehe er Zettel und Stift zückte. Er drehte Gabriel den Rücken zu, kritzelte etwas auf das Papier, das Gabriel nicht sehen konnte. Nicht, dass er es nicht versuchte.

»Sie erinnern sich daran, dass wir im gleichen Team sind, Corbec?«

»Nehmen Sie es nicht persönlich. Ich behandele sie nicht anders als jeden anderen Neuankömmling. Da müssen Sie schon ein paar Monate hier sein und sich den Eintritt verdienen.«

Er faltete den Zettel zusammen und schob ihn unter der Tür durch. Es dauerte nur ein paar Augenblicke, bis jemand öffnete – ein breitschultriger Mann, der aussah wie der Türsteher eines Luxus-Clubs und Gabriel misstrauisch beäugte.

»Gehört zu mir«, meinte Corbec nur. Das allein reichte wohl nicht aus – oder die zweihundert Euro, die Corbec dem Luxus-Türsteher zusteckte, gehörten zum üblichen Eintrittsritual.

Hinter der Tür wartete zunächst ein weiterer Korridor, dunkler als der auf der anderen Seite, mit grauen, unverputzten Wänden und einer einzigen Lampe direkt hinter dem Eingang. Weiteres Licht kam vom entgegengesetzten Ende des Ganges, schien durch den schmalen Schlitz in dem dunkelblauen samtenen Vorhang, der den Durchgang verdeckte. Es gab sicherlich einen Schutzzauber. Gabriels Haut prickelte schon, bevor er über die Grenze trat. Die befand sich etwa auf halbem Weg. Man konnte sie nicht sehen – eine Art unsichtbare Membran, durch die Gabriel nun hindurchtrat. Auf der anderen Seite schien die Welt urplötzlich in Musik und Farben zu explodieren. Ein Illusionszauber musste auf den Wänden liegen, denn sie waren in einem tiefen, fast überirdischen Rot eingefärbt.

Corbec schlüpfte bereits durch den Vorhang und Gabriel beeilte sich, hinterherzukommen. Der Raum dahinter war nicht besonders groß und glich einer Kellerbar – es gab keine Fenster, die Wände waren in dem gleichen dunklen Rot gehalten wie der Korridor. Auf einer Seite hingen mehrere Geweihe. Runde Tische in dunklem Holz, von denen drei besetzt waren. Das hier war kein halböffentlicher Raum wie der Salon Nocturne, es war ein Rückzugsort der Magischen. Deshalb gab sich auch keiner der Gäste Mühe, seine Andersartigkeit zu verstecken. Eine Fae schaute zu ihnen hinüber, Finger und Unterarm mit silbrigen Linien überzogen. Ein Paar ellbogenlange Handschuhe lagen vor ihr auf dem Tisch. An einem anderen Tisch war eine Gruppe gerade in ein Pokerspiel vertieft.

Musik lag in der Luft, Gitarren und Trommeln, aber es gab keine Anlage oder Lautsprecher.

Corbec schwang sich auf einen der Hocker an der Bar. Die junge Frau auf der anderen Seite schien ihn zu kennen. Wortlos schenkte sie ihm ein Glas Gin ein, aber ihre hellen Augen lagen dabei auf Gabriel.

»Du siehst verloren aus«, sagte sie und platzierte die Flasche Gin wieder in der Bar. »Vielleicht kann ich helfen.«

Gabriel merkte erst, dass er sich bewegt hatte, als er schon direkt vor ihr stand. Sie legte die Unterarme auf den Tresen, lehnte sich nach vorn. Ihre goldblonden Locken fielen über die verschnörkelten Tätowierungen, die sich von ihren Fingern bis hoch zu ihren Schultern schlängelten.

Da war etwas in ihren Augen, ihrer Stimme ... Gabriel konnte nicht wegschauen, als zöge ein unsichtbares Band ihn immer näher zu dieser Frau hin. Mit dem Zeigefinger strich sie sein Kinn entlang. Er schauderte.

»Wo bist du denn so plötzlich hergekommen?«, säuselte sie. »Und was machen wir jetzt mit dir?«

Alles, was du willst, wollte er sagen, doch er hatte kaum den Mund geöffnet, als etwas sein Handgelenk umklammerte und ihn jäh zur Seite zog.

»Lass gut sein, Isaline.«

Das unsichtbare Band brach so schnell, wie es entstanden war. Corbec ließ von Gabriels Handgelenk ab und bedachte ihn mit einem amüsierten Blick.

»Für jemanden, der schon so lange dabei ist wie Sie, gehen Sie reichlich unbedarft in eine magische Bar, Rivera.«

Gabriel wandte sich ab und musste stark an sich halten, um nicht laut zu fluchen. Die letzten Reste von Isalines Magie ebbten langsam ab. Corbec hatte recht, er war unvorsichtig geworden. Und dass Corbec recht hatte, ärgerte ihn beinahe noch mehr als seine eigene Nachlässigkeit.

»Gehört der hübsche Mann zu dir, Patrice?«, fragte Isaline. Nach wie vor legte sie Magie in ihre Stimme, aber weniger als vorhin. Mit dem Rücken zu ihr und allmählich wieder im Besitz seiner Sinne, war es für Gabriel kein Kunstwerk mehr, ihre Magie zuzuordnen: Isaline war eine Sirene.

»Sie können sich gern wieder zu uns setzen, Rivera. Sie wird sich jetzt benehmen.«

Gabriel nahm den Hocker neben Corbec. Was war nur los mit ihm? Er hätte jedes Detail im Raum studieren, Vorsichtsmaßnahmen ergreifen müssen, nur für den Fall. Was Isaline war, hätte er im ersten Augenblick erkennen sollen, damit er gegen ihre Magie gewappnet war. Wo war sein ganzes Training hin? Vielleicht war es die ungewohnte Umgebung, der neue Partner. Oder die Kopfschmerzen, die einfach nicht weggehen wollten. Die meiste Zeit, wie jetzt, waren sie nur ein leichter Druck gegen seine Schläfen. Trotzdem – es war, als hätte er auf halbem Weg nach Paris seine Balance verloren und versuchte seitdem, sie wiederzufinden.

Isaline schien ihre ganze Aufmerksamkeit nun auf Corbec zu richten. Sie wickelte eine Locke um den Zeigefinger, während sie sprach, dieses Mal ohne Magie in der Stimme. »Du warst lange nicht hier.« Mit den Fingerspitzen strich sie über Corbecs Handrücken. Er zog seine Hand zurück.

»Wir suchen jemanden.«

»Ah. Du bist im Dienst.« Das Lächeln verschwand von ihren Lippen. »Dann ist dein Freund da drüben auch von der Agence, nehme ich an.«

»Ein Mann, der sich Eros nennt«, fuhr Corbec fort. »Bietet Bindungsrituale an. Unerlaubterweise.«

»Hm. Brauchen wir jetzt eine Genehmigung von euch für jedes magische Ritual? Was ist passiert mit ›Solange es hinter verschlossenen Türen läuft, ist es euch egal‹?« Isaline verschränkte die Arme vor der Brust. All ihre Anzüglichkeit war wie ein Schleier von ihr abgefallen.

»Wenn Menschen bei einem fragwürdigen Zauber zu Schaden kommen, interessiert es uns nicht, wie dicht verschlossen Ihre Tür dabei war«, entgegnete Gabriel. »Und glauben Sie mir, Eros hat mehr als einer Person geschadet.«

»Dein Freund ist so ernst«, meinte Isaline.

»Wir sprechen von Mord, Isaline«, erwiderte Corbec. »Die Ernsthaftigkeit ist angebracht.«

Sie seufzte. »Was sind euch Informationen zu diesem Typen wert?«

»Wie wäre es damit, dass ich kein Verfahren wegen Verstoßes gegen die Geheimhaltung gegen dich einleite?«

»Du weißt genauso gut wie ich, dass du hier keinen solchen Verstoß finden wirst.«

»Ich kann einfallsreich sein.«

Die Luft zwischen ihnen knisterte. Dann langte Corbec in seine Manteltasche und holte weitere zweihundert Euro hervor, die er auf den Tresen knallte.

»Dein Etablissement macht mich arm, Isaline.«

»Mein Etablissement macht deine Arbeitgeber arm, Patrice. Und das ist auch gut so.« Sie schnappte sich das Geld und ließ es in ihrem Ausschnitt verschwinden. »Wen sucht ihr noch mal?«

»Eros«, sagte Gabriel. »Jedenfalls nennt er sich so. Dunkel gekleidet, maskiert.«

»Das trifft auf so einige zu, die hier reinkommen. Sind nicht alle so schick im Anzug unterwegs wie du.«

»Isaline!«, zischte Corbec.

»Schon gut, schon gut, beruhigt euch, Jungs. Ja, da war vielleicht so ein Typ, der sich so genannt hat. Hat da drüben gesessen.« Sie deutete zu dem Tisch, an dem die Pokerspieler nach wie vor in ihre Karten vertieft waren.

»Allein?«, fragte Gabriel.

»Zuerst. Später war wer bei ihm, aber nur kurz.«

»Können Sie die andere Person beschreiben?«

»Keine Ahnung. Junge Frau, glaube ich. War nicht so auffällig wie der Typ in der Maske. Den ich dann übrigens rausgeworfen habe.« Sie sagte es mit einem scharfen Seitenblick zu Corbec. »Weil es hier keine Verstöße gibt und ich mich nicht von jemandem auf die Fahndungsliste der Agence katapultieren lassen, der eindeutig nach Ärger riecht.«

»War er danach noch mal hier?« Gabriel konnte ihre Aufmerksamkeit nicht ganz von Corbec ablenken. Sie sah weiter seinen Kollegen an, während sie antwortete.

»Ist nicht wiedergekommen.«

»Das war keine Auskunft, die zweihundert Euro wert ist«, meinte Corbec.

Sie schenkte ihm ein überlegenes Lächeln. »Wer sagt denn, dass ich schon fertig war?«

»Also wissen Sie noch mehr?«, fragte Gabriel. Jedes Detail konnte wichtig sein, egal was, wenn es sie nur einen Schritt weiter brachte.

»Sagte ich doch. Nein, er ist nicht wieder hergekommen. Aber ich höre Dinge. Die Leute reden gern mit mir …«

Ein Schnauben von Corbec.

»Und diese Leute haben was genau gesagt?«, hakte Gabriel nach.

»Dass euer mysteriöser Unbekannter mit der hübschen Maske und dem falschen Namen gern im Verborgenen verkehrt. Port Cristalline, um genau zu sein.«

»Und wo –«

»Ganz bestimmt nicht«, unterbrach sie, bevor Gabriel die Frage auch nur zu Ende gedacht hatte. »Das ist alles, was ihr von mir bekommen werdet. Mit dem Port will ich nichts zu tun haben.«

Keiner der Scheine, die Corbec ihr daraufhin anbot, konnte Isaline ein weiteres Wort entlocken. Aber es war ein Anfang, ein Anhaltspunkt. »Port Cristalline« landete auf einer neuen Seite in Gabriels Notizbuch.

Kapitel 19

Beinahe die Hälfte der Schränke und Schubladen in der Küche stand bereits offen. Ordner, Notizblock und Klemmbrett lagen auf der Anrichte neben dem Herd. Jackie stand mitten im Raum, mit dem Kugelschreiber in der Hand, und visierte den nächsten Schrank an wie ein Schiffskapitän bei der Suche nach dem richtigen Kurs. Eigentlich hätte sie erst nächsten Monat Inventur machen müssen. Aber heute gab ihr das etwas, um ihre Gedanken zu fokussieren. Zwei Listen lagen bereit: auf dem Notizblock die gewöhnlichen Zutaten, die sie im Internet bestellte oder für die sie Roland losschicken würde – Mehl, Zucker, Milch und dergleichen; auf dem Klemmbrett die speziellen Zutaten, die sie bei ihren Händlern und Einkäufern in Auftrag geben würde. Der Ordner daneben enthielt ihren Kundenstamm – manche davon kamen schon seit Jahrzehnten her, als Tante Florence und davor Jackies Großmutter noch den Salon geführt hatten. Und manche von ihnen bevorzugten es auch heute noch, ihre Tinkturen und Tränke in kleine Fläschchen abgefüllt ausgehändigt zu bekommen. Aber immer mehr Kundeneinträge enthielten inzwischen auch Angaben zum Lieblingsgebäck. Die aktuelle Bestellliste umfasste sieben Items, und für beinahe alle davon hatte Jackie eigentlich noch sämtliche Zutaten auf Vorrat. Was äußerst ungelegen kam, weil sie sich eigentlich lieber damit auseinandergesetzt hätte, welcher ihrer Händler ihr die Geheimzutat am ehesten würde besorgen können.

Stattdessen gab es nur wenig Vorräte aufzufüllen, und auch die bestellten Tränke waren größtenteils bereits angemischt. Und weil ihre Gedanken nichts anderes hatten, auf das sie sich fokussieren konnten, kehrten sie unumgänglich zu dem Fall zurück. Gabriel hatte gestern Abend angerufen, zehn Minuten nachdem er und Corbec hätten hier sein sollen. Die Absage war kurz gewesen, vage Angaben zu einer möglichen Spur. Er hatte es auf Corbec geschoben. Sein neuer Partner habe darauf bestanden, dass sie dieser Sache sofort nachgingen. Und das war's.

Jackie hatte lange nicht mehr einen solchen Drang gehabt, nach draußen zu gehen. Einfach hinauszustürmen, die Tore des Salon Nocturne hinter sich zu lassen, ein Teil der Welt außerhalb der Grenzen ihres Cafés zu sein. Hatte sie diesen Wunsch nicht längst abgelegt, vor Jahren schon? Weil es nichts brachte, weil sie an ihrer Situation nichts ändern konnte, und weil es deshalb unsinnig war, solche Gedanken zu haben.

Dann der Anruf gestern und im nächsten Augenblick diese Rastlosigkeit in jeder Faser ihres Körpers. Sie wollte losrennen, dorthin, wo auch immer Gabriel und Corbec an diesem Abend waren, etwas da draußen tun können, anstatt hier festzusitzen und darauf zu hoffen, dass die Agenten später die gewonnenen Informationen mit ihr teilen würden. Das war alles Gabriels Schuld. Er war einer der letzten Menschen gewesen, mit denen sie draußen in der Welt Kontakt gehabt hatte. Und jetzt brachte er alles zurück, als hätte er nur auf den richtigen Augenblick gewartet. Sie konnte es nicht erwarten, dass er sich auf den Rückweg nach Straßburg machte, wieder aus ihrem Leben verschwand, wie sie es damals entschieden hatte.

Der Timer am Ofen gab einen schrillen Piepton von sich. Jackie warf ihren Kugelschreiber auf das Klemmbrett und streifte die Ofenhandschuhe über. Roland hatte für heute das Café übernommen, aber die Küche wollte sie ihm nicht überlassen. Ein Duft nach warmen Äpfeln breitete sich im Raum aus, als sie den Gateaux aux pommes auf das Abkühlgitter stellte. er enthielt keine Magie – andererseits war ein warmes Stück Apfelkuchen mit Sahne oftmals einfach magisch.

Wenig später platzierte sie die Kuchenstücke in der Gebäckauslage. Roland schien derweil in seiner Rolle angekommen zu sein: die Schürze locker um die Hüften gebunden und am Tresen gerade in ein Gespräch mit einem Gast vertieft. Jackie wollte gerade wieder in der Küche verschwinden, als jemand ihren Namen rief.

Fatou war nicht hier gewesen, seit sie Édouard während des Schildzaubers festgehalten hatte. Das schien so viel länger her zu sein als nur ein paar Tage. Heute hatte sie keine Bücher dabei, was ungewöhnlich war. Dafür lag ein Notizbuch aufgeschlagen vor ihr.

»Kann ich mit dir sprechen?«, fragte sie. Jackie hatte gewusst, dass es dazu kommen würde. Fast hätte sie eine Entschuldigung gemurmelt und sich wieder in die Küche verzogen, aber Fatou hatte keine Schuld an all dem. Also zog sie sich seufzend einen Stuhl heran.

»Das ist hier ist der einzige Ort ... dieser Art. An den ich gehe«, sagte Fatou. Sie blätterte abwesend in ihrem Notizbuch, schlug die Seiten vor und zurück, als könnten ihre Finger nicht still bleiben. »Und eigentlich ... ich weiß zu wenig, oder? Um wirklich hierherzupassen?«

»Es gibt Dinge, über die du nichts wissen musst«, erwiderte Jackie. »Abgesehen davon, dass keiner von uns alles weiß.«

Sie vergaß manchmal, dass für Fatou das alles neu war. Dass sie noch vor ein paar Monaten durchs Leben gegangen war, ohne sich des Funkens Magie überhaupt bewusst zu sein, der in ihr ruhte. Ein Luxus, den Jackie nie gehabt hatte.

»Wer war der Mann?«, fragte Fatou.

»Édouard Hugues.«

»Ist er noch hier?«

»Nicht mehr.« Ein Stich in der Brust.

»Warum hat er einen Schild gebraucht?«

Jackie seufzte erneut. Wenigstens konnte sie diese Gelegenheit nutzen, um eine Warnung auszusprechen.

»Es gibt einen Mann in Paris, der magische Bindungsrituale anbietet. Er nennt sich Eros«, erklärte sie. »Wenn er jemals auf dich zukommt – lauf weg.«

Fatou sah sie nun doch an, mit tausend weiteren Fragen im Blick. Da wurde ihr noch etwas anderes bewusst: Sie hatte nie mit Fatou über ihre eigene Bindung gesprochen. Aber wer bemerkte es schon, dass die Besitzerin des eigenen Lieblingscafés nie das Grundstück verließ, wenn man sie nur im Café sah? Gäste, die nicht fragten, klärte Jackie nicht auf. Und auch diejenigen, die die richtigen Fragen kannten, bekamen nur in den seltensten Fällen die Wahrheit zu hören.

»Ich hol uns einen Kaffee«, sagte Jackie. »Pack das Notizbuch weg. Was ich dir gleich erzählen werde, darf nicht aufgeschrieben werden.«

Ein wenig fühlte es sich an wie ihr erstes Gespräch mit Tante Florence nach dem Ritual. Sie hatten nicht hier unten gesessen, sondern oben im Wohnzimmer, nur sie beide. Den Ausdruck im Gesicht ihrer Tante würde Jackie nie vergessen – die dunklen Ringe unter den Augen, das zerzauste Haar, durch das Florence immer wieder mit der

Hand fuhr. Und dieser Blick, irgendwo zwischen Hoffnung und Bangen, zwischen »Alles wird gut« und »Du musst jetzt stark sein, Jackie«. Natürlich war das hier anders. Fatou würde hinterher einfach zur Tür hinausspazieren, wie an jedem anderen Tag auch.

»Es gibt einen Zauber, ein magisches Bindungsritual«, begann Jackie. »Eines, das Seelen aneinander bindet oder eine Seele an einen magischen Ort fesseln kann.«

Ihre eigene Geschichte erzählte sie Fatou nicht. Sprach nicht davon, dass der Salon Nocturne ihr magischer Ort war. Wenn Fatou es selbst erriet, würde sie es nicht leugnen, für den Augenblick aber ließ sich die junge Frau ihr gegenüber nichts anmerken. Alles, was sie mit Fatou teilte, war die Geschichte des Rituals selbst. Die Details, die keinen Schaden anrichteten; gerade genug, um zu verstehen, was mit Édouard geschehen war. Mit all den anderen Personen, die ASRAM in ihren Akten abgelegt hatte.

»Moment«, meinte Fatou, als Jackie ihr alles erzählt hatte, was sie ihr erzählen würde. »Irgendein Ältestenrat hat im Mittelalter beschlossen, dass Magie nur gerettet werden kann, wenn man Leute dazu zwingt, für immer zusammen zu sein? Und es gibt Leute, die sich heute noch darauf einlassen? Freiwillig?!«

»Wie gesagt, es sollte eigentlich keiner mehr wissen, wie das Ritual überhaupt durchgeführt wird«, erklärte Jackie. Bis auf ein paar wenige ausgewählte Personen, aber dieses Detail behielt sie für sich. »Weil dann doch irgendwann mal jemand zur Vernunft gekommen ist und sämtliche Informationen zur Durchführung des Rituals vernichtet wurden. Oder zumindest: hätten vernichtet werden sollen.«

»Aber dieser Eros hat sie trotzdem.«

»Er hat ein paar Puzzlestücke gefunden und scheint zu glauben, dass er sich damit das ganze Bild rekonstruieren kann. Weswegen das Ritual bei Édouard und seiner Verlobten schiefgegangen ist.«

Fatou schien darüber einen Moment nachzudenken, dann nickte sie langsam. »Ich bevorzuge Geschichten, in denen Magie den Tag rettet.«

Jackies Erfahrung nach gab es mehr Geschichten von der anderen Sorte. Aber auch das sagte sie nicht laut. Stattdessen blieb sie noch ein Weilchen am Tisch sitzen und beobachtete Roland dabei, wie er durch das Café wuselte, Tablett in der Hand und ein Lachen auf den Lippen. Sie hörte die Tür, aber sah sich nicht um.

Und plötzlich war er da, als wüsste er genau, dass Jackie gerade erst ihr Limit für ernste Gespräche an diesem Tag überschritten hatte. Ihr persönlicher Garant, um das Fass zum Überlaufen zu bringen: Gabriel Rivera.

Wie selbstverständlich streifte er seinen Mantel ab, legte ihn fein säuberlich über die Stuhllehne und setzte sich zu Jackie und Fatou. Ohne auch nur das geringste Gespür dafür, wie sehr Jackie ihn gerade ohrfeigen wollte.

»Ich hoffe, ich komme nicht ungelegen«, sagte er und Jackie biss die Zähne zusammen. Gestern war er gar nicht erst zum vereinbarten Termin gekommen und heute tauchte er drei Stunden zu früh auf? Ernsthaft?

»Wo haben Sie Ihren Partner gelassen? Und warum sind Sie nicht gleich dort geblieben?«, fragte sie spitz.

»Ich freue mich ebenfalls, Sie zu sehen.«

Fatou schielte zwischen ihnen beiden hin und her. Jackie konnte es ihr nicht verübeln. Gabriels Anwesenheit veränderte die Atmosphäre im Raum, verwandelte ihr Café in einen Observationsraum. ASRAM-Agenten hatten das einfach drauf.

»Entschuldigen Sie, dass wir gestern so kurzfristig absagen mussten«, meinte Gabriel.

»Keine Sorge, ich habe Sie nicht vermisst.«

»Haben Sie bereits neue Erkenntnisse?« Er lehnte sich zurück.

»Keine. Sie?«

»Nichts Neues.«

Ob es immer so sein würde, die gesamte Dauer dieser seltsamen Zusammenarbeit lang? Mit all den Fragen und Halbwahrheiten und einer Barriere zwischen ihnen, die so deutlich spürbar war, dass sie fast meinte, sie mit Händen greifen zu können. Jackie sah ihn an, nur einen Augenblick, und fragte sich, wer von ihnen beiden am Ende des Tages eigentlich mehr zurückhielt.

Kapitel 20

Corbec war immer noch wütend. Gabriel konnte es in jedem der Blicke sehen, die sein Kollege in seine Richtung warf, kühl und scharf wie ein frisch geschliffenes Messer. Viel gesagt hatte er nicht, als er gestern zur vereinbarten Zeit im Salon Nocturne auftauchte, um Gabriel dort bereits vorzufinden. Nur die Blicke, und dann im Anschluss an das äußerst kurze Gespräch im Salon eine Zurechtweisung nach Handbuch. Keine Alleingänge, blabla, und natürlich die Drohung, ihn bei Duveau zu melden. »Ich würde das nur sehr ungern tun müssen«, hatte er gesagt, mit dem Lächeln einer Person auf den Lippen, die nichts auf der Welt lieber täte.

Nicht, dass der Alleingang Gabriel viel gebracht hätte. Vielleicht zehn Minuten, dann hatte Jackie was von Inventur gemurmelt und war in der Küche verschwunden. Er hatte sein Glück noch bei der jungen Frau versucht – Fatou –, die ihm schon einmal Informationen geliefert hatte. Aber offenbar hatte man ihr verboten, mit ihm zu sprechen. Das ging vermutlich auf Jackies Kappe. In jedem Fall hatte Fatou ihn angesehen, als habe er sie gerade aufgefordert, von der nächsten Klippe zu springen. Dann war auch sie verschwunden. Und Gabriel hatte die nächsten zwei Stunden und fünfzig Minuten damit verbracht, allein an einem Tisch im Salon Nocturne von allen ignoriert zu werden. Jackie war nicht einmal für das Gespräch mit Corbec wieder aufgetaucht. Weswegen Corbec nun natürlich dachte, Gabriel habe mit ihr irgendeinen geheimen Deal verhandelt. Ergo die finsteren Blicke.

Corbec marschierte durch den von steinernen Säulen flankierten Eingangsbogen des Cimetière Père Lachaise und blieb einen Meter weiter mit gerümpfter Nase stehen. »Touristen«, sagte er und starrte auf eine Gruppe Menschen, die sich ein Stück weiter versammelt hatten. Ausgerüstet mit Lageplänen und Kameras, um das Beste aus ihrem Besuch des wohl bekanntesten Pariser Friedhofs herauszuholen. Geleitet wurde die Gruppe von einer Frau, die einen knallroten Schirm über ihrem Kopf schwenkte. Corbecs Blick nach zu urteilen mochte er Touristen noch weniger, als er Gabriel mochte.

»Sie sind sicher, dass der Eingang zum Port Cristalline hier ist?«, fragte Gabriel.

»Nein, Rivera. Wir sind hier, weil ich Ihnen Paris zeigen will. Natürlich bin ich mir sicher.«

»Ich meine nur. Weil Sie heute Morgen noch sagten, dass Sie die Lage des Port nicht genau kennen.«

Corbec fuhr herum. »Wir wissen genug, um zu sagen, dass er hier irgendwo ist.«

»Hier irgendwo« meinte den gesamten Friedhof Père Lachaise. 44 Hektar und mehr als 65.000 Gräber. Und irgendwo dazwischen eine Tür zu einem verborgenen magischen Ort, an dem sich Eros angeblich herumtrieb. Ein Ort, der – wie Gabriel zwischenzeitlich erfahren hatte – schon länger das Interesse von ASRAM Paris geweckt hatte, den sie aber bislang nicht hatten finden können.

»Sie können aber auch Ihre Freundin im Salon Nocturne fragen, vielleicht kennt sie den Weg«, fügte Corbec hinzu. »Vielleicht verrät sie es Ihnen sogar. Wenn Sie besonders freundlich zu ihr sind.«

Gabriels Finger formten wie von selbst eine Faust, sein Rücken versteifte sich.

»Wissen Sie die ungefähre Richtung?«, erwiderte er betont neutral. »Die Lage ein wenig eingrenzen?«

»Sie denken, dass wir nicht schon hier gewesen wären? Dass wir nicht schon gesucht hätten? Halten Sie uns für komplett inkompetent?«

Kommt drauf an, wen Sie fragen, wollte Gabriel am liebsten sagen, verkniff sich die Worte aber. Corbec sah ihn an, als würde er gerade angestrengt überlegen, ob er ihm wirklich mehr verraten sollte. Dann seufzte er.

»Unsere Leute sind den gesamten Friedhof mehrfach abgegangen. Wir denken, dass wir es auf eine Reihe von Gräbern eingrenzen konnten. Sie und ich werden heute nachsehen, ob wir in einem davon eine Tür finden.«

Sie folgten der Avenue Principale hinter dem Eingang, eine von Gräbern gesäumte Straße. Mehrere Autos standen hinter dem Tor am Straßenrand, weitere Touristen studierten das große Schild mit der Friedhofsübersicht. Spaziergänger in dunklen Mänteln schlenderten die Wege entlang. Die Bäume zu beiden Seiten hatten einen guten Teil ihres Herbstlaubes bereits eingebüßt.

Corbec führte sie vom Hauptweg fort in eine Seitenstraße mit Kopfsteinpflaster, in der das Herbstlauf offenbar noch nicht beiseite gekehrt worden war. Die Nachmittagssonne brach zwischen einer Reihe von Mausoleen hervor. Vor einem davon blieb Corbec schließlich stehen – ein schmales steinernes Gebildes, wie es sie hier zu Unmengen gab. Eine kleine Kapelle, kaum breiter als das fest verschlossene Tor auf der Vorderseite, durch dessen mit Rost überzogene Eisenstangen im Inneren ein Altar zu erkennen war. Das Dach des Mausoleums war mit

Moos überwachsen, die Spitze des Kreuzes am Dachgiebel abgebrochen.

»Nummer eins«, meinte Corbec. Gabriel konnte es fühlen – den Grund, aus dem dieses Grab es auf die Liste der möglichen Eingänge geschafft hatte. Etwas lag in der Luft, das eine Gänsehaut verursachte. Spuren von Magie. Sie warteten, bis ein Pärchen an ihnen vorübergegangen war. Dann suchten sie. Gabriel umrundete das Mausoleum, legte die Handflächen gegen den kühlen Stein und spürte der Magie nach. Besonders stark schien sie ihm nicht, nur ein Hauch. Vorn machte Corbec kurzen Prozess mit dem Schloss und verschaffte sich Zutritt zum Altar. Schon bald kam er wieder nach draußen und schüttelte den Kopf.

»Nichts. Sie?«

»Auch nichts.«

Das musste nicht heißen, dass es hier keinen geheimen Eingang gab. Hier oder bei einem der nächsten zwölf Gräber, die sie genauso in Augenschein nahmen. Es war nicht das erste Mal, dass Gabriel nach verborgenen Türen suchte, aber nicht jede Tür war gleich. Viele kamen nicht einmal in der üblichen Form. Es konnte alles sein: ein Durchgang hinter dem Altar, ein Spalt in der Mauer, eine in einem Sarg versteckte Falltür. Sie konnten nichts tun außer der Magie folgen und darauf hoffen, etwas zu finden.

»Wir werden Leute hier positionieren, Tag und Nacht«, sagte Corbec bei Grab vierzehn. »Bis wir jemanden erwischen, der durch eine geheime Tür geht.«

Grab fünfzehn lag gegenüber dem Krematorium. Aufgrund der Menschentraube, die sich dort gerade versammelt hatte, übersprangen sie es vorerst. Grab sechzehn war die Ruhestätte von Marcel Proust. Kein Mausoleum, sondern eine schwarz glänzende Grabplatte, auf der eine Ansammlung frischer Blumen lag. Corbec ging vor dem Grab auf die Knie und untersuchte die Stelle, an der die Grabplatte auf der Erde ruhte.

»Sie werden nicht versuchen, das Grab von Marcel Proust aufzubrechen, oder?«, fragte Gabriel vorsichtig.

Corbec sah ihn an und zuckte mit den Schultern. »Wahrscheinlich kommt die Magie hier sowieso von etwas anderem«, erwiderte er und las eine Kastanie auf, die jemand zwischen die Blumen auf dem Grab gelegt hatte. »All die Dinge, die Menschen im Laufe der Jahrzehnte hier abgelegt haben ...«

Grab siebzehn war ein namenloser Grabstein abseits des Weges, leicht abgesackt und halb mit Efeu überwuchert. Gabriel ließ seine Finger durch die Ranken gleiten und spürte, wie seine Fingerspitzen zu kribbeln begannen. Er legte die Handfläche auf die Erde vor dem Grabstein und fühlte die Reste der Magie wie ein langsam erlöschendes Feuer. Einen Eingang fanden sie aber auch hier nicht. Die Sonne sank immer tiefer, während sie Corbecs Liste abarbeiteten, zwischen den Grabsteinen umherstreiften und Touristen auswichen.

Bei Grab dreiundzwanzig meinte Gabriel, die Magie stärker zu spüren als an den vorherigen Ruhestätten. Dieses Mal ein Mausoleum, das so dicht an den nächsten Gräbern stand, dass nur geradeso eine Hand dazwischenpasste. In die Fassade über dem Tor war die Figur eines Engels eingemeißelt. Auch hier hatte Corbec das Schloss rasch aufgebrochen. Der Altar im Innern war leer und von einer Staubschicht überzogen, auf dem Boden lagen Scherben verteilt. Definitiv kein Ort, an dem in letzter Zeit jemand gewesen war. Auch hier musste die Magie also woanders herrühren.

Vierunddreißig Grabstätten umfasste Corbecs Liste und während sie auch bei der letzten keine geheime Tür finden konnten, hatte bereits die Dämmerung eingesetzt und die letzten Touristen strebten in Richtung Eingangstor, um vor der Schließung das Gelände zu verlassen. Corbec umklammerte seine Liste, die mittlerweile arg zerknittert war. Der Port Cristalline hielt sich weiter im Verborgenen.

Beim Friedhofseingang stand Mathys Bailly mit vier weiteren Agenten im Training. Bereit dazu, die Nacht auf dem Friedhof zu verbringen und alte Gräber zu überwachen. Corbec verteilte noch Anweisungen, dann begaben sie sich auf den Heimweg. Wo auch immer sich Eros versteckte, sie würden ihn heute nicht mehr finden.

Der Sonntag erschien ihm beinah zu ruhig nach den vergangenen Tagen, das ausgiebige Frühstück in der Maison Le Cygne beinahe surreal. Gabriel war heute Morgen allein im Speiseraum gewesen. Er hatte nach Bailly Ausschau gehalten, um ihn nach seiner Nachtschicht auf dem Cimetière Père Lachaise auszufragen. Doch von ihm und den anderen ASRAM-Anwärtern fehlte jede Spur. Überhaupt begegnete Gabriel niemandem, auch wenn wohl irgendwer das Frühstücksbuffet aufgebaut und den Kaffee gekocht haben musste. Ein freier Tag in Paris also ... Gabriel fiel nur ein einziger Ort ein, an den er gerne gehen würde. Er widerstand dem Drang.

Stattdessen streifte er seine Laufschuhe über und joggte zum Jardin de Luxembourg hinüber. Hier waren immerhin mehr Menschen unterwegs. Der Kies knirschte unter seinen Füßen, als er Runde um Runde durch den Park drehte, sich an Bänken und Skulpturen und verblühten Blumenbeeten vorbeischlängelte. Eigentlich hatte er vorgehabt, gegen Mittag in die Pension zurückzukehren und erneut sein Glück mit Bailly zu versuchen. Stattdessen trugen ihn seine verräterischen Beine zur Métro und er landete am Ende doch genau an dem Ort, den er wenigstens einen Tag lang hatte vermeiden wollen.

Rund um die Métrostation waren die Straßen von Montmartre gegen Mittag gut gefüllt, in den Cafés und Bistros kaum noch freie Plätze zu entdecken. Gabriel bahnte sich seinen Weg durch die Touristenansammlungen. Die Rue Steinlen lag gerade weit genug abseits von dem ganzen Trubel, um ein wenig durchzuatmen. Nur eine Passantin kam Gabriel mit ihrem Hund entgegen. Der Salon Nocturne lag heute ebenso ruhig da. »Fermée« verkündete das Schild, das jemand am Tor angebracht hatte. Gabriel schielte zwischen den Gitterstäben hindurch. Der Vorgarten wirkte verlassen, im Café dahinter brannte kein Licht. Aber sie musste zu Hause zu sein. Das Bindungsritual dürfte sie daran hindern, das Grundstück zu verlassen, jedenfalls den Informationen in ihrer Akte nach.

Vielleicht wäre das der Moment gewesen, umzudrehen und zurück in die Maison Le Cygne zu gehen. Immerhin bedeutete das Wissen um die Anwesenheit einer Person nicht gleichzeitig, dass besagte Person auch Besuch haben wollte. Wahrscheinlich stand Gabriel sowieso nicht gerade auf Jackies Liste der beliebtesten Gäste. Und Corbec war immer noch wütend wegen seines letzten Alleingangs – das hier würde ihn definitiv noch mehr verärgern. Mehr als genug Gründe also, um auf der Stelle kehrtzumachen.

Stattdessen packte Gabriel die Gitterstäbe und zog sich daran hoch. Leichtfüßig landete er auf der anderen Seite. Jackie hatte den Salon sicher mit einigen Zaubern belegt.

Nicht auszuschließen, dass einer gegen Eindringlinge dabei war. Doch nichts passierte. Er setzte seine Schritte Richtung Café mit Bedacht, hielt nach jedem kurz inne. Aber immer noch geschah nichts.

An der gläsernen Eingangstür hing ein zweites »Fermée«-Schild, für all diejenigen, die es beim ersten Mal nicht verstanden hatten. Gabriel griff nach der Türklinke, während er in Gedanken bereits durchging, was er heute Morgen alles mitgenommen hatte und was davon ihm helfen würde, das Schloss zu knacken.

Die Frage erledigte sich, als er mit der gar nicht verschlossenen Tür beinahe in den Raum dahinter fiel. Definitiv eine der leichteren Einbruchsaktionen seiner bisherigen Karriere.

Das Café lag so ruhig da, wie es von außen geschienen hatte. Die Stühle waren säuberlich an die Tische gerückt, die Auslage leer, die Kaffeemaschine schwieg.

Gabriels Schritte hallten durch den leeren Raum. Wohin als Nächstes? Wie von selbst landete sein Blick auf dem Durchgang zur Küche. Wenn Jackie nicht hier war, musste sie anderswo im Haus zu finden sein. Und er würde sie finden – und ihr endlich all die Fragen stellen, die er schon viel zu lange zurückhielt. Entschlossen stapfte er Richtung Korridor. Die Treppe nach oben war er beim letzten Mal hinaufgeeilt, ohne auch nur einen Moment innezuhalten. Nun nahm er sich die Zeit, seine Umgebung ausgiebig zu studieren. Gefliester Boden, kahle blassgelbe Wände, eine enge gewundene Treppe aus dunklem Holz und mehr als nur ein Hauch Magie in der Luft. Er setzte den Fuß auf die erste Treppenstufe – und ein Krachen ließ den Boden unter seinen Füßen vibrieren.

Sofort war er wieder zurück an jenem Tag, an dem er oben Zeuge des Schildzaubers geworden war. Hatte Jackie erneut ein Opfer von Eros gefunden und ihnen nichts gesagt? Ein weiteres Poltern, leiser diesmal, und definitiv nicht von oben kommend. Gabriel eilte den Korridor zurück. Am Ende des Ganges führte eine weitere Treppe in den Keller. Und von dort schienen die Geräusche zu kommen. Ein Scharren und Quietschen. Er schlich die Treppenstufen hinab. Mehrere Türen gingen zu beiden Seiten ab; eine davon stand einen Spalt breit offen. Ein Lichtstreifen war dahinter zu sehen und drinnen fluchte jemand. Definitiv Jackie. Geräuschlos schlüpfte er durch die Tür.

Drinnen bot sich ihm ein Bild des Chaos: Der Raum glich einem Lager, in das jemand so viel wie möglich mit möglichst wenig System hineingequetscht hatte. Staubüberzogene Möbel und Kartons waren wahllos im Raum verteilt, dazwischen Truhen, Bücherstapel, Plastiksäcke. Und Jackie. Sie stand mit dem Rücken zu ihm an der gegenüberliegenden Wand und war gerade dabei, Zettel in eine Kiste zu schieben. Weitere Zettel und Kisten umgaben sie zu allen Seiten, als wären sie geradewegs vom Himmel gefallen – oder vielleicht einfach von dem Regal neben ihr.

Gerade bückte sie sich nach einem weiteren Zettel, als sie plötzlich mitten in der Bewegung innehielt. Instinktiv wollte Gabriel sich hinter das nächste Möbel ducken, aber was hätte das gebracht? Er war schließlich hier, um mit ihr zu reden.

»Ich hoffe, Sie haben einen Grund mitgebracht, warum Sie in mein Haus einbrechen«, sagte Jackie mit einer Stimme wie klirrendes Eis. Dann fuhr sie herum.

»Die Tür war offen«, sagte Gabriel.

»Roland, verdammt!«, fluchte sie. »Was ist mit den Schildern, hat er die auch vergessen? Oder haben Sie spontan das Lesen verlernt?«

»Ich … hören Sie, Mademoiselle Beaumont. Können wir reden?«

»Sie hätten anrufen können. Oder zu unseren regulär vereinbarten Treffen kommen, anstatt in mein Haus einzubrechen.«

»Ich denke nicht, dass das die Art von Gespräch ist, die wir während eines offiziell vereinbarten Treffens führen sollten«, meinte Gabriel und schob mit dem Fuß eine Kiste beiseite, um einen Schritt auf Jackie zumachen zu können.

»Ich habe nichts mit Ihnen zu bereden, was nicht mit dem Fall zu tun hat«, erwiderte sie. Erneut wandte sie ihm den Rücken zu. »Ich schlage vor, dass Sie jetzt verschwinden. Oder soll ich vielleicht Ihren Kollegen anrufen und ihm sagen, wo Sie sich gerade herumtreiben?«

Gabriel presste die Lippen zusammen. So hatte er sich die Sache nicht vorgestellt.

Jackie war dazu übergegangen, ihn zu ignorieren. Sie las weitere Zettel auf und sortierte sie in Kisten ein. Und er stand hier, in diesem überfüllten Kellerraum im Salon Nocturne, die Hände zu Fäusten geballt, und wusste nicht, was er als Nächstes tun sollte. Er starrte auf die Kiste hinab, die er eben beiseitegeschoben hatte. Wie viele Dinge in diesem Raum würde die Agence konfiszieren müssen, wenn sie davon wüsste? Die Magie hier unten war mehr als nur ein Kribbeln auf seiner Haut, fühlte sich schwer und bedeutungsvoll an. Wenn ein Funke Magie der Klang einer Violinensaite war, dann stand Gabriel gerade inmitten eines Streichorchesters.

Er zwängte sich zwischen einer Tiffany-Stehlampe mit zerbrochenem Schirm und einem Beistelltisch mit Perlmutt-Intarsien hindurch. Jackie musste seine Bewegung mitbekommen haben, denn ihre Schultern versteiften sich. Aber sie sagte nichts. Die Kiste, die nun zu seiner Linken stand, schien förmlich zu vibrieren. Von außen war sie denkbar unscheinbar und mit gewöhnlichem Packband zugeklebt. Wäre da nicht die großbuchstabige Aufschrift gewesen: »Öffnen auf eigene Gefahr«.

Gabriel starrte die Kiste an. Die Kiste starrte zurück. Vielleicht war es dieser Tag oder all die Tage zusammen, in denen er jetzt in Paris war. Vielleicht war er es einfach leid, keine Antworten zu bekommen, nichts zu finden. Oder vielleicht war es die Kiste selbst oder was immer darin war, das nach ihm rief. Ihn anzog wie Isalines mit Magie durchwobene Stimme. Er streckte die Finger aus, bekam ein Ende des Paketbands zu fassen. Mit einem Ruck zog er daran – und der Raum erbebte.

Kapitel 21

Verdammt, sie hatte nicht aufgepasst! Einem ASRAM-Agenten den Rücken zuzudrehen ... Anfängerfehler, gerade hier unten. Der Boden unter ihren Füßen vibrierte und Jackie wirbelte herum. Dort stand er, einen Streifen Packband in der Hand und der Karton ...

»Gehen Sie sofort da weg!«, rief sie und stürmte los. Der Idiot bewegte sich nicht. Stand einfach da und starrte ins Leere. Eine Seite des Kartondeckels hob sich. Jackie sprang über einen Bücherstapel, stürzte nach vorn und schlug den Deckel zu. Aber es war zu spät. Sie griff nach Gabriels Handgelenk, versuchte ihn noch Richtung Tür zu zerren, doch die war längst ins Schloss gefallen. Ein Rattern und Klacken erfüllte den Raum, als zahllose unsichtbare Zahnräder einrasteten. Dann fuhr eine Welle über die Wände – ein Schimmern, das zu beiden Seiten der Tür startete, einmal durch den ganzen Raum brandete und wieder verschwand. Stille kehrte ein.

»Was ...« Gabriel riss sich von ihr los. Offenbar musste er erst einmal seine Sinne einsammeln: Er blinzelte ein paarmal, als würde er aus einer Trance erwachen.

»Sie geben mir wirklich allen Grund, an Ihren Lesefähigkeiten zu zweifeln«, knurrte Jackie. Es brauchte eine echte Anstrengung, ihre Stimme ruhig zu halten. Immerhin hatte er sie gerade in ihrem eigenen Keller eingesperrt. »Die Aufschrift haben Sie gesehen, ja? Auf der Kiste?«

»Die ... was war das gerade? Haben Sie Magie angewendet?« Er schob sich an Jackie vorbei und griff nach der Türklinke – die nicht mehr da war. Mit beiden Händen stemmte er sich gegen das Holz. Als es nicht nachgab, drehte er sich wieder zu ihr um.

»Machen Sie sofort die Tür auf.«

»Würde ich gern, wird aber nichts.«

»Was bitte soll das heißen?«

»Das heißt, dass jemand seine Finger nicht bei sich behalten konnte und einen der Schutzzauber meiner Tante ausgelöst hat.«

Das Packband hatte Gabriel vorhin fallen lassen. Jackie hob es auf und klebte den Karton wieder zu, so gut es eben ging. Nicht, dass es jetzt noch viel nützte. Es gab einen Grund, warum sie hier unten niemanden haben wollte, der nicht Tante Florences Blut teilte. Zu viele Stolperfallen.

»Ihre ... was meinen Sie mit Schutzzauber?«

»Wie lange sind Sie jetzt schon bei ASRAM? Sollten Sie nicht wissen, was ein Schutzzauber ist?«

»Was ich wissen will, ist, welchen Zauber Sie hier gerade losgelassen haben.«

Gabriel kam langsam auf sie zu, Schritt für Schritt, bis zwischen ihnen nur noch ein paar Zentimeter Platz waren. Er sah sie eindringlich an.

»Den Zauber, den *Sie* ausgelöst haben, meinen Sie?«

»Wieso ...« Er fasste sich mit der Hand an die Stirn. »Ich habe nur ...«

»An Sachen herumgespielt, die Sie nichts angehen. Genau.«

Sie wollte so gerne noch wütender sein. Natürlich kochte sie innerlich. Klar wollte ein Teil von ihr Gabriel gerade am liebsten ohrfeigen. Aber er schaute so verwirrt und verloren drein – wie ein Junge, dem gerade der Luftballon davongeflogen war. Und irgendwie verpasste das ihrer Wut einen unwillkommenen Dämpfer. Sie seufzte.

»Warum fangen wir nicht damit an, dass Sie von der Kiste weggehen?«, meinte sie.

Sie führte ihn zu einem Stuhl an der Wand, möglichst weit weg von Tante Florences denkwürdigeren Besitztümern. Er nahm Platz, und Jackie lehnte sich neben ihm gegen die Wand.

»Meine Tante lagert hier unten ihre Sachen«, erklärte sie. »Und weil das eine oder andere nicht in falsche Hände geraten soll, hat sie Schutzzauber darübergelegt. Die werden aktiviert, wenn jemand ihrem Zeug zu nahe kommt, der nicht ihr Blut teilt. ASRAM-Agenten, die nicht lesen können, zum Beispiel.«

»Was ist in der Kiste?«, fragte Gabriel.

»Wenn Sie das was anginge, dann läge kein Zauber drauf.«

»In Ordnung. Nächste Frage: Dieser Schutzzauber sperrt uns hier ein?«

»Klingt, als kennen Sie die Antwort schon. Wissen Sie –«

»Und wie kommen wir wieder raus?«

Jackie stieß sich von der Wand ab und sah ihn an.

»Fürs Erste gar nicht, fürchte ich.«

Er legte die Stirn in Falten.

»Und glauben Sie mir, wenn ich Ihnen sage: Niemand will hier lieber wieder raus als ich in diesem Moment.«

Im Kopf hatte sie bereits zu rechnen begonnen. Tante Florence war clever, ihre Zauber hatten keine Schlupflöcher. Zu versuchen, eines zu finden, würde sie nur unnötig Energie kosten. Auf der anderen Seite hätte sie sich lieber frisch gebrühten Kaffee über die Finger geschüttet, als hier mit Gabriel Rivera auf unbestimmte Zeit eingesperrt zu sein.

»Dafür wirken Sie überaus entspannt«, meinte Gabriel.

»Ernsthaft? Soll ich Ihnen zeigen, wie entspannt ich gerade bin?« Sie hob die Hand, spreizte die Finger – aber natürlich hatte Florence eine Blockade gegen fremde Magie in ihren Zauber eingebaut. Und offenbar hielt der momentan selbst Jackie für fremd genug, um nicht einmal einen einzigen Funken in ihre Fingerspitzen springen zu lassen.

»Ich meine nur. Wenn Sie keinen Ausweg kennen würden, dann wären Sie schon dabei, einen zu suchen.«

»Sie glauben also, mich zu kennen?«, entgegnete Jackie und ließ die Hand wieder sinken.

»Ihre Tante würde auch bestimmt keinen Zauber etablieren, der ihren Besitz dauerhaft verschließt.«

»Nein, aber vielleicht lang genug, bis die Eindringlinge verdursten.«

Das schien ihn nun doch etwas aus der Fassung zu bringen. Er stand auf und starrte in Richtung Tür, verschränkte die Arme vor der Brust.

»Hat sie aber nicht, richtig?«

Zumindest ein paar Sekunden lang würde Jackie ihn zu gerne zappeln lassen. Eine halbe Minute vielleicht, während der Blick in seinen Augen immer gehetzter wurde, während er fieberhaft überlegte, wie er hier doch noch rauskommen sollte. Stattdessen stöhnte er und sank zurück in den Stuhl, umfasste den Kopf mit beiden Händen. »Sie haben nicht zufällig eine Aspirin dabei?«

»Zwei bis drei Stunden«, sagte Jackie, und Gabriel sah sie zwischen seinen Fingern hindurch an. »Dann sollten wir hier raus sein. Der Zauber kann nur von außen aufgehoben werden und nur von meiner Tante oder einer nahen blutsverwandten Person. Da ich mit Ihnen hier festsitze, kann ich Sie nicht rauslassen. Aber Roland wird bald zurückkommen.« Hoffte sie jedenfalls.

Er nickte nur und ließ den Kopf kraftlos gegen die Wand fallen. Schloss die Augen.

»Ich schlage vor, Sie bleiben da sitzen«, meinte sie – auch wenn Gabriel nicht so aussah, als wäre er gerade zu einem Marathon aufgelegt. »Und fassen nichts an. Nicht ein einziges Teil. Nicht einmal den Stuhl, auf dem Sie sitzen.«

Er schnaubte.

»Und ich bin da hinten in einer anderen Ecke. Wir gehen uns einfach aus dem Weg. Zwei bis drei Stunden. Sollte doch machbar sein, denken Sie nicht?«

Sein nächstes Schnauben klang halb wie ein Lachen, aber Jackie entschied sich dazu, es stattdessen als Bestätigung zu interpretieren. Sie behielt Gabriel im Auge, während sie zurück zu dem Schrank ging, vor dem immer noch Papiere verteilt lagen. Papiere, die Gabriel auf keinen Fall zu Gesicht bekommen sollte. Rasch schob sie die Dokumente zusammen und stopfte sie zurück in ihre Kisten. Das konnte sie alles später noch sortieren. Jackie rammte die Kisten in den Schrank, drehte den Schlüssel im Schloss und steckte ihn ein. Zumindest eine potenzielle Gefahrenquelle beseitigt. Blieb nur noch der Rest des Raumes voller nicht registrierter magischer Gegenstände und einer langen Reihe an ASRAM-Regelverstößen. Es versprach, ein langer Nachmittag zu werden.

Für den Moment zumindest saß Gabriel bewegungslos da, den Hinterkopf gegen die Wand gepresst. Die rechte Hand lag über seiner Stirn, die linke im Schoß. Hatte Florence etwas eingebaut, um Eindringlingen physisch zu schaden? Jackie konnte sich nicht erinnern. Aber wenn es so war, dann geschah es ihm nur recht. Immerhin war er in ihr Haus eingebrochen. Hatte den Karton geöffnet. Er hatte es gewagt, nach all den Jahren zurück in ihr Leben zu kommen.

Jackie biss die Zähne zusammen und wandte sich ab. Sie würde einfach ein paar Bücher sortieren, solange sie hier war. Welche von den unverfänglichen. Gab es die hier unten überhaupt? Welche von den weniger verfänglichen also. Damit nichts eskalierte, falls ihr ungebetener Gast doch noch auf die Beine kam und nachsehen wollte, was sie da tat.

Sie hatte keine Uhr hier unten und ihr Smartphone lag oben in der Küche – nicht, dass es ihr etwas gebracht hätte. Florences Zauber blockierte jedwede Möglichkeit, nach außen zu kommunizieren. Ein Fenster gab es auch nicht. Es war also unmöglich zu sagen, wie viel Zeit genau verging, während Jackie den Bücherstapel sortierte. Vielleicht zehn Minuten, vielleicht eine Stunde. Gabriel kam nicht zu ihr herüber. Mit geschlossenen Augen saß er in dem Stuhl an der Wand. Die Kopfschmerzen hatten offenbar plötzlich eingesetzt, nachdem sie hier unten eingesperrt worden waren.

»Wie lange haben Sie das schon?«, fragte sie schließlich. »Die Kopfschmerzen?«

Zuerst reagierte er nicht. War er eingeschlafen?

»Agent Rivera?«

»Seit der Schutzzauber Ihrer Tante aktiv ist«, erwiderte Gabriel dann. »Und haben Sie nicht gesagt, dass Ihr Cousin uns hier bald rauslassen wird?«

»Irgendwann im Laufe des Tages, würde ich vermuten. Spätestens morgen früh.«

Das brachte ihn nun in Bewegung. Er schlug die Augen auf, lehnte sich vor und starrte sie über den Raum hinweg an. »Morgen früh?!«

»Spätestens. Was ich vorhin meinte, war: Ihre Kopfschmerzen sind nicht neu, richtig? Sie haben sie immer mal wieder, oder? Seit wann?«

»Was hat das genau mit unserer aktuellen Lage zu tun?«

Jackie seufzte. Nichts. Alles.

»Vergessen Sie's.«

Sie wandte sich wieder ihren Bücher zu. Gabriel sah sie immer noch an, als versuche er im Geiste etwas zu erkennen, das er nicht ganz greifen konnte.

»Sie haben nicht zufällig etwas zu essen hier unten?«, fragte er.

»Nichts, das Sie zu sich nehmen wollen.« Sie legte die Bücher in eine Kiste und erhob sich. »Aber vielleicht ...«

Als Florence das letzte Mal hier gewesen war, vor ein paar Monaten, hatte sie definitiv Abende mit einem Glas Cognac im Keller verbracht, während sie ihre Notizen in die Regale einsortierte. Jackie sah sich suchend um. Das Fach in der Konsole hatte sie bestimmt seit einem halben Jahr nicht geöffnet, aber Florence brachte dort schon mal was unter. Sie zog es auf und griff triumphierend nach der halbvollen Cognac-Flasche. Damit bahnte sie sich ihren Weg zu Gabriel und präsentierte ihm ihren Fund. Er hob fragend die Augenbrauen.

Wahrscheinlich hatte er recht. Es war ganz und gar keine gute Idee, zu ihrer ohnehin gerade etwas prekären Situation auch noch Alkohol hinzuzufügen. Es klang wie das Rezept für eine 1-A-Katastrophe: Gabriel Rivera und sie, zusammen im Keller eingeschlossen – mit der Flasche Cognac. Sie überlegte kurz, dann zuckte sie mit den Schultern, drehte den Stopfen ab, warf ihn achtlos hinter sich und setzte die Flasche an die Lippen. Sie fühlte Gabriels Blick auf sich ruhen, hörte seinen Atem in der Stille des Kellers. Sie hielt ihm die Flasche hin.

Jackie hatte längst jedes Zeitgefühl verloren. Sie konnten seit ein paar Stunden hier festsitzen, genauso gut aber auch schon den halben Tag. Die Flasche war inzwischen fast leer. Sie saß neben Gabriel auf dem Boden, die Beine von sich gestreckt. Ihre Glieder fühlten sich angenehm schwer an, ihre Gedanken dagegen ganz leicht. Fragen brannten auf ihren Lippen, die sie unter anderen Umständen zurückgehalten hätte – die sie in den letzten Tagen immer wieder heruntergeschluckt hatte. Plötzlich schien es so einfach, sie zu stellen.

»Wie sind Sie zu ASRAM gekommen? Warum? Warum ausgerechnet ASRAM?«

»Warum sind Sie Teil eines Bindungsrituals?«, entgegnete er.

Jackie stieß die nunmehr leere Flasche Cognac mit dem Fuß an. Sie klirrte auf dem Steinboden und rollte ein paar Zentimeter davon.

»Warum sind Sie hier?«, fragte sie.

Er drehte sich zu ihr hin, stützte die Arme auf die Oberschenkel und beugte sich nach vorn. Die dunklen Locken fielen ihm in die Stirn.

»Warum sind *Sie* hier?«

»Werden Sie jede meiner Fragen mit einer Gegenfrage beantworten?«

Er lachte. So laut und gelöst, dass es doch eigentlich bis hinaus auf die Straße hallen musste.

»Ich mache Ihnen einen Vorschlag«, sagte er. »Ich antworte auf eine Ihrer Fragen, wenn Sie auf eine meiner antworten. Keine Tricks, keine Ausreden und Ausflüchte. Nur die Wahrheit.«

Für Menschen wie sie war die Wahrheit eine gefährliche Sache. Und doch – das Spiel mit dem Feuer hatte seinen Reiz.

»Nichts verlässt diesen Raum«, sagte sie. »Nichts davon landet in meiner ASRAM-Akte.«

»Ich schwöre.«

Sie hatte keinen Grund, ihm zu glauben. Konnte nicht genau wissen, ob er sich morgen im nüchternen Zustand anders entscheiden und doch den Stift zücken würde. Aber irgendetwas sagte ihr, dass er sein Wort halten würde – entgegen allem, was sie über ASRAM wusste. Denn der Gabriel Rivera, der gerade neben ihr saß, schien plötzlich sehr viel näher an dem Jungen von damals als an dem Mann von heute. Ein Junge mit einem Kopf voller Abenteuer und Möglichkeiten, kein Agent voller Argwohn.

»Sie fangen an«, sagte er.

»Habe ich bereits – wie sind Sie zu ASRAM gekommen?«

Er richtete sich auf und ließ den Hinterkopf gegen die Wand fallen. »Wie viele andere auch.«

»Das klingt wie eine Halbwahrheit.«

»Sie haben mich nicht ausreden lassen.«

Sie zog die Knie zu sich heran und wartete.

»Sie kennen Magie sicherlich Ihr ganzes Leben lang«, fuhr er fort. »Für mich war sie nie so greifbar. Aber ich wusste immer – irgendwie –, dass da etwas ist. Also habe ich danach gesucht, und ASRAM hat mich gefunden. Das war in Calais, als ich noch studiert habe.«

»Wann haben Sie angefangen, nach Magie zu suchen?«

Gabriel drehte den Kopf zur Seite und sah sie mit einem Lächeln auf den Lippen an.

»Sie hatten Ihre Frage, jetzt bin ich an der Reihe.«

»Schießen Sie los.« So viele Fragen, deren Antworten sie in Schwierigkeiten bringen würden. So viele Dinge, die sie sagen und nie wieder zurücknehmen könnte.

»Seit wann haben Sie dieses Grundstück nicht verlassen?«

Sie zog die Augenbrauen hoch. Hatte ASRAM also den genauen Zeitpunkt nicht ermitteln können, seit dem sie Teil des Bindungsrituals war?

»Seit heute Morgen«, erwiderte sie. Den irritierten Blick hatte sie kommen sehen. Ein Lächeln konnte sie sich trotzdem nicht verkneifen.

»Ich dachte, Sie wären an diesen Ort gebunden?«

»War das eine Frage? Ich glaube nämlich, dass ich gerade schon eine beantwortet habe.«

Er schnaubte und gab ihr einen kurzen Wink mit der Hand.

»Seit wann?«, fragte Jackie. »Seit wann wissen Sie von Magie?«

»Seit meinem Studium«, sagte er. »Vorher war es eine Ahnung, aber mit Sicherheit wusste ich es erst, als ich es mit eigenen Augen gesehen habe. Wie können Sie das Grundstück verlassen, wenn Sie daran gebunden sind?«

»Katzen«, erwiderte Jackie. Seit seinem Studium? Ein kurzer klarer Gedanke in ihrem von Alkohol vernebelten Verstand: die Kopfschmerzen, der suchende Blick – als ahnte Gabriel, dass ihm etwas fehlte.

»Da müssen Sie schon etwas genauer sein.«

»Bitte was?«

»Katzen?!«, wiederholte Gabriel.

»Oh ... ja, genau. Verbindung mit der Geisterwelt«, murmelte sie. »Ich kann von anderen Wesen Besitz ergreifen und mich in fremden Körpern ein Stück weit fortbewegen.« Sie studierte ihn von der Seite her. Er sah sie nicht an, sondern saß wieder mit geschlossenen Augen da. Seine Brust hob und senkte sich im ruhigen Rhythmus seines Atems. Ihre Aussage kommentierte er mit einem kurzen Lachen.

»Steht nicht in Ihrer Akte«, meinte er.

»Ich bin mehr als eine Akte, Agent Rivera.«

»Das hoffe ich doch. Moment.« Er schlug die Augen auf. »Von anderen *Wesen* Besitz ergreifen? Definieren Sie ›Wesen‹.«

»Haben Sie Angst, dass ich mir mal eben Ihren Körper für eine kleine Spritztour ausleihen könnte?« Seine Augen weiteten sich und Jackie lachte. »Keine Panik, ich nehme grundsätzlich keine Menschenkörper in Besitz. Zu gefährlich. Hauptsächlich Katzen«, fügte sie hinzu. Das Bewusstsein von Menschen war viel zu komplex, so vieles konnte schiefgehen. Sie verzichtete darauf, Gabriel die Geschichten zu erzählen, wegen derer sie diese Grenze nie überschritten hatte. Von zu stark verwobenen Geistern, unheilbar zerstörtem Bewusstsein und nicht mehr rückgängig zu machenden Inbesitznahmen.

»Katzen ...?!« Gabriel hob die Augenbrauen. »Aber es beruhigt mich, dass Sie meinen Körper nicht wollen.«

Seine Gesichtszüge erstarrten, als er merkte, was er gerade gesagt hatte. »Also, nicht dass ... ich meine ...«

»Keine Sorge, Ihr Körper ist sicher.« Sie musste sich von ihm wegdrehen, kurz Luft holen, um dann das Gespräch schnell in eine andere Richtung zu lenken. »Sie haben die Kopfschmerzen, seit Sie in Paris sind«, sagte sie. Es war eine Feststellung, keine Frage.

Er schlug die Augen auf und begegnete ihrem Blick. Sie sollte nicht weiter gehen, nicht in diese Richtung, aber die Worte kamen ihr wie von selbst über die Lippen, ehe sie eine Chance hatte, sie zurückzuhalten. Das mit dem Cognac war wirklich eine blöde Idee gewesen.

»Wie kommen Sie darauf?«, fragte er verwirrt.

»Sie erinnern sich nicht daran, als Kind Magie gesehen zu haben. In Petit-Caux.«

Er öffnete den Mund, schloss ihn wieder. Dann stand er auf. Beinahe stolperte er über die Cognac-Flasche, ehe er sich neben Jackie auf den Boden sinken ließ. So nah, dass ihre Schultern sich berührten.

»Nein«, sagte er.

»Und Sie –«

Er hielt eine Hand hoch, um sie zu unterbrechen.

»Ich bin an der Reihe«, flüsterte er. Er beugte sich zu ihr hin. Sein Atem streifte ihre Wange. »Hast du gelogen, als du gesagt hast, du könntest dich nicht an mich erinnern?«

Sie konnte nicht wegschauen. Konnte ihn nicht anlügen, nicht jetzt, nicht hier unten. Nicht, wenn zwischen ihnen nur wenige Zentimeter Raum blieben. Aber die Wahrheit war eine gefährliche Sache.

Sie nickte. Er starrte sie an, als sehe er plötzlich jemand anderen vor sich. Als habe sie sich mit dieser kleinen Geste in seinen Augen verändert. Als habe er gerade etwas von dem wiedergefunden, was er gesucht hatte. Und plötzlich war der Keller viel zu eng, viel zu dunkel und zu vollgestopft. Sie brauchte dringend frische Luft.

Und als hätte sie irgendwo da draußen jemand erhört, ratterte mit einem Mal das Schloss. Jackie sprang auf. Zu schnell. Sie verlor das Gleichgewicht, konnte sich aber gerade noch an der Stuhllehne festhalten. Der Raum drehte sich noch ein paar Sekunden, dann schaffte sie es, die Tür zu fokussieren.

»Jacks.« Rolands Stimme. »Bist du da drinnen?« Einen Augenblick später fiel der Schutzzauber mit einem kurzen Schimmern von den Wänden ab und Roland stürzte durch die Tür. Sie schob sich blindlings an ihm vorbei nach draußen. Drehte sich nicht um, als Gabriel ihren Namen rief.

Kapitel 22

»Ich halte das nach wie vor für keine gute Idee«, meinte Corbec, als er die Eingangstür zum Salon Nocturne auf stieß.

»Ist es nicht der Sinn einer Kooperation, dass wir Dinge gemeinsam angehen?«, entgegnete Gabriel. »Vielleicht fällt ihr etwas auf, das wir nicht sehen.«

Corbec quittierte das mit einem Schnauben. Wobei er noch weitgehend gelassen schien dafür, dass Gabriel die Zeugenbefragung gerade eigenmächtig von den ASRAM-Büros in den Salon Nocturne verlegt hatte. Weil Jackie vielleicht etwas beisteuern konnte. Nicht, weil er selbst noch Fragen an sie hatte. Oder weil etwas in ihm es nicht erwarten konnte, sie wiederzusehen.

Nachdem Roland sie gestern aus dem Keller befreit hatte, war Jackie binnen Sekunden verschwunden gewesen – viel zu schnell für jemanden, der gerade eine nicht unerhebliche Menge Cognac intus hatte. Er selbst erinnerte sich kaum, wie er zurück in die Maison Le Cygne gelangt war. Dafür konnte er sich umso klarer an jedes Wort erinnern, das sie gesagt hatte, während sie zusammen eingesperrt gewesen waren. Sie hatte ihn nicht vergessen, hatte von Anfang an gewusst, wer er war. Aber warum so tun, als erinnerte sie sich nicht? Und warum die ganzen Fragen zu seinen Kopfschmerzen? Die im Übrigen dank dem

Alkohol heute eine doppelte Menge an Aspirin verlangten.

»Sie hat nicht geschlossen«, sagte Corbec, als wäre Gabriel daran schuld. »Sie haben ihr gesagt, dass es keine öffentliche Zeugenbefragung ist, richtig?«

Gabriel zuckte mit den Schultern und steuerte einen freien Tisch in einer Ecke des Cafés an, ein wenig abseits vom nächsten besetzten Tisch. Dort saß Fatou und winkte ihm kurz, ehe sie sich wieder in ihr Buch vertiefte. Corbec breitete neben Gabriel seine Unterlagen auf dem Tisch aus – Kopie der Fallakte, Notizbuch, Aufnahmegerät. Lange mussten sie nicht warten, bis Jackie durch die Küchentür kam. Als sie Gabriel sah, hielt sie kurz inne. Sie hatten heute Morgen nur am Telefon gesprochen, und nur über die Befragung. Langsam nahm sie ihre Schürze ab und kam zu ihnen herüber. Setzte sich auf den Stuhl, der näher an Gabriel stand.

»Mademoiselle Beaumont«, sagte er.

»Agent Rivera.«

Auch wenn ihr Tonfall neutral klang, war es anders als vorher. Als hätte die unsichtbare Wand zwischen ihnen zu bröckeln begonnen.

»Unsere Zeugen sind ein junges Pärchen«, erklärte Corbec geschäftsmäßig. »Sie wollen Eros vor einiger Zeit begegnet sein. Agent Rivera hier ist der Meinung, dass Ihre Perspektive nützlich sein könnte.«

»Ist das so?«, entgegnete Jackie.

Gabriel wünschte, er hätte ohne Corbec herkommen können. In der Gegenwart des anderen Agenten konnte er die Fragen, die ihm nach wie vor auf der Zunge brannten, unmöglich stellen. Schon jetzt schaute Corbec fragend zwischen ihm und Jackie hin und her. Dann aber vertiefte er sich wieder in seine Unterlagen.

Die beiden Zeugen trafen wenig später ein, weitere Stühle wurden an den Tisch gezogen. Roland, der gerade im Café bediente, brachte ungefragt Kaffee und blieb demonstrativ am Tisch stehen. Corbec sah ihn finster an, sagte aber nichts.

Die Zeugen, Thierry und Alice Robert, hatte Corbec ausfindig gemacht. Thierry Robert war groß und dunkelhaarig, wirkte in dunklem Anzug und Krawatte beinahe fehl am Platz im Salon Nocturne. Alice wiederum trug einen Schimmer in ihren blonden Haaren, der kaum einen Zweifel an der ihr innewohnenden Magie ließ. Laut Corbecs Akte hatten beide magische Fähigkeiten.

»Ich war einmal hier«, sagte Alice nun, während sie sich im Café umsah.

»Wir wären fast nicht gekommen«, ergänzte Thierry mit Blick in Richtung Gabriel.

»Ich hab die von ASRAM unter Kontrolle, keine Sorge«, meinte Jackie.

»Es handelt sich um eine Kooperation«, betonte Corbec. »Und die Ermittlungen sind in Ihrem Sinne.«

»Das höre ich von ASRAM nicht zum ersten Mal.« Thierrys Stimme wurde schärfer. Alice legte ihm eine Hand auf den Arm und lächelte in die Runde. »Was mein Mann damit sagen möchte ist: Wir beantworten gern Ihre Fragen.«

»Scheint mir eine sehr freie Interpretation«, murmelte Roland.

Gabriel seufzte. Neben ihm studierte Jackie die beiden Zeugen und versuchte allem Anschein nach gleichzeitig, einen Blick in Corbecs Akte zu erhaschen. Der zog sie prompt näher zu sich heran und schlug sie schließlich zu.

»Wir möchten verhindern, dass ein schwerer Fall von Magiemissbrauch noch weitere Opfer fordert«, erklärte

Gabriel. »Nur deswegen sind wir hier. Und ja, wir wissen, dass Sie in der Vergangenheit bereits mit uns zu tun hatten, Monsieur Robert.«

Auch das stand in der Akte, die Corbec am Vormittag aus den Archiven gefischt hatte. Ein paar kleinere Auffälligkeiten, geringfügige Verstöße gegen die Geheimhaltung, das Übliche. Ein weiterer Grund, aus dem Gabriel die Befragung im Salon Nocturne abhalten wollte – jemand wie Thierry würde in einen ASRAM-Befragungsraum mit der Absicht hineinmarschieren, so unkooperativ wie möglich zu sein. Vielleicht konnten sie diese Zusammenarbeit mit Jackie über den Fall hinaus nutzen, um der magischen Gemeinschaft zu zeigen, dass ASRAM auf ihrer Seite war.

»Wir können Ihnen vermutlich sowieso nicht viel sagen«, meinte Alice.

»Jedes Detail kann uns helfen«, erwiderte Jackie. »Und ernsthaft, machen Sie sich wegen denen keine Sorgen.« Sie nickte zu Gabriel und Corbec. »Egal, was Sie uns heute sagen, die werden nichts davon gegen sie verwenden.«

»Versprochen«, fügte Gabriel schnell hinzu, ehe Corbec widersprechen konnte. Der hatte sich bereits nach vorn gebeugt, die Augenbrauen zusammengezogen. Und warf Gabriel nun einen Blick zu, der in naher Zukunft ein deutlich unangenehmeres Gespräch versprach. Aber es würde ihnen nun einmal nichts nützen, ihre Zeugen zu bedrohen.

»Und Sie sind sich sicher, dass die dabei sein müssen?«, meinte Thierry und deutete unwirsch in Gabriels Richtung.

»Ich könnte Ihnen auch eine offizielle Vorladung zukommen lassen«, erwiderte Corbec. »Oder eine Verwarnung, wenn Sie das bevorzugen.«

Neben ihm lachte Jackie auf.

»Das sollte nicht nötig sein«, warf Gabriel schnell ein. »Sagen Sie uns einfach, was Sie über Eros wissen, und die Sache ist erledigt.«

Thierry schien erneut widersprechen zu wollen, doch seine Begleiterin war schneller. »Nicht viel«, sagte sie. »Wir haben ihn nur ein einziges Mal getroffen – und sein Angebot ausgeschlagen. Wir brauchen kein magisches Ritual, um einander verbunden zu sein.«

»Abgesehen davon, dass wir nicht so dumm sind, uns von einem Fremden mit Maske verhexen zu lassen«, ergänzte Thierry.

»Also konnten Sie sein Gesicht nicht sehen?«, fragte Jackie. »Was ist mit seiner Stimme?«

»Magisch verzerrt«, antwortete Alice. Alles nichts Neues.

»Wo haben Sie Eros getroffen?«, wollte Gabriel wissen. Vielleicht konnten die beiden wenigstens bei diesem Rätsel helfen. »Kennen Sie den Port Cristalline?«

Thierry und Alice warfen einander einen verstohlenen Blick zu, der genau Eines zu sagen schien: Verrate nichts.

»Nie gehört«, meinte Alice. Thierry zuckte mit den Schultern.

»Ganz sicher?«

»Einhundert Prozent.« Thierry lehnte sich zu Corbec hinüber, der eifrig in sein Notizbuch schrieb. Mit einer raschen Bewegung riss er ihm den Stift aus der Hand. »Was schreiben Sie da?«

»Ihre Verwarnung.«

Thierry versuchte, nun auch nach dem Notizbuch zu greifen, doch Corbec hielt es außer Reichweite. Mit einem lauten Schnauben sprang Thierry auf. »Das meinen Sie besser nicht ernst.«

Corbec grinste und erinnerte Gabriel plötzlich wieder an den anderen Corbec, den er bei dem Glas Wein nach Feierabend kennengelernt hatte.

»Setzen Sie sich«, meinte Corbec gelassen. »Bleiben Sie locker. Sonst glaube ich nachher wirklich noch, dass Sie eine Verwarnung wert sind.«

Thierry folgte der Aufforderung mit offensichtlichem Widerwillen. Er nahm auf der Stuhlkante Platz und verschränkte die Arme vor der Brust.

»Chez Isaline«, sagte Alice, während sie eine Hand auf Thierrys Oberschenkel legte. »Dort haben wir Eros getroffen.«

»War uns bereits bekannt, danke«, erwiderte Corbec und grinste dieses Mal Gabriel an. »Oder zumindest einem von uns.«

Darüber hatte Corbec also die Zeugen gefunden. Demnach musste Alice die junge Frau gewesen sein, mit der Eros laut Isaline gesprochen hatte. Aber hatte sie nicht gesagt, dass sie sich nicht genau an die Frau erinnerte? Vielleicht hatte Corbec seine eigenen Wege, Isalines Erinnerungen nachzuhelfen.

»Sie waren noch mal dort?«, fragte er ihn leise. »Kann es sein, dass sie öfter mit Isaline ... sprechen?«

Corbec starrte ihn an. Einen Moment sah es so aus, als wolle er auf ihn losgehen. Mit geballten Fäusten beugte er sich vor. Dann atmete er laut hörbar aus, starrte einen Augenblick lang einfach nur ins Leere. »*Chez Isaline* ist seit zwei Tagen geschlossen«, sagte er schließlich. Etwas an seiner gepressten Stimme hielt Gabriel davon ab, weiter nachzuhaken. Stattdessen wandte er sich wieder Alice und Thierry zu.

»Haben Sie Eros dort öfter gesehen? Im *Chez Isaline?*«

»Nur das eine Mal«, erwiderte Alice. »Wie gesagt, wir sind auf sein Angebot nicht eingegangen.«

Corbec schrieb etwas auf und klappte dann sein Notizbuch zu.

»Das ist alles?«, fragte Jackie. »Mehr haben Sie nicht?«

Alice zuckte nur mit den Schultern, und Thierry sah so aus, als würde er nur unter Folter ein weiteres Wort von sich geben. Roland begleitete die Zeugen zum Tor, während Corbec seine Unterlagen zusammenpackte.

»Wie geht es Ihrem Kopf?«, raunte Jackie.

»Zu viel Cognac.«

Sie lachte.

»Wir sollten reden.« Gabriel beugte sich näher zu ihr hin, weg von Corbec, der gerade sein unbenutztes Aufnahmegerät wegpackte. »Über gestern. Über –«

»Auf geht's, Rivera!« Corbec erhob sich und bedeutete Gabriel mit einer schroffen Geste, das Gleiche zu tun. »Oder wollen Sie Duveau warten lassen?«

Richtig. Meeting mit Duveau um 17 Uhr. Aber bis dahin war noch Zeit. Er könnte hier bleiben, noch einen Kaffee trinken. Herausfinden, ob Jackie auch ohne Cognac seine Fragen beantworten würde. Er suchte ihren Blick. Nur kurz begegnete sie ihm, ehe sie stattdessen zu Corbec sah.

»Haben Sie einen schönen Tag«, meinte sie. »Und bringen Sie beim nächsten Mal bessere Zeugen mit.«

Wenn er nur eine Ausrede finden konnte, um Corbec allein nach La Défense zu schicken. Aber der andere Agent war schon auf halbem Weg zur Tür und rief ungeduldig nach ihm. Ein anderes Mal also.

Kapitel 23

Sonne fiel durch das offene Fenster und ließ die weiße Tischdecke blendend hell erstrahlen. Die Stimmen aus dem Café unten drangen gedämpft in den Raum, vermischten sich mit den Klängen des leise laufenden Radios im Regal neben dem Herd. Antoine hatte es eingeschaltet, als er hereingekommen war, bevor er seine Lederjacke auf die Ablage geworfen hatte. Nun saß er am Küchentisch und biss in einen Apfel, den er sich aus Jackies Obstkorb genommen hatte. Die Vertrautheit versetzte ihr einen Stich. Es war so seltsam, dass er sich immer noch nahtlos in ihre Wohnung einfügte. Fast so, als hätte sie die Sache damals nicht beendet.

»Sicherlich praktisch, jemanden zum Aushelfen zu haben«, meinte er und setzte damit ihr Gespräch über Roland fort.

»Ich kann mich nicht beklagen.« Jackie wandte den Blick mit Mühe von Antoine ab und suchte die Listen zusammen, die aus ihrer Inventur hervorgegangen waren. Deswegen hatte sie Antoine schließlich hier hoch gebeten.

»Scheint mit der Maschine auch besser klarzukommen als ich«, meinte Antoine schmunzelnd. Sie lächelte. Im letzten Jahr hatte Antoine für ein paar Wochen im Café ausgeholfen – und mit der Kaffeemaschine so manchen Kampf ausgefochten.

»Deine Stärken liegen eben anderswo.«

»Ist das so?«

Wärme kroch ihren Nacken hoch. Sie umklammerte die Zettel und drehte sich wieder zu ihm um.

»Kannst du die Sachen besorgen?« Resolut platzierte sie die Listen vor ihm auf dem Tisch.

»Hm ...« Antoine studierte einen Zettel nach dem anderen. »Denke schon. Bis wann brauchst du das Zeug?«

»Schaffst du nächste Woche? Madame Giraud hätte ihren Kuchen gern übernächsten Sonntag.«

»Was backen wir denn diesmal?« Er ging erneut die Liste durch. »Kristallstaub, Alraunenwurzel ... Fluchbrecherkuchen?«

»Für Madame Giraud wird es hauptsächlich das Drachenblutharz sein. Mehr ein Mutig-voran-in-die-Gehaltsverhandlungen-Kuchen.«

»Du bist eine wahre Künstlerin in der Küche, hab ich dir das schon mal gesagt?«

Sie schaute schnell weg, zum geöffneten Fenster hin, durch das ein sanfter Wind hereinwehte und mit ihren Haaren spielte. Dennoch spürte sie Antoines Blick auf sich ruhen. Keiner von ihnen sagte etwas. Erst das Öffnen und Schließen der Eingangstür brachte sie dazu, sich vom Fenster abzuwenden. Vielleicht brauchte Roland unten Hilfe. Und eigentlich war das Geschäftliche erledigt. Wahrscheinlich war es keine gute Idee, hier noch länger mit Antoine allein in der Küche zu sitzen.

»Hallo?«, hallte es vom Korridor her. Definitiv nicht Roland.

»Gast oder Einbrecher?«, fragte Antoine.

»Weder noch.«

Jackie streckte gerade in dem Moment die Hand nach der Tür aus, in dem der nicht geladene Besuch in den

Raum trat. Und fand sich erneut nur Zentimeter von Gabriel Rivera entfernt. Hastig machte sie einen Schritt rückwärts. Er schien allein gekommen zu sein. Er trug den blauen Anzug, den er angehabt hatte, als sie ihn im Regen auf der anderen Straßenseite sah, vor so vielen Nächten. Oder kam ihr das nur so lang vor? Mit einem Mal schien die Zeit wie eingefroren. Gabriel starrte sie an. In seinem Blick lag etwas, das ihr eine Gänsehaut über den Rücken jagte.

»Sind Sie nicht der ASRAM-Typ?«, fragte Antoine in die plötzliche Stille hinein. »Was haben Sie hier zu suchen?!«

Erst jetzt schien Gabriel den anderen Mann überhaupt zu bemerken. Er blinzelte wie jemand, der aus einer Trance erwachte. Was auch immer ihn im Türrahmen hatte innehalten lassen, fiel von ihm ab. Sein Blick verhärtete sich.

»Ich bin in offizieller Funktion hier«, teilte er mit. Wenn das stimmen sollte, warum hatte er dann Corbec nicht im Schlepptau? Etwas in Jackie zog sich zusammen. Er hatte Fragen, das wusste sie. Aber war sie bereit, sie auch zu beantworten?

»Und das gibt Ihnen das Recht, einfach in private Räume zu marschieren? Nicht, dass ich überrascht wäre. Ihr steckt eure Nase ja überall rein.«

»Antoine.« Jackie warf ihm einen warnenden Blick zu. Sie hatte keine Lust auf einen Streit.

»Ich dachte, du hast die Sache unter Kontrolle«, sagte er nun an Jackie gewandt.

Sie verschränkte die Arme vor der Brust. »Hab ich auch. Ein bisschen mehr Vertrauen bitte.«

Er deutete mit dem Zeigefinger auf Gabriel und zog wortlos die Augenbraue hoch. Als wolle er damit andeuten, dass der ASRAM-Agent in ihrer Küche ein eindeutiges Zeichen dafür sei, dass sie die Sache eben nicht mehr unter Kontrolle hatte. Was nicht stimmte. Sie wusste, was sie tat. Gabriel Rivera brachte sie nicht aus dem Konzept. Nicht mal ein kleines bisschen.

»Hatten wir ein Treffen vereinbart?«, fragte sie nun an Gabriel gewandt. »Ich kann mich nicht erinnern, Sie in meine Wohnung eingeladen zu haben.«

»Ihr Cousin sagte, dass Sie oben sind.«

»Und wenn er Ihnen gesagt hätte, dass sie auf dem Mond ist?«, warf Antoine ein. »Hätten Sie sich dann eine Rakete besorgt?«

»Roland meinte, ich solle einfach hochgehen«, fuhr Gabriel fort, ohne auf die Bemerkung einzugehen. Nur einen kurzen Blick warf er in Antoines Richtung, ehe er sich wieder ganz Jackie zuwandte. »Ich hoffe, ich störe nicht.«

»Gibt es Neuigkeiten?«, fragte Jackie.

»Vielleicht sollten wir das unter vier Augen besprechen.«

»Vielleicht sollten Sie sich vorher ankündigen«, bemerkte Antoine spitz.

»Antoine!« Sicherheitshalber trat Jackie vor, bis sie zwischen den beiden Männern stand.

»Was denn? Ich dachte, bei ASRAM wäre man so scharf auf Regeln. Alles muss unter Kontrolle gehalten und minutiös geplant werden. Da sollte man meinen, dass ein Agent in der Lage wäre, sich verdammt noch mal vorher anzukündigen!«

Jackie schielte zu Gabriel hinüber. Der hatte die Zähne zusammengebissen. Sie konnte sehen, wie sein Kiefer arbeitete, als bemühe er sich angestrengt darum, den Anschein von Professionalität zu bewahren. Sicher, als AS-

RAM-Agent konnte es unmöglich das erste Mal sein, dass er Feindseligkeit aus der magischen Gemeinschaft erfuhr. Aber Antoine war ein besonders hartnäckiger Fall, das wusste sie aus eigener Erfahrung. Am Ende des Tages würde er seine Überzeugungen über alles und jeden stellen, egal zu welchem Preis. Das war einer der Gründe, warum Jackie die Sache mit ihm schließlich beendet hatte.

»Lassen Sie mich raten«, meinte Gabriel. »Kein Fan von Regeln?«

Jackie warf ihm einen warnenden Blick zu. Wenn er Antoine jetzt auch noch provozierte, würde sie am Ende das Blut vom Boden aufwischen müssen.

»Ihre *Regeln* zerstören die magische Gemeinschaft, Agent Rivera, ein Paragraf nach dem anderen.« Er sah Jackie an. »Rose hätte ihn nicht hier reingelassen.«

Rose. Der andere Grund für die Trennung. Rose Chantry und ihre radikalen Ideen zur Befreiung der Magie »aus den Fängen der Agence«. Eine ganze Bewegung hatte sie allein für diesen Zweck gegründet.

»Rose?«, fragte Gabriel. Großer Fehler.

»Rose Chantry«, fauchte Antoine. »Begründerin der freien Magie. Fragen Sie doch mal Ihre Kollegen, wie sie letztes Jahr gestorben ist.«

»Es ist nicht erwiesen, dass ASRAM etwas damit zu tun hatte«, sagte Jackie.

»Es hat auch nie jemand das Gegenteil bewiesen. Aber gut.« Antoine hob abwehrend die Hände und trat einen Schritt zurück. Vielleicht war es Jackies bittender Blick, vielleicht hatte er aber auch einfach entschieden, dass es die Sache nicht wert war. »Solange du weißt, was du tust.«

»Tue ich«, erwiderte sie und drehte sich wieder zu Gabriel um. »Sind sie wegen dem Fall hier?« Gabriel antwortete nicht sofort. Ein weiterer Hinweis darauf, dass das hier eher inoffiziell war. Die Art, wie er immer wieder zu ihr hinüberschaute – als habe sie alle Antworten für ihn, wenn er nur die richtigen Fragen fände –, sagte ihr mehr als deutlich, warum er heute hier war: um ihr Gespräch aus dem Keller fortzusetzen. Und das war ein Pfad, dem Jackie zwiegespalten gegenüberstand. Entlang des Weges gab es Dinge, die sie sehen und kennen und entschlüsseln wollte. Aber es gab auch solche, die sie besser in Ruhe ließ; die zu viele Türen öffneten. Sie kam sich vor wie die junge Frau im Horrorfilm, die verzweifelt versucht, das Monster im Keller nicht nach draußen zu lassen. Und mit jeder Begegnung mit Gabriel wurde es schwieriger, den Riegel zuzuhalten.

»Es ist wichtig«, erklärte Gabriel schließlich.

»Ich …« Jackie rang nach Worten.

Da ertönte aus dem Korridor eine Melodie. Die mechanisch hallenden Klängen von »Plaisir d'Amour« erlaubten es ihr zumindest für den Moment, einer Entscheidung zu entgehen. »Celestine«, verkündete sie und eilte hinaus.

»Wie bitte?« Gabriel war ihr sofort auf den Fersen.

Die Spieluhr stand auf dem gedrungenen Sideboard. Ein Kästchen aus dunklem Holz, mit einer geschnitzten Rose auf dem Deckel. Die Handkurbel bewegte sich langsam wie von selbst. Oder von Geisterhand. Der Deckel öffnete sich und gab den Blick auf die innen liegende Mechanik frei, ebenso wie auf die Miniaturmalerei auf der Deckelinnenseite: zwei junge Mädchen in weißen Kleidern: Celestine mit ihrer Schwester.

»Was genau passiert da?«, fragte Gabriel und beugte sich so nah an Jackie heran, dass sie seinen Atem in ihrem Nacken spürte. Sie trat einen Schritt zur Seite.

»Eine Nachricht aus dem Zwischenreich«, erwiderte sie. Wie der Sessel im Wohnzimmer hatte auch die Spieluhr bereits vor über hundert Jahren im Salon Nocturne gestanden. Mehr noch, sie hatte Celestine gehört, war für sie von hohem Wert gewesen. Heute diente sie als Verbindung, über die Celestine dem Diesseits eine Botschaft schicken konnte.

»Ich muss mit ihr reden«, rief Jackie in Richtung Küche. »Kannst du mir kurz zur Hand gehen?«

»Wer ist Celestine?«, wollte Gabriel wissen. »Was genau …« Er wich hastig aus, als sich Antoine sich an ihm vorbeidrängte.

»Immer noch am gleichen Ort?«, fragte er. Jackie nickte.

»Sie können mich schon hören, richtig?«, meinte Gabriel.

Mit einem Seufzen drehte sie sich zu ihm hin. »Celestine ist eine Freundin, die mir bei dem Fall hilft. Sie hat gerufen. Also hat sie vielleicht etwas für uns. Und ich würde sehr gerne erfahren, was das ist, wenn Sie denn endlich damit fertig wären, mich aufzuhalten.«

Er verzog das Gesicht auf diese ihm eigene Weise – die Augen leicht zusammengekniffen, der Mund minimal geöffnet. Als wolle er etwas entgegnen, überlegte aber noch, ob das tatsächlich eine gute Idee war.

»Wenn Sie mich dann entschuldigen würden.« Damit wirbelte sie herum und marschierte in Richtung Wohnzimmer davon. Sie musste sich nicht umdrehen, um zu wissen, dass er ihr folgte. Antoine hockte bereits am Couchtisch und entzündete die Lavendelduft-Kerzen. Ohne auch nur eine einzige Frage zu stellen. Jackie nahm in dem alten Sessel Platz und legte die Arme auf den Lehnen ab.

»Werden Sie sie anrufen? Diese Celestine? Oder kommt sie her? Oder –«

»Soll ich ihn rauswerfen?«, fragte Antoine und deutete mit dem Daumen in Richtung Gabriel. »Wäre kein Ding.«

»Pass einfach auf, dass er nichts anfasst«, erwiderte Jackie, ließ sich gegen die Lehne zurücksinken und schloss die Augen.

Halb hatte sie erwartet, sich nicht ausreichend konzentrieren zu konnen. Dass Gabriel nun doch anfing, seine Fragen zu stellen, und sie damit im Diesseits hielt. Aber alles blieb ruhig. Nur ein kurzes Rascheln, ein paar kaum hörbare Schritte. Aus dem Flur her klang immer noch die Melodie der Spieluhr. Jackie erlaubte es den Klängen, ihre Gedanken auszufüllen, ließ sich von ihnen forttransportieren und fiel mit ihnen ins Dunkel.

Wenn Celestine nach ihr rief, dann musste sie sie auf der anderen Seite nie lange suchen. Dann wartete dort bereits beinahe vollständig Celestines Salon Nocturne auf sie, wenn sie die Augen aufschlug. Nur der Sessel und seine nächste Umgebung verharrten noch wenige Augenblicke in einer verblassten Version von Jackies Salon, ehe auch sie Form und Farbe änderten.

Celestine stand in der Mitte des Raums. In den Händen hielt sie die Spieluhr und drehte die Handkurbel mit ruhigen, gleichmäßigen Bewegungen. Auf dieser Seite klangen die Töne dumpf, als würden sie verschluckt, ehe sie einen Hall erzeugen konnten.

Celestine lächelte und setzte die Spieluhr auf einem Schränkchen bei der Tür ab. »Wie schön, dich zu sehen.«

»Du hast gerufen«, erwiderte Jackie. Die Vorhänge waren dicht verschlossen und Celestine schien sich von den

Wänden fernzuhalten, wenn sie sich durch den Raum bewegte. »Alles okay bei dir?«

»Es herrscht Aufruhr«, erwiderte Celestine. »Aber sorge dich nicht. Ich habe nach den Namen gesucht, die du dir mir gegeben hast.«

Jackie sah sich um. Im Raum schien sich seit ihrem letzten Besuch nichts verändert zu haben. So weit, so gut. Nur Celestines Lächeln wirkte so, als könne es jeden Augenblick von ihren Lippen verschwinden, als müsse sie sich anstrengen, um es dort zu behalten.

»Hast du jemanden gefunden?«, fragte Jackie.

»Zu viele«, erwiderte sie. »Deine Liste war nicht vollständig. Es gibt mehr.«

»Ich weiß.« *Zu viele,* aus Celestines Mund ... das klang nicht gut. Es bedeutete, dass sie noch hier waren, im Zwischenreich, all die Opfer, die Eros gefordert hatte. Und auch wenn es die Chancen steigerte, etwas von ihnen in Erfahrung zu bringen – auf unbestimmte Zeit im Geisterreich hängenzubleiben, das wünschte sie niemandem. Celestines Lächeln geriet an den Mundwinkeln ins Wanken.

»Sieh mich nicht auf diese Weise an«, sagte sie. »Ich bin nicht verloren, nicht rastlos.«

»Das ... ich wollte nicht ...« Warum war sie nur so empfänglich für Jackies Empfindungen? War es eine Verbindung über Generationen hinweg, ihr ähnliches Schicksal?

»Die Namen auf deiner Liste«, fuhr Celestine fort. »Mit ihnen ist es anders, fürchte ich.«

»Du meinst ...?«

Celestine glitt zum Fenster hinüber. Nur einen Spalt breit zog sie die Vorhänge beiseite und bedeutete Jackie, näherzukommen. Der Innenhof des Salon Nocturne lag im Dämmerlicht, die Schatten dunkler in den Ecken und an den Rändern. Das Tor, in Celestines Version groß genug, dass eine Kutsche bequem hindurchpasste, war verschlossen. Die Straße dahinter verlor sich zusehends im Dunkel, mehr als bei Jackies letztem Besuch. Fast so, als hätten sich die Schatten ausgebreitet, sich hier festgesetzt. Einer dieser Schatten, ein Stück weit die Straße hinauf, bewegte sich. Zwei glühend rote Punkte wandten sich in ihre Richtung. Hastig zog Celestine den Vorhang wieder zu.

»Aufruhr scheint mir eine leichte Untertreibung zu sein«, meinte Jackie. Rastlose Geister hatte es im Zwischenreich immer gegeben und sie würden immer hier sein – das war ihr Schicksal. Aber die meisten zogen frei umher, ohne Ziel. Wenn die rastlosen Geister jedoch plötzlich etwas wollten, setzten sie sich an einer Stelle fest. Dann vermehrten sich die Schatten. Und das war nie ein gutes Zeichen.

»Ich weiß nicht, wer sie waren«, sagte Celestine. »Aber ich weiß, dass mindestens einem von ihnen ein Name von deiner Liste gehörte.«

Nein. Das durfte einfach nicht sein. War es nicht genug, dass diese Menschen den grausamen Folgen des Rituals erlagen? Mussten sie obendrein dazu verdammt sein, in alle Ewigkeit als Schatten im Geisterreich zu existieren? Würden ihre Lungen hier arbeiten – dies wäre der Moment gewesen, in dem Jackie keine Luft mehr bekommen hätte.

»Wer?«, fragte sie tonlos.

»Louis«, erwiderte Celestine. Eines der Opfer aus den ASRAM-Akten. Nicht Édouard.

»Wie hast du ihn gefunden?« Rastlose Geister waren nicht gerade bekannt dafür, in Worten zu kommunizieren. Oder überhaupt sehr mitteilsam zu sein.

»Sie hat ihn mir genannt«, meinte Celestine. »Sie hält noch fest an dem, was sie einmal war. Sie stand nicht auf deiner Liste, aber sie gehört zu den anderen.«

»Sie?«

»Amélie.«

Amélie. Édouards Verlobte. Die Frau, für die er in ein Bindungsritual eingewilligt hatte, die er zuletzt vergeblich zu retten versucht hatte. Die Frau, wegen der Jackie nun hinter Celestine die Treppen hinabstieg und in den Hof hinaustrat.

»Sie ist in der Nähe«, erklärte Celestine, während sie sich dem Tor näherten. »Ich habe ihr gesagt, dass du kommen wirst.«

Sie blieb ein paar Meter vom Tor entfernt stehen, während Jackie bis an die verschnörkelten Eisenstäbe herantrat. Die Lücken zwischen den Stäben waren groß genug, um mit dem Arm hindurchzugreifen. Etwas von den blassen Farben des Salon Nocturne floss bis auf den Gehweg hinaus und verlor sich dann im ewigen Grau des Zwischenreiches. Auch die Gestalt, die auf der anderen Seite des Tores wartete, war von einem Kreis aus Farbe umgeben, kräftiger noch als die von Celestines Salon. Amélie war noch nicht lange hier und es schien, als habe sie es bislang geschafft, sich an einem Rest ihres früheren Daseins festzuklammern. Ganz langsam drehte sie sich zu Jackie hin. Ihre braunen Locken hingen offen auf ihre Schultern hinab, das hellblaue Kleid erstrahlte vor dem grauen Hintergrund.

»Amélie?«

Die Frau nickte. Ihre Füße berührten kaum den Boden, als sie dicht an die Gitterstäbe herankam.

»Dann sind Sie … die Verwandte … von der anderen Seite«, sagte sie langsam. Die Worte klangen angestrengt.

Es war die Stimme eines jungen Geistes, der das Zwischenreich noch nicht lange genug kannte, um seine Sprache vollends gefunden zu haben. Jackie hatte Jahre gebraucht, bis sie sich auf ihren Besuchen hier halbwegs flüssig ausdrücken konnte.

»Die bin ich. Ich habe Fragen.« Gerne hätte sie ihr alles erklärt, ihr von Édouard erzählt. Aber sie hatten keine Zeit, beide von ihnen nicht. Jackie spürte bereits das leichte Ziehen in ihrem Innern. Der unsichtbare Faden, der ihren Geist im Zwischenreich mit ihrem Körper im Diesseits verband, war fest gespannt. Übte sie zu viel Druck aus, würde er reißen. Und das Schimmern, das Amélie umgab – wie die Spiegelung von Wasser an einem Sommertag –, sagte ihr, dass sie noch nicht gelernt hatte, sich lange an einem Ort aufzuhalten.

»Ich versuche, denjenigen zu finden, der Ihnen das angetan hat«, sagte Jackie. »Eros. Bitte, sagen Sie mir alles, was Sie über ihn wissen.«

»Er kam … zu uns … mit einem … Angebot.«

Jackie beugte sich vor, bis ihre Stirn beinahe das Tor berührte. Amélie sprach leise und sie wollte nicht ein Wort verpassen. Den Anfang der Geschichte kannte sie bereits von Édouard. Wie Eros ihnen das Durchführen des Rituals angeboten hatte. Wie gerne sie ihm folgten – und wie sehr sie es später bereuten. Wie die unvollständige Bindung an ihnen zerrte, ihre Kräfte auffraß, bis Amélie zu müde war, um weiter dagegen anzukämpfen.

»Ich ließ … mich fallen«, sagte sie. »Dann … nichts mehr.«

»Bis Sie plötzlich hier waren«, vermutete Jackie.

»Ich … habe ihn … nicht gefunden.«

»Eros?«

»Édouard.« Seinen Namen sprach sie klar und mit Bestimmtheit aus. Als sei er der Ort, den sie schon so lange zu erreichen suchte; ein Traum, der nicht in Erfüllung gegangen war.

»Ich habe ihn gekannt«, sagte Jackie nun doch, auch wenn das Schimmern um Amélie bei diesen Worten unruhiger wurde.

»Wo …«

»Ich weiß es nicht«, erwiderte sie. »Ich weiß nicht, ob er hier ist. Es tut mir leid.«

Mit beiden Händen umfasste Amélie die Stangen, als könne sie ohne sie nicht mehr aufrecht stehen. Erneut sagte sie seinen Namen, noch lauter als vorhin. So laut, dass er bis in die Straße hinausgetragen wurde, bis zu der wabernden Gestalt, die dort immer noch im Schatten kauerte. Jackie spürte ihren Blick, bevor sie sie sah. Ein Zittern fuhr durch ihren ganzen Körper. Ein eisiger Griff schloss sich um ihre Kehle.

»Amélie«, flüsterte Jackie eindringlich. Ihnen lief die Zeit davon. »Was wissen Sie noch? Alles, was mir hilft, ihn zu finden.«

Der rastlose Geist am Ende der Straße fixierte sie mit seinen glühend roten Augen. Jackie schaute schnell weg. Noch verharrte er, wo er war, aber das würde nicht mehr lange so bleiben.

»Da sind … andere«, presste Amélie hervor. Ihr Schimmern wurde zusehends zu einem nervösen Flackern. Auch sie musste die Anwesenheit des rastlosen Geistes spüren.

»Andere was?«

»Bindungen« Sie drehte sich um und blickte in Richtung der wabernden Schatten. »Geister … wie … dieser.«

»Nicht hinsehen!«, zischte Jackie, aber zu spät. Aus den Augenwinkeln heraus nahm sie wahr, wie er sich in Bewegung setzte. Langsam, aber zielsicher.

»Rastlose Geister wie dieser? Bindungspartner? Meinen Sie das? Amélie?«

Die Frau vor ihr schien nur noch halb hier zu sein. Mit einer Hand hielt sie sich noch am Tor fest, doch ihr Blick ging bereits an Jackie vorbei ins Leere. Das Flackern ließ ihre Konturen zusehends verschwimmen. Sie nickte, als würde es sie unendliche Anstrengung kosten.

»Die … anderen.« Die Lücken zwischen ihren Worten wurden immer größer, während sich der Raum zwischen ihnen und dem rastlosen Geist verkleinerte. Die Kälte, die er ausstrahlte, nahm von Jackie Besitz. Eine Kälte, die allumfassend und ewig zu sein schien. Sie griff durch die Gitterstäbe nach Amélie. Als sie sie berührte, fühlte es sich an, als würde sie ihre Hände ins Polarmeer tauchen.

»Sie … sagten …«

»Was? Was haben sie gesagt?«

Nur noch wenige Meter trennten sie von dem rastlosen Geist. Jackie sah nicht hin, auch wenn alles in ihr danach rief, ihn zu beobachten.

»Jacqueline. Wir müssen zurück nach drinnen.« Nur äußerst selten kam es vor, dass Celestines Stimme ihren festen, sanften Klang verlor. Dass etwas sie derart zum Zittern brachte.

»Amélie! Was haben sie gesagt?« Jackie würde nicht ohne Antworten gehen. Amélies Augen weiteten sich, ihre Konturen verschwammen. Sie würde jeden Augenblick verschwinden, an einen anderen Ort im Zwischenreich wandern. Und es war besser so. Denn wenn sie blieb, wenn der rastlose Geist sie erwischte … die Folgen wären unaussprechlich. Aber Jackie konnte sie noch nicht gehen lassen, verstärkte den Griff um Amélies Handgelenk. Ein Schatten legte sich über sie.

Er war mit einem Mal so nah, ragte direkt neben Amélie auf. Eine dunkle Masse aus waberndem Nebel, deren Konturen vage an einen menschlichen Körper erinnerten. Und die roten Augen, die sich durch alles hindurchzubohren schienen. Die Kälte wurde unerträglich, drohte Jackie zu lähmen, sie für immer hier festzufrieren. Die Schatten nahmen ihr ganzes Sichtfeld ein, bis sie nur noch Amélies Augen sah.

»Sein ... Versteck ... die Kata...komben.«

Ein letztes Flackern und Amélie verschwand.

Kapitel 24

Gabriel stand in Jackies Wohnzimmer und wusste nicht, was er tun sollte. Schweigen hatte sich uber dem Raum ausgebreitet. Der andere Mann, Antoine, hatte ihn ein paarmal zum Gehen aufgefordert und war dann dazu übergegangen, ihn einfach zu ignorieren. Und Jackie ... Seit etwa zwanzig Minuten saß sie bewegungslos in dem hellblau gepolsterten Sessel beim Fenster, die Augen geschlossen. Nur eine kurze Erklärung hatte er Antoine entlocken können, ein schroffes »Sie ist im Zwischenreich«, als Gabriel sich ihr vorhin genähert hatte. Gefolgt von: »Noch ein Schritt und ich zerre Sie persönlich vor die Tür.«

Gabriel hatte bereits Séancen beigewohnt. Hatte erlebt, wie ein Geist für wenige Augenblicke ins Diesseits gerufen wurde. Aber das hier war anders. Auch davon hatte er gehört, wenn er diese Methode der Geisterkommunikation auch nie selbst erlebt hatte: wie jemand aus dem Diesseits den eigenen Geist vorübergehend ins Zwischenreich entsandte und sich damit an einen Ort zwischen Leben und Tod begab. Eine gefährliche Reise, ohne Garantie auf Rückkehr. Und doch wirkte es so, als habe Jackie sie schon unzählige Male unternommen.

Der gesamte Raum war erfüllt von dem Duft nach Lavendel, den die Kerzen auf dem Couchtisch verbreiteten. Antoine hatte auf dem Sofa Platz genommen und blätterte in einem Buch, schaute dabei aber alle paar Sekunden auf – erst zu Jackie, dann zu Gabriel. Draußen setzte Regen ein und trommelte gegen die Fenster, tauchte den Raum in düsteres Zwielicht. Weitere Minuten strichen vorüber.

Plötzlich zuckte Jackie nach vorn, ihre Hände umklammerten die Stuhllehnen. Ihre Augen blieben jedoch weiterhin fest geschlossen. Antoine warf sein Buch zur Seite und war in wenigen Sekunden bei ihr. Ihr Atem ging laut und schnell.

»Was ist mit ihr?« Gabriel näherte sich, trotz des finsteren Blicks, mit dem Antoine ihn bedachte.

»Probleme auf der anderen Seite«, erwiderte der. »Bleiben Sie, wo Sie sind.«

Er sah besorgt aus. Vor Jackie ging er in die Hocke und musterte sie, berührte sie aber nicht. Er sprach ihren Namen auf eine Weise, wie es nur jemand konnte, den eine gemeinsame Geschichte mit der Person verband. Gabriel spürte einen plötzlichen Stich, das Gefühl, nur ein Beobachter am Rande von etwas zu sein. Er gehörte nicht wirklich zu Jackies Welt – nicht so, wie Antoine es tat. Aber seit wann wollte er eigentlich ein Teil ihrer Welt sein? Sie war ein Fall, nur ein weiterer Fall. Warum breitete sich dann diese drängende Sorge in ihm aus, als Jackie erneut zusammenzuckte? Dieser Drang, zu ihr zu stürzen, ihr zu helfen, irgendetwas zu unternehmen.

»Können Sie ihr helfen?«, fragte er Antoine. »Kann ich etwas tun?«

»Nein. Und definitiv nein«, erwiderte Antoine. »Sie muss ihren Weg allein zurückfinden. Aber das kriegt sie hin.«

Die Worte klangen abwesend, seine ganze Aufmerksamkeit war auf Jackie konzentriert. Als habe er vorübergehend vergessen, dass Gabriel ein ASRAM-Agent war, dem er schon aus Prinzip die größtmögliche Feindseligkeit entgegenbringen musste.

Jackies Kopf zuckte nach vorn. Ihre Finger klammerten sich nun so fest um die Lehnen, dass ihre Knöchel weiß hervortraten. Hinter den geschlossenen Lidern bewegten sich ihre Augen ruckartig. Es musste doch etwas geben, das er tun konnte! Wie konnte Antoine einfach danebenstehen und nicht mehr tun, als besorgt auszusehen?

»Man muss sie doch irgendwie zurückholen können!«

»Zu riskant«, erwiderte Antoine. »Wie ich sagte, sie kriegt das allein hin.«

Gabriel wollte darauf vertrauen, wollte es wirklich. Das nächste Zucken ging durch Jackies ganzen Körper, erfasste sie von Kopf bis Fuß. Ließ sie einen Moment mit angespannten Muskeln im Sessel verharren, ehe sie in sich zusammensackte. Gabriel sprach ihren Namen und streckte die Hand nach ihren Fingern aus. Doch ehe er sie berühren konnte, packte Antoine sein Handgelenk mit eisernem Griff.

»Sie würden ihr damit nicht helfen«, zischte er.

Einen Augenblick starrten die beiden Männer einander an, dann ließ Antoine ihn los. Neben ihm keuchte Jackie plötzlich und dann waren es ihre Finger, die sich in Gabriels Unterarm krallten. Mit einem letzten Zucken nach vorn schlug sie die Augen auf – so nah, dass Gabriel ihre Wimpern hätte zählen können. Sie wirkte verwirrt, schaute ihn an, als könne sie ihn nicht richtig einordnen. Dann blitzte Erkenntnis in ihren grauen Augen auf.

»Jackie.« Antoine beugte sich vor und sie löste ihren Griff um Gabriels Arm, um sich dem anderen Mann zuzuwenden.

»Alles gut«, erwiderte sie auf seinen besorgten Blick. Sie nickte in Gabriels Richtung. »Hat er was angefasst?«

Zwanzig Minuten später war Gabriel immer noch hier. Weder Jackie noch Antoine hatten ihn zum Gehen aufgefordert. Aber Antoine hatte Jackie in Richtung Küche dirigiert und hinter sich die Tür geschlossen, ehe Gabriel ihnen folgen konnte. Seitdem ging er im Korridor auf und ab. Klopfen und Rufen hatte nichts genützt. Die Tür einzutreten schien ihm etwas extrem.

Von drinnen kamen Stimmen, aber die Worte konnte Gabriel nicht verstehen. Vielleicht sollte er den Entschluss mit dem Tür-Eintreten noch einmal überdenken. Jackie hatte aufgewühlt gewirkt. Ob es etwas mit dem Fall zu tun hatte? Dann musste er natürlich Bescheid wissen. Musste wissen, wie es ihr ging, was sie so durcheinander gebracht hatte, ob sie okay war. Wegen dem Fall. Genau.

Ein entschlossener Schritt in Richtung Küchentür. Ehe er ein weiteres Mal anklopfen konnte, öffnete sie sich.

»Sie sind noch hier«, stellte Jackie fest. Überrascht klang sie nicht, schenkte ihm sogar ein müdes Lächeln. Hinter ihr saß Antoine mit einer Tasse in der Hand am Küchentisch. Eine weitere Tasse und eine halb leere Kaffeekanne standen auf dem Tisch.

»Ist alles in Ordnung?«, fragte Gabriel.

Sie nickte. »Kein unlösbares Problem. Kommen Sie rein, ich habe eine Zeugin gefunden.«

Gabriel folgte ihr in die Küche und nahm die Tasse entgegen, die sie für ihn aus dem Schrank holte. Antoine musterte ihn mit zusammengezogenen Augenbrauen. »Bist du sicher?«, fragte er und deutete zu Gabriel.

»Haben wir das nicht gerade erst besprochen?«, entgegnete Jackie gereizt.

»Ich mein ja nur.«

Also hatten sie über ihn geredet. Das erklärte die verschlossene Tür. Gabriel griff nach der Kaffeekanne. Mit Antoines offener Feindseligkeit konnte er leben. Unter den Magischen gab es nicht wenige mit dieser Haltung gegenüber ASRAM. Wobei Antoine ein besonders hartnäckiges Exemplar zu sein schien.

»Eine Zeugin?«, fragte Gabriel und konzentrierte seine Aufmerksamkeit ganz auf Jackie. Auch wenn es nicht so leicht war, den Typen zu ignorieren, der ihn von der Seite her anstarrte, als sei er ein Gerichtsvollzieher mit Räumungsbefehl.

»Ist es nicht ziemlich gefährlich auf der anderen Seite?«, fragte er.

Sie sah aus, als könne sie nur schwer dem Drang widerstehen, mit den Augen zu rollen. Und doch hatte sie vorhin weniger gefasst gewirkt als jetzt. Wie eine Verirrte im Nebel hatte sie Gabriel angeschaut – oder wie jemand, der gerade vor etwas Unaussprechlichem geflohen war, ganz außer Atem, zum Zerreißen angespannt und orientierungslos. Kaum etwas davon konnte er jetzt noch in ihren Zügen erkennen. Was immer es verursacht hatte, sie musste es inzwischen abgeschüttelt haben. Oder sie war ziemlich gut darin, es zu verbergen.

»Für Sie wäre es das«, erwiderte sie. »Ich weiß, was ich tue.«

Etwas hielt ihn davon ab, weiter nachzuhaken – ob es nun Jackies abweisende Haltung war oder Antoine, der gerade Löcher in Gabriels Schläfe starrte, jetzt war offensichtlich nicht der richtige Zeitpunkt. Er nahm einen Schluck von seinem Kaffee. Der Lavendelduft hing immer noch in der Luft.

»Wie ich schon sagte, habe ich eine Zeugin gefunden. Eines von Eros' Opfern«, erklärte Jackie.

Zurück zum Geschäftlichen.

»Ich gehe davon aus, dass es noch mehr gibt.«

»Sie haben mit mehreren Personen gesprochen?«

Sie schüttelte den Kopf. »Nur mit der einen. Und sie hatte einen wichtigen Hinweis für uns: Unser Freund Eros scheint sich irgendwo in den Katakomben eingenistet zu haben.«

Die Katakomben. Nun gut, das war ein Anfang. »Was ist da drüben passiert?«, fragte Gabriel. »Da ist doch noch mehr, richtig?«

»Nichts, was mit dem Fall zu tun hätte, Agent Rivera. Und deswegen sind Sie doch hier, oder? Um einen Fall zu lösen.«

Da lag ein Funkeln in ihrem Blick, eine Frage, die sie nicht aussprach. Als wolle sie ihn herausfordern, ihr zu widersprechen. Gabriel nickte bloß.

»Solange Sie nichts zum Fall verheimlichen.«

»Solange Sie das auch nicht tun«, entgegnete sie.

Ihre Blicke trafen sich. Wortlos starrten sie einander an. Ein paar Sekunden vielleicht, auch wenn es ihm viel länger vorkam. Schließlich räusperte Antoine sich, und der Bann war gebrochen.

»Dann war's das doch wohl«, meinte er. »Sie haben Ihre Info. Gehen Sie die Katakomben durchforsten. Viel Spaß dabei.«

Gabriel war nie in den Katakomben von Paris gewesen, aber er wusste, dass sie aus einem umfassenden unterirdischen Labyrinth aus Gängen bestanden, in dem ein Versteck wahrscheinlich überaus schwer zu finden war. Damit hatten sie zwar einen weiteren Anhaltspunkt, aber noch lange keine Antworten. Mal ganz davon abgesehen, dass sie bei ihrer aktuellen Suchaktion nach dem Eingang zum Port Cristalline immer noch nicht weitergekommen waren. Vielleicht sollte er Duveau um mehr Leute bitten. Ein Bataillon sollte für den Anfang genügen.

»Wir haben einen zweiten Ort gefunden«, meinte Gabriel, »an dem Eros möglicherweise anzutreffen ist.« Corbec war nicht hier, aber er konnte sich nur zu gut den Blick vorstellen, den er für diese Aussage geerntet hätte: ein genervtes Kopfschütteln, ein missbilligendes Funkeln in den Augen. Und er hätte recht. Das Protokoll war in dieser Hinsicht ganz klar: Außenstehenden niemals mehr verraten als unbedingt nötig. Gerade wenn diese Außenstehenden ein Café mit magischen Gästen betrieben, in dem eine ausgiebige Durchsuchung höchstwahrscheinlich ein halbes Dutzend Regelverstöße hervorbringen würde. Apropos – er hatte nie herausgefunden, was in der Kiste im Keller eigentlich aufbewahrt wurde, die Jackie und ihn dort eingesperrt hatte.

»Ist das so?«, erwiderte Jackie.

Einen Moment zögerte er, aber dann ... es war Jackie. Der er früher einmal alles erzählt hatte.

»Im Port Cristalline«, sagte er.

»Bitte sagen Sie mir, dass Ihre Leute nicht dort waren«, meinte Antoine.

»Nicht direkt.«

»Beruhigt mich nicht wirklich. Sollte man vielleicht 'ne Warnung rausgeben.« Antoine verschränkte die Arme vor der Brust und sah Gabriel an, als habe der ihn soeben schwer beleidigt.

»Vor Eros?«, fragte Gabriel, obwohl er die Antwort bereits kannte.

»Vor ASRAM.«

»Sie kennen den Port Cristalline?«

Darauf erntete er nur ein Schnauben.

»Wir konnten den Eingang nicht finden«, fuhr Gabriel fort, direkt an Jackie gewandt. »Aber laut einer Informantin meines Partners könnte es eine gute Spur sein. Wissen Sie mehr dazu?«

Jackie antwortete nicht sofort. Sie nahm einen Schluck aus ihrer Tasse und schaute zuerst zu Antoine, dann zu Gabriel. Sie wusste etwas, dessen war er sich sicher. Sie hatte nur noch nicht entschieden, ob sie es mit ihm teilen sollte.

»Es geht mir um den Fall, sonst nichts«, versicherte er. »Keine Durchsuchungen oder Fahndungen nach Regelverstößen, die mit diesem einen Fall nichts zu tun haben. Versprochen.«

Sie stellte die Kaffeetasse vor sich auf den Tisch und wandte sich ihm zu. Musterte ihn von oben bis unten, als könne sie so beurteilen, ob er die Wahrheit sagte. Gabriel schluckte. Ihr Blick hatte Gewicht.

Schließlich nickte sie einmal kurz. »Antoine kennt den Zugang«, sagte sie.

»Hey!« Antoine sprang so heftig auf die Beine, dass er gegen die Tischkante stieß. Der Tisch rutschte knarzend ein paar Millimeter über den Boden, und Gabriels Kaffee schwappte über.

»Ich hoffe, du willst damit nicht andeuten, was ich denke, dass du andeuten willst!«, zischte er und winkte unwirsch in Gabriels Richtung. »Du verlangst doch nicht ernsthaft, dass ich einem ASRAM-Agenten den Eingang zum Port zeige?«

»Ich verlange gar nichts«, entgegnete Jackie. »Ich bitte dich darum.«

Auch sie erhob sich, stützte sich mit den Händen auf der Tischplatte ab und begegnete Antoines Blick. Der sah aus, als habe er noch eine ganze Menge zu dem Thema zu sagen – oder würde jeden Moment damit anfangen, wahllos mit Gegenständen um sich zu werfen.

»ASRAM, Jackie!«

»Ist mir bewusst.«

»Die gleichen Typen, die ständig in deinem Café rumschnüffeln. Die eine Akte mit deinem Namen drauf führen. Deine Tante mehr als einmal *festgenommen* haben!«

Letzteres hatte zumindest nicht in Jackies Akte gestanden. Gabriel wollte einwerfen, dass er das nicht gewesen sei, dass er anders gehandelt hätte, was immer die Umstände waren. Aber das stimmte nicht. Dieser Teil von ihm, der unbedingt auf Jackies Seite sein wollte, konnte ihm ganz schön gefährlich werden. Wenn Jackies Tante gegen die Regeln verstoßen hatte, war eine Festnahme gerechtfertigt. Würde er das bei ihr genauso sehen? Wenn er noch tiefer in ihre Welt eindrang, wenn er in den Nischen des Salon Nocturne Dinge fand, die er nicht ignorieren konnte – welchen Teil von sich selbst würde er dann verraten?

»Tu es für mich«, hörte er Jackie sagen und lenkte seine Aufmerksamkeit zurück auf die Diskussion, die sich vor ihm abspielte. Immer noch standen Jackie und Antoine sich gegenüber. Die Auseinandersetzung schien nun ohne Worte stattzufinden – und auf einer Vergangenheit aufzubauen, die Gabriel nicht kannte. Antoines Unterkiefer arbeitete.

»Er wird nichts zum Port an die Agence weitergeben«, fuhr Jackie fort. »Und wenn doch, dann werde ich persönlich dafür sorgen, dass er es bitter bereut.«

Wie würde das wohl aussehen? Nein. Er würde eben einen Weg finden müssen, Jackie und ASRAM miteinander zu vereinbaren. Duveau hatte ihn angefordert, um diesen Fall zu lösen. Er würde einfach tun, was nötig war, um seine Aufgabe zu erfüllen.

Antoine schielte kurz zu ihm hinüber, bevor er Jackie wieder ansah und seufzte.

»Für dich«, sagte er. »Und nur unter meinen Bedingungen.«

Er fühlte sich nicht danach, gleich zurück zur Maison Le Cygne zu gehen. Also verweilte Gabriel noch ein wenig in Montmartre, nachdem Jackie ihn schließlich doch vors Tor gesetzt hatte. Er ließ sich von der Menschenmenge treiben, vorbei an kleinen Obstläden und Cafés. Von dem Crêpestand an der Straßenecke ging ein angenehmer Duft aus. Die Menge führte ihn weiter den Berg hinauf. Über den Place du Tertre, auf dem die Künstler ihre Staffeleien aufgebaut hatten, und bis an den Fuß der Basilika Sacré-Coeur. Die weiße Fassade der Kathedrale leuchtete in der Spätnachmittagssonne. Endlich hatten sich die Regenwolken verzogen. Eine Gruppe Touristen stand vor dem Eingang versammelt, Kameras und Smartphones in der Hand. Gabriel wandte sich in Richtung der Treppen, die zu Sacré-Coeur hinaufführten. Er setzte sich am Rand des Trubels auf eine der Stufen und ließ den Blick in die Ferne schweifen. Von hier schien sich ganz Paris vor ihm auszubreiten.

Die Dächer und Fenster der Stadt funkelten in der Sonne. Unweit von ihm schoss ein Tourist ein Foto nach dem anderen, ein paar Stufen unter ihm eilten lachende Kinder vorüber. Wie lange war er jetzt schon hier? Fast schien es ihm, als seien Monate vergangen, seit er zuletzt in Straßburg am Quai des Alpes entlanggelaufen war, als sei das alles plötzlich ein halbes Leben weit entfernt. Längst fühlte es sich nicht mehr neu an, im Salon Nocturne zu sitzen und mit Jackie zu sprechen – vor allem, seit die alte, lange verloren geglaubte Vertrautheit zwischen ihnen Schritt für Schritt zurückkehrte. Momente wie heute in Jackies Wohnung riefen Erinnerungen an damals in ihm wach. Immer die gleichen Bilder: Die Pension von Jackies Eltern in Petit-Caux, der große Garten, das Meer, Jackies Lachen. Bruchstücke von etwas, an das er lange nicht mehr gedacht hatte. Aber alles war so vage, wie kurze Ausschnitte aus einer Geschichte, die er nicht vollständig kannte. Und jedes Mal, wenn er nach Details suchte, setzten die Kopfschmerzen ein. Als strenge es ihn zu sehr an, sich genau zu erinnern – oder als wolle etwas in ihm ihn davon abhalten.

Entschlossen angelte Gabriel das kleine Notizbuch aus seiner Manteltasche. Zahlreiche Seiten waren bereits mit Anmerkungen zu dem Fall, mit hastig hingekritzelten Stichworten, Vermutungen, Fragen gefüllt. Er blätterte bis zur ersten leeren Seite vor und setzte den Stift auf das Papier. »Erinnerungen« schrieb er hin, und nach kurzem Zögern: »an Jackie«.

Kapitel 25

Die Nachmittagssonne fiel durch die hohen Fenster des Cafés, Dampf stieg von frisch gebrühten Tassen Kaffee auf und Roland hatte am Morgen Kastanien als Deko auf den Tischen verteilt. Es war gerade nicht viel los – eigentlich die ideale Gelegenheit, sich mit einer heißen Schokolade unter die Gäste zu mischen. Stattdessen behielt Jackie die Tür im Auge, durch die irgendwann später Gabriel kommen würde.

Sie hatte nicht vorgehabt, sich so tief in die Sache hineinziehen zu lassen. Trotzdem hätte sie sich nicht abwenden können. Nicht, solange Eros da draußen Schaden anrichtete und sie etwas dagegen unternehmen konnte. Das Ganze wäre bloß so viel einfacher gewesen, wenn es nur ein Fall wäre. Nicht dieses ganze Dilemma mit zu viel Vergangenheit, zu viel persönlicher Geschichte. Gabriel spürte das auch, dessen war sie sich sicher. Sie musste ihn nur ansehen – er kämpfte um seine Erinnerungen. Sollte sie ihm von der Blockade erzählen, die jemand in seinem Kopf eingerichtet haben musste? Dem Grund für seine ständigen Kopfschmerzen? Aber wollte sie denn überhaupt, dass er sich an alles erinnerte?

Jemand stieß die Tür zum Café auf und riss Jackie damit aus ihren Gedanken. Es war nicht Gabriel, nur ein weiterer Kunde. Seltsam, dass manches immer noch irgendwie normal lief, auch wenn anderswo die Dinge kräftig ins Wanken gerieten.

Jackies Handgriffe liefen automatisch ab, als sie die Glückssträhnen-Kokos-Macarons in Papier einschlug und das Geld entgegennahm. Zwei Minuten später hätte sie nicht mehr sagen können, worüber sie mit dem Kunden gesprochen hatte. Sie seufzte. Sie musste die Sache zu Ende bringen, und das möglichst schnell. Vielleicht hatte sie dann noch eine Chance, zu ihrem alten Leben zurückzukehren.

Eine bekannte Stimme zog ihre Aufmerksamkeit auf sich, tief und rau. Antoine. Später würde er Gabriel zum Port Cristalline bringen. Nun setzte er sich zu Fatou, die seit dem Vormittag in ihre Bücher vertieft war. Wenn Jackie zur anderen Seite des Tresens hinüberging, an den Rand der Gebäckauslage, dann konnte sie gerade so einzelne Wörter ihres Gesprächs verstehen.

»... vielleicht ein paar Tipps geben?«, sagte Antoine gerade. Fatou ließ neugierig ihr Buch sinken – eine alte Ausgabe des »Contrôle de Magie« mit gerissenem Ledereinband. Keiner der Bände, die Jackie ihr geliehen hatte, auch wenn sie ziemlich sicher war, selbst ein Exemplar genau dieses Buches im Keller zu haben. Allerdings war es nicht unbedingt ein Werk, das sie einem Neuling der magischen Gemeinschaft ans Herz legen würde – dafür definitiv eines, das Antoine anzulocken vermochte.

Fatou murmelte eine Antwort, von der Jackie nicht mehr verstehen konnte als »faszinierend«. Antoines Stimme hatte mehr Präsenz, auch wenn er bewusst leise sprach. Oder vielleicht hatte sie einfach mehr Übung darin, ihm zuzuhören.

»In jedem Fall ein gutes Einstiegswerk, wenn Sie sich für die graduelle Unterdrückung der magischen Gemeinschaft interessieren, der wir seit 200 Jahren ausgesetzt sind. Ich kann Ihnen da gerne noch mehr empfehlen.«

Antoine kramte einen Stift und eine zerknitterte Quittung aus seiner Lederjacke hervor. Auf der Rückseite der Quittung notierte er etwas.

»Vielleicht ist das ja auch was für Sie.« Dieses Mal wanderte ein Flyer über den Tisch, halb verdeckt durch Antoines Hand. Jackie presste die Lippen zusammen. Sie hatte für heute eigentlich schon genug auf ihrer Agenda. Energisch marschierte sie zum Tisch hinüber und schnappte sich den Flyer, bevor Fatou danach greifen konnte.

»Das nehme ich, danke.«

Sie hoffte sehr, dass ihr finsterer Blick bei Antoine hinreichend rüberkam. Ein rasches Überfliegen des Flyers bestätigte ihre Vermutung. »Für eine freie Magie« stand in großen roten Lettern im Titel, den Rest musste sie sich gar nicht erst ansehen. Nicht, dass sie etwas dagegen hätte, wenn ASRAM die Regeln ein wenig lockern würde. Aber eine Gruppe mehr oder weniger radikaler Regulierungsgegner war definitiv nicht der richtige Ort für Fatou. Und im Salon konnte Jackie sowieso nicht noch mehr Konfliktpotenzial brauchen.

»Alles okay hier?«, fragte sie an Fatou gewandt, die ihr als Antwort ein zaghaftes Lächeln schenkte. Sie drehte sich zu Antoine um. »Kann ich dich kurz in der Küche sprechen?«

Ehe sie davonmarschierte, schnappte sie sich die bekritzelte Quittung vom Tisch. Bereits im Korridor wirbelte sie herum. Antoine war so dicht hinter ihr, dass sie beinahe zusammenprallten. Keiner von ihnen wich zurück.

»Erklär mir das bitte.« Jackie hielt ihm den Flyer unter die Nase.

Antoine zuckte mit den Schultern. »Du kennst mich. Die Leute sollten wissen, dass es andere Wege als ASRAMs dauernde Einmischungen gibt.«

»Soll das ein Vorwurf sein?« Jackie verschränkte die Arme vor der Brust. Es stimmte: In letzter Zeit waren auffallend oft Agenten in ihrem Café gewesen. Und zumindest bei einem davon hatte sie nicht mehr das Bedürfnis, ihn schnellstmöglich wieder vor die Tür zu setzen. Das bedeutete aber noch lange nicht, dass sie plötzlich hinter der Agence stand.

»Nur eine Feststellung«, erwiderte Antoine.

»Wenn du ein Problem damit hast, dann komm zu mir. Und versuche nicht, meine Gäste für das hier zu rekrutieren.« Sie wedelte mit dem Flyer. »Ganz besonders nicht die Gäste, von denen du ganz genau weißt, dass sie eben erst in unsere Welt hineingestolpert sind.«

Antoine zuckte erneut mit den Schultern. Er war gut darin, sie daran zu erinnern, dass zwischen ihnen einmal mehr gewesen war. Aber ebenso oft ließ er sie auch wieder daran denken, warum das vorbei war. Sie mochte Antoine – immer noch, nach allem – und sie würde ihn niemals aus ihrem Leben verstoßen. Wenn er nur nicht diesen Hang hätte, alles und jeden zu verurteilen, der seiner Meinung nach gegen eine freie, selbstbestimmte Magie war. Dabei war er selbst nicht einmal Mitglied dieser Vereinigung – wenn sich das nicht in den letzten Monaten geändert hatte. Er unterstützte bloß aus Prinzip alles, was im Entferntesten mit seinen eigenen Ideen in Einklang war.

»Nicht in meinem Café«, sagte Jackie entschieden. »Ich werde dir nicht sagen, was du da draußen tun und lassen sollst, aber ich kann hier drinnen keine Aufstände gebrauchen. Klar so weit?«

»Dein Reich, dein Gesetz«, erwiderte er. »Kleiner Tipp: Wenn du das mit den Aufständen ernst meinst, solltest du deinem neuen ASRAM-Freund endlich Hausverbot erteilen.«

Ihre Finger zuckten. Etwas Hartes, Unnachgiebiges bahnte sich seinen Weg durch ihren Körper, ließ ihre Muskeln sich anspannen und drohte, aus ihr herauszubrechen. Sie biss die Zähne zusammen und hielt es zurück. Stattdessen zerknüllte sie den Flyer. Warum bewegte sich Antoine nur so gekonnt zwischen einem hilfsbereiten Freund und einem zynischen Kritiker? War es tatsächlich eine gute Idee gewesen, ihn mit Gabriel zum Port Cristalline zu schicken? Noch war es nicht zu spät, die ganze Sache abzublasen. Oder zumindest eine Sicherheitsvorkehrung zu ergänzen. Sie war sich zu neunzig Prozent sicher, dass Antoine Gabriel wohlbehalten zum Port und zurück bringen würde. Aber die restlichen zehn Prozent ließen ihr keine Ruhe.

Antoine stand immer noch so nah, dass sie seinen Atem im Gesicht spürte. Sie kannte ihn gut genug, um zu sehen, dass er ebenso viel zurückhielt wie sie selbst, dass er gern noch weitaus detaillierter erklärt hätte, wo ASRAM seiner Ansicht nach bleiben konnte.

Hinter ihnen fiel die Küchentür ins Schloss, jemand näherte sich mit raschen Schritten. Im nächsten Augenblick tauchte Roland auf und blieb so abrupt stehen, dass ihm beinahe das Tablett aus den Händen fiel. Jackie wich demonstrativ von Antoine zurück.

»Störe ich?«, fragte Roland.

»Ganz und gar nicht.« Sie steckte den zerknüllten Flyer ein. »Im Gegenteil, du kommst gerade im richtigen Moment.« Vielleicht konnte sie diese zehn Prozent Unsicherheit tatsächlich noch beseitigen. Nur für den Fall.

Rolands Blick ging zwischen ihr und Antoine hin und her.

»Könntest du mir einen Gefallen tun und heute mit zum Port Cristalline gehen? Drei Augenpaare sehen mehr als zwei.«

Sie schielte zu Antoine hinüber. Wie erwartet hatte sich sein Ausdruck verhärtet, aber für den Moment sagte er nichts, verschränkte nur die Arme vor der Brust und lehnte sich mit der Schulter gegen die Wand.

»Dubioser Markt im Verborgenen?«, meinte Roland. »Grundsätzlich immer, aber ich hab gleich 'ne Führung durch die Katakomben. Eine private Führung, wohlgemerkt. War nicht billig … ach übrigens, die Kaffeekasse ist leer.«

Jackie hob die Augenbrauen. »Von wie privat reden wir hier?«, fragte sie. »Nicht, dass es keine gute Idee wäre, sich da unten mal umzuschauen. Wegen dem Fall.« Sie erinnerte sich vage an eine Zeit, in der Roland selbst für Magierverhältnisse streng geheime Partys im Pariser Untergrund besucht hatte. Vielleicht hatte er noch Kontakte aus dieser Zeit.

»Natürlich wegen dem Fall«, erwiderte er. »Ich kann durchaus Geschäftliches und Privates voneinander trennen.« Er zwinkerte ihr zu und Jackie seufzte.

»Traust du mir nicht mehr?«, fragte Antoine. Es war eine gute Frage. Und eine schwierige. Die Teller klapperten auf dem Tablett, als Roland seinen Griff anpasste. Die kurze Stille war reichlich geladen – was sie als Nächstes sagte, könnte so viel ändern.

»Ich vertraue dir«, erwiderte Jackie schließlich. »In den meisten Dingen.«

Langsam nickte Antoine. »Dann bleibt es dabei, dass ich deinen ASRAM-Freund zum Port bringe?«

Neben ihm formten Rolands Lippen stumm das Wort *Freund,* während er Jackie einen bedeutungsvollen Blick zuwarf. Sie widerstand dem Drang, ihn in den Oberarm zu boxen, und konzentrierte sich stattdessen auf Antoine. »Ja.« Wie groß war die Wahrscheinlichkeit, dass sie Gabriel in sein Verderben schickte? Im Port Cristalline war die Agence ganz sicher kein gern gesehener Gast. Aber er musste ja nicht gerade in seiner Rolle als Agent hingehen. Solange Antoine nichts sagte ...

»Du sorgst dich«, stellte Antoine fest. »Hast du Angst, dass ich den Typen im Port zurücklasse? Ihn dem meistbietenden ASRAM-Hasser ausliefere, oder was? Was hältst du eigentlich von mir, Jackie?!«

Ein weiteres Klappern, als sich Roland vorsichtig in Bewegung setzte.

»Ihr braucht mich nicht mehr, richtig?«, raunte er ihr im Vorübergehen zu und beschleunigte dann rasch seine Schritte.

»Das ... es ist nichts Persönliches«, sagte Jackie. Selbst in ihren eigenen Ohren klang das nicht glaubwürdig. »Ich versuche nur, den Fall zu lösen.«

»Schon klar.« Antoine stieß sich von der Wand ab und kam auf sie zu, bis kaum noch ein Backblech zwischen sie gepasst hätte. »Ich bin immer auf deiner Seite«, sagte er dann. »Egal, was ich von der Agence und ihren Leuten halte. Wenn du es für richtig hältst, dass er den Port sieht, dann bringe ich ihn eben hin. Und wieder hierher zurück. Nicht für ihn und ganz sicher nicht für ASRAM, sondern für dich. Weil ich dir *vertraue.*«

Einen Moment lang schaute er ihr direkt in die Augen, dann wirbelte er herum und marschierte in Richtung Café davon, während Jackie allein im Korridor zurückblieb.

Sie hasste Veränderung. Wenn eine über Jahre erprobte Balance plötzlich ins Wanken geriet. Genauso fühlte es sich an, als sie nun allein im Flur stand – als wäre der Boden unter ihren Füßen nicht mehr fest genug, um sie zu halten. Als sei um sie herum ein Sturm ausgebrochen, der Dinge durcheinanderwirbelte, die sie in jahrelanger Kleinstarbeit fein säuberlich sortiert hatte. Aber Antoine würde sich beruhigen. Und Gabriel ... sie seufzte. Gabriel würde jeden Augenblick zur Tür hereinkommen und sich auf einen Ausflug voller Ungewissheit begeben. Während sie hier zurückblieb. Wie jedes Mal. Jeden Tag, für den Rest ihres Lebens.

Energisch setzte sie sich in Bewegung, als könne sie den wirbelnden Gedanken so davonlaufen.

Hinter dem Tresen räumte Roland gerade die frisch gespülten Teller ein. An ihrem Tisch hatte sich Fatou wieder in ihr Buch vertieft. Antoine entdeckte sie erst auf den zweiten Blick. Er war nach draußen gegangen und hatte sich mit dem Rücken zum Café auf einen der Klappstühle gesetzt.

»Soll ich die Führung durch die Katakomben absagen?«, fragte Roland leise. Sie schüttelte den Kopf. Sie brauchten Anhaltspunkte zu Eros' Versteck genauso dringend wie Hinweise darauf, wo er seine Opfer ansprach.

»Es wird schon gut gehen«, sagte sie. Wollte sie damit Roland beruhigen oder sich selbst?

Sie griff nach einem Teller, um ihrem Cousin beim Einräumen zu helfen, als die Tür zum Salon aufgestoßen wurde. Rasch stellte sie den Teller zurück aufs Tablett. Die Version von Gabriel Rivera, die soeben in ihr Café spaziert kam, war eine gänzlich andere, als sie gewohnt war. Kein Anzug, kein langer dunkler Mantel, keine Anzeichen von ASRAM. Offenbar musste sie sich zumindest nicht darum sorgen, dass er im Port Cristalline auffallen könnte.

Aber natürlich musste sie das nicht. Er war ASRAM. Das war sicher nicht sein erster Ausflug ins Verborgene. Das heutige Outfit hatte er wahrscheinlich genau für diesen Zweck immer parat: eine verwaschene Jeans mit einem Riss über dem rechten Knie, ein eng anliegendes graues Shirt, unter dem sich seine Muskeln allzu deutlich abzeichneten, und eine schwarze Lederweste, die Antoines Exemplar nicht ganz unähnlich war.

»Das letzte Mal, als ich dich was so hab' anstarren sehen, war, als ich den Herd in Flammen gesetzt habe«, meinte Roland grinsend.

»Ich will nur sichergehen, dass ihn im Port keiner als Agent erkennt.«

»Vielleicht solltest du ihn durchsuchen? Nicht, dass er Anzeichen seines Agentendaseins an … weniger offensichtlichen Orten versteckt hat.«

Mit einer bewussten Anstrengung wandte sie den Blick von Gabriel ab und sah Roland an.

»Wenn du nicht willst, mach ich es«, meinte der nun und schnappte sich den letzten Teller vom Tablett.

Einfach war es nicht, sich auf Roland zu konzentrieren. Gabriel zog ihren Blick an wie ein Leuchtfeuer in der Finsternis. Egal, was sie sonst zu fokussieren versuchte, ihre Augen wanderten wie von selbst zu ihm zurück. Antoine war hinter Gabriel zurück nach drinnen gekommen. Die beiden Männer setzten sich an einen Tisch bei der Tür. Von hier aus konnte sie nicht verstehen, was sie sagten. Sie sollte sich dazusetzen.

Kaum hatte sie einen Schritt getan, als sich Gabriel umdrehte und ihren Blick erwiderte. Plötzlich drohte das Leuchtfeuer, das ganze Café zu verzehren.

»Jacks.«

Ihr verräterisches Herz schlug noch viel zu schnell, als sie sich dazu zwang, wegzuschauen.

Roland sah fast schon besorgt aus. »Jacks, ich glaube, wir sollten uns unterhalten.«

»Ich komm schon klar.« Für dieses Gespräch hatte sie gerade wirklich keine Zeit. Ganz abgesehen davon, dass sie lieber ein Kaffeekränzchen mit rastlosen Geistern abgehalten hätte, als über die beiden Männer an dem Tisch da drüben zu sprechen. Angesichts der Tatsache, dass Eros' Opfer in der Zwischenwelt offenbar gerade reihenweise zu rastlosen Geistern mutierten, würde sie das wahrscheinlich sogar weiterbringen. Im Gegensatz dazu, wenn sie jetzt über ihre Gefühle nachdachte.

»Wie lange ist das mit dir und Antoine inzwischen vorbei?«, hakte Roland nach.

»Lange genug.« Ein Jahr ungefähr. Wobei Antoine nie ganz aus ihrem Leben verschwunden war – für ein paar Wochen nach der Trennung vielleicht, dann war er wieder zu seinen üblichen Zeiten im Café aufgetaucht, als wäre nichts gewesen. So, wie sie es vereinbart hatten.

Als ahnte er, dass sie über ihn nachdachte, drehte sich nun auch Antoine zu ihr um. Nur ganz kurz schaute er sie an, ehe er sich wieder Gabriel zuwandte.

»Sieht er das auch so?«, fragte Roland.

»Was genau soll das jetzt werden? Du bist ein paar Wochen hier und weißt plötzlich alles?!« Sie hatte nicht so laut sein wollen. Laut genug offenbar, dass sich ein paar Gäste zu ihr hindrehten. Es war einfach zu viel. Zu viel Veränderung, zu viel Vergangenheit, zu viele Fragen. Noch eine und sie würde für nichts mehr garantieren können. Roland schien zumindest das zu spüren. Er machte zwei Schritte rückwärts und hob abwehrend die

Hände. Gut so. Dann konnte sie sich darauf konzentrieren, das Brodeln in ihrem Innern zu beruhigen. Ein paar ganz bewusste Atemzüge, ein klein wenig Ruhe ... und schon fasste sich Gabriel drüben an den Kopf und entfachte das Feuer von Neuem.

»Nicht jetzt«, sagte sie, als hätte sie irgendeinen Einfluss auf seine Gedanken. Er stützte den Kopf in beide Hände und massierte sich die Schläfen. Sie war definitiv nicht die Einzige, die von zu viel Vergangenheit eingeholt wurde.

»Du weißt etwas«, sagte Roland. »Ich kenne diesen Blick.«

Jackie biss die Zähne zusammen und schluckte eine weitere wütende Antwort herunter. Was gar nicht so leicht war. Wo war sie nur geblieben, die gute alte Zeit, in der die Leute sie einfach in Ruhe gelassen hatten?

»Er hat Migräneanfälle. Ziemlich häufig«, meinte sie.

»Okay ...«

»Immer dann, wenn er an früher zurückdenkt, glaube ich«, fuhr sie fort. Sie hatte bislang nicht laut gesagt, was sie vermutete. »Und er erinnert sich nicht an alles von damals.« Die Magie musste er vergessen haben. Dennoch war eine Ahnung davon zurückgeblieben – genug, um bei ASRAM zu landen. Aber dass er sie als Kind schon einmal erlebt hatte, dass Jackie sie ihm gezeigt hatte – spätestens seit ihrem Gespräch in dem verschlossenen Kellerraum war sie sich ziemlich sicher, dass er diesen Teil völlig vergessen hatte. Und niemand vergaß Magie einfach so.

»Du denkst also ...?«

»Jemand hat seine Erinnerungen verändert, als wir aus Petit-Caux weggezogen sind.« Und nun war er hier und rannte in seinem Kopf immer wieder gegen eine Wand, wenn er an ihre gemeinsame Vergangenheit dachte. Vielleicht ahnte er längst, dass da mehr war.

»ASRAM?«, fragte Roland. »Oder Maman?«

Jackie schüttelte den Kopf. »Beides möglich.«

»Weiß er es?«

»Noch nicht.«

Vielleicht würde sie es ihm sagen. Vielleicht würde sie ihn aber auch ohne ein Wort gehen und in sein normales Leben zurückkehren lassen. Letzteres wäre definitiv die unkompliziertere Variante. Aber wie weit reichte dieser mutmaßliche Zauber, der seine Erinnerungen blockierte? Wenn sie ihn jetzt gehen ließ, würde er dann auch aufhören, an sie zu denken?

Kapitel 26

Gabriel eilte hinter Antoine her durch das Tor zum Cimetière Père Lachaise. Vielleicht half die kühle Herbstluft ja gegen seine Kopfschmerzen.

Antoine war zügig unterwegs und drehte sich nicht um. Vorhin im Salon Nocturne hatte er Gabriel eine Liste von Regeln präsentiert – oder besser Bedingungen, unter denen es Gabriel erlaubt sein würde, den Port Cristalline zu betreten. Keine Namen – zumindest keine echten –, kein noch so kleines Wort über ASRAM, kein »Agentengehabe« (Antoines Worte) und absolut keine Alleingänge. Wenn Corbec und Antoine auf der gleichen Seite stünden, hätten sie sich wahrscheinlich prima verstanden. Apropos Corbec. Nicht auszuschließen, dass er oder andere Agenten gerade jetzt hier irgendwo nach dem Port suchten. Ihnen über den Weg zu laufen wäre mehr als ungünstig, nachdem sich Gabriel in seinen täglichen Berichterstattungen in letzter Zeit ein paar ... kreative Freiheiten erlaubt hatte. Soweit die Agence informiert war, verbrachte er gerade seinen Tag damit, Jackie zu überreden, mehr Informationen herauszurücken. Es war schon schwer genug gewesen, Corbec davon zu überzeugen, dass er dafür besser allein in den Salon ging.

Wann hatte er eigentlich angefangen, seine Vorgesetzten zu belügen?

Es war ein seltsames Gefühl, in inoffizieller Mission hier zu sein. Wie damals, als er zum ersten Mal wissentlich einen magischen Ort betreten hatte und ihm eine innere Stimme beständig zuflüsterte, dass er hier nicht hergehörte und ihn jeden Moment jemand erwischen würde. Der junge Mann dort drüben – war er ihm vielleicht schon in der Maison Le Cygne begegnet? Und gehörte diese Frau mit dem dunklen Mantel da hinten wirklich zu der Touristengruppe oder suchte sie für ASRAM nach versteckten Eingängen? Gabriel hielt den Kopf gesenkt und versuchte aus den Augenwinkeln heraus seine Umgebung so umfassend wie möglich im Auge zu behalten – und zugleich Antoine nicht zu verlieren, der nach wie vor in raschen, zielsicheren Schritten die verschlungenen Wege des Friedhofs entlangmarschierte.

Hätte er Duveau vielleicht doch über die Sache informieren sollen? Vor wenigen Wochen hätte sich diese Frage gar nicht erst ergeben. Er hätte seinen Vorgesetzten sofort einen ausführlichen Report übermittelt, eine Aktion wie diese hier im Vorhinein bis ins Detail durchgesprochen. Und nun fühlten sich plötzlich alle Lösungen falsch an. Hier zu sein, ohne die Agence darüber in Kenntnis gesetzt zu haben, war ein klarer Regelbruch. Aber genauso falsch wäre es ihm vorgekommen, sie zu unterrichten – und damit Jackie zu hintergehen.

Warum war es plötzlich so schwierig, die richtige Antwort zu finden?

»Hey, ASRAM, wo bleiben Sie denn?« Antoine war stehen geblieben und hatte sich zu Gabriel umgedreht. Die Lücke zwischen ihnen hatte sich deutlich vergrößert. »Wäre nicht gut, wenn ich Sie schon auf dem Père Lachaise verliere. Wenn Sie ein Problem damit haben, mir zu folgen, dann können wir das mit dem Port auch sein lassen. Jackie reißt mir den Kopf ab, wenn Sie sich da verlaufen. Aus unerklärlichen Gründen scheint sie Sie zu mögen.«

»Ich bin nur vorsichtig«, erwiderte Gabriel. »Sie waren doch derjenige, der darauf bestanden hat, dass meine Kollegen nichts hiervon erfahren. Ich dachte, da wäre es auch in Ihrem Sinne, wenn wir nicht von einem von ihnen erwischt werden.«

Antoine schnaubte. »Und Sie glauben, dass ich daran nicht gedacht habe?!« Aus der Innentasche seiner Lederjacke holte er zwei Phiolen hervor, die mit einer blassgelben Flüssigkeit gefüllt waren. Eine davon hielt er Gabriel entgegen, der sie zögernd annahm.

»Lenkt die Blicke von Ihnen ab«, erklärte Antoine. »Die Leute werden sie einfach übersehen. Oder gleich wieder vergessen, dass Sie hier waren. Zum Wohl.« Er hob seine Phiole in einer spöttischen Geste und trank sie dann in einem Zug leer.

Gabriel betrachtete die helle Flüssigkeit. Er kannte Antoine nicht. Und der machte kein Geheimnis daraus, was er von der Agence hielt. War es wirklich eine gute Idee, einen Trank von einem ASRAM-Gegner an die Lippen zu setzen?

»Unsere Reise geht nicht weiter, ehe Sie das nicht getrunken haben«, sagte Antoine. »Keine Sorge, ich hab Jackie versprochen, Sie wohlbehalten zurückzubringen. Heute haben Sie von mir nichts zu befürchten.«

Sein amüsiertes Grinsen half nicht wirklich dabei, Gabriel zu beruhigen. Alles in ihm sträubte sich dagegen, die Flüssigkeit auszutrinken. Er konnte geradezu Duveaus Stimme aus seiner Trainingszeit hören: »Trauen Sie niemals einer magischen Person, die Sie nicht hinreichend kennen«. Aber welche Wahl hatte er? Langsam und unter

Antoines belustigtem Blick entkorkte er die Phiole und hob sie an den Mund. Ein Duft nach Orangen stieg ihm in die Nase, vermischt mit scharfem Alkohol und noch etwas, das er nicht richtig einordnen konnte. Er holte tief Luft und trank. Die Flüssigkeit brannte in seiner Kehle – ein Brennen, das sich zügig in all seine Gliedmaßen ausbreitete. Ein Kribbeln fuhr ihm durch den Körper.

»Sehen Sie, war doch gar nicht so schwer.« Antoine riss ihm die leere Phiole aus der Hand und ließ sie in seiner Lederjacke verschwinden. »Personen, die vom gleichen Trank getrunken haben, können einander in der Regel noch ganz gut erkennen«, ergänzte er. »Aber sicherheitshalber sollten Sie jetzt ganz besonders angestrengt an mich denken.« Allmählich ließ das Kribbeln nach, sonst geschah nichts.

»So viel zu Schritt eins. Schritt zwei ist natürlich, dafür zu sorgen, dass Sie nichts vom Eingang zum Port mitbekommen.« Erneut langte Antoine in seine Jacke. Dieses Mal holte er ein schmales, dunkles Tuch hervor.

»Auf gar keinen Fall«, protestierte Gabriel. Es brauchte kein Genie, um zu erahnen, was Antoine damit vorhatte.

»Wirklich? Sie haben kein Problem mit dem Trank, aber die Augenbinde ist Ihre Grenze?! Was haben Sie erwartet? Dass ich Ihnen den Eingang zeige, damit Sie nachher gleich Ihren Leuten davon erzählen können?«

»Erstens habe ich sehr wohl ein Problem mit Ihrem Trank. Und zweitens …« Gabriel ließ die Worte in der Luft hängen. Zweitens was? Würde er Duveau nichts vom Eingang zum Port erzählen, sobald er wusste, wo sich das Tor befand? Denn genau das wäre doch sein erster Impuls. Und selbst wenn er Antoine hoch und heilig versprach, nichts zu verraten – würde er dieses Versprechen tatsächlich halten können? Wie sollte er das vor der

Agence rechtfertigen? Vielleicht war es ja ausnahmsweise ganz gut, wenn er nicht zu viel wusste. Auch wenn das bedeutete, dass er sich von diesem seltsamen Mann eine Augenbinde würde anlegen lassen müssen.

Wie gut, dass er vorher das Zeug getrunken hatte. Dann fiel wenigstens niemandem auf, dass er mit verbundenen Augen von einem Typen in Lederjacke über den Friedhof geführt wurde.

Antoine legte eine Hand auf Gabriels Schulter und dirigierte ihn mit unnachgiebigem Druck vorwärts. So rasch, dass Gabriel mehrmals über den unebenen Boden stolperte. Er versuchte, sich den Weg zu merken. Zwanzig Schritte geradeaus, dann vierunddreißig nach rechts, noch mal rechts – dieses Mal nur sieben Schritte –, ein plötzlicher Halt. Antoine zerrte ihn so kräftig nach hinten, dass Gabriel das Gleichgewicht verlor. Er landete hart auf dem Boden, rauer Stein schürfte seine Handflächen auf.

»Was zum ...«

»Tut mir wirklich leid.« Antoines Stimme kam von rechts, dann von vorn – offensichtlich ging er um Gabriel herum. »Ich dachte, ich hätte etwas gesehen ...«

Gabriel kämpfte sich zurück auf die Beine. Kaum stand er aufrecht, landete die Hand erneut unnachgiebig auf seiner Schulter. Antoine drehte ihn unsanft nach rechts, zog ihn dann zurück und wendete ihn in die entgegengesetzte Richtung. Zwei Schritte, erneuter Richtungswechsel. Noch mal zwei Schritte, eine weitere 180-Grad-Drehung.

»Ich hoffe, Sie haben Ihren Orientierungssinn jetzt nicht ganz verloren«, meinte Antoine schmunzelnd. Natürlich musste er geahnt haben, dass Gabriel Schritte zählte. So hatte es keinen Zweck, damit weiterzumachen. Stattdessen konzentrierte er sich auf das, was er von seiner Umgebung mitbekam. Der Weg unter seinen Füßen bestand die meiste Zeit aus dem unebenen Kopfsteinpflaster, das sich über den gesamten Friedhof zog. Keine große Hilfe. Auch die Geräuschkulisse gab nicht viel her. Singende Vögel, Stimmen anderer Menschen, Schritte, das Rascheln von Blättern. Der einzige Hinweis war ein Verlassen des Weges, ein paar Minuten, bevor sie schließlich anhielten. Jetzt befand sich festgetretene Erde unter Gabriels Füßen. Das gesuchte Grab musste sich also abseits der Hauptwege befinden.

»Stehen bleiben«, forderte Antoine, dann entfernte er sich einige Schritte. Ein Schlag oder Tritt gegen etwas Festes, dann das Geräusch einer sich öffnenden Tür. Wahrscheinlich ein Mausoleum. Die Magie war jetzt spürbar, aber nicht so stark, wie Gabriel erwartet hätte. Mit Corbec hatte er Gräber untersucht, an denen er sie viel intensiver gefühlt hatte. Hier verursachte sie nur ein leichtes Kribbeln in seinen Fingerspitzen.

»Hier entlang.«

Dieses Mal packte Antoine Gabriels Oberarm und zog ihn mit sich. Einen Moment spürte er noch die Herbstsonne auf seinem Gesicht, im nächsten Augenblick traten sie in den kühlen Schatten. Ein Schritt, dann noch einer und noch einer ... bis es so viele waren, dass sie längst gegen eine Wand hätten stoßen müssen, wenn sie sich tatsächlich in einem der Mausoleen befänden. Ein leicht salziger Geruch stieg ihm in die Nase. Abrupt blieben sie stehen.

»Sie können das jetzt abnehmen«, erklärte Antoine und Gabriel riss die Augenbinde herunter.

Zuerst sah er nichts außer den Schein von Antoines Taschenlampe, doch dann gewöhnten sich seine Augen allmählich an die Dunkelheit. Sie befanden sich in einem Tunnel oder einer Höhle, umgeben von unregelmäßig behauenen steinernen Wänden. Vor und hinter ihm verlor sich der Weg in der Finsternis. Der Gang war gerade breit genug, dass zwei Personen nebeneinander hergehen konnten. Momentan mussten sie sich irgendwo zwischen der Menschenwelt und dem Verborgenen befinden. Wären sie schon gänzlich hinübergetreten, hätte Antoines Taschenlampe nicht mehr funktioniert.

Als sie sich erneut in Bewegung setzten, tauchten an den Seiten Grabsteine auf. Aus Granit und dunklem Marmor zunächst, dann zunehmend durchzogen mit hellen Adern, die auch die Tunnelwände bedeckten.

Weiße Kristallfäden verliefen spinnennetzförmig vom Boden bis zur Decke. Je weiter Gabriel und Antoine gingen, desto breiter wurden die Kristalladern. Sie verströmten ein schwaches bläuliches Leuchten, das den Tunnel wie in Mondlicht getaucht wirken ließ. Ein paar Schritte weiter und Antoines Taschenlampe erlosch mit einem kurzen Flackern. Das Leuchten der Kristalle reichte aber nun aus, um dem Weg weiter zu folgen. Auch die Magie war jetzt deutlicher zu spüren. Eine plötzliche Gänsehaut ließ Gabriel erschauern.

Die tatsächliche Schwelle ins Verborgene war kaum sichtbar – ein leichtes Flimmern in der Luft, wie die Luft über dem Asphalt an einem heißen Sommertag. Als er hindurchtrat, hatte er das Gefühl, kurz unter einem tosenden Wasserfall zu stehen. Einen Augenblick lang dröhnte es in seinen Ohren, dann kehrte wieder Stille ein.

Die steinernen Höhlenwände hatten sich inzwischen gänzlich in Kristall verwandelt. Es fühlte sich an, als ginge er durch eine Höhle aus ewigem Eis, in blasses Mondlicht getaucht. Die Luft war kühler als zuvor. Gabriel zog den Mantel enger um sich.

Weiter vorn war nun endlich das Ende des Tunnels zu sehen, wo sich gelbes Tageslicht mit dem blauen Schein vermischte.

Antoine lief voraus. »Willkommen im Port Cristalline«, sagte er. »Wenn ich in den nächsten Tagen irgendetwas von ASRAM-Leuten mitbekomme, die sich hierher verirrt haben, dann werden Sie das bitter bereuen.«

Gabriel nahm die Worte mit einem kurzen Nicken zur Kenntnis. Er hörte ohnehin nur halb zu, denn der Anblick des Port Cristalline fesselte seine Aufmerksamkeit.

Sie standen auf einer Plattform am Ausgang des Tunnels. Seitlich führten kristallene Stufen zum Port hinunter, der sich von hier oben gänzlich überblicken ließ. Er erschien wie ein Abbild des Cimetière Père Lachaise. Gräber reihten sich aneinander, nur dass sie hier nicht aus Granit und Marmor bestanden, sondern aus leuchtend klarem Kristall. Anstelle der gepflasterten Wege verliefen Wasserkanäle zwischen den Grabreihen. Er sah kleine Boote und vereinzelt Personen auf den schmalen Wegen entlang der Kanäle. Zwischen den Grabreihen waren überall Marktstände aufgebaut.

Auf allen Seiten war der Port Cristalline von Wasser umgeben, das bis zum Horizont reichte – und höchstwahrscheinlich eine Illusion war. Die meisten verborgenen Reiche waren begrenzte Mini-Universen, in denen man irgendwann unweigerlich gegen eine unsichtbare Wand lief.

Er folgte Antoine die Treppe hinab, die in einem großen Torbogen endete. Sie betraten einen schmalen Pfad entlang eines Kanals, an dessen Stelle auf der anderen Seite, auf dem Père Lachaise, einer der Hauptwege verlief. Unauffällig mischten sie sich unter die anderen Wesen, die im Port Cristalline unterwegs waren. Ganz automatisch setzte Gabriels Training ein. Der Trick bestand darin, so auszusehen, als ob er hierher gehörte, schon unzählige Male hier gewesen sei. Das bedeutete, dass seine Blicke niemals zu offensichtlich, seine Fragen nie zu verdächtig sein durften – ganz egal, wem oder was er an diesem Ort begegnete. Er ging im Kopf seine Liste an Tarnidentitäten durch, jede verbunden mit einer eigenen Geschichte, die er verinnerlicht hatte. Jemand rempelte ihn an und lief weiter, dann noch jemand.

»Ich an Ihrer Stelle würde einen Schritt zur Seite machen, bis der Trank nachlässt«, meinte Antoine über die Schulter.

»Und wie lange genau wird das dauern?«, fragte Gabriel, während er seine Schritte hastig nah ans Ufer des Kanals verlegte.

»War nur eine geringe Dosis. Etwa zwanzig Minuten«, meinte Antoine. »Wir sollten also jeden Augenblick mit unseren Nachforschungen beginnen können. Und mit ›wir‹ meine ich mich.«

Gabriel schnaubte, sagte aber nichts. Er würde ganz sicher nicht Antoines Schatten spielen. Immerhin war er kein Anfänger, der aus Versehen ins Verborgene gestolpert war, sondern ein ASRAM-Agent mit umfänglicher Spionage-Ausbildung. Er würde den passenden Moment abwarten, um sich die Informationen zu besorgen, die er brauchte. Fürs Erste lief er weiter hinter Antoine am Kanal entlang. Irgendwann begann der andere Mann, wahllos Wesen in der Menge anzusprechen. Die ersten beiden reagierten nicht, die dritte Person aber starrte ihn kurz an, ehe sie weitereilte.

»Wir können loslegen«, verkündete Antoine. »Stolpern Sie nicht.«

Mit hastigen Schritten entfernte sich Antoine vom Ufer in Richtung der Gräber und bog in einen Pfad zwischen zwei Mausoleen ein. Gabriel beeilte sich, hinterherzukommen – und wurde von einer Gestalt in dunklem Gewand beinahe umgerannt. Die Gestalt ging – oder eher gesagt schwebte – weiter, ohne sich umzudrehen. Nun gut, er hatte den Trank nach Antoine zu sich genommen, vielleicht brauchte es einfach noch ein paar Minuten.

Sie steuerten einen der Marktstände an, ein windschiefes, knarzendes Holzgestell, hinter dem eine in bunte Tücher gehüllte Frau kleine Knochen in Säckchen füllte.

Ihre Haut war blass mit einem transparenten Schimmer und ihre Handrücken bedeckt mit feinen bläulichen Schuppen.

»Hesta. Wie läuft das Geschäft?« Antoine lehnte sich gegen einen Seitenpfahl des klapprigen Marktstandes, der unter seinem Gewicht ächzte. Die Frau blickte auf.

»Kann mich nicht beklagen. Wie kann ich dir heute behilflich sein? Salamanderknochen?« Sie hielt das Säckchen hoch, das sie eben befüllt hatte.

Antoine schüttelte den Kopf. »Dieses Mal nicht. Heute bin ich auf der Suche nach Informationen.«

»Teurer als Knochen«, erwiderte Hesta mit einem schelmischen Grinsen.

»Wir können zahlen«, sagte Gabriel und trat näher an den Stand heran. Natürlich hatte er denkbar wenig geeignete Zahlmittel bei sich. Außer Hesta gehörte zu denjenigen, die sich mit Geld zufriedengaben. Wäre er offiziell für ASRAM unterwegs gewesen, hätte man ihn entsprechend ausgestattet – zumindest in Straßburg hatten sie einen eigenen Tresor für nichtmonetäre Zahlmittel, von unverfänglichen Informationen bis hin zu diversen Edelmetallen. Nun aber musste er darauf vertrauen, dass sich

Antoine der Sache annahm. Hesta beachtete ihn jedoch gar nicht.

»Hier soll sich ein Typ namens Eros rumtreiben«, meinte Antoine.

»Eros, hm? Wie soll der aussehen?«

»Dunkler Umhang, goldene Maske. Venezianisch«, sagte Gabriel.

»Läuft offenbar in Umhang und Maske durch die Gegend«, erklärte Antoine.

»Und wenn ich von diesem Eros gehört haben sollte, wie viel ist dir das wert?« Hesta beugte sich vor.

»Nun komm schon, Hesta, du schuldest mir noch was.« Antoine stieß sich von dem Holzpfahl ab. Der Stand wackelte gefährlich und eine Handvoll Salamanderknochen purzelte Gabriel vor die Füße. Er bückte sich, um sie aufzusammeln, und warf sie auf den Stand. Hesta sah sie mit einem Stirnrunzeln an. Sie schaute in Gabriels Richtung, sah ihn aber nicht an – vielmehr schien es, als schaue sie geradewegs durch ihn hindurch.

»Wie lange soll der Trank noch mal anhalten?«, fragte Gabriel, während sich eine böse Ahnung in ihm breitmachte. Antoine zumindest schien ihn nach wie vor wahrzunehmen, denn der drehte sich gelassen zu ihm um.

»Etwa zwanzig Minuten«, sagte er. Hestas Stirnrunzeln vertiefte sich.

»Ich glaube nicht, dass sie mich sieht.«

»Ich könnte ihr sagen, dass Sie da sind«, erwiderte Antoine. »Das klappt meistens. Nicht immer, aber meistens.«

»Sie sehen mich aber schon.«

»Klar, wenn ich mich auf Sie konzentriere. Weil ich *weiß,* dass Sie da sind.« Antoine legte Zeige- und Mittelfinger gegen die Schläfe. »Weil ich mir Mühe gebe, an Sie zu denken. Auch wenn mir das ausgesprochen schwer fällt.«

Hesta starrte auf die Stelle, an der Gabriel stand.

»Da ist definitiv was«, sagte sie. »Du redest nicht mit Luft.«

»Nichts Wichtiges, meine liebe Hesta«, entgegnete Antoine mit einem Grinsen, das Gabriel ihm am liebsten von den Lippen geboxt hätte. Mit dem Blick auf Hesta gerichtet, beugte sich Antoine unauffällig zu Gabriel. »Wie gesagt, ich *könnte* sie auf Sie aufmerksam machen. Ich halte das hier aber für einfacher, wenn ich es nicht tue. Und für weitaus amüsanter.«

Gabriels Hände ballten sich zu Fäusten. Was hatte dieser Antoine eigentlich für ein Problem? Wobei – er hatte keinen Hehl daraus gemacht, dass er von Gabriel wenig angetan war. Lag das an ASRAM ... oder an seiner – zugegeben derzeit etwas unklaren – Beziehung zu Jackie?

»Zwanzig Minuten sind längst vorbei«, sagte er mit mühsam unterdrückter Wut.

»Ah ... das ist wirklich ... meine Güte, da habe ich ja ganz vergessen, dass Sie nicht magisch sind.« Antoine schnalzte mit der Zunge. »Ich muss mich entschuldigen.« Er klang kein bisschen, als ob ihm irgendetwas leid täte. »Zwanzig Minuten für Magier natürlich. Bei Nichtmagiern kann es zu gewissen ... Nebenwirkungen kommen.«

»Womit?«, fragte Hesta.

»Mit so vielem, liebste Hesta. Wenn du mich kurz entschuldigen würdest.« Antoine griff nach Gabriel, verfehlte ihn aber – ohne dass Gabriel sich bewegt hätte.

»Ach, kommen Sie einfach mit.«

Widerwillig folgte er dem anderen Mann ein paar Meter vom Stand weg. Hesta beugte sich vor und schaute ihnen neugierig nach.

»Was soll das?!«, fauchte Gabriel, sobald Antoine sich zu ihm umdrehte. Dieses Mal gab er sich keine Mühe mehr, ruhig zu bleiben. Er hatte gleich gewusst, dass das mit dem Trank keine gute Idee war. Hätte einfach auf seinen Instinkt hören sollen.

Antoine hob beschwichtigend die Hände. »Beruhigen Sie sich. Ist nichts Dramatisches.«

»Niemand kann mich sehen!«

»Ich sehe Sie. Ziemlich verschwommen zwar, aber hey, Sie haben sich nicht komplett aufgelöst. Also sind die Nebenwirkungen wirklich nicht so schlimm.«

»Aufgelöst?!«, wiederholte Gabriel. »Ich hätte mich *auflösen* können?«

»Kommt nur sehr selten vor.«

Wenn das hier vorbei war – wenn sie Eros gefasst hatten, wenn der Fall gelöst war –, dann würde er sich etwas ausgesprochen Hässliches überlegen, wie er Antoine die Sache heimzahlen konnte. Nichts Großes. Vielleicht ein neuer Spitzenplatz auf ASRAMs Watchlist.

»In den meisten Fällen ist die Wirkung bei Nichtmagischen ein bisschen stärker und hält etwas länger an, das ist alles«, meinte Antoine schulterzuckend. »Kein Grund, gleich durchzudrehen.«

»Geht das auch etwas genauer?«

Antoine zuckte erneut mit den Schultern. »Stellen Sie sich drauf ein, dass Sie für die nächsten paar Stunden keinem auffallen.«

»Stunden?!«

»Nur in wenigen Fällen hält die Wirkung ein paar Tage an …«

Antoines Aufmerksamkeit schien bereits von ihm abzugleiten und zurück zu Hesta zu wandern. Er schielte kurz zu ihr hinüber und schaute dann geradewegs an Gabriel vorbei, ehe sich seine Augen wieder auf ihn fokussierten. Vielleicht sollte er seine neu gewonnene Eigenschaft dazu nutzen, Antoine ganz unauffällig in den Kanal zu stoßen.

»In jedem Fall sollten Sie mir das Reden überlassen«, schloss Antoine, ehe er sich wieder zu der Händlerin begab.

Gabriel fielen zahlreiche Dinge ein, die er darauf gerne gesagt hätte. Doch der Mann, der gerade in diesem Moment nur ein paar Meter entfernt auf dem Pfad auftauchte, ließ ihn verblüfft innehalten. Dort zwischen den kristallenen Grabsteinen, in einen grauen Mantel gehüllt, stand Patrice Corbec.

Sein erster Reflex war es, den anderen Agenten zu rufen. Sein zweiter, sich hinter den nächsten Grabstein zu ducken. Er tat nichts davon, denn in dem Moment sah Corbec ihn an. Nein – sah durch ihn hindurch, so wie Hesta es vorhin getan hatte. Während der Trank Gabriel für seinen Kollegen unsichtbar werden ließ, gab sich Corbec keine Mühe, sich in irgendeiner Weise unauffällig zu verhalten. Was hatte er hier zu suchen? Hatte er davon erfahren, dass Gabriel einen Weg zum Port Cristalline gefunden hatte? Aber wie war Corbec dann hierher gekommen? Immerhin hatte er mehr als deutlich gemacht, dass ASRAM den Eingang nicht kannte. Oder hatten sie ihn inzwischen gefunden? Aber warum würde er dann so entspannt hier entlangwandern, fast so, als wäre er schon Dutzende Male auf diesen Pfaden unterwegs gewesen?

Ein ungutes Gefühl beschlich Gabriel. Das gleiche Gefühl, das er bei seiner ersten Begegnung mit Corbec gehabt hatte, und auch an jenem Abend, an dem er bei einem Glas Wein den anderen Corbec kennenlernte. Etwas passte hier nicht zusammen.

Corbec setzte sich in Bewegung. Er marschierte an Hestas Stand vorbei – weder Antoine noch Hesta schauten von ihrem Gespräch auf – und folgte weiter dem sich zwischen den Gräbern hindurchschlängelnden Pfad. Gabriel überlegte nicht lange.

Die ersten paar Meter hielt er instinktiv Abstand, huschte am Rand des Pfades zwischen den Grabsteinen umher und achtete darauf, von Mausoleen verdeckt zu werden für den Fall, dass Corbec sich plötzlich umdrehen sollte. Dann rempelte ein Händler ihn mit seinem Marktkarren an und er erinnerte sich wieder an seine vorübergehende Unsichtbarkeit. Vielleicht war Antoines Trick am Ende doch noch zu etwas nütze.

Es fühlte sich seltsam an, jemandem so offensichtlich zu folgen, einfach hinter ihm herzulaufen. Selbst mit dem Trank schien Corbec etwas zu merken, warf mehrfach einen Blick über die Schulter und beschleunigte seine Schritte. Doch kein einziges Mal fokussierten sich seine Augen auf Gabriel. Auch wenn Corbecs Instinkt ihm sagte, dass er verfolgt wurde – er konnte nicht erkennen, von wem.

Gabriel folgte dem anderen Agenten tiefer ins Herz des Port Cristalline hinein. Sie waren abseits der Kanäle unterwegs, schlängelten sich auf engen Pfaden zwischen den Gräbern hindurch. Corbecs Schritte waren sicher, als wisse er ganz genau, wo er hinwolle und wie er dorthin käme. Vor gar nicht allzu langer Zeit hatte er noch behauptet, noch nie im Port gewesen zu sein. Vielleicht war es tatsächlich das Training, das Corbecs Schritte sicher wirken ließ. Vielleicht hatte ASRAM zwischenzeitlich doch noch den Eingang gefunden … oder aber Corbec hatte gelogen. Über das hier – und wer weiß, worüber noch.

Gabriels ungutes Gefühl wuchs. Er musste so viel wie möglich herausbekommen.

Corbec zwängte sich zwischen zwei Mausoleen hindurch. Auf der anderen Seite befand sich ein kleiner Platz. Um ihn zu formen, hatte offenbar jemand die Grabsteine von ihren ursprünglichen Orten entfernt und in einem Kreis angeordnet. Corbec hielt hier kurz inne, als überlege er, in welche Richtung es weiterginge. Mit einem Stirnrunzeln schaute er ein weiteres Mal über die Schulter. Außer ihnen war niemand hier. Würde er Gabriel sehen können, wenn er sich genug anstrengte? Oder ließ der Trank etwa bereits nach? Seufzend wandte sich Corbec ab und setzte seinen Weg fort.

Dieses Mal erlaubte Gabriel ihm einige Schritte Vorsprung. Als er sich gerade wieder in Bewegung setzen wollte, hörte er jemanden auf dem Pfad hinter sich. Widerwillig wandte er sich um – zu spät. Der junge Mann, der soeben auf den Platz gerannt kam, lief geradewegs in ihn hinein. Bei dem Zusammenprall ging Gabriel zu Boden, traf mit dem rechten Knie einen der scharfkantigen Überreste der Grabsteine. Der plötzliche stechende Schmerz ließ ihn die Zähne zusammenbeißen. Aber er hatte keine Zeit zu verlieren. Er kämpfte sich wieder auf die Beine, hielt hektisch nach Corbec Ausschau. Doch von dem anderen Agenten fehlte jede Spur.

Dafür war der junge Mann noch da, der Gabriel zu Boden geworfen hatte und nun nach dem unsichtbaren Widerstand suchte, in den er hineingerannt war. Die Wirkung des Trankes hielt scheinbar immer noch an. In einer Hand hielt der junge Mann einen Stapel Flyer. Einmal drehte er sich um die eigene Achse, fand nicht, was er suchte, zuckte mit den Schultern und zog seiner Wege.

Gabriel atmete erleichtert auf… bis ihm bewusst wurde, dass er nicht nur Corbec aus den Augen verloren hatte, sondern auch Antoine, und dass er sich so sehr auf die Verfolgung konzentriert hatte, dass er nicht auf den Weg geachtet hatte. Jetzt hatte er nicht mehr die geringste Ahnung, wo er sich eigentlich befand – oder wie er zum Ausgang zurückfinden sollte. Das hätte besser laufen können.

Suchend schaute sich nach irgendetwas um, das ihm bekannt vorkam – wahlweise von dem Rundblick, als er aus dem Tunnel getreten war, oder vom Gegenstück des Port Cristalline, dem Friedhof Père Lachaise auf der anderen Seite der Barriere. Sein Blick fiel auf einen verirrten Flyer zu seinen Füßen. Der Mann vorhin musste ihn fallen gelassen haben.

Die Worte darauf leuchteten ihm geradezu entgegen: *Eros lädt ein.*

Er hob ihn auf, faltete ihn zweimal und verstaute ihn sorgfältig in der Jackentasche. Zwar hatte er Eros nicht gefunden, dafür aber einen Hinweis darauf, wo der sich demnächst aufhalten würde. Immerhin etwas. Dazu kamen einige sehr kritische Fragen zu Agent Corbec, doch für den Moment musste er diese notgedrungen zurückdrängen. Es gab jetzt Wichtigeres – zum Beispiel, einen Weg hier raus zu finden.

Er legte den Kopf in den Nacken und suchte die Felswand ab, die über dem Port Cristalline thronte. Irgendwo dort oben musste der Eingang sein, durch den Antoine und er hergekommen waren. Er musste sich also nur grob in die Richtung bewegen, dann würde ihm schon irgendwann irgendetwas wieder bekannt vorkommen. Bestimmt.

Er bahnte sich einen Weg zwischen den Grabreihen hindurch, bis die Stimmen vom Markt lauter wurden. Vielleicht war es ganz gut, dass ihn offenbar immer noch niemand wahrnahm. Sicher, es wäre nicht schlecht gewesen, nach dem Weg fragen zu können. Auf der anderen Seite hielt keiner ihn auf. Ohne die Wirkung des Trankes hätte er sich Mühe geben müssen, nicht aufzufallen. An einem Ort wie diesem als ASRAM-Agent enttarnt zu werden, konnte leicht bedeuten, dass er nicht ohne Weiteres hier wegkam.

Kurz meinte er, Hestas Stand wiederzuerkennen, aber dann lief er weiter. Selbst wenn Antoine noch in der Nähe sein sollte, würde er nur Zeit verschwenden, nach ihm Ausschau zu halten. Zumal er nicht vorhatte, ihm von Corbecs Auftauchen oder dem Flyer zu erzählen. Jackie mochte diesem Mann vertrauen, Gabriel kannte ihn dafür längst nicht gut genug. Seine Antipathie gegenüber Antoine hatte nicht das Geringste damit zu tun. So wenig wie mit der offensichtlichen Tatsache, dass zwischen ihm und Jackie eine Verbindung zu bestehen schien, die über Freundschaft hinausging. *Nicht das Geringste.*

Er torkelte zur Seite, als jemand in ihn hineinrannte. Mit rudernden Armen schaffte er es, nicht in den Kanal zu fallen. Mit etwas mehr Bedacht setzte er seinen Weg fort. Er war ziemlich sicher, dass er inzwischen einen der Hauptwege erwischt hatte – der Kanal war hier mehrere Meter breit, die Stände entlang des Ufers reichlich, und die Felswand schien deutlich näher gekommen zu sein. Letztendlich brauchte er Antoine gar nicht.

Mit einem erleichterten Seufzen steuerte er die kristallene Treppe an, die er vor gar nicht langer Zeit erst herabgestiegen war. Niemand hielt ihn auf.

Der Rückweg kam ihm kürzer vor. Bald wich der Kristall den Felswänden und ein kaum merkliches Schaudern deutete darauf hin, dass er die Schwelle zurück in die Welt der Menschen überschritten hatte. Er holte sein Smartphone hervor und schaltete die Taschenlampe an. Schon bald fiel ihr Schein auf die Tür am Eingang des Tunnels. Die Tür, die Antoine ihn nicht hatte sehen lassen.

Gabriel streckte die Hand danach aus.

Die Tür schwang beinahe lautlos auf, dahinter kam wie erwartet eine Grabkammer zum Vorschein. Kaum hatte er sie betreten, verschwand die Tür hinter ihm wieder und machte einem kleinen Altar Platz, samt brennender Kerzen. Den Namen zu notieren, der draußen am Mausoleum in Stein gemeißelt war, kostete nur wenige Sekunden. Dann eilte er in Richtung Métro.

Kapitel 27

Jackie hasste es, zu warten. Es gab nicht einmal besonders viel zu tun, nur ein Gast saß in einer Ecke des Raumes und nippte seit einer Stunde an der gleichen Tasse herum. Noch war keiner von ihnen zurückgekehrt: nicht Roland, nicht Antoine, und auch Gabriel nicht. Währenddessen saß sie hier fest und konnte nichts tun als warten. Es würde schon gut gehen, sagte sie sich. Die anderen kannten sich aus.

Um Rolands Katakombenführung machte sie sich wenig Sorgen. Und Antoine konnte sich ohne Probleme durch den Port Cristalline bewegen, ohne dabei in Schwierigkeiten zu geraten – oder falls doch, dann würde er einen Weg hinaus finden, wie er es schon hunderte Male getan hatte. Gabriels Ausbildung dagegen kannte sie nicht gut genug, um zu wissen, wie er in brenzligen Situationen reagieren würde … aber er gehörte zu ASRAM, er musste ein entsprechendes Training durchlaufen haben. Es würde schon alles gut gehen.

Jackie lief hinter dem Tresen auf und ab. Wenn sie nicht Angst gehabt hätte, die Rückkehr der anderen zu verpassen, wäre sie längst in Katzengestalt davongezogen. Die Eingangstür quietschte und sie hielt abrupt inne und sah auf. Roland marschierte ins Café. Er warf einen Flyer über die Katakomben auf den Tresen und schwang sich auf den nächstgelegenen Tisch.

»Und?«, fragte Jackie. Sie musste sich Mühe geben, Interesse zu heucheln. Er war nicht derjenige, auf den sie gehofft hatte.

Roland zuckte mit den Schultern. »Nichts Konkretes. Ein paar Stellen mit erhöhtem magischem Feel, aber das ist da unten ja relativ normal. In den mir bekannten Teilen bin ich auf nichts gestoßen. Wobei, ganz umsonst war die Sache auch nicht – mein Guide hat mir ein paar interessante Ecken gezeigt, die ich noch nicht kannte ...«

Jackie runzelte die Stirn. Ein magischer Guide also. Eine Touristenführung für Normalsterbliche hätte sie auch nicht sonderlich weit gebracht, denn Roland hatte recht: Eine ordentliche Portion Magie fand sich in den verworrenen Gängen der Katakomben, und Eros war sicher nicht der erste Magier, der dort Zuflucht gefunden hatte. Von Treffen geheimer Gruppierungen bis zu regelfreien Partys im Untergrund nutzte die magische Gemeinschaft die Katakomben bereits seit ihrer Entstehung – genau genommen sogar schon mehr als tausend Jahre davor, als das unterirdische Höhlensystem noch als Steinbruch verwendet wurde.

»Ist ewig her, seit ich da unten auf einer Party war«, fuhr Roland fort. »Weißt du noch, wie sich Maman aufgeregt hat, als ich ungefähr sechzehn war und sie herausfand, dass ich mich da unten herumtrieb? Hach, das waren großartige Zeiten ...«

»Roland.«

»Okay, ja, zurück zur Sache. Die Führung war nicht uninteressant, ist aber nur eine erste Annäherung. Man müsste da dringend weitere Nachforschungen anstellen. Aber wie gesagt, ein paar Stellen sind mir aufgefallen. Hab ich dort notiert.« Er deutete zu dem Flyer, dann blickte er sich im Café um. »Unser ASRAM-Freund ist noch mit deinem Ex auf Tour?«

Jackie nickte. Um ihre Hände zu beschäftigen, griff sie nach dem Flyer. Entlang der abgebildeten Karte hatte Roland mit einem Rotstift mehrere Kreise eingezeichnet. Ins Innere hatte er eine weitere Karte gelegt, nicht die Touristenversion, sondern eine grobe Zeichnung mit Pfaden, die von den dort eingezeichneten abgingen. Auf einem zusätzlichen Zettel hatte Roland Stichpunkte dazu notiert, wie sich die Magie an unterschiedlichen Stellen in den Katakomben angefühlt hatte. Jackie drehte das Papier unschlüssig zwischen den Händen.

»Wir werden ihn kriegen, Jacks«, sagte Roland. Sie versuchte es mit einem Lächeln.

Erneut wurde die Tür aufgestoßen. So energisch, dass das Glas schepperte. Im ersten Moment konnte sie ihn nur schemenhaft erkennen, als würde irgendetwas ihn vor ihr abschirmen. Dann rückte seine Form in den Fokus. Die Anspannung fiel mit einem Schlag von ihr ab.

»Gabriel.«

»Wo?«, fragte Roland mit einem Stirnrunzeln.

»Da. Mach doch die Augen auf.«

Roland schaute in Richtung Tür – direkt an Gabriel vorbei. Der trat derweil zu Jackie an den Tresen. An den Rändern war er vielleicht etwas verschwommen, aber sein Gesicht, seine Augen, waren ihr selten so klar vorgekommen. Als sei er das Einzige, das sie sah.

Roland hatte immer noch die Tür im Blick, und plötzlich verstand sie das Problem: Antoine musste Gabriel einen Verschleierungstrank gegeben haben. Und mit Sicherheit keinen von den milden. Innerlich verfluchte sie ihn. Wo steckte er eigentlich? Er wusste ganz genau, dass Verschleierungstränke bei Nichtmagischen unschöne Folgen haben konnten! Aber sie konnte ihn sehen. Er war vor der Welt verschleiert und sie konnte ihn sehen. Sie versuchte nicht daran zu denken, was das zu bedeuten hatte.

»Lässt wohl langsam nach«, meinte Gabriel und erwiderte ihren Blick.

Ja, vielleicht war es das. Vielleicht war der Zauber schon im Begriff, sich aufzulösen. Oder vielleicht war es einfach, weil sie gerade sowieso an ihn gedacht hatte, als er zur Tür hereinkam.

»Antoine?«, fragte sie.

Gabriel schnaubte. »Irgendwo im Port.«

»Er hat Sie verschleiert«, stellte Jackie fest. Gabriel nickte.

»Wer hat wen verschleiert?«, fragte Roland. Jackie packte ihren Cousin und zog ihn näher zu sich heran, dann deutete sie auf Gabriel. Ihre Fingerspitzen streiften seine Brust. Eilig zog sie die Hand zurück.

»Gabriel Rivera steht genau vor uns«, sagte sie langsam und betonte dabei jedes Wort. Eine Verschleierung konnte von denjenigen durchschaut werden, die mit absoluter und unwiderruflicher Sicherheit wussten, dass die Person vor ihnen stand. Bei einem stärkeren Zauber brauchte es eine gewisse Konzentration und ständige Wiederholung. Als versuche man, aus dem Gedächtnis heraus ein Bild von jemandem zu malen, das nur dann Form annehmen konnte, wenn man sich die Person immer und immer wieder vor Augen führte.

Rolands Stirnrunzeln vertiefte sich, dann spiegelte sich Erkenntnis in seinen Zügen wider.

»So sind Sie durch den Port Cristalline gelaufen?«, fragte er. »Wie haben Sie es zurück geschafft?«

»Geradeso«, erwiderte Gabriel. Er klang, als wäre da noch mehr, aber dann zuckte er bloß mit den Schultern. »Ich hab Ihren Freund verloren, aber ich vermute mal, dass er den Weg kennt. Die Métro ist … faszinierend, wenn einen niemand sehen kann.«

»Klingt wie der ganz normale Métro-Alltag«, meinte Roland.

»Wie lange sind Sie schon unter dem Einfluss des Trankes?«, fragte Jackie. »Und was soll das heißen, Sie haben Antoine verloren?«

»Seit dem Friedhof. Ein paar Stunden vielleicht. Wir wurden getrennt, ich hab den Ausgang allein gefunden.« Er grinste. »*Sie* haben mich sofort gesehen.«

Jackie wandte sich ab. Zeit für einen Themenwechsel.

Innerlich machte sie sich eine Notiz, schnellstmöglich mit Antoine zu sprechen. Wenn Gabriel den Port *allein* verlassen hatte, dann kannte er auch den aktuellen Zugang. Die Betreiber würden das Tor verlegen müssen. Aber für den Moment war eine andere Sache wichtiger.

»Haben Sie etwas herausgefunden?«, fragte sie laut. Dafür hatte er das Ganze schließlich auf sich genommen.

Gabriel langte in die Jackentasche und förderte einen Flyer zutage. Er glättete das zerknüllte Papier und legte es auf den Tresen. *Ein Fest für bleibende Verbindungen,* stand darauf und darunter: *Eros lädt ein.*

»Ich würde einmal vermuten, dass wir ihn dort antreffen können«, sagte Gabriel. »Scheint sich für den Abend aus dem Verborgenen herauszuwagen.«

Jackie nahm den Flyer in die Hand. Für jemanden, der bislang in voller Maskierung in versteckten Bars seine Opfer gesucht hatte, erschien eine Feier tatsächlich ziemlich ungewöhnlich. Auf der anderen Seite stammte der Flyer vom Port Cristalline und Gerüchte zu Eros hatten sich in der magischen Gemeinschaft längst verbreitet. Vielleicht hatte er Schwierigkeiten, neue Opfer zu finden? Oder – und das war die deutlich besorgniserregendere Theorie – er hatte keine Bedenken mehr, sich offen zu zeigen.

»Das ist heute Abend«, meinte Roland. »In zwei Stunden.« Er legte den Finger auf die Angaben zu Tag und Uhrzeit.

»Ich weiß«, erwiderte Gabriel. »Deswegen bin ich sofort hergekommen.«

»Tee«, entschied Jackie.

Keine zehn Minuten später saßen sie an einem Tisch bei der frühzeitig geschlossenen Tür und umklammerten ihre dampfenden Tassen.

»Es steht kein Ort darauf«, sagte Gabriel und deutete auf den Flyer. »Soll das im Port Cristalline stattfinden?«

»Montparnasse«, entgegnete Roland. Gabriel sah ihn fragend an.

»Das Zeichen hier.« Roland zog den Flyer zu sich heran und deutete auf eine kleine Kritzelei in der unteren rechten Ecke – zwei sich kreuzende Speere und darüber eine Krone. Auch Jackie kannte es, wenn sie auch nie dort gewesen war.

»Das steht für Montparnasse?«, wollte Gabriel wissen.

»Für einen Club in Montparnasse. Geschlossene magische Gesellschaft und kein ständiger Betrieb. Aber großartige Partys.«

»Wenn wir dahin wollen, müssen wir also …« Gabriel schaute auf seine Uhr. »… in einer Stunde und vierzig Minuten in einem geheimen Club in Montparnasse sein.«

»Wen meinen Sie mit *wir,* Monsieur Rivera?«, fragte Jackie mit hochgezogener Augenbraue. Sollte er dieses Gespräch nicht mit seinen Leuten bei ASRAM führen? Aber er war nach dem Port direkt hierher gekommen – nicht in die Agence. Gabriel sah sie einen Moment an, dann umfasste er die am Tisch Sitzenden mit einer ausladenden Geste.

»Meinen Sie nicht, dass die Agence jemanden schicken will?«

»Wollen Sie denn, dass die Agence jemanden schickt?« Er beugte sich über den Tisch zu ihr hin. »Außerdem kann ich ASRAM selbst ganz gut repräsentieren. Im Übrigen läuft uns die Zeit davon.«

Seine Worte ergaben Sinn. Und doch: Etwas musste ihn dazu bewegt haben, den Salon aufzusuchen. Der Gedanke ließ Jackie erzittern.

»Ich kenn den Club«, meinte Roland. »War da früher immer mal auf Partys.«

Jackie hob bei dem Wort »früher« die Augenbrauen.

»Ich schlag also mal vor, dass ich hingehe und mir die Sache anschaue«, fuhr Roland ungerührt fort.

»Dann begleite ich Sie«, entschied Gabriel.

»Bin ich fast von ausgegangen. Und hey, Sie scheinen so langsam zurück in die Welt der Sichtbaren zu kehren.« Wie um seine Theorie zu testen, drehte sich Roland für ein paar Sekunden von Gabriel weg und sah dann wieder zu ihm hin. Er hatte recht: Gabriels Konturen wirkten weniger verschwommen.

»Und Sie sind sogar schon halbwegs passend angezogen«, fügte er mit einem kritischen Blick hinzu. »Ein paar Details vielleicht noch, ich kümmer mich drum. Aber erst einmal ...« Er sah an sich selbst hinab. »Gebt mir zehn Minuten.«

Damit sprang er auf und verschwand in Richtung Wohnräume.

Die anfängliche Stille gehörte fast schon dazu. Sie trat immer ein, wenn Jackie sich mit Gabriel allein in einem Raum befand. Als überlegten sie beide, was sie sagen sollten – und konnten. Inzwischen konnte sie dabei zusehen, wie seine Konturen schärfer wurden, wie der Trank mit jedem Atemzug mehr von seiner Wirkung verlor. Trotzdem würde sie mit Antoine über die Sache sprechen müssen. Vielleicht war er deswegen noch nicht hier aufgetaucht: Er kannte sie gut genug, um zu wissen, was ihm blühte, wenn er es tat.

Gabriel nahm einen Schluck von seinem Tee und schielte zu ihr hinüber. Er öffnete den Mund, schloss ihn wieder und schüttelte kaum merklich den Kopf. Konnten sie wirklich nur dann halbwegs offen miteinander reden, wenn sie mit einer Flasche Cognac zusammen eingesperrt waren?

»Sind Sie im Port zurechtgekommen?«, fragte sie schließlich.

»Mehr oder weniger. Ihre Welt ist ... ich denke immer, ich wüsste schon so viel darüber, und dann ...«

Er sah sie an. Sie hatten nicht viel Zeit, bis Roland zurückkam, bis Gabriel zu seinem nächsten Abenteuer aufbrechen und Jackie ein weiteres Mal hier zurückbleiben würde. Sie wünschte, sie könnte mit ihm gehen. Dieses plötzlich wieder so starke Verlangen, aus ihrer Bindung zum Salon zu entkommen, sagte ihr mehr als alles andere, wie sehr Gabriel Rivera ihr Leben schon verändert hatte. Wie lange war es her, dass sie den Wunsch begraben hatte, aus ihrem Schicksal auszubrechen? Antoine hatte dieses Gefühl nie so deutlich in ihr wachgerufen ... es machte ihr Angst.

»Ich muss Ihnen etwas sagen«, begann Gabriel. Ein Schaudern lief durch ihren Körper. Ihr erster Instinkt war, ihm den Mund zuzuhalten. Das alles war schon kompliziert genug, und wenn er jetzt genau das sagen würde, wovor sie sich zugleich fürchtete und was sie doch ersehnte …

»Ich habe Corbec gesehen.«

Das war nicht das, was Jackie erwartet hatte. Nicht, nachdem Gabriel sie so angesehen hatte. Sie schluckte die Enttäuschung herunter. Es war besser so. Erst dann wurde ihr bewusst, was er eben gesagt hatte. »Corbec? Sie haben ihn verständigt? Ich dachte, wir hätten einen Deal!«

»Nein. Also, ich meine, ja … natürlich. Ich weiß auch nicht, wie er da hingefunden hat.« Er seufzte und massierte sich die Schläfen. Sie sollte ihm das mit den blockierten Erinnerungen wirklich sagen.

»Agent Rivera. Gabriel …«

Er sah sie wieder auf diese Weise ein.

»Im Port Cristalline«, sagte er dann. »Corbec. Dort habe ich ihn gesehen. Und er hätte nicht dort sein dürfen. Ich hab Duveau angerufen, auf dem Weg hierher. Die Agence hat den Eingang zum Port noch nicht gefunden.«

»Sie glauben also …«

»Er war es ganz sicher. Und er hat mir erst neulich versichert, dass er noch nie im Port gewesen sei. Aber als ich ihn dort gesehen habe … ich glaube nicht, dass es sein erster Besuch war. Etwas stimmt da nicht, und ich dachte, Sie sollten das wissen.«

Sie brauchte einen Moment, um ihre Gedanken zu sortieren. »Haben Sie ASRAM deswegen verständigt?«

Gabriel schüttelte den Kopf. »Nur darüber, dass ich einer Spur folge. Wenn Corbec etwas zu verbergen hat … ich kenne die Agenten hier nicht gut genug, um zu wissen, wem ich trauen kann.«

Aber er war hier. Das war es, was er nicht aussprach und was sie trotzdem beide wussten. Er war hier, weil er *ihr* vertraute. Und die Sache mit Corbec ... wenn sie den Kopf wieder frei hatte, sollte sie sich dringend mit den Implikationen auseinandersetzen.

»Ich meine immer, da müsste noch mehr sein, wenn ich dich ansehe«, sagte er plötzlich, seine Stimme kaum mehr als ein Flüstern. »Als ob ich etwas verloren hätte. Ich ...«

Sie griff über den Tisch nach seiner Hand. Dieses Mal war sie sich sicher, dass er vorhin noch etwas anderes hatte sagen wollen, etwas, das mit ihrem Fall nicht das Geringste zu tun hatte. »Ich denke ...« Sie seufzte. Es würde keinen besseren Moment geben. »Als du zum ersten Mal in den Salon gekommen bist, da habe ich gesagt, dass ich mich nicht an dich erinnere.«

»Was nicht stimmt«, sagte er mit gerunzelter Stirn.

»Ich denke, in Wahrheit ist es so, dass ich mich weit besser erinnere, als du es tust.«

Ganz egal, wie sehr sie versucht hatte, sich von diesen Erinnerungen nicht aus ihrer geordneten Welt reißen zu lassen, sie hatten doch einen Weg hinein gefunden. Sie erinnerte sich an jede Einzelheit – an den Jungen, den sie damals hatte zurücklassen müssen; am gleichen Tag, an dem sie ihre Freiheit verlor.

Gabriel presste die Knöchel der freien Hand gegen die Stirn. »Ich verstehe nicht.«

»Damals ...« Sie suchte nach Worten. Sie konnte ihm nicht alles geben, aber vielleicht genug, um ihn verstehen zu lassen. »Ich hatte einen Unfall. Magischer Art«, sagte sie. »Das hätte mich fast das Leben gekostet. Wenn meine Tante mich nicht hierhergebracht und an dieses Haus gebunden hätte.«

Er sah sie an, sein Blick offen und neugierig.

»Du warst da«, fuhr Jackie fort. »Du warst ein nichtmagischer Junge, der zu nah an unsere Welt herangekommen ist. Jemand hat eingegriffen und ... ich vermute, dass jemand deine Erinnerungen blockiert hat.«

Zuerst sagte er gar nichts. Seine Augen weiteten sich, wortlos öffnete er den Mund. Schloss ihn wieder. Schüttelte den Kopf. Jackie konnte die Verwirrung in seinen Zügen sehen, den Unglauben. Und zugleich so etwas wie ... Klarheit? Wie jemand, der eine unmögliche Wahrheit zum ersten Mal hörte und sie doch im tiefsten Inneren bereits erahnt hatte.

»Ich war da«, flüsterte er. »Ich ...« Plötzlich lachte er in die Stille hinein. »Das alles ist so verrückt. Wenn mir jemand vor ein paar Wochen gesagt hätte ...«

Sie wusste genau, was er meinte. Sie stimmte in sein Lachen mit ein und es war, als würde etwas von ihr abfallen. Eine neue Leichtigkeit machte sich in ihr breit. Egal, was vorher gewesen war oder was als Nächstes kam, in diesem Moment war sie einfach nur hier. Mit ihm.

Sie verstummten. Immer noch hielt sie seine Hand. Sie war warm in der ihren, und sein Daumen begann, langsame Kreise auf ihre Haut zu zeichnen. Sie beugte sich vor, nur ein winziges Stück, und er kam ihr entgegen, hielt ihren Blick fest.

»Hat doch etwas länger gedauert, sorry.« Rolands Stimme ließ Jackie zurückzucken, als hätte sie sich verbrannt. Hastig zog sie ihre Hand zurück und sprang auf. Rolands Blick huschte zwischen Jackie und Gabriel hin und her. »Aber vielleicht hätte ich noch etwas länger brauchen sollen?«, meinte er grinsend.

»Schon in Ordnung«, sagte Jackie. »Ihr solltet ohnehin aufbrechen.«

Roland nickte. Er hatte sich ganz in Schwarz gekleidet, inklusive knackig sitzender Lederhose und enganliegendem Hemd. Einen kleinen Rucksack hatte er sich über die rechte Schulter geworfen. »Bereit für eine Party?«

Gabriel erhob sich und folgte ihm zur Tür. Bevor er nach draußen ging, wandte er sich noch einmal um und suchte ihren Blick. Sie nickte ihm zu. Ein stummes Versprechen, dass sie einen neuen Moment finden würden, wenn diese Sache endlich vorbei war. Dann fiel die Tür hinter Gabriel ins Schloss und Jackie blieb allein zurück. Durch die Fensterfront sah sie zu, wie die beiden Männer im Schein der Straßenlaterne durch das Tor schlüpften. Am liebsten würde sie nach einer Katze Ausschau halten … aber es wäre zu riskant. Die Party war einfach zu weit weg vom Salon.

Abgesehen davon kannte sie es doch gar nicht anders. Egal, wem sie in der Vergangenheit bei magischen Problemen geholfen hatte, sie hatte es stets von hier aus getan. Hatte wenn nötig andere geschickt, und nie hatte ihr das etwas ausgemacht. Okay, nicht viel. Woher kam dieses plötzliche Bedürfnis, alles zu riskieren? *Du weißt, woher.*

»Es ist nur eine Party«, sagte sie in die Stille des Cafés hinein. Was konnte da schon schiefgehen?

Kapitel 28

Gabriel konnte kaum klar denken. Jackies Worte geisterten ihm durch den Kopf: Jemand hatte seine Erinnerungen verändert. War in sein Gedächtnis eingedrungen und hatte ihm etwas genommen, das er nicht haben durfte: das Wissen, dass Magie wirklich existierte. Vielleicht hatte er deswegen immer dieses Gefühl gehabt, dass da draußen mehr war, lange bevor er auf ASRAM gestoßen war.

ASRAM. Die Agence, bei der Gabriel ein Zuhause gefunden hatte, und Erklärungen für die seltsamen Phänomene, die er in der Welt um sich herum entdeckt hatte. Weil er im Gegensatz zu den meisten Menschen offen für den Gedanken gewesen war, dass da draußen mehr existierte, als die Wissenschaft und das Fernsehen einen glauben machen wollte. ASRAM wachte über die magische Gemeinschaft – und sorgte dafür, dass Nichtwissende nichtwissend blieben. Er wusste, dass zu ihren Agenten auch Spezialisten für Gedächtnismanipulation gehörten. Sollte ausgerechnet die Organisation, der er sein Leben gewidmet hatte, ihm einen Teil seiner Vergangenheit gestohlen haben? Und einen so wichtigen Teil.

Er hatte das Gefühl, plötzlich keinen Boden mehr unter den Füßen zu haben. Noch vor ein paar Wochen hätte er mit absoluter Sicherheit sagen können, wer er war und wo er hingehörte. Jetzt dagegen ... war seine ganze Welt auf den Kopf gestellt.

»Alles okay?«, fragte Roland neben ihm. Gabriel nickte nur. Er musste sich zusammenreißen. Viel Zeit blieb ihm nicht, bis sie Montparnasse erreichten, und ganz egal, wie sehr seine Welt gerade schwankte, da draußen lief immer noch ein gefährlicher Magier herum, den sie aufhalten mussten. Er konnte es sich nicht leisten, unkonzentriert zu sein. Nicht jetzt. *Später.* Später würde er all diese Gedanken zulassen – die an ASRAM ebenso wie die an seine Vergangenheit. An Jackie. Für den Moment aber würde er sie in ein imaginäres Kästchen in seinem Kopf einsperren und sich auf Eros konzentrieren. Zu groß war die Gefahr, einen Fehler zu machen, wenn er nicht voll und ganz bei der Sache war.

Er konnte das, Dinge beiseiteschieben, die ihn nur ablenken würden. Und doch fiel es ihm dieses Mal ungewöhnlich schwer. Er schloss die Augen und konzentrierte sich auf das Rauschen der Métro.

Vom Gare Montparnasse aus folgte er Roland durch die belebten Straßen. Um sich herum nahm er kaum etwas wahr und sie sprachen auch nicht miteinander, bis Roland ihn an einer weniger geschäftigen Straßenecke beiseitenahm.

»In Ordnung. Ich habe noch was für Sie.« Er sah sich kurz um, dann öffnete er seinen Rucksack und hielt Gabriel ein Fläschchen Aftershave entgegen, das der zögernd annahm.

»Für den Notfall«, erklärte er. »Und benutzen Sie das auf keinen Fall an sich selbst. Da steckt ein Feuerzauber drin. Hochentzündlich bei Berührung mit jeglicher Materie. Lassen Sie es also gut verschlossen, bis Sie es brauchen. *Falls* Sie es brauchen.«

»Danke.« Gabriel steckte das Fläschchen in die Innentasche seiner Jacke. Nicht, dass er nicht selbst für Notfälle gewappnet wäre. Automatisch wanderten seine Finger zu dem kleinen Messer, das in seiner Gürtelschnalle verborgen war.

»Ich war nicht mehr hier, seit ich vor Jahren aus Paris weg bin«, fuhr Roland fort. »Aber ich denke, dass ich uns schon irgendwie reinbringen kann. Können Sie vielleicht was an Ihrem Gesichtsausdruck ändern? Mehr Party und weniger Beerdigung?«

Gabriel starrte ihn wortlos an.

»Oder auch nicht«, meinte Roland seufzend.

Zwei Straßen weiter erreichten sie die Bar mit den beiden Speeren und der Krone. Ohne Roland hätte Gabriel sie vermutlich gar nicht bemerkt. Das Symbol vom Flyer war in Daumennagelgröße über der Türklinke eingeschnitzt, abgesehen davon wirkte das Gebäude wie ein Weinhandel mit abblätternder Fassade und äußerst unregelmäßigen Öffnungszeiten. Roland holte den Flyer hervor und drückte die Stelle mit dem Symbol in der unteren Ecke gegen das eingeschnitzte Gegenstück auf der Tür. Ein leises Rattern ertönte, als ob Dutzende Zahnräder sich in Bewegung setzten und nacheinander einrasteten. Mit einem letzten Klicken schwang die Tür auf. Im gleichen Moment zerfiel der Flyer in Rolands Hand zu Asche. Er schob Gabriel nach drinnen und folgte eilig. Die Tür fiel hinter ihnen von selbst wieder ins Schloss, erneut ratterten die Zahnräder.

Innen war es dämmrig. Nur eine Stehlampe in der Ecke strahlte ein fahles Licht aus, in dessen Schein Gabriel halbgefüllte Regale mit Weinflaschen erkennen konnte.

Vermutlich lag hinter einem davon der Durchgang zur eigentlichen Bar. Roland zählte bereits Flaschen ab.

»Ich hoffe mal, dass sie es nicht geändert haben, seit ich das letzte Mal hier war«, meinte er. »Okay, wie war das noch gleich … drei nach rechts, zwei nach unten …«

Eine der Flaschen schob er schließlich nach hinten gegen die Wand, woraufhin ein erneutes Rattern ertönte. Eines der Regale teilte sich in der Mitte und gab den Blick auf einen dahinterliegenden Korridor frei, der steil abfallend nach unten führte.

Sie folgten dem Gang schweigend. Musik und Stimmen waren nun deutlich zu hören. Roland streckte den Arm aus, um ihn aufzuhalten.

»Sie haben so was wie einen Plan, richtig?«, fragte er.

»Wir finden Eros«, sagte Gabriel. »Bleiben Sie in meiner Nähe.«

Der Türsteher beäugte sie misstrauisch, als sie sich näherten. Kaum waren sie bei ihm angelangt, hob er die Hand. »Keine Waffen, Zauber oder Handys«, sagte er und begann damit, Roland abzuklopfen, der sein Smartphone bereits brav hervorholte und es ihm hinhielt. Als Nächstes wandte sich der Mann Gabriel zu, tastete ihn von Kopf bis Fuß ab. Das Messer entdeckte er nicht, dafür kassierte er auch sein Handy ein. Dann zog er das Aftershave aus Gabriels Tasche und bedachte es mit einem argwöhnischen Blick.

»Hat er nötig«, meinte Roland neben ihm. »Sehen Sie ihn sich an. Wie soll er ohne Hilfsmittel die Ladys rumkriegen?«

Der Türsteher schnupperte kurz an dem Aftershave, zuckte dann mit den Schultern und drückte Gabriel das Fläschchen in die Hand. Der ließ es schnell wieder in seiner Tasche verschwinden. Mit einem kurzen Nicken entließ der Mann Gabriel und Roland in den Raum hinter ihm.

Sie tauchten ein in eine Welt aus Klängen, Düften und Farben. Esoterische Musik tönte auf hoher Lautstärke aus den Lautsprechern, der süßlich-schwere Geruch nach Rosen hing in der Luft und der gesamte Raum schien wie in hell schillerndes Gold und Pastellblau getaucht. Seidentücher hingen von den Wänden herab, auch die Bar auf der rechten Seite war mit goldenen Tüchern geschmückt. Viele Personen befanden sich nicht hier, zumindest nicht so viele, wie Gabriel erwartet hätte. Zwei Dutzend vielleicht. Der Raum war gut überschaubar. Hinter der Bar und gegenüber dem Eingang gab es je eine weitere Tür, ansonsten keine Möglichkeit, rein- oder rauszugelangen. Zwei Barkeeper standen hinter dem Tresen, beides junge Männer. Keine Spur von einer Person in Umhang und Maske.

Kapitel 29

Es gelang ihr einfach nicht, den Kopf freizubekommen. Oder auch nur stillzusitzen. Seit Gabriel und Roland gegangen waren, lief Jackie ruhelos im Café auf und ab. Obwohl die Dämmerung längst eingesetzt hatte, hatte sie das Licht noch nicht eingeschaltet. Das Café war von düsterer Stille erfüllt. Niemand war hier außer ihr selbst und der schwarzen Katze, die draußen im Hof umherschlich. Alles in ihr drängte danach, nach draußen zu rennen – aber sie konnte nicht. Nicht jetzt, nicht morgen, niemals. Was auch immer gerade da draußen geschah, wo auch immer sich Gabriel und Roland befanden, sie konnte nicht daran teilhaben, nicht eingreifen, nichts *tun.*

Hatte sie dieses Gefühl nicht längst hinter sich gelassen, ihre Situation akzeptiert? *Er* hatte alles durcheinandergebracht. Und nun lief sie rastlos zwischen ihren Tischen umher und hasste es, hier festzusitzen – hasste es, wie sie es seit ihren ersten Wochen im Salon Nocturne nicht mehr getan hatte.

Irgendetwas musste sie tun, selbst wenn sie den anderen nicht nach Montparnasse folgen konnte. Vielleicht sollte sie mit Celestine sprechen. Schauen, wie sich die Dinge auf der anderen Seite entwickelten. Oder ... Bei der Tür blieb Jackie abrupt stehen. Eine Bewegung am Tor hatte ihre Aufmerksamkeit erregt. Gabriel und Roland hatten es definitiv hinter sich geschlossen – jetzt aber stand das Tor offen. Jemand schlich in ihrem Vorgarten herum.

Jackie wich von der Tür zurück und drängte sich so dicht wie möglich an die Wand. Von dort beobachtete sie den Eindringling. Er hatte ihr den Rücken zugewandt, und doch kam er ihr irgendwie bekannt vor. Sie war sicher, ihn schon einmal gesehen zu haben.

Die Person kam näher. Für den Eindringling musste der Salon verlassen erscheinen. Noch lag sein Gesicht im Schatten, dann aber aktivierte er den Bewegungsmelder über der Tür und räumte jeglichen Zweifel an seiner Identität aus: Corbec.

Als er durch die Fensterfront nach drinnen spähte, wich sie weiter zurück. Schließlich wandte er sich ab und steuerte wieder das Tor an. Gabriels Worte von vorhin hallten in ihrem Kopf wider. Corbec war im Port Cristalline gewesen, obwohl ASRAM den Eingang nicht kannte. Und jetzt schlich er vor ihrem Café herum und schien nach etwas zu suchen. Konnte es sein …? Corbec war von Anfang an in den Fall verwickelt gewesen, noch bevor Gabriel hierhergekommen war. Und dem war er offenkundig nicht gerade zugeneigt. Vielleicht, weil er sein Geheimnis in Gefahr sah? Was, wenn jemand für die Party in Montparnasse Eros' Namen nur zum Schein verwendet hatte, wenn Eros selbst gar nicht dort sein würde? Gabriel hatte den Flyer im Port gefunden – nachdem er dort Corbec über den Weg gelaufen war. Und wenn der ihn nun doch erkannt hatte, trotz des Verschleierungszaubers?

Sie konnte den Agenten auf keinen Fall einfach gehen lassen. Aber Gabriel und Roland waren zu weit weg, um irgendetwas ausrichten zu können. Schon war Corbec durch das Tor verschwunden. Sie hatte keine Wahl.

Sie riss die Eingangstür auf. Die schwarze Katze saß immer noch im Hof und kam auf der Suche nach Wärme und Futter angerannt. Jackie fing sie ein und trug das Tier nach drinnen. Keine Zeit, um oben den Raum vorzubereiten. Hinter dem Tresen bewahrte sie für den Notfall eine Box mit getrocknetem Lavendel auf. Sie hob den Deckel ab und platzierte sie auf einem der Tische. Die Katze folgte ihr maunzend. Jackie zog einen Stuhl heran, legte die Arme auf dem Tisch ab und bettete ihren Kopf darauf. Mit geschlossenen Augen sandte sie ihren Geist aus – und sprang.

Auf leisen Pfoten schlüpfte Jackie durch das Tor. Mit etwas Glück ... ja, die Gestalt dort drüben, der hellbraune Mantel, das war Corbec. Lautlos eilte sie ihm nach.

Corbec bog in die Rue Lépic ein. Jackies Katzenohren zuckten angesichts der Geräuschkulisse. Die Straßen, Cafés und Bars waren gefüllt mit Menschen und Lichtern. Sie musste sich konzentrieren, um ihn in der Menge nicht zu verlieren. Sie fokussierte sich auf seine Stiefel. Schwarzes Leder, leicht verschmutzt und rissig an den Fersen. Er folgte der Straße bergauf. Jackie schlängelte sich zwischen den Beinen der Passanten hindurch. Noch konnte sie ihm folgen, war nah genug an ihrem Körper. Solange er jetzt nicht in die Métro stieg ... aber der Agent lief an der nächsten Métrostation vorüber und folgte den engen Gassen weiter bergan.

Das dauerte zu lange. Ein Ziehen im Nacken warnte Jackie, dass sie sich weiter von ihrem Körper entfernte, als gut für sie war. Doch noch war es nicht so stark, dass sie sich Sorgen machen musste. Vielleicht konnte sie wenigstens ungefähr herausfinden, wo der Mann hinwollte, bevor sie endgültig umkehren musste.

Zielsicher bog er in die nächste kopfsteingepflasterte Gasse ein. Hier war Jackie schon gewesen. Nicht oft, weil es Entfernung zu ihrem Körper im Salon wirklich grenzwertig war. Aber manchmal lief sie bis hier hoch, zum Place de Tertre, und schlängelte sich zwischen den Künstlern und ihren Leinwänden hindurch. Manchmal, wenn sie nicht die Stille des Friedhofs brauchte, sondern Lachen und Lebendigkeit.

Heute jedoch suchte sie nach etwas Anderem. Und auch Corbec schien sich umzuschauen. Er blieb am Rand des Platzes stehen und blickte in alle Richtungen. Hielt er nach etwas Ausschau – oder spürte er, dass er verfolgt wurde? Sicherheitshalber huschte Jackie unter einen der Stühle des nächstgelegenen Cafés. Gabriel mochte nicht gewusst haben, dass sie in Katzenkörper schlüpfte, aber das bedeutete noch lange nicht, dass ASRAM keine Kenntnis davon hatte.

Corbec kam offenbar zu dem Schluss, dass die Luft rein war. In jedem Fall setzte er seinen Weg fort. Seine Schritte waren nun langsamer und alle paar Meter warf er einen Blick über die Schulter. Er lief am Rand des Platzes entlang, während Jackie sich unter die Künstler mischte, sich zwischen den Beinen von Staffeleien und Touristen ihren Weg bahnte. Am Ende des Platzes hielt der Agent ein weiteres Mal inne, dann bog er nach rechts und steuerte den Seiteneingang einer Galerie an. Er war durch die Tür verschwunden, ehe Jackie ihn erreichen konnte. Sie setzte sich und drückte mit den Vorderpfoten gegen das Holz, aber die Tür war fest ins Schloss gefallen.

Was wollte Corbec hier? Sie schlich die Hauswand entlang. Die Galerie schien geschlossen. Hinter den verstaubten Fenstern waren Landschaftsmalereien ausgestellt, aber Personen waren nicht zu sehen. Dafür ging von den

Wänden eine pulsierende Magie aus. Hätte sie sich nicht so sehr von der Magie des Salon Nocturne unterschieden, Jackie hätte sie wahrscheinlich kaum wahrgenommen. Doch die Andersartigkeit kroch ihr unter die Haut und ließ ihre Schnurrhaare erzittern. Sie hatte kein gutes Gefühl bei der Sache.

Als sie um die Ecke schlich, hörte sie Stimmen. Sie kamen von irgendwo über ihr. Jackie spähte hinauf. In der zweiten Etage stand ein Fenster offen. Ganz in der Nähe kletterten Weinranken bis unters Dach hinauf. Jackie ignorierte das erneute, nachdrücklichere Ziehen in ihrem Nacken und schlug die Krallen in das Grün.

Die Ranken waren fest genug, um sie zu halten. Auf Höhe des Fensters holte sie tief Luft, dann sprang sie hinüber, bekam geradeso die Fensterbank zu fassen und schlüpfte nach drinnen. Zum Glück bemerkte sie niemand. Im Raum war es relativ dunkel, nur einige Kerzen auf einem Sideboard und in der Mitte des Raumes brannten. Die fünf Menschen schienen allesamt fokussiert auf etwas, das zwischen den Kerzen in der Raummitte lag. Das gab Jackie genug Gelegenheit, unter das Sideboard zu huschen, ohne gesehen zu werden. Ihr schwarzes Fell würde sie in den Schatten verbergen.

Sie erkannte Corbec, der seitlich zu ihr saß. Mit ihm befanden sich zwei weitere Männer und zwei Frauen in dem Raum. Keiner von ihnen trug eine goldene Maske.

»Ich denke nicht«, sagte Corbec gerade. »Der Neue aus Straßburg ist ohnehin so sehr mit seinem Fall beschäftigt, dass er nichts mitbekommt.«

»Wunderbar«, erwiderte eine der beiden Frauen, die ältere von ihnen. Ihr schwarzes, mit grauen Strähnen durchzogenes Haar reichte bis in den Schoß. »Je länger

ASRAM nichts merkt, umso besser. Gute Arbeit im Port heute.«

Die Frau deutete zwischen die Kerzen, um die sich die Anwesenden im Kreis versammelt hatten. Der Mann vor ihr verdeckte mit seinem Rücken die Sicht auf das, was dort lag. Sie konnte geradeso etwas Goldenes aufblitzen sehen.

»Immer gern zu Diensten«, grinste Corbec. »Wobei ich sagen muss, einfach war die Sache nicht. Verdammt schwierig, heutzutage an Phönixasche heranzukommen.«

Der Mann vor ihr rückte ein wenig zur Seite und gab den Blick auf den Ring aus Kerzen frei. In dessen Mitte ruhte eine goldene Schale. Gefüllt mit Asche.

Kapitel 30

Gabriel hatte einen Tisch in der Ecke gegenüber der Bar gewählt. Von hier aus konnte er alle Türen und den Raum selbst im Auge behalten. Neben ihm nippte Roland an seinem Cocktail, während auch er immer wieder verstohlene Blicke in Richtung Raummitte warf. Zwischenzeitlich hatte sich die Anzahl der Gäste verdoppelt. Die meisten schienen Pärchen zu sein. Einige hatten sich auf der Tanzfläche eingefunden und bewegten sich dort zu den esoterischen Klängen. Mehr als einer der Gäste hatte sie bereits gefragt, ob einer von ihnen Eros sei. Oder ob sie wüssten, wann Eros denn erscheinen werde. Denn allem Anschein nach blieb der vermeintliche Gastgeber seiner eigenen Feier fern.

»Es könnte einer von denen sein«, meinte Roland und deutete unwirsch in Richtung Tanzfläche. »Ist ja nicht gesagt, dass er gleich mit Maske und allem auftaucht.«

»Vielleicht«, erwiderte Gabriel. Oder sie waren einer falschen Fährte gefolgt. Im Nachhinein fragte er sich, ob es nicht etwas zu offensichtlich gewesen war, wie ihm der Flyer zu dieser Veranstaltung in die Hände gefallen war. Dass Eros, der bislang stets im Verborgenen operiert hatte, plötzlich zu einer Party einlud. Hätte nicht jeder seinen Namen verwenden können? Letzteren Gedanken sprach er laut aus.

Roland zuckte mit den Schultern. »Wahrscheinlich. Die Betreiber sollten es eigentlich wissen. Wenn ich mich richtig erinnere, sind sie die einzigen, die die Flyer mit dem Symbol anfertigen können.«

»Kennen Sie die Betreiber?«

Roland schüttelte den Kopf.

Dann musste er sie wohl finden, um in der Angelegenheit weiterzukommen. Er musste wissen, ob es Eros selbst oder jemand anderes war, der die Veranstaltung ausgerufen hatte. Aber würde er das überhaupt mit Sicherheit sagen können, ohne Eros' Identität zu kennen? Gabriel seufzte. Für den Augenblick würde er mit dem arbeiten müssen, was ihm zur Verfügung stand.

Er durchquerte den Saal in Richtung Bar und schwang sich auf einen der Hocker. Höchste Zeit, dass er sich mit dem Personal unterhielt. »Rivera. Zurück unter den Sichtbaren, wie ich sehe.« Gabriel wirbelte erstaunt herum. Direkt neben ihm lehnte Antoine lässig gegen den Tresen, ein Grinsen auf dem Gesicht.

»Was tun Sie hier?« Die Personalbefragung war fürs Erste vergessen. Eigentlich hatte er gehofft, Antoine nicht allzu bald wiederzusehen.

»Das Gleiche wie Sie, vermute ich mal«, erwiderte der. »Was für ein Glück, dass Ihnen im Port auch ein Flyer in die Hände gefallen ist.«

»Sind Sie hinter Eros her?«, fragte Gabriel.

»Für Jackie.« Er sagte ihren Namen, als sei er der Einzige, der ein Recht darauf hatte. »Nicht für die Agence oder sonst wen. Ich tue das für *sie.*«

Als ob ihn das besser machte als Gabriel. Als ob er ihm unterstellen wolle, am Ende nicht auf Jackies Seite zu stehen. Aber auch, wenn Gabriel zunehmend den Halt verlor, wenn Dinge, an die er einmal geglaubt hatte, in Frage gestellt wurden – einer Sache war er sich in diesem Moment vollkommen sicher: wie er sich entscheiden würde, wenn er zwischen Jackie und ASRAM wählen müsste.

»Halten Sie sich am besten raus aus der Sache«, meinte Antoine. »Lassen Sie mich das regeln.«

»Ich denke nicht«, erwiderte Gabriel. »Aber wir können uns gerne darüber unterhalten, dass Sie gerade offizielle Ermittlungen der Agence behindern.«

Sie starrten einander an. Zuerst sah es so aus, als wolle Antoine noch etwas sagen. Dann aber grinste er nur und klopfte Gabriel auf die Schulter.

»Wir sehen uns, ASRAM.«

Kapitel 31

Das Ziehen verlief von ihrem Nacken über ihren Rücken bis in die Schwanzspitze. Sie konnte sogar genau sagen, in welche Richtung es sie zurückdrängte – als hätte jemand ein Seil um ihren Körper gewickelt und zerre nun daran. Nachdrücklich. Sie musste inzwischen permanent gegenhalten. Noch hatte sie einfach nicht genug Informationen.

Der Kreis der Versammelten hatte sich inzwischen neu formiert. Gegenstände waren herbeigetragen worden und wurden nun einer nach dem anderen um die Schale mit der Phönixasche abgelegt. Feuersymbole. Sie konnte Streichhölzer erkennen, Kohle, Feuerachat und Karneole. Nahe bei der Schale platzierte die Frau mit den langen schwarzen Haaren einen Dolch.

»Rose wird wissen, was als Nächstes zu tun ist«, sagte die Frau. »Und sie sollte erfahren, wie weit wir gekommen sind, seit sie unsere Bewegung ins Leben gerufen hat.«

Bewegung? Arbeitete Eros etwa mit den Freimagiern zusammen? Jackie kroch näher heran.

Die schwarzhaarige Frau hob den Dolch und presste die Klinge gegen ihre Handfläche, bis Blut auf die Phönixasche tropfte. Dort, wo es die Asche traf, zischte es und Glut schoss aus der Schale hervor. Eine Welle der Magie fuhr durch den Raum und traf Jackie mit voller Wucht. So etwas hatte sie noch nie zuvor gespürt. Als wäre ein Feuer in ihrem Innern entfacht worden, ein Lied aus uralter Zeit. Die Schwarzhaarige reichte den Dolch an Corbec weiter.

»Ich würde mir wünschen, dass einer unserer nächsten Schritte mich von meiner aktuellen Aufgabe befreit«, meinte der, als er die Klinge an seine Handfläche führte. »Alles für einen guten Zweck, aber ASRAM auszuspionieren ist *anstrengend.*« In einer fließenden Bewegung schnitt er sich in die Hand, weitere Blutstropfen vermischten sich zischend mit der Asche und lösten eine neue Welle der Magie aus. Er gab den Dolch weiter.

Jackie konnte sich nicht mehr bewegen. Alles in ihr schien plötzlich eingefroren, nur das Feuer der unbekannten Magie brannte, loderte in ihrem Innern.

»Für eine freie Magie«, sagte der Mann neben Corbec.

Freie Magie. Jene Gruppe, die sich gegen die Regulierungen durch ASRAM stellte. Und Corbec war einer von ihnen. Ein Spion, ein Doppelagent. War dies sein Geheimnis? Oder verbarg er unter seinem Mantel dazu noch eine goldene Maske?

Erneut zischte es. Das magische Feuer fuhr Jackie bis in Schwanzspitze, ließ sie die Krallen ausfahren. Sie war schon zu lange hier.

Die Versammelten begannen damit, vor sich hinzumurmeln. Dünne Rauchsäulen formten sich über der Asche. Während der Dolch weiter von Hand zu Hand wanderte, nahm der Rauch allmählich Gestalt an. Sie riefen jemanden von der anderen Seite, deswegen die Phönixasche. Rose Chantry – natürlich. Sie suchten den Rat ihrer Gründerin.

Das Ziehen war plötzlich so stark, dass es Jackie die Pfoten unter dem Körper wegzureißen drohte. Sie stemmte sich verzweifelt dagegen. So heftig, dass sie schlitternd unter dem Sideboard hervorschoss – geradewegs in die zischende Asche hinein. Die goldene Schale kippte mit einem Scheppern um, eine kleine Aschewolke stob auf. Die Versammelten schreckten aus ihrer Trance hoch, stießen überraschte Laute aus.

»Was zum …« Die schwarzhaarige Frau sah Jackie an und wollte nach ihr greifen. Rasch duckte sie sich zur Seite weg.

»Sammelt die Asche ein, stellt alles wieder ordentlich auf«, befahl die Frau. Die meisten von ihnen beachteten Jackie gar nicht weiter – nur eine Katze, die vor der Kälte geflüchtet war und beinahe ihre Anrufung vermasselt hatte. Einzig Corbec starrte sie einen Moment zu lange an, die Stirn nachdenklich in Falten gelegt. Jackie wartete nicht ab, bis er zu einer Entscheidung kam. Sie sprang elegant aufs Fensterbrett und nahm den gleichen Weg nach draußen, durch den sie hereingekommen war. Es war an der Zeit, sich zurück zu ihrem Körper leiten zu lassen.

Jackie rannte. Die Schatten griffen bereits nach ihr, drohten sie aus der fremden Gestalt herauszureißen und in die Zwischenwelt zu zerren. Das durfte sie nicht zulassen. All ihre Kraft verwendete sie darauf, im Hier und Jetzt zu bleiben, konzentrierte sich auf den kühlen Asphalt unter ihren Pfoten, den Geruch von Esskastanien in ihrer feinen Katzennase. Sie konnte das. Mit jedem Sprung kam sie ihrem menschlichen Körper näher, und endlich, endlich ließ das Ziehen allmählich nach, zogen sich die Schatten zurück.

Ihr Körper war noch dort, wo sie ihn zurückgelassen hatte, halb über den Tisch im Salon drapiert. Sie holte Luft und sprang. Erdrückende Kälte umfing sie, als sie ins Zwischenreich eintauchte. Rot glühende Augen starrten ihr entgegen. Und dann war sie zurück in ihrem eigenen Körper.

Kurz verharrte sie, bis sich ihr rasendes Herz beruhigte. Nichts von dem, was sie in der Galerie gesehen hatte, deutete darauf hin, dass Corbec tatsächlich Eros sein könnte. Er war im Port gewesen, um die Phönixasche zu besorgen, um eine Verbindung zur Gründerin der Freimagier im Jenseits herzustellen. Sicherlich nichts, was Jackie ignorieren konnte – aber nicht das drängendste Problem heute. Ein anonymer Tipp über Corbecs Doppelagenten-Dasein sollte eigentlich ausreichen, um es zu beseitigen. Immerhin würde ihr das etwas zu tun geben. Vielleicht hatten Gabriel und Roland auf der Party derweil mehr Glück, Eros ausfindig zu machen.

Bevor Jackie nach oben ging, fütterte sie gedankenverloren die Katze, die ihr schnurrend um die Beine strich.

Oben in der Küche hatte sie eine Schublade voll mit Wegwerfhandys, die sie schon vor Längerem unter anderem für solche Fälle angelegt hatte. Stattdessen steuerte sie jedoch wie von selbst das Gästezimmer an, in dem Édouard untergebracht gewesen war. Sie war nicht mehr hier drin gewesen, seit Gabriel die übereifrigen Polizisten davongejagt hatte. Der Raum lag still vor ihr, erleuchtet im Schein der Straßenlaterne von gegenüber. Sie schaltete das Licht ein. Die letzten Spuren des Rituals, mit dem sie Édouard hatten retten wollen, waren immer noch sichtbar. Genau genommen waren sie fein säuberlich auf dem Sideboard aufgereiht, wo die Polizei sie hatte liegen lassen, nachdem ASRAM jedwede Entnahme von Beweismaterial unterbunden hatte. Ein paar zu einem Viertel herabgebrannte Kerzen, die goldene Schale, daneben eine verwelkte Feuerlilie.

Instinktiv trat Jackie näher an die Schale heran. Winzige Reste Phönixasche fanden sich noch darin, weitere Aschekörner hatten die Polizisten vom Boden aufgekehrt und eingetütet. Sie ruhten in einem fest verschlossenen Beweisbeutel neben der Schale. Édouard hatte die Schale so kräftig, so verzweifelt umgeworfen, dass die Asche sich im ganzen Raum verteilt haben musste, in den Ritzen im Boden hing.

Warum hatte sie nichts davon gespürt? In dem Moment hatte sie gar nicht daran gedacht, mit ihrem Geist danach zu greifen, zu versuchen, sie erneut zu aktivieren. Das Ritual stand ihr allzu deutlich vor Augen. Wie sie hier gekniet hatten, vor der goldenen Schale. Wie eine Kerze nach der anderen unter dem Einfluss ihrer Magie Feuerzungen gespien hatte. Und wie sie versucht hatten, eine Brücke zu bauen … und am Ende gescheitert waren. Sie erinnerte sich an die Blockade, die sie gespürt hatte bei dem Versuch, eine Verbindung auf die andere Seite zu erschaffen.

»Es hätte klappen müssen«, flüsterte sie. Sie war den Fäden der Magie gefolgt, hatte die Phönixasche gefunden. Aber hatte sie auch das Feuer gespürt, das vorhin in der Galerie ihr ganzes Wesen ergriffen hatte? Die Magie, die Corbec und die anderen heraufbeschworen hatten – so etwas hatte Jackie noch nie zuvor gespürt.

Sie griff nach dem Beutel mit der Asche und riss ihn auf. Dann konzentrierte sie sich auf ihre eigene Magie, legte Daumen und Zeigefinger aneinander und stellte sich die Fäden vor, die zu der Asche hinführten. Sie verwob sie miteinander … aber da war kein Feuer. Allenfalls ein schwaches Glühen. Magie steckte definitiv in der Asche, doch sie war nicht so stark ausgeprägt und auch nicht so fremd wie das, was sie in der Galerie gespürt hatte. Tatsächlich lag etwas Vertrautes darin.

Warum war ihr das vorher nicht aufgefallen? Weil sie zu beschäftigt damit gewesen war, Édouard retten zu wollen. Die Asche hatte es ihnen erlaubt, die Anfänge einer Brücke zu bauen, in die andere Seite hineinzuspüren, weil sie von etwas stammte, das einmal hier gewesen war, dessen Geist aber längst nicht mehr hierher gehörte: die Asche eines verstorbenen Magiers, aus den Tiefen der Erde herausgerissen. Etwas Kaltes und Dunkles haftete ihr an, weit entfernt vom lodernden Feuer eines Phönix.

Das in der Galerie, das war echte Phönixasche gewesen. Jackie war sich ganz sicher. Und genauso wusste sie plötzlich ohne jeden Zweifel, dass die Asche vor ihr – die Asche, die Édouard hätte retten sollen – nicht von einem Phönix stammte.

Mit dieser Erkenntnis verlor sie den Halt unter den Füßen. Sank vor dem Sideboard kraftlos zu Boden, während sich in ihrem Kopf die Puzzleteile unerbittlich zusammenfügten. Es gab nicht viele, die sich mit dem Bindungsritual auskannten, die auch nur über rudimentäres Wissen dazu verfügten. Alles war vor so langer Zeit vergraben und verbrannt worden. Wo hatte Eros sein Wissen also her? Wo in Paris konnte er sein Wissen zu dem Ritual, so unvollständig es auch war, ausgegraben haben?

Wo, wenn nicht hier, im Salon Nocturne, bei Jackie selbst?

All die Informationen, die ihre Familie über die Jahrhunderte zusammengetragen hatte; all das, was Jackie selbst darüber gelernt hatte. Was sie mit nur so wenigen geteilt hatte. Die Personen, die den Kellerraum jemals betreten hatten, konnte sie an einer Hand abzählen. Und eine dieser Personen hatte ihr die falsche Phönixasche gebracht.

Antoine.

Kapitel 32

Nichts. Der Abend schritt weiter voran und Gabriel war noch kein Stück weitergekommen. Niemand wollte Eros gesehen haben. Die ersten Gäste hatten die Feier bereits wieder verlassen, nachdem von dem ominösen Gastgeber jegliche Spur fehlte. Die meisten unter ihnen schienen ohnehin mehr aus Neugierde gekommen zu sein, als dass sie tatsächlich an einer Bindung interessiert gewesen wären. So viel zumindest hatte er aus den Gesprächen mit den Gästen ableiten können. Was er nicht herausgefunden hatte, war, wo sich die Betreiber des Lokals aufhielten. Laut Aussage der Gäste kannten die meisten sie nicht und die wenigen, die ihnen schon einmal begegnet waren, hatten sie heute noch nicht gesehen. Allerdings kamen nach wie vor neue Gäste an, deshalb wollte er noch nicht aufgeben. Auch wenn er immer mehr das Gefühl hatte, hier nichts ausrichten zu können.

Roland saß gemütlich an der Bar und trank seinen Cocktail durch einen schillernd blaugrünen Strohhalm. Sie hatten den Raum unter sich aufgeteilt – Roland behielt die Bar und die Tür dahinter im Auge, Gabriel beobachtete den Eingangsbereich und die Tür am gegenüberliegenden Ende, hinter der sich die Toiletten befanden. Er hatte den Korridor dahinter zwar vorhin bereits kurz inspiziert, aber hier drinnen tat sich gerade einfach nichts, und bloß herumstehen konnte er nicht.

Also gab er Roland ein Zeichen und steuerte die Tür an. Der Gang dahinter war kurz, die weißen Wände in grellem Licht ausgeleuchtet. Die Toiletten lagen am Ende des Korridors; auf halbem Weg befand sich eine weitere Tür, die nach draußen führte. Durch das milchige Glas war verschwommen ein schmaler Hinterhof zu erkennen. Vorhin war die Tür verschlossen gewesen, aber etwas bewegte Gabriel dazu, es erneut zu probieren. Diesmal gab sie nach.

Er trat hinaus an die frische Luft und atmete tief durch. So sehr er sich auch anstrengte, alle Gedanken an Jackie und sein letztes Gespräch mit ihr zu verdrängen, ganz wollte es ihm nicht gelingen. Nach allem, was sie ihm erzählt hatte, versuchte er sich nur noch stärker an früher zu erinnern – doch es war, als renne er gegen eine unsichtbare Wand. Stechender Schmerz pochte hinter seiner Stirn. Ließ sich überhaupt rückgängig machen, was immer sie mit seinen Erinnerungen angestellt hatten? Und wenn ja – wäre er danach noch derselbe oder würde ihn das unwiderruflich verändern?

Er war draußen direkt neben der Tür stehen geblieben, ganz instinktiv in dem Bereich, den das von drinnen kommende Licht nicht erreichte. In diesem Moment blitzte im Schein genau dieses Lichts ein paar Schritte entfernt etwas Goldenes auf.

Sofort war er zurück im Augenblick. Wagte nicht, sich zu bewegen. Die Tür war leise ins Schloss gefallen, aber doch vernehmlich. Mit klopfendem Herz presste Gabriel sich tiefer in die Schatten.

Die Gestalt dort drüben ließ sich nicht anmerken, ob sie das Geräusch gehört hatte. Sie stand weiterhin mit dem Rücken zu ihm, die goldene Maske in der rechten Hand. Den schwarzen Mantel trug sie bereits, hatte jedoch die

Kapuze noch nicht aufgesetzt. Darüber hatte sie an den Handgelenken goldene Armreife befestigt. Und in der linken Hand hielt sie die Lederjacke, in der Gabriel sie früher an diesem Abend schon einmal gesehen hatte. Plötzlich war ihm alles ganz klar … ohne dass Antoine sich hätte umdrehen müssen.

Gabriel hielt die Luft an. Das erklärte natürlich sein reges Interesse an dem Fall. Warum hatte er es vorher nicht gesehen?

Der andere Mann setzte in einer fließenden Bewegung die Maske auf, dann hielt er inne. Und drehte sich um. Konnte er ihn in den Schatten erkennen? Gabriel drückte sich fester gegen die Hauswand. Vielleicht wurde Antoine von dem Lichtschein von drinnen geblendet. Vielleicht …

»Ich weiß, dass Sie da sind, ASRAM.«

Seine Stimme klang verzerrt, metallisch. Die Maske musste mit einem Zauber versehen sein.

»Werden Sie sich weiter wie ein Feigling verstecken?«

Gabriel trat aus den Schatten heraus. »Ich bin nicht derjenige, der eine Maske trägt.«

Antoine lachte. »Natürlich tun Sie das. Wer sagt denn, dass dies nicht mein wahres Gesicht ist?«

Er machte einen Schritt nach vorn. Gabriel tastete unauffällig nach dem kleinen Messer, das sich unter seiner Gürtelschnalle verbarg.

»Warum das alles?«, fragte er, um Zeit zu gewinnen.

»Das sagte ich Ihnen bereits. Ich habe es für *sie* getan. Ich tue alles für sie.«

Antoine war schnell: Ein Satz nach vorn und er hatte Gabriel erreicht, packte ihn am Arm. Gabriels Finger schlossen sich um den Griff des Messers, die Klinge verborgen im Ärmel seiner Jacke. Ein stumpfer Schmerz durchfuhr seine Schulter, als Antoine ihn brutal gegen die

Wand stieß. Er ließ es zu. Ließ zu, dass der andere Mann ihm den Unterarm gegen die Kehle presste, bis Gabriel keine Luft mehr bekam. Hinter der goldenen Maske blitzte Wahn in Antoines Augen auf. Der Goldreif um sein Handgelenk drückte sich in Gabriels Haut, begleitet von einem plötzlichen scharfen Geruch. Endlich war Antoine nah genug.

Ruckartig stieß Gabriel mit dem Messer zu. Die Klinge traf auf Widerstand, warmes Blut quoll ihm über die Finger. Antoine fluchte und stolperte zurück, das Messer noch im Oberschenkel.

Gabriel überlegte fieberhaft. Irgendwie musste er ASRAM verständigen, musste melden, was er soeben erfahren hatte.

Antoine zog das Messer aus seinem Bein, ohne eine Miene zu verziehen. Und lachte. Lachte los, während Blut seine Hose tränkte, lachte mit diesem seltsamen metallischen Klang.

»Sie halten sich wohl für sehr schlau, was?« Er warf das Messer achtlos auf den Boden. Klirrend traf es auf die Pflastersteine. Erneut der scharfe Geruch. Dann fuhr mit einem Mal eine Welle wie ein elektrischer Schock durch Gabriels Körper, ließ seine Glieder von einem Moment auf den anderen stocksteif werden. Haltlos sackte er auf die Knie, kam hart auf dem Boden auf. Wollte den Kopf heben, aber nicht einmal das ging. Wollte sprechen, konnte aber die Lippen nicht bewegen. Und Antoine lachte.

»Sie haben sich das ganz einfach gedacht, nicht wahr?« Aus seiner verdrehten Position konnte Gabriel nur Antoines Stiefel sehen. Musste hilflos zusehen, wie sie sich Schritt für Schritt näherten. Vor ihm ging Antoine in die Hocke. »Sehen Sie das?« Er deutete auf den Armreif, dessen Abdruck Gabriel noch an seiner Kehle fühlte. »Denken Sie wirklich, ich hätte nicht bemerkt, dass sie mir auf der Spur sind? Ich habe Sie erwartet, *Agent* Rivera.«

Gabriels Kehle fühlte sich wie zugeklebt an. Vor seinen Augen begann die Welt zu verschwimmen. Das Messer lag außer Reichweite. Selbst wenn er auch nur einen Finger hätte rühren können.

»Ein kleiner Paralysezauber«, meinte Antoine selbstgefällig und strich über den goldenen Armreif. »Meine ganz eigene Version. Aktiviert durch Druck und Intention. Und glauben Sie mir, wenn ich Ihnen sage: Ich habe reichlich Intention.«

Aus dem Augenwinkel sah Gabriel, wie sich die Tür öffnete. Antoine wich in die Schatten zurück ... und durch die Tür trat Roland.

Als er Gabriel erblickte, eilte er sofort zu ihm. »Agent Rivera! Was ist passiert?«

Mit eiskalter Klarheit erkannte Gabriel, dass durch die Tür nicht seine Rettung gekommen war – sondern nur noch jemand, der Antoine direkt ins Messer lief. Er versuchte alles, um Roland zu warnen, aber kein Laut kam über seine Lippen. Antoine konnte er nicht sehen, aber er spürte seine Anwesenheit in den Schatten. Als ein Rascheln von Stoff ihn ankündigte, war es schon zu spät. Roland fuhr herum, aber da hatte Antoine ihn bereits gepackt. Sie rangen miteinander, gingen schwer atmend zu Boden. Gabriel wollte rufen, wollte sich Antoine greifen und ihn gegen die nächste Wand schleudern, aber seine Finger zuckten nicht einmal. Stattdessen wurden seine Augenlider unerträglich schwer, die Welt um ihn herum zunehmend dunkler. Er versuchte durchzuhalten, versuchte es wirklich. Doch letztendlich konnte er gegen die Dunkelheit nicht länger ankämpfen.

Kapitel 33

Noch einmal drückte Jackie auf die Anruftaste – wieder nur die Mailbox. Weder zu Gabriel noch zu Roland kam sie durch. Was jetzt? Sie spürte, wie die Wahrheit sie in die Knie zwang. Und sie wusste, dass es die Wahrheit war, wusste es mit grausamer Sicherheit. Auch wenn sie die Zeit am liebsten zurückgedreht, die Erkenntnis rückgängig gemacht hätte – es gab kein Zurück. Ihr blieb nichts übrig, als damit zu leben.

Ein weiteres Mal drückte sie auf Wahlwiederholung. »Dieser Anschluss ist zurzeit …« Was, wenn die beiden geradewegs in eine Falle getappt waren? Jackie warf ihr Smartphone vor sich auf den Tresen, fuhr sich mit der Hand durch das ohnehin schon zerzauste Haar. Vor ihrem inneren Auge lief ein Szenario nach dem anderen ab: Antoine, das Gesicht hinter der goldenen Maske verborgen, der den Saal betrat und Gabriel und Roland sofort erkannte. Antoine, der erst Gabriel und dann Roland in einen leeren Raum lockte, um sie … aber das konnte nicht sein. Schließlich war es immer noch *Antoine.* Würde er ihnen wirklich Schaden zufügen?

Ja, sagte die zunehmend lauter werdende Stimme in ihrem Kopf. Ja, das würde er. Er hatte längst bewiesen, dass er vor nichts zurückschreckte. All die armen Seelen, die im Zwischenreich verloren waren, waren Beweis genug. Aber warum? Und wie hatte es ihr entgehen können, dass Antoine, *ihr* Antoine, der Mann, den sie schon so lange kannte, den sie einst zu lieben geglaubt hatte, zu jemandem geworden war, der zu so etwas fähig war?

Jackie starrte hinaus in die Dunkelheit. Die Laterne auf der anderen Straßenseite flackerte. In ihrem Schein hatte sie Gabriel stehen sehen, an jenem Abend, an dem er nach Paris gekommen war ... nach all den Jahren. Und jetzt jagte er in einer Bar in Montparnasse ahnungslos dem Mann in der goldenen Maske hinterher.

Jackie griff erneut zum Smartphone. Es hatte keinen Zweck, es noch einmal bei Gabriel oder Roland zu versuchen. Genauso wenig konnte sie in Katzengestalt nach Montparnasse eilen – und selbst wenn, sie wäre wahrscheinlich zu spät. Aber es gab jemanden, den sie verständigen konnte.

Gabriel hatte der Agence von der Party erzählt. Und auch wenn sie es niemals zugeben würde, hatte sie die Nummer des Pariser ASRAM-Büros in ihrer Kontaktliste gespeichert. Nur für den Fall. Den alleräußersten Notfall. *Archiv für Okkultes* lautete der Eintrag. Jackie tippte darauf. Ihr Finger schwebte schon über dem Hörersymbol, als die Tür zum Café polternd aufgestoßen wurde.

Roland schien sich kaum auf den Beinen halten zu können. Er stolperte gegen einen Tisch, fing sich mit den Händen auf der Tischplatte ab. Jackie ließ das Smartphone auf den Tresen fallen und eilte zu ihm.

»Roland, was ist –«

Er unterbrach sie mit erhobener Hand. »Eros«, stieß er hervor. »Eros hat ... Agent Rivera.«

Der Paralysezauber war nicht besonders stark ausgeprägt und Jackie hatte einen Arzneischrank voll mit Gegenzaubern – zwar keinen, der genau auf diesen zugeschnitten war, aber ein allgemeines Gegenmittel zur Linderung von Fluchfolgen half zumindest genug, um Roland einigermaßen mobil zu machen. Offenbar hatte er ohnehin nicht die volle Ladung abbekommen, sondern nur die Reste eines Zaubers, der für Gabriel gedacht war.

»Sonst hätte ich es wahrscheinlich nicht zurückgeschafft«, erzählte Roland. »Eros muss das Meiste schon für Agent Rivera aufgebraucht haben. Nach fünf Minuten oder so konnte ich mich wieder halbwegs bewegen. Aber da war Eros längst weg, und Rivera hat er mitgenommen. Ich konnte sie nirgends mehr finden ... also bin ich so schnell wie möglich hierhergekommen.«

Eros hatte Gabriel. *Antoine* hatte Gabriel.

»Ich hab versucht, dich zu erreichen«, sagte Jackie tonlos. »Euch beide.«

Roland starrte sie an. »Ich bin einfach losgerannt, Jacks«, erwiderte er betreten. »Ich hab gar nicht nachgedacht ... unsere Handys sind noch beim Türsteher in Verwahrung.« Er ließ sich auf einen Stuhl fallen.

»Wir müssen Antoines Versteck finden.« Der öffentliche Eingang zu den Katakomben war nicht weit von Montparnasse. Wobei Antoine mit seiner Geisel im Schlepptau sicher nicht auf öffentlichen Wegen unterwegs war. Genauso sicher, wie sein Versteck in den nicht öffentlich zugänglichen Teilen der Katakomben verborgen liegen musste.

»Antoine?«, fragte Roland. »Wieso Antoine?«

Er hatte von »Eros« gesprochen. »*Eros* hat mich überwältigt.« Antoine musste die Maske aufgehabt haben.

Jackie seufzte. »Weil Antoine Eros ist«, sagte sie. Es laut auszusprechen war wie ein finaler Schlag. Ihre Worte hingen zwischen ihnen in der Stille des Salon Nocturne. Einige Sekunden lang starrte Roland sie einfach nur an.

»Bitte was?! Wie ... bist du sicher?«

Sie nickte.

»Aber ... woher? Ich meine, die ganze Zeit?«

»Natürlich nicht! Sonst hätte ich euch wohl kaum einfach losziehen lassen! Aber so gern ich jetzt auch über all das reden würde – uns läuft die Zeit davon.«

Mit dem Wie und dem Warum konnten sie sich später beschäftigen. Fürs Erste war es nur wichtig, Gabriel zu finden. Alles andere konnte warten. Roland nickte.

»Deine Liste mit den Orten mit Restmagie in den Katakomben«, meinte Jackie. »War darunter irgendeine Stelle, die dir wahrscheinlicher vorgekommen ist als die anderen?«

»Nicht wirklich.«

Sie brauchten mehr Infos, einen Anhaltspunkt, *irgendetwas*. Eine einzelne Person im riesigen Labyrinth der Katakomben zu finden, war so schon fast unmöglich. Obendrein ging ihnen die Zeit aus. Antoine hatte Gabriel nicht einfach so entführt, er musste etwas mit ihm vorhaben.

Rolands Notizen lagen in einer Schublade unter dem Tresen. Jackie fischte sie heraus, öffnete die Karte im Touristenflyer und legte die Zeichnung mit den nicht öffentlichen Pfaden daneben. Selbst wenn sie sich nur auf die Punkte konzentrierten, die Roland dort markiert hatte, würden sie viel zu lange brauchen. Und dabei war er nur in einem kleinen Ausschnitt des unterirdischen Labyrinths unterwegs gewesen.

»Ich kann nicht glauben, dass Antoine das alles getan haben soll«, meinte Roland kopfschüttelnd. »Wie hast du das überhaupt rausgefunden?«

»Die Phönixasche«, erwiderte Jackie und seufzte. »Die er uns für das Ritual besorgt hat. Sie war nicht echt.«

Die Asche eines verstorbenen Magiers. Die Asche! Jackie hatte Tiefe darin gespürt, Kälte, Dunkelheit. Magische Asche aus den Tiefen der Erde.

»Er hat sie aus den Katakomben!«, rief sie aufgeregt. Roland sah sie irritiert an. »Die Asche, Roland! Sie war magisch, aber nicht von einem Phönix. Aber er musste welche besorgen, die uns so vorkommen würde, als könnte sie eine Brücke ins Jenseits schlagen.« Andernfalls wäre sie schon viel früher misstrauisch geworden. Wenn die Asche nicht einen Funken Magie, nicht die geringste Verbindung ins Jenseits gehabt hätte. Nein, so dumm war Antoine nicht gewesen. Er hatte die Knochen eines verstorbenen Magiers ausfindig gemacht, hatte sie verbrannt und ihr die Asche gebracht. Und natürlich ruhten auch magische Knochen unter den zahllosen Gebeinen, die bis vor etwas mehr als 150 Jahren von den Friedhöfen von Paris in die Katakomben geschafft worden waren.

»Er muss sie von da unten haben«, sagte Jackie. »Die Asche, die er uns als Phönixasche verkauft hat. Warum sollte er stundenlang durch die Stadt streifen und nach magischen Knochen suchen, wenn er stattdessen einfach die nehmen kann, die er in der Umgebung seines Verstecks findet?«

Vielleicht irrte sie sich. Vielleicht hatte Antoine auch diese Möglichkeit bedacht – dass sie ihm auf die Spur kommen und die Herkunft der Asche zurückverfolgen würde. Aber derzeit war es der einzige Anhaltspunkt, den sie hatten.

»Du denkst an einen Trackingzauber«, meinte Roland.

Jackie nickte. »Wenn die Asche wirklich aus den Katakomben stammt, können wir vielleicht wenigstens in die Nähe seines Verstecks gelangen.«

»Wenn«, erwiderte Roland. »Und auch nur, wenn von dem betroffenen Skelett noch Teile da sind, wo er sie gefunden hat. Das sind ziemlich viele Wenns.«

Natürlich hatte er recht – aber das wollte, konnte sie jetzt nicht hören. Sie malte sich so schon die ganze Zeit aus, was passieren könnte, wenn sie es nicht rechtzeitig schafften. Wer weiß, was Antoine mit Gabriel vorhatte ... aber so zu denken half ihnen nicht weiter.

»Es ist meine einzige Spur, Roland«, sagte sie bestimmt. »Ich muss es versuchen.«

Kapitel 34

Sein Geist schwebte in der Dunkelheit. Schwerelos, eingehüllt in eine alles umfassende, kühle Finsternis. Ein Gedanke formte sich wie aus weiter Ferne: War das die andere Seite? Aber sein Geist war zu träge, um einen Gedanken lange zu halten. Viel leichter war es, sich der Dunkelheit einfach hinzugeben. Das, was ihn hier hielt, loszulassen und für immer durch die ewige Nacht zu gleiten.

Von irgendwo in der Finsternis erklang ein Wimmern. Leise zuerst, dann immer lauter, bis es zu einem Rufen wurde: *Hallo,* rief es. *Hallo, hören Sie mich?* Eine Frau. Jackie?

Die Dunkelheit wollte ihn nicht gehen lassen. Und warum sollte er auch fort von hier wollen?

Die Stimme rief seinen Namen. *Bitte, ich brauche Sie.* Es gab noch eine Welt da draußen. So viele Aufgaben. Wie viel leichter wäre es, hierzubleiben. Aber da waren Dinge, die sich ihren Weg zu ihm durchkämpften. Dinge, die er noch nicht bereit war, loszulassen. Zum Beispiel diese Stimme.

Also folgte er ihr, stemmte sich gegen die Finsternis und kämpfte sich an die Oberfläche.

Als Gabriel die Augen aufschlug, erschien ihm die Welt um ihn herum viel zu grell. Und jenseits der vollkommenen Dunkelheit konnte er auch seinen Körper wieder fühlen. Seine Schulter schmerzte, seine Glieder fühlten sich unendlich schwer an und hinter seinen Schläfen pochte es. Er stöhnte. Blinzelte gegen das grelle Licht, bis sich der Schleier lüftete und er seine Umgebung einigermaßen erkennen konnte: eine Art Höhle. Eine Reihe von Kerzen entlang einer Wand war die einzige Lichtquelle, der Rest lag im Schatten.

Schlagartig kehrte die Erinnerung zurück: Eros – Antoine –, der Paralysezauber. Vorsichtig versuchte er sich zu bewegen. Es kostete ihn große Anstrengung, aber es funktionierte. Er stützte sich mit den Händen auf dem rauen Boden ab und drückte sich in eine halbwegs sitzende Position hoch. Langsam gewöhnten sich seine Augen an das schummrige Licht. Höhle war nicht das richtige Wort – eher eine Kammer, grob aus dem Stein gehauen. In der Wand ihm gegenüber befand sich ein Durchbruch, der mit aufeinandergetürmten Steinen versiegelt worden war. Davor brannte ein halbes Dutzend Kerzen und ließ Schatten über die Höhlenwände tanzen.

»Sie sind wach.« Wieder die Stimme, klarer nun. Nicht Jackie.

Gabriel drehte sich um. Im rechten Winkel zu ihm, mit dem Rücken gegen die Wand gelehnt, saß Isaline. Ihre goldblonden Locken waren ungekämmt und glanzlos, die Haut blass, die Lippen aufgerissen. Über ihre linke Schläfe zog sich ein blutverkrusteter Kratzer.

»Wo ... sind wir?« Die Worte kamen ihm nur schwer über die Lippen, seine Kehle war ganz rau.

»Tief unten«, erwiderte Isaline. »In den Katakomben, würde ich sagen.« Sie deutete zur Seite. Gabriel drehte sich noch ein Stück weiter herum. Die vierte Wand der Kammer hatte eine Öffnung in der Mitte. Durch sie waren weitere Kerzen zu sehen, dahinter türmten sich kunstvoll angeordnete Knochen und Schädel. Er kroch zu dem Durchgang.

»Würde ich an Ihrer Stelle nicht tun«, meinte Isaline, als er bereits die Hand ausstreckte. Sobald seine Finger den Schwellenbereich berührten, blitzte es und eine Schockwelle warf ihn zurück in die Kammer. Grelle Lichter tanzten vor seinen Augen, seine Muskeln zuckten krampfhaft – als hätte er in eine Steckdose gefasst. Allmählich ebbte die Spannung ab. Stattdessen spürte er nun den brennenden Schmerz in seinem rechten Knie, mit dem er auf dem steinernen Boden aufgeschlagen war. Er verlagerte das Gewicht auf die andere Seite und kämpfte sich in eine sitzende Position zurück.

»Denken Sie, ich wäre noch hier, wenn man da einfach so durchspazieren könnte?« Isaline lächelte ihn traurig an.

»Wie lange sind Sie schon hier?«

»Ich weiß es nicht. Stunden, Tage vielleicht.«

Gabriel kroch zu der Wand ihr gegenüber und lehnte sich mit dem Rücken dagegen. Die Umrisse der Kammer mochten nun einigermaßen klar zu erkennen sein, aber immer noch benötigte jeder Gedanke unheimlich viel Kraft. Als müsse er sich durch dichten Nebel kämpfen, der von seinem Geist Besitz ergriffen hatte. Schon drohten Isalines Konturen wieder zu verschwimmen. Gabriel blinzelte heftig.

»Das sind die Kerzen«, sagte Isaline. »Ich vermute, er hat sie mit einem Beneblungszauber getränkt.«

Gabriel betrachtete die Kerzen in der Kammer genauer.

»Die draußen«, ergänzte Isaline. »Die hier drinnen sind nur eine Illusion.«

Mühsam schob er sich seitwärts, bis er eine der Kerzen erreichen konnte. Und tatsächlich: Seine Hand ging mühelos durch sie hindurch. Natürlich würde Antoine hier drinnen nichts stehen lassen, das sich als Waffe verwenden ließ. Ein prüfender Blick zu dem zugemauerten Durchbruch bestätigte den Verdacht: Vor den aufgestapelten Steinen schimmerte ein Schildzauber. Keine Möglichkeit, da ranzukommen.

Seufzend ließ er sich wieder gegen die Wand sinken. Es war ein beständiger Kampf, auch nur die Augen offen zu halten. Aber er musste wach bleiben.

»Sie haben es auch herausgefunden, oder?«, fragte Isaline. Ihre Stimme klang so erschöpft, wie Gabriel sich fühlte. »Wer er ist?«

»Eros?«

Sie nickte. »Deswegen bin ich hier«, fuhr sie fort. »Ich hätte es besser wissen müssen. Aber als er wieder in meiner Bar aufgetaucht ist … und dann habe ich gesehen, wie er einem meiner Gäste etwas in den Drink gekippt hat. All meine Magie habe ich zusammengenommen, als ich ihn zur Rede gestellt habe, jedes letzte bisschen Verlockung in meine Stimme gelegt … und er hat mir einen Blick hinter seine Maske erlaubt.« Sie schaute zu Gabriel auf. »Ich hätte ihn nicht mal gemeldet, wissen Sie? Ich wollte nur, dass er nicht mehr in meine Bar kommt.«

»Hat nicht funktioniert?«, meinte Gabriel.

»Keine Stunde später hat er mir aufgelauert, und ich bin hier unten aufgewacht.«

»Was hat er vor?«

»Das werden Sie schon bald herausfinden, ASRAM.« Womit auch immer Antoine die Kerzen getränkt hatte, er selbst schien davon nicht betroffen. Seine Stimme war klar und schallte durch den engen Gang. Es war immerhin eine kleine Genugtuung, dass er dabei humpelte. Er hatte seine Maske aufgesetzt, den dunklen Umhang bis unter das Kinn zugeknöpft. Was eigentlich unnötig war – wussten doch alle Anwesenden längst, wer er war.

»Meine Leute werden nach mir suchen«, sagte Gabriel.

»Davon gehe ich aus«, erwiderte Antoine. »Und genau deswegen sollten wir keine Zeit verlieren, meinen Sie nicht auch? Außerdem wartet die gute Isaline schon seit Tagen sehnsüchtig auf einen Bindungspartner.«

Bindungspartner. Das Wort hallte in Gabriels Kopf wider. Antoine hatte also vor, ihn für eines seiner Experimente zu benutzen.

»So ganz habe ich die Lösung noch nicht gefunden, müssen Sie wissen«, fuhr Antoine fort. »Aber ich bin so nah dran. Und Sie – Sie beide – werden mir dabei helfen, ein paar weitere ... *Parameter* zu erproben.«

»Welche Lösung?« Wonach suchte Antoine bei dem Ganzen? Um Geld ging es nicht, so viel war sicher. Eros hatte andere Pläne. Und er tat das Ganze auch nicht, weil er an die ewige Liebe glaubte – sonst würde er seinen Opfern das Ritual wohl kaum aufzwingen. Außer vielleicht, er fühlte sich tatsächlich in der Rolle eines Liebesgottes, der ohne Rücksicht auf Verluste seinem göttlichen Auftrag nachkam. Etwas fehlte hier ... das Puzzle war noch nicht vollständig.

»Ich werde sie befreien«, sagte Antoine und ging vor dem Durchgang in die Hocke, um Gabriel direkt in die Augen zu sehen. »Sie hat immer behauptet, dass es keinen Weg gäbe. Aber ich werde einen finden.«

Sie. Er meinte Jackie. Aus einem immerhin hatte Antoine nie ein Geheimnis gemacht: seinen Gefühlen für sie. Die ganzen verpatzten Bindungsrituale, das alles waren Experimente gewesen, um einen Ausweg für Jackie zu finden! Kein Liebesgott also – aber eine andere Art von Wahn.

»Und ich komme der Sache näher, das kann ich spüren«, fuhr Antoine fort. Seine Augen hinter der Maske blitzten beinahe ekstatisch auf.

»Indem Sie anderen das Ritual aufzwingen?«

»Ich habe sie nicht *alle* gezwungen.«

Gabriel schnaubte.

»Sehen Sie es einfach so: Sie leisten einen wichtigen Beitrag zur Forschung.«

Der Forschung eines Wahnsinnigen. Der vorhatte, Gabriel für immer an eine völlig Fremde zu binden. Er musste sich dringend etwas einfallen lassen. Der Beneblungszauber schien etwas nachzulassen, die Kerzen hinter Antoine hatten an Leuchtkraft verloren. Gabriels Geist klärte sich. Antoine schien noch nichts bemerkt zu haben.

Gabriel verlagerte sein Gewicht vorsichtig so, dass er mit einem beherzten Schwung aufstehen könnte. Da spürte er etwas Schweres in seiner Jackentasche, das gegen seine Hüfte stieß. Natürlich – das Aftershave! Jetzt brauchte er nur noch eine passende Gelegenheit. Und er durfte Antoine nicht merken lassen, dass der Beneblungszauber schwächer wurde.

»Erzählen Sie mir von Ihrer *Forschung*«, sagte er. »Wie kommen Sie darauf, dass ausgerechnet Sie bei dem Thema etwas erreichen können?«

Antoines Augen blitzten erneut auf. »Ich bin weiter gekommen als viele vor mir, ASRAM. Habe Puzzlestücke entdeckt, die anderen über Jahrhunderte entgangen sind. Sonst wären Sie jetzt nicht hier.« Er hielt kurz inne, lehnte sich an die Wand, um das verletzte Bein weiter zu entlasten. »Die Parameter sind entscheidend, wissen Sie. Über Jahrhunderte wurden nur Magier an Magier gebunden, keinerlei Daten zu Bindungen zwischen reiner Magie ...«, er blickte zu Isaline, »... und völliger Abwesenheit davon gesammelt.« Antoines Augen wanderten zurück zu Gabriel. »Eigentlich hatte ich Sie für diese Rolle gar nicht auf dem Plan, ASRAM. Aber dann sind Sie auf meiner Party aufgetaucht und haben mir die Chance ruiniert, weitere Versuchsobjekte zu finden. Da ist es doch nur gerecht, wenn Sie dafür selbst einspringen.«

Gabriel schluckte. Isaline hatte sich an die hintere Wand zurückgezogen und schaute stumm zu Antoine hinüber. Hatte die Beneblung einen Einfluss auf ihre Fähigkeiten als Sirene? Oder hatte Antoine sich irgendwie dagegen geschützt? Wie viel Hilfe konnte Gabriel von ihr erwarten, wenn er seine Gelegenheit bekam?

»Glauben Sie wirklich, dass Jackie das will?«, presste er zwischen zusammengebissenen Zähnen hervor.

»Frei sein? Natürlich will sie das.«

»Dass andere dafür sterben«, korrigierte Gabriel. »Unschuldige.«

Antoine lachte. Er trat so nah an den Durchgang heran, dass seine Maske beinahe den schimmernden Schutzschild berührte. »Sie sind nicht unschuldig, ASRAM.«

Aus seinem Umhang holte Antoine ein Fläschchen heraus, ähnlich dem, das er Gabriel auf dem Cimetière Père Lachaise in die Hand gedrückt hatte. War das wirklich erst ein paar Stunden her?

Antoine wandte sich zu den Kerzen um. »Denken Sie nicht, ich hätte es nicht gesehen«, sagte er und hielt das Fläschchen demonstrativ über die Kerzen, »dieses kleine bisschen Hoffnung in Ihnen, dass Sie es doch noch hier rausschaffen.« Er ließ ein paar Tropfen Flüssigkeit auf die Kerzen fallen. Es zischte, als sie das Wachs trafen, und die Flammen schossen kurz in die Höhe. Antoine drehte sich mit einem süffisanten Grinsen zu ihnen um. »Leider muss ich Sie da enttäuschen.«

Rauch breitete sich im Gang aus, sickerte durch den magischen Schild in die Kammer, umhüllte sie beide. Gabriel presste sich die Hand vor Mund und Nase, aber es nützte nichts. Der Rauch füllte seine Lungen, umnebelte seinen Geist. Dunkelheit floss von den Rändern seines Sichtfeldes heran, vertrieb das Licht der Kerzen, vertrieb alles, bis nur noch Schwärze übrig blieb.

Kapitel 35

Sie hatten einen versteckten Eingang in die Katakomben genommen – einen Weg, den ASRAM offenbar schon vor Jahren entdeckt und prompt versiegelt hatte, weil er in den nicht öffentlichen Teil des Labyrinthsystems führte. »Noch nie hier gewesen«, bekundete der Jungagent, den die Agence auf die Schnelle geschickt hatte.

Unter normalen Umständen hätte Jackie sie niemals in eine Rettungsaktion hineingezogen, die sie allein besser und weitaus weniger bürokratisch meistern konnte. Aber es ging um Gabriel, und deshalb würde sie jede Hilfe in Anspruch nehmen, die sie kriegen konnte. Allerdings – stundenlang darauf warten würde sie nicht. Also hatte ASRAM denjenigen Agenten geschickt, der am schnellsten bei den Katakomben sein konnte: ein junger Kerl namens Bailly, der dankenswerterweise den Zugangscode für den Eingang mitgebracht hatte.

»In Versailles ist heute Abend eine geheime Fete eskaliert«, erklärte Bailly, während sie durch das Höhlensystem eilten. »Aber Directrice Duveau hat bereits einen Teil der Einsatzkräfte hierher zurückbeordert.«

Das alles hatte Duveau Jackie bereits am Telefon verkündet. Mehr als ein Maunzen konnte sie auf Baillys unnötige Ausführungen aber gerade nicht erwidern.

»Wissen wir«, sagte Roland und warf ihr einen Blick zu. Sie wünschte sich, er würde damit aufhören. Es ging ihr gut. Natürlich war es riskant, sich so weit von ihrem menschlichen Körper zu entfernen. Aber sie hätte auf keinen Fall zurückbleiben können. Nicht schon wieder … nicht dieses Mal. Ihr Geist war stark, sie hatte ihn über Jahre hinweg trainiert. Sie würde das schaffen. Sie musste nur fokussiert, im Hier und Jetzt, bleiben und gegen das immer dringlicher werdende Ziehen in ihrem Nacken ankämpfen, das jeden ihrer Schritte erschwerte.

»Warum war Agent Corbec eigentlich nicht dabei?«, fragte Bailly. Er redete wirklich zu viel.

»Wissen wir nicht«, erwiderte Roland.

»Ich meine ja nur. Eigentlich hätte er doch –«

»Still, *bitte*«, unterbrach Roland. »Ich muss mich hier konzentrieren.« Er deutete mit hochgezogenen Augenbrauen auf die kleine Phiole mit Asche, die er in der Hand hielt. Der Trackingzauber ließ sie in der Dunkelheit glühen, orangefarbene Fäden aus Licht gingen davon aus und wiesen ihnen den Weg.

Jackie musste all ihre Energie darauf verwenden, nicht aus dem fremden Körper gerissen zu werden, deshalb konnte sie ihm nicht helfen, den Zauber aufrecht zu erhalten, auch wenn sie wusste, wie schwierig er war.

In diesem Teil der Katakomben war sie noch nie gewesen. Sie hatte die Grenzen ihrer Bindung in den vergangenen Jahren immer mal wieder ausgereizt, aber das hier war mit Abstand der am weitesten vom Salon Nocturne entfernte Punkt, den sie seit ihrer Jugend betreten hatte.

Sie folgten den Lichtfäden in den nächsten Gang hinein, dann den nächsten. Wie lange noch? Die glühende Phiole und Baillys Taschenlampe waren die einzigen Lichtquellen. Jackie brauchte kein Licht – ihre Katzenaugen leiteten sie sicher vorwärts.

Sie hatten sich zwischenzeitlich von den Abwassertunneln entfernt, nur noch ein fernes Tropfen war zu hören. Nun folgten sie engen Tunneln, grob aus dem Fels herausgeschlagen, mit verblassten Graffitis entlang der Wände. Rolands und Baillys Schritte hallten in der Dunkelheit. Wie viel Zeit blieb Gabriel noch? Allein der Weg hierher hatte sie wertvolle Zeit gekostet, und jetzt irrten sie durch dieses unterirdische Labyrinth und wussten nicht einmal, ob der Zauber sie ihrem Ziel wirklich näher bringen würde. Was, wenn Antoine die Asche doch woanders her hatte? Wenn sie am Ende einer falschen Fährte folgten? Jackie versuchte, diesen Gedanken abzuschütteln, konzentrierte sich auf den kalten Höhlenboden unter ihren Pfoten. Sie durfte sich nicht ablenken lassen. Ein unachtsamer Moment konnte reichen, um die Kontrolle über den fremden Körper zu verlieren.

Vor ihr blieb Roland stehen. Die Lichtfäden hatten die Richtung geändert und griffen nach etwas rechts von ihnen: eine aufgetürmte Wand aus Steinen, die den nächsten Durchgang versperrte.

»Das ist ungünstig«, meinte Bailly. Mit seiner Taschenlampe leuchtete er die Wand ab. Die Steinbrocken reichten bis beinahe unter die Decke, aber dort, ganz oben, verblieb eine Lücke. Jackie sprang ohne zu überlegen los, erklomm die Felsen in wenigen Sätzen.

»Jacks! Warte!« Sie hörte, wie Roland ihr zu folgen versuchte. Seine Tritte lösten Steinbrocken, die krachend zu Boden fielen. Der Spalt oben war breit genug. In ihrer Katzengestalt musste sie sich kaum bücken, um hindurchzukriechen. Auf der anderen Seite ließ ihre feine Nase keinen Zweifel daran – sie näherten sich ihrem Ziel. Die Luft hier war anders: immer noch kühl und staubfrei, immer noch ein Hauch von Abwasserkanal, aber vermischt mit etwas, das sich nur als der Geruch des Todes beschreiben ließ. Ihre Schnurrhaare zuckten.

Geröll purzelte zu ihr herunter und Jackie machte hastig einen Satz. Dann tauchte oben beim Spalt das Glühen des Trackingzaubers auf. Kurz darauf quetschte sich Roland durch die Öffnung. Ihm folgte Bailly, etwas weniger elegant, und rutschte mit wedelnden Armen die aufgetürmten Steine hinab. Unten angekommen, klopfte der junge Agent seine Hose ab, während Roland den Trackingzauber neu ausrichtete.

»Alles okay bei dir?«, fragte er mit einem Seitenblick auf Jackie.

»Ein paar kleine Schrammen, aber wird schon«, antwortete Bailly.

Jackie erwiderte Rolands Blick und nickte. Dann setzten sie sich wieder in Bewegung.

Der nächste Gang war so schmal und niedrig, dass die beiden Männer mit geduckten Köpfen hintereinander gehen mussten. Nun aber erreichten sie endlich den Teil der Katakomben, der seinen Namen auch verdiente: Am Ende des Ganges passierten sie eine Säule aus aufeinandergestapelten Knochen. Die Tunnel wurden breiter, die Wände waren häufiger von Knochen und Schädeln gesäumt. Weiter vorne war ein weiterer Durchgang durch Geröll versperrt, aber zum Glück wiesen die Lichtfäden in eine andere Richtung – durch eine schmale Öffnung zur Rechten in eine kleine Kammer und dann weiter geradeaus. Hier wurden die Tunnel wieder enger. Ein paar Minuten später schnaubte Roland belustigt: Die Lichtfäden schlängelten sich durch einen Spalt in einer Felswand, durch den er geradeso hindurchpasste.

»Es muss einen einfacheren Weg geben«, meinte er, während er sich durch den Spalt zwängte. »Ich meine,

Eros wird doch mit Sicherheit nicht jedes Mal ewig hier unten herumkriechen, bis er zu seinem Versteck kommt. Schon gar nicht mit Opfern im Schlepptau.«

Er hatte recht. Antoine würde sich zwar ein schwer zugängliches Versteck suchen, aber keines, für das er selbst größere Umwege in Kauf nehmen musste. Was, wenn sie doch auf der falschen Spur waren? Jackie stolperte – und plötzlich waren die Schatten da. Wabernde Dunkelheit und glühende Augen starrten ihr vom Rande ihres Sichtfelds entgegen.

»Jackie!« Sie konzentrierte sich auf Rolands Stimme, lenkte ihren Fokus auf die Lichtfäden. Noch würde sie nicht aufgeben.

»Ähm ... Leute?« Baillys Stimme hallte aus einigen Metern Entfernung zu ihnen herüber. Den Lichtkreis seiner Taschenlampe hatte er auf eine der Wände gerichtet. Erst als Jackie näher kam, sah sie, warum: Der Fels wirkte an dieser Stelle nicht so solide, beinahe flüssig, als liefe Wasser darüber. Roland streckte die Hand aus. Seine Fingerspitzen gingen widerstandslos durch den Fels hindurch, aber nur bis zum ersten Knöchel. Er lehnte sich mit seinem ganzen Gewicht nach vorn, doch mehr als zwei Zentimeter versanken seine Finger nicht darin. Er zog die Hand zurück und hielt stattdessen die Phiole hoch. Wie hauchdünne Fühler tasteten die Lichtfäden über die wabernde Wand. »Magischer Durchgang«, entschied Roland. Eigentlich hätte er es nicht laut sagen müssen. Sie alle wussten es. Sogar Bailly musste die Magie gespürt haben. Der Fels an dieser Stelle pulsierte geradezu. Jackies Fell sträubte sich bis zur Schwanzspitze. Und nicht nur das – auch die Lichtfäden begannen zu vibrieren, leuchteten heller als zuvor. Was sie suchten, musste sich auf der anderen Seite der Barriere befinden.

»Ich nehme nicht an, dass Sie Erfahrung im Brechen von Schildzaubern haben, Bailly?«, fragte Roland. Er steckte die Phiole in die Jackentasche und massierte seine Handknöchel.

»Also ... nicht in der Praxis«, stammelte Bailly.

»Dann schlage ich vor, dass Sie ein paar Schritte zurücktreten.«

Bailly gehorchte hastig. Roland schüttelte die Hände aus, dann presste er sie erneut gegen die Barriere und schloss die Augen. Ein Schildzauber war nicht leicht zu brechen, schon gar nicht, wenn er von einem erfahrenen Magier wie Antoine stammte. Am liebsten wäre Jackie an seine Seite geeilt und hätte ihre Pfoten in den Fels gepresst, aber sie unterdrückte den Instinkt. Sie konnte nicht helfen – ihr Geist mochte hier sein, ihr Körper aber verblieb im Salon Nocturne. Und ohne ihn konnte sie keine Magie wirken. Es blieb ihr nichts übrig, als zu hoffen, dass Roland es allein schaffen würde. Immerhin hatte er dank Tante Florence die Grundlagen des Durchbrechens fremder Zauber gelernt, bevor er Lesen und Schreiben konnte.

Und trotzdem dauerte es zu lange. Sie hätte es schneller geschafft, weil sie Antoines Magie kannte, weil sie genau wusste, wie er seine Schilde wob und wie sie sie hätte zerreißen können. Aber Roland würde es hinbekommen. Er murmelte leise vor sich hin, legte wie immer seine Intention in seine Worte.

Die Felswand begann schwach zu glühen ... dann aber ebbte das Licht sofort wieder ab. Roland stolperte zurück, holte tief Luft und presste die Hände erneut gegen den Stein. Dieses Mal glühte die Wand auf einem schmalen Streifen direkt über dem Boden. Rolands Augen waren fest geschlossen, seine Augenbrauen zusammengezogen.

Schweißperlen glänzten auf seiner Stirn. Aus seiner Jackentasche – in der er die Phiole verstaut hatte – stahlen sich Lichtfäden und drängten zu der leuchtenden Stelle hin. Sie drückten gegen den glühenden Streifen, warteten gierig darauf, auf die andere Seite zu entkommen.

»Wow«, entfuhr es Bailly. Tatsächlich war es ein atemberaubendes Bild: die schimmernde Felswand, das heller werdende Licht entlang ihres Bodens, die flüssig anmutenden Lichtfäden, die einem Wasserfall gleich aus Rolands Jackentasche flossen und den unterirdischen Raum in ein warmes Dämmerlicht tauchten. Rolands Atem war in der Stille überdeutlich zu hören, schwer und immer schneller werdend. Seine Hände begannen zu zittern. Eine löste sich kurz und er führte sie gegen einen unsichtbaren Widerstand erneut zur Wand. Roland Fuß rutschte nach hinten, er drohte den Halt zu verlieren. Mit vor Anstrengung verzerrtem Gesicht hielt er dagegen. Dann aber brach der zweite Fuß weg, seine Hände rutschten von der Wand und er verlor das Gleichgewicht. Instinktiv sprang Jackie nach vorn, doch es war Bailly, der Roland auffing, ehe er zu Boden stürzen konnte.

»Unser Freund hat sich mit dem Schildzauber allergrößte Mühe gegeben«, meinte Roland, nachdem sich sein Atem etwas beruhigt hatte. »Keine Ahnung, wie schnell ich da durchkommen kann.« Mit Baillys Hilfe stand er schließlich wieder halbwegs aufrecht und starrte die verzauberte Wand an. »Aber ich *werde* durchkommen.«

Die letzten Worte richtete er direkt an Jackie. Sie hatte keinen Zweifel daran, dass er den Zauber durchbrechen konnte. Doch wie viel Zeit würde er brauchen? Würde sie so lange hier bleiben können? Schon jetzt schien der Weg zurück zu weit. Sie würde sich erneut durch das Labyrinth aus unterirdischen Gängen kämpfen müssen, dann durch die Straßen von Paris zurück zum Salon Nocturne. *Du solltest sofort aufbrechen,* flüsterte ihr eine innere Stimme zu. *Jetzt, bevor es zu spät ist.* Bevor sie jeglichen Halt in der Realität verlor.

Aber Gabriel befand sich auf der anderen Seite der magischen Barriere. Sie war sich ganz sicher. Sie waren so nah dran.

Dann sah sie es: Die Lichtfäden hatten einen Weg gefunden. Ganz rechts unten krochen sie durch eine kleine Lücke im Fels. Roland hatte den Schild nicht als Ganzes einreißen können, aber er hatte ihn geschwächt. An den Rändern des kleinen Lochs sammelten sich die Lichtfäden wie sterbende Funken um ein frisch eingebranntes Loch in Papier.

Die Lücke war zu klein, als dass eine Person hätte hindurchpassen können. Für eine Katze aber war sie gerade groß genug. Jackie näherte sich vorsichtig der Wand. Dort, wo ihre Pfoten auf die Lichtfäden trafen, prickelte ihre Haut.

»Jacks?« Rolands Stimme war Frage und Warnung zugleich. Sie wandte sich zu ihm um und versuchte Zuversicht in ihren Blick zu legen. Sie konnte nicht länger warten. Ehe Roland noch etwas sagen konnte, schlüpfte sie durch das Loch auf die andere Seite.

Erst jetzt erkannte sie, wie nah sie wirklich an den Knochen gewesen waren, die Antoine für die falsche Phönixasche verwendet hatte. Nur wenige Meter hinter der verzauberten Felswand kletterten die Lichtfäden des Trackingzaubers eine Mauer aus aufeinandergestapelten Knochen hinauf und verschwanden in den leeren Augenhöhlen eines Schädels.

Sie befand sich nun in einem weiteren Korridor. Die Wand zu ihrer Rechten bestand nahezu vollständig aus Skeletttteilen, links von ihr grob behauener Fels. Entlang der Knochenwand waren Kerzen aufgestellt, der Korridor endete in einer Wand aus Findlingen. Die Kerzen waren in regelmäßigen Abständen bis zu dieser Wand platziert worden, nur in der Mitte des Ganges schienen einige erloschen zu sein. Jackie schnüffelte vorsichtig an einer der ausgebrannten Kerzen und zog ihre Nase hastig zurück. Beneblungszauber. Vorsichtshalber hielt sie Abstand, doch nur die nicht mehr brennenden Kerzen schienen mit dem Zauber getränkt zu sein, die übrigen verströmten lediglich den Geruch von Rauch und Wachs. Gegenüber tat sich eine mannshohe Lücke in der Wand auf, die in eine Kammer führte. An den Rändern schimmerten die Überreste eines weiteren Schildzaubers, die Kammer selbst jedoch war leer.

Vorsichtig näherte sich Jackie. Ihre Schnurrhaare zuckten, als ein plötzliches Ziehen in ihrem Nacken sie ein paar Zentimeter zurückstolpern ließ. Nein, nicht jetzt! Sie war so nah dran! Der Schildzauber war noch dabei, sich aufzulösen – er musste erst vor Kurzem aufgehoben worden sein.

Der Geruch von Schweiß und Blut stieg Jackie in die Nase. Wahrscheinlich diente die Kammer als Gefängnis – und war bis vor wenigen Minuten noch besetzt gewesen.

Sie lief weiter. Wo war Antoine? Das hier musste sein Versteck sein. Sie rannte bis zum Ende des Ganges. Hier ging es nicht weiter. In der Wand aus Knochen war kein Durchgang zu sehen. Bis zu der verzauberten Felswand lief Jackie zurück – nichts. Sie eilte wieder in die andere Richtung. Da fiel ihr etwas auf: Die Lichtfäden des Trackingzaubers berührten nicht den Schädel, sie liefen *in ihn hinein.* Oder besser: durch ihn hindurch.

Sie ging auf die Hinterbeine und streckte die Vorderpfoten nach dem Schädel aus, konnte ihn aber nicht ganz erreichen. Nur wenige Zentimeter fehlten. Sie nahm Anlauf und sprang. Mitten im Sprung spürte sie ein erneutes Ziehen, als wolle ihr Geist dem Katzenkörper nicht länger folgen. Mit den Vorderpfoten zuerst rammte sie ungelenk den Schädel. Der versank sogleich zwischen den anderen Knochen. Wie ein Kartenhaus fielen die Knochen mit lautem Klappern und Knirschen in sich zusammen, gaben einen weiteren Durchgang frei. Sie beeilte sich, auf die andere Seite zu kommen – hinter ihr rückten die Knochen bereits zurück an ihre ursprüngliche Position.

Nun endlich erreichten die Lichtfäden ihr eigentliches Ziel. Auf einem altarartigen Felsblock ruhten die Überreste eines Skeletts. Asche lag zwischen den Knochen, Brandspuren zogen sich über den Felsblock. Hier musste Antoine seine falsche Phönixasche angefertigt haben.

Der neue Raum war rund, die Decke kuppelförmig. Weitere Kerzen waren entlang des Altars und bis zu einem weiteren schmalen Durchgang aufgestellt, aus dem eine mechanisch verzerrte Stimme erklang.

»Nur noch einen Moment Geduld. Ein paar letzte Vorbereitungen, dann bin ich bei euch.«

Antoines magisch veränderte Stimme ließ Jackie erstarren. Natürlich wusste sie, dass er Eros war, und damit verantwortlich für all das Leid, das der verursacht hatte. Und doch ... die Wahrheit so direkt vor Augen geführt zu bekommen, war ein Schock.

Dieser kurze Moment reichte den Schatten aus, um sie einzuholen. Sie konnte sie fühlen, spürte, wie sie mit eiskalten Fingern nach ihrem Geist griffen, an ihm zerrten.

Nicht jetzt. Sie fauchte und die Schatten zogen sich zurück … aber nicht weit genug. An den Rändern ihres Bewusstseins warteten sie auf ihre Chance.

Rasch stob Jackie hinter den Altar. Hatte Antoine das Fauchen gehört? Sie wartete, aber nichts geschah. Also wagte sie sich wieder hervor und schlich in Richtung des Durchgangs. Glas klirrte auf Metall. Vorsichtig lugte sie in den Raum hinein. Eine weitere Kammer – aber diese hier war nicht leer. Zwei Liegen nahmen die Mitte des Raums ein, entlang der Wände waren schmale Tische aufgebaut, in einer Ecke fand sich ein Schrank. Sorgsam auf den Tischen aufgereiht warteten Phiolen, Kästchen, Schalen, Knochen … Zutaten für das Ritual. Antoine stand als Eros gekleidet mit dem Rücken zu ihr. Über einen der Tische gebeugt schrieb er gerade etwas in ein Notizbuch. Sie nutzte die Gelegenheit und schlüpfte in den Raum.

Das Licht stammte von einem Kronleuchter an der Decke. An der Wand nahe der ersten Liege duckte sich Jackie unter einen Stuhl. Wenn sie sich ruhig genug verhielt, konnte sie sich vielleicht eine Weile vor Antoine verbergen. Zumal der gänzlich auf seine Notizen fokussiert schien. Sie kroch ein paar Zentimeter vor und schaute zu der ersten Liege hoch. Eine Frau lag darauf. Ihre blonden Locken fielen über das Kopfende bis fast auf den Boden herab. Sie regte sich nicht. Jackie huschte unter die Liege. Auf der anderen Seite hing der Arm der Frau über den Rand, Blut floss aus einem frischen Schnitt über ihre Handfläche, lief an ihren Fingern hinab und tropfte zu Boden. Das eine Ende einer Kordel war um ihr Handgelenk gewickelt, verband es mit dem des Mannes, der auf der zweiten Liege lag.

Auch Gabriel rührte sich nicht. Auch seine Handfläche war blutig. Er hatte die Augen geschlossen, den Kopf leicht zur Seite geneigt. Der Beneblungszauber! Antoine musste ihn benutzt haben, um den Geist seiner Opfer zu lähmen. Natürlich. Auf diese Weise konnten sie sich nicht gegen das Ritual wehren, das er ihnen aufzwingen wollte. Das bedeutete aber noch lange nicht, dass sie die invasive Magie willkommen hießen. Ein aufgezwungenes Ritual konnte einfach nicht funktionieren.

Sie würde nicht zulassen, dass Gabriel das gleiche Schicksal ereignete wie Édouard. Das konnte sie einfach nicht! Aber was konnte sie im Körper einer Katze schon ausrichten, während die Schatten aus dem Zwischenreich bereits auf sie lauerten und keine Verstärkung in Sicht war? Alles deutete darauf hin, dass Antoine das Bindungsritual bereits vorbereitete. Dass es schon in wenigen Minuten beginnen würde. Und wenn sich nur der geringste Teil der Bindungsmagie in Gabriels Seele festsetzte, dann gab es keinen Weg mehr zurück.

Sie wollte vorpreschen und Antoine herumreißen, ihn anschreien und nach Antworten verlangen. Wozu das alles?! Sie wollte die Fesseln durchtrennen, die Gabriel und die Frau verbanden, wollte Gabriel schütteln, bis er aufwachte, ihn hier rausbringen. Vielleicht ... Gabriels Kinn zuckte und er öffnete die Augen. Ein leises Stöhnen kam über seine Lippen. Seine Augen waren glasig, ohne Fokus. Und trotzdem fanden sie Jackie unter der Liege. Ganz leicht weiteten sie sich, als er sie erkannte. Sie hielt seinen Blick.

Und plötzlich wusste sie, was sie zu tun hatte. Es gab eine Möglichkeit, sich gegen Antoine zur Wehr zu setzen und Gabriel und die Frau hier rauszubringen. Eine, die sie sich geschworen hatte, niemals wahrzunehmen. Doch jetzt gab es keinen anderen Weg mehr.

Kapitel 36

Sein Geist war von Nebel umhüllt, aus der Dunkelheit aufzutauchen kostete ihn unglaubliche Kraft. Er fühlte sich gelähmt, selbst der Schmerz in seinem rechten Handgelenk – dort, wo Antoine die Klinge angesetzt hatte – war nur ein dumpfes Pochen. Es war, als sei die Verbindung zwischen seinem Körper und seinem Geist unterbrochen worden, als habe Gabriel nicht länger Macht über seinen Körper.

Aber er war nicht bereit, sich vollends fallen zu lassen. Also kämpfte er gegen die Dunkelheit an, zwang seine Augen, sich zu öffnen. Zuerst war alles verschwommen. Isaline auf der Liege neben ihm, die dunklen Konturen des Stuhls dahinter, die Umrisse einer Katze unter ihrem herabhängenden Arm.

Wie kam eine Katze hierher? War sie vorher schon da gewesen? Etwas Wichtiges klopfte an sein Bewusstsein, ein Gedanke, eine Erinnerung. Erst als er die Katze genauer betrachtete, als sie seinen Blick erwiderte, da wusste er, was es war: *Jackie.* Hier, tief unter Paris, viel zu weit entfernt von dem Gebäude, an das sie gebunden war. Wegen ihm.

Während er alles andere weiterhin nur schemenhaft wahrnahm, sah er ihre Augen ganz klar. Auch wenn sie eigentlich der Katze gehörten, war Jackies Präsenz darin für ihn ganz deutlich erkennbar. Und auch wenn er nicht sagen konnte, woher, wusste er plötzlich, was sie tun würde. Genauso wie er wusste, dass er sie würde gewähren lassen. Langsam – ganz langsam – nickte er.

Kapitel 37

Gabriels Nicken war die einzige Aufforderung, die sie brauchte. Ein Sprung wie dieser war mehr als riskant: Sie hatte ihren eigenen Körper nicht als Anker, kämpfte ohnehin schon fortwährend gegen die Schatten an. Aber ihr Wille war so klar wie selten zuvor. Noch in Katzengestalt schnellte sie nach vorn, sprang auf die Liege und legte ihre Pfote auf Gabriels Hand. Wenn sie ihn berührte, war der Sprung einfacher, die Distanz zwischen den beiden Körpern so gering wie möglich. Jackie holte tief Luft und ließ sich ins Zwischenreich fallen.

Rote Augenpaare funkelten ihr entgegen, so viele wie nie zuvor. Um sie herum eisige Finsternis. Allein mit rastlosen Geistern auf dem Grund des Ozeans. Mühsam wandte sie den Blick von ihnen ab, suchte nach Gabriel. Aber weitere Augenpaare tauchten auf, bis sie sie aus allen Richtungen umzingelten. Nein, sie würde sie nicht gewinnen lassen.

Da hörte sie etwas: Er rief ihren Namen. *Dachte* ihren Namen, zog sie zu sich heran. So wie ihr Geist von ihm erfüllt war, mussten in diesem Augenblick all seine Gedanken ihr gehören. Und diese Gedanken waren es, an denen sie sich entlanghangeln konnte, bis sie an dem Punkt ankam, von dem aus sie zurück ins Diesseits springen konnte. In Gabriels Körper.

Im ersten Moment war die Welt zu bunt und zu hell, selbst hier unten. Alles war neu. Sie kannte Katzenkörper, wusste sich in ihnen zu bewegen, ihre Sinne zu nutzen. Das hier war so anders ... Vorsichtig bewegte sie die Finger, die sich seltsam rau anfühlten. Ein metallischer Geschmack lag auf ihrer Zunge, die kurzrasierten Haare an ihrem Kinn prickelten. Und da waren noch andere ... *Dinge,* für deren Neuartigkeit sie jetzt keine Zeit hatte.

Gabriel war noch hier – natürlich war er das. Er hatte es ihrem Geist erlaubt, seinen eigenen zurückzudrängen, widerstandslos. Dennoch spürte sie ihn am Rand ihres Bewusstseins, eine fremde und doch irgendwie vertraute Präsenz. Eine besorgniserregend stille Präsenz. Sie konnte nicht sagen, ob sein Geist noch wach oder schon zurück in den Nebel gefallen war. Ihr eigener hingegen war klar und fähig, seinen Körper zu steuern. Für den Moment. Der Beneblungszauber steckte in seinen Poren, würde irgendwann auch ihren Geist erreichen. Sie musste sich beeilen.

»So, da wären wir.« Beim Klang von Antoines verzerrter Stimme schloss sie die Augen, verhielt sich ganz ruhig. Sie konnte hören, wie er etwas durch den Raum rückte, einen der Tische wahrscheinlich. »Ich verspreche euch, es geht ganz schnell, bald schon ...« Abrupt brach er ab. Etwas stimmte nicht. Jackie spürte, wie er näher kam, bis er neben ihrem Kopf stand. Die Liege erzitterte kurz, als die Katze heruntersprang.

Sie hatte die verdammte Katze vergessen! Antoine war nicht dumm, sicher würde er die richtigen Schlüsse ziehen. Sie durfte ihm keine Gelegenheit geben, zu reagieren. *Jetzt oder nie.* Mit aller Kraft schwang sie Gabriels Körper zur Seite, traf auf etwas Hartes. Antoine stöhnte auf und beugte sich über den linken Oberschenkel. Unter seinem Mantel blitzte ein heller Verband auf, durch den frisches Blut sickerte. Rasch öffnete Jackie die Kordel, die sie an die Frau fesselte. *Isaline,* sagte Gabriels Stimme in ihrem Kopf. *Seinem* Kopf.

Gerade hatte sie sich befreit, als Antoine sich wieder aufrichtete. »Was zum ...?« Er fuhr zu ihr herum. Hinter der goldenen Maske blitzten seine Augen wütend auf. »Sie sollten eigentlich noch tief schlummern, ASRAM.«

»Ich fühle mich schon reichlich erholt, danke«, erwiderte Jackie. Es war so seltsam, mit fremden Lippen Worte zu formen. Ihr Mund fühlte sich zu groß, ihre Zunge zu breit an. Gabriels Stimme klang anders in ihren Ohren.

»Unmöglich«, sagte Antoine und machte einen Schritt auf sie zu. Gabriel war ein paar Zentimeter größer als er. Jackie hatte Antoine noch nie aus dieser Perspektive gesehen. Aber sie hatte ihn auch nie in dieser seltsamen Verkleidung gesehen. So vieles, dass sie nicht bemerkt hatte.

»Wie machen Sie das?«, wollte er wissen. »Ein Gegenzauber? Aber Sie haben doch eigentlich gar keine ...«

Die Frau – Isaline – lag nach wie vor regungslos da. Vielleicht war das ihre einzige Chance zu fliehen, Gabriel hier rauszubringen ... aber dann würde sie Isaline zurücklassen. Sie schielte zu dem Tisch hinüber, den Antoine eben herangeschoben hatte. Eine Schale mit Knochen, eine zweite mit frischem Blut. Es musste von Isaline und Gabriel stammen. Eine plötzliche Wut ergriff Jackie, so stark, dass sie Antoine knurrend an den Schultern packte und ihn gegen die nächste Wand schleuderte. Gabriels muskulöse Arme machten es so einfach. Wie ein Feuer brannte die Wut in ihr, doch da war noch mehr. Sie fühlte Gabriels eigenen Zorn, der sich mit ihrem vermischte, die Flammen weiter anstachelte. Bis es ihr unendlich schwerfiel, Antoines Kopf nicht einfach gegen den Fels zu schlagen, immer und immer wieder. Mit beiden Händen hielt sie seine Schultern gepackt, presste ihn gegen die Wand. »Warum? Warum tust du das?«

»Haben wir das nicht schon …« Er brach ab, sah ihr forschend in die Augen. Blickte zu der schwarzen Katze hinüber, die nun auf dem Stuhl saß. »… Jackie?«

»Sag mir, warum«, flüsterte sie. Ihre – Gabriels – Finger krallten sich in seinen Umhang.

»Du darfst nicht hier sein«, erwiderte Antoine. Der besorgte Klang seiner Stimme passte nicht zu der Verzerrung darin. Jackie packte die goldene Maske und riss sie ihm vom Gesicht. Mit einem blechernen Scheppern landete sie in einer Ecke der Kammer. In Antoines Gesicht spiegelte sich Verunsicherung wider, aber nur für einen Augenblick. »Geh zurück«, sagte er.

Sie schüttelte den Kopf. »Damit du hier weitermachen kannst? Was hast du vor?!« Sie deutete zu der bewusstlosen Isaline.

»Ist das nicht offensichtlich?« Er schnaubte. »Sag mir bitte nicht, dass du wegen *ihm* gekommen bist. Er ist *ASRAM,* Jackie.«

»Und deswegen verdient er es, dass du mit seinem Leben herumspielst?!«

»Es geht nicht um ihn!« Antoines Stimme hallte laut von den Wänden wider. Die letzte Verunsicherung war aus seinem Blick verschwunden – was nun darin lag, machte Jackie Angst. Wahn loderte darin, unterlegt mit plötzlicher Wut. Energisch ging Antoine auf sie zu. Jackie wich zurück.

»Er manipuliert dich, Jackie. Siehst du das nicht? *Ich* versuche, dir zu helfen!«

Ihr zu *helfen?* Mit all dem? Kalter Schweiß lief ihr den Rücken hinunter. Der Gedanke war ihr früher am Abend kurz gekommen, aber sie hatte ihn verdrängt, hatte nicht wahrhaben wollen, dass Antoines Warum etwas mit ihr zu tun haben könnte. »Wenn du mir wirklich helfen willst, dann hör auf. Hör auf, mit dieser Magie zu experimentieren. Hör auf, anderen zu schaden!«

»Fortschritt fordert Opfer.« Seine Stimme klang kühl, nüchtern. »Und die meisten von ihnen sind freiwillig zu mir gekommen.«

»Weil sie nicht wussten, worauf sie sich einlassen.« Sie dachte an Édouard, an den Abend, an dem er im Salon Nocturne aufgetaucht war. So voller Verzweiflung.

»Verstehst du denn nicht?«, rief Antoine. Er drängte sie weiter zurück, bis sie es war, die mit dem Rücken zur Wand stand. »Du könntest frei sein, Jackie. Es gibt einen Weg, ich weiß es! Ich muss nur herausfinden, welchen Teil des Rituals ich modifizieren muss. Noch ein paar Versuche, dann habe ich es!«

Nicht nur der Beneblungszauber in Gabriels Körper, dessen Auswirkungen sie allmählich zu spüren begann, ließ Jackies Beine schwach werden. Frei sein. Wie oft hatte sie davon geträumt.

»Andere haben es auch schon getan!«, fuhr Antoine fort. »Das Ritual verändert, angepasst an ihre Zwecke. Warum sollte es mir nicht gelingen? Weißt du, wie sich das anfühlt? Solche Magie zu wirken ...«

Sie schüttelte den Kopf. Die Geschichte des Rituals war so blutig wie das Ritual selbst. Jede kleinste Anpassung war genau so erkämpft worden, wie Antoine vorgegangen war: durch unschuldige Opfer.

»Wenn das der Preis ist, will ich nicht frei sein«, sagte sie ruhig, aber bestimmt. »Und ich habe dich nie um deine Hilfe gebeten.«

Er lachte, laut und schallend und ohne Wärme. »Nein, Jackie, das hast du nicht. Natürlich nicht. *Du* tust lieber so, als ob alles in Ordnung wäre. Aber ich *kenne* dich. Insgeheim willst du frei sein, Jacqueline Beaumont. Um jeden Preis.«

Sie schloss die Augen, kämpfte gegen den Nebel an. Wie viel Zeit blieb ihr, ehe ihr Geist so gelähmt war wie Gabriels, ehe sie die Kontrolle über seinen Körper verlor? Und was würde dann geschehen?

Antoines Worte hallten in ihrem Bewusstsein nach. Freiheit – um jeden Preis. Sie wollte nicht, dass er recht hatte. Aber wenn sie die Chance hätte, eine wirkliche, realistische Chance darauf, sich frei und ungebunden in der Welt zu bewegen ... was wäre sie tatsächlich bereit, dafür zu geben?

»Ich bin so nah dran, Jackie«, sagte Antoine beschwörend. »So nah dran, die Magie zu beherrschen. Stell dir nur vor, was wir alles damit tun könnten! Diese ganze Macht – ich würde sie mit dir teilen.«

Und was dann? Ihre Knie drohten vollends nachzugeben. Sie lehnte sich mit dem Rücken an die Wand. Macht und Freiheit. Was für ein Mensch würde sie sein, wenn sie sein Angebot annahm?

Nicht mehr du, sagte eine Stimme aus ihrem tiefsten Innern. Gabriels Stimme.

»Vielleicht hast du einmal geglaubt, mich zu kennen«, sagte sie und sah Antoine fest in die Augen. »Aber du irrst dich. Ich will nichts von dem, was du mir bietest.«

Einen Moment sah er sie ungläubig an, dann brüllte er zornentbrannt auf. Er trat gegen die leere Liege, die über den Boden schlitterte und gegen die zweite krachte.

»Du willst es nicht?«, zischte er. »Ich tue all das für *dich* und du *willst* es nicht?«

Eine Klinge blitzte plötzlich in seiner Hand auf. Jackie versuchte, Gabriels Körper aufzurichten, die Kraft von vorhin erneut wachzuriefen, aber mit jedem Atemzug entglitt ihr die Kontrolle mehr. Die Schatten warteten bereits auf sie. Aber wenn sie jetzt losließ …

Ein Bild tauchte in ihrem Kopf auf. Eine Phiole? Nein – ähnlich, aber anders. *Aftershave.* Warum …?

Antoine trat ein weiteres Mal gegen die Liege, dann nahm er etwas von dem Tisch vor ihm und wandte sich ihr zu, kühle Entschlossenheit im Blick. Erneut drängte sich ihr das Bild auf, dann ein Wort: *Tasche.*

Antoine hob die Hand, etwas blitzte im Schein der Kerzen auf. Mit letzter Anstrengung griff Jackie in Gabriels Jackentasche. Ihre Finger schlossen sich um etwas Hartes, Glattes. Sie überlegte nicht, riss den Gegenstand heraus und warf ihn mit all der verbleibenden Kraft, die sie aufbringen konnte, Antoine entgegen.

Das Fläschchen traf ihn an der Schulter und zersplitterte. Es zischte und dampfte. Klirrend fiel ihm die Klinge aus der Hand. Flammen stoben auf, fraßen sich durch den Mantelstoff. Antoine schüttelte ihn ab, doch inzwischen hatten die Flammen auf seine Haut übergegriffen.

Kraftlos ließ Jackie Gabriels Körper an der Wand zu Boden sinken. Ein greller Blitz blendete sie für kurze Zeit, dann drangen von irgendwoher Stimmen in den Raum. Gerade noch nahm sie wahr, wie sich der geheime Durchgang in der Wand öffnete und jemand in die Kammer gerannt kam. Ihren Namen rief. Doch sie hatte all ihre Kraft aufgebracht. Mit einem letzten gemeinsamen Atemzug ließ ihr Geist Gabriels Körper frei.

Kapitel 38

Er tauchte aus den Tiefen seiner selbst auf, unvermittelt und schlagartig, als hätte er eine Treppenstufe übersprungen und wäre am anderen Ende hart in der Wirklichkeit gelandet. Der Schock ließ ihn für einen Moment klar sehen: Antoine, um dessen Arm sich Flammen wanden. Roland und Bailly, die versuchten, sie zu löschen, und Corbec, über Isaline gebeugt. Dann blinzelte Gabriel und die Welt versank in Dunkelheit.

Als er die Augen das nächste Mal öffnete, hatte er einen scharfen Geruch in der Nase. Jemand wedelte mit einem Tuch vor seinem Gesicht herum. Roland.

»Alles klar bei Ihnen? Ihre Leute sind besser vorbereitet, als ich ihnen zugetraut hätte«, meinte er und deutete auf das Tuch, von dem der scharfe Geruch ausging. Natürlich: ein Gegenzauber für lähmende Magie. Funktionierte dummerweise nur in frisch zusammengerührter Form. Offenbar hatten seine Kollegen dafür Antoines Ausstattung verwendet.

Aber es brauchte einen Magier, um magische Tränke zuzubereiten. Gabriel blickte zu Roland. »Danke«, krächzte er und nickte zu dem Tuch. Der Gegenzauber würde den Nebel nicht auf einen Schlag verschwinden lassen, aber er würde die Dauer der Wirkung verkürzen.

»War ich nicht«, meinte Roland. »Bedanken Sie sich bei Ihrem Kollegen.« Er deutete auf Corbec. Der hielt gerade Isaline, die inzwischen aufrecht saß, ein ähnliches Tuch unter die Nase. Corbec hatte den Trank zubereitet? Aber er war doch nicht …

»Sie sind magisch?«, rief Gabriel durch den Raum. Sein Hals kratzte.

Corbec wandte sich zu ihm um und zuckte mit den Schultern. »Nur ein wenig«, meinte er. »Sie haben nie gefragt. Aber besonders kommunikativ sind Sie ja eh nicht, sonst hätte ich von dieser Aktion hier gewusst, bevor Duveau mich mitten in der Nacht angerufen hat.«

Gabriel stöhnte und ließ den Hinterkopf zurück gegen die Wand sinken. Drüben bei dem Durchgang stand Bailly, sonst war niemand mehr hier.

»Antoine?«, fragte er.

»Ihre Leute haben ihn mitgenommen«, erklärte Roland. »Klasse Manöver übrigens mit dem Trank. Wusste, dass Sie den gebrauchen können.«

»War ich nicht. Jackie.«

»Jackie?«, wiederholte Roland. »In Katzenform?«

Erst jetzt bemerkte Gabriel die schwarze Katze. Ein paar Schritte entfernt saß sie mitten im Raum, die Ohren aufmerksam gespitzt. Ihr Schwanz zuckte.

»In meiner Form«, sagte Gabriel. Roland starrte ihn irritiert an.

»Mein Körper, ihr Geist«, präzisierte Gabriel. Er konnte noch einen Nachhall von ihr spüren, wie ein Echo, das ihr Geist in ihm hinterlassen hatte. Einen Ort in seinem Wesen, den sie ausgefüllt hatte und der jetzt schmerzlich leer schien.

»Ernsthaft? Sie hat …?« Roland schüttelte ungläubig den Kopf, dann drehte er sich wütend zu der Katze zu. »Bist du wahnsinnig geworden?!«

Die Katze reagierte nicht.

»Jackie?«

Immer noch rührte sich das Tier nicht.

Roland legte besorgt die Stirn in Falten. Er warf Gabriel das Tuch zu und ging zu ihr hinüber, ließ sich vor ihr in die Hocke sinken. »Jacks, wenn du noch hier bist, gib mir ein Zeichen.«

Die Katze wandte den Kopf kurz in Rolands Richtung, dann hob sie eine Pfote und begann sich zu waschen. Er erhob sich, plötzlich aschfahl, und fuhr sich mit beiden Händen durch die Haare. Etwas stimmte nicht.

Mühsam kämpfte sich Gabriel auf die Beine.

Roland sah ihn an. »Sie ist nicht hier«, sagte er. »Wir müssen sie finden. Sofort.«

Den ganzen Weg zurück zum Salon Nocturne kam Gabriel sich wie in Trance vor. Sein Körper gehorchte ihm zwar wieder, aber noch war der Beneblungszauber nicht ganz von ihm abgefallen. Er konnte später nicht mehr sagen, wie er überhaupt aus den Katakomben herausgekommen war. Er wusste nur noch, dass er Roland gefolgt war, den Blick auf dessen Schuhe gerichtet, während er einen Fuß vor den nächsten setzte. Sein Geist und sein Körper waren noch nicht wieder im Einklang. Seine Glieder reagierten verzögert, als müsse er jeden Schritt erst denken, bevor sein Körper ihn ausführen konnte. Von seiner Umgebung nahm er deshalb kaum etwas wahr. Nicht, bis er plötzlich im Salon Nocturne ankam, hinter Roland durch die Tür stolperte.

Sie waren alleine. Bailly war beauftragt worden, den Tatort zu sichern, und Corbec hatte darauf bestanden, Isaline nach Hause zu bringen. Nur die schwarze Katze hatte Roland mitgenommen – hatte sie bis hierher getragen. Die Katze, deren Körper Jackie benutzt hatte, um Gabriel zu finden, war wieder einfach nur eine Katze. Aber wo war dann Jackie?

Roland schaltete das Licht ein. Das Café lag still und leer da … bis auf die Gestalt, die halb über einen Tisch ausgebreitet dalag.

»Jacks!« Roland eilte zu ihr, dicht gefolgt von Gabriel. Sie saß in einem Stuhl, ihr Oberkörper ruhte auf der Tischplatte. Der linke Arm war angewinkelt, der Kopf auf den Unterarm gebettet, die offenen Haare verdeckten ihr Gesicht. Vorsichtig streckte Gabriel die Hand aus und strich sie beiseite.

»Jackie?«, fragte er. Sie rührte sich nicht. Ihre Augen waren fest geschlossen, aber hinter den Lidern bewegten sie sich unablässig. Eine Schale Lavendel stand auf dem Tisch.

Roland griff nach ihrer Hand, die Stirn in Falten gelegt. »Sie ist nicht hier«, sagte er.

»Was soll das heißen?«

»Ihr Geist ist nicht in ihrem Körper«, präzisierte Roland.

»Woher …?«

»Ihre Hände sind kalt, ihr Puls ist schwach, und wir reden direkt neben ihr über sie, ohne dass sie in irgendeiner Weise reagiert hat. Glauben Sie mir, Agent Rivera: Jackie ist nicht hier.«

Seufzend sank er in den Stuhl neben ihr und fuhr sich mit der Hand durchs Haar. »Verdammt, Jacks«, murmelte er, »ich hab dir doch gesagt, dass du nicht mitkommen sollst.«

»Aber wenn sie nicht hier ist …« Sie sah aus, als würde sie schlafen. Sanft strich Gabriel über ihren Handrücken. Roland hatte recht: Ihre Hände waren eisig.

Sie war wegen ihm in die Katakomben gegangen. Hatte so viel riskiert. Gabriel traute sich kaum, zu fragen. Aber er musste die Antwort wissen. »Wenn sie nicht hier ist ... wo ist sie dann?«

Roland seufzte. »Je weiter sich ihr Geist von ihrem Körper entfernt, desto schwieriger wird es für sie, sich hier zu halten«, sagte er. »Ein Sprung von den Katakomben aus zurück hierher, das wäre ... ich weiß nicht, ob sie das schaffen könnte. Wenn sie wieder von der Katze Besitz ergriffen hätte ... aber sie muss schon zu schwach gewesen sein.«

»Roland, *wo ist sie?*«

»Auf der anderen Seite«, flüsterte der kaum hörbar. »Sie muss ins Zwischenreich gefallen sein.«

Kapitel 39

Jackie glitt durch düsteres Zwielicht. Die Straßen waren leer, die Häuser nur ein schwaches Abbild ihrer selbst – graue Blöcke ohne Fenster und Türen, deren Konturen jeden Moment zu zerfließen drohten. Irgendwann, das hatte sie immer gewusst … irgendwann würde ihre Geschichte genau hier zu Ende gehen. Hier im Zwischenreich, inmitten von Schatten und dem, was von einem Leben übrig blieb. Sie hatte nur erwartet, dass sie mehr Zeit im Diesseits haben würde. Aber es war in Ordnung. Sie hatte es geschafft. Gabriel war entkommen, *musste* entkommen sein. Deshalb musste sie an nichts mehr festhalten, konnte sich einfach fallen lassen.

Vor ihr versank die Straße im Nebel, hinter ihr verdichtete sich die Finsternis. Sie war so weit weg von ihrem Körper, und so müde … Hier gab es keinen Anker, an dem sie sich hätte festhalten, ihren Weg zurück finden können. Eine plötzliche Traurigkeit erfasste sie. Sie würde den Salon Nocturne, der so lange ihre ganze Welt gewesen war, niemals wiedersehen. Wenn sie ihm nur näher gewesen wäre, vielleicht hätte sie Celestine finden können. Aber hier? Und doch …

Es ist in Ordnung. Du kannst loslassen. Wir werden dich auffangen. Es war nicht ihre eigene Stimme, die da in ihrem Kopf erklang. Vage erinnerte sie sich, dass vor gar nicht langer Zeit schon einmal jemand in ihren Gedanken gesprochen hatte. Gabriel. Aber diese neue Stimme gehörte nicht ihm. Seine war warm gewesen, hatte ihr die Kraft geschenkt, die sie gebraucht hatte. Was nun zu ihr sprach, gehörte zur Finsternis.

Sie fühlte die Schatten, bevor sie sie sah. Eine plötzliche Welle aus Kälte, die bis tief in ihr Innerstes vordrang, sie ganz ausfüllte.

Du wirst zu uns gehören, flüsterten die Schatten. Neben ihr funkelte ein rotes Augenpaar auf, dann noch eines. Der erste der rastlosen Geister löste sich aus dem Nebel und schwebte langsam auf sie zu. Seine Form erinnerte nur noch vage an den Menschen, der er einmal gewesen sein musste. Plötzlich löste sich ein Fühler aus Schatten aus der wabernden Masse und schoss auf sie zu.

Jackie spürte, wie etwas in ihr sich aufbäumte, ein letzter Funke Widerstand aufglomm. Mit einem Aufschrei fuhr sie herum und rannte, steckte jedes bisschen Kraft in den einen Gedanken: ihnen zu entkommen. Doch es fühlte sich an, als kämpfe sie sich durch zähen Brei, während etwas sie mit jedem Schritt weiter in die Tiefe zog. Mehr und immer mehr Augenpaare glühten im Nebel auf. Umzingelten sie. Rastlose Geister konnten nichts Lebendiges in ihrem Reich ertragen, strebten stets danach, jeden Funken Leben auszulöschen. Was zurückblieb, würden sie ihrer Armee der Schatten einverleiben. Alles würden sie tun, um Jackie hier festzuhalten. Bis die letzte Chance auf eine Rückkehr in ihren Körper endgültig erloschen war. Bis sie einer von ihnen wurde.

Kapitel 40

Roland hatte sie nach oben getragen und auf das Sofa im Salon gebettet, ihr vorsichtig ein Kissen unter den Kopf geschoben. Und immer noch rührte Jackie sich nicht. Der Nebel in Gabriels Bewusstsein war inzwischen fast vollständig verschwunden. Umso klarer spürte er die Verzweiflung, die von ihm Besitz ergriff. Er hatte sie doch gerade erst wiedergefunden!

»Wenn sie zu weit weg ist …«, sagte Roland leise, »wenn sie nicht zurückfindet …«

»Aber sie kann es noch schaffen?«

»Wenn es jemand schaffen kann, dann sie.« Die Überzeugung in Rolands Stimme klang erzwungen. »Solange ihr Körper einen Herzschlag hat, gibt es noch eine Verbindung zwischen ihm und ihrem Geist. Sie hat noch eine Chance.«

»Was können wir tun?« Was konnte *er* tun?

Eine Erinnerung an einen anderen Tag, noch nicht lange her, kam ihm in den Sinn. An den Tag, als Jackie in dem Sessel drüben beim Fenster gesessen und jemanden im Zwischenreich besucht hatte. Damals hatte er sich genauso gefühlt wie jetzt: völlig machtlos. Antoine hatte immer wieder gesagt, dass er nicht helfen könne, dass sie den Weg allein finden müsse. Und er hatte recht gehabt: Damals war sie aus eigener Kraft zurückgekehrt. Aber heute ... sie war so weit weg gewesen, als sie den Halt verloren hatte.

»Hoffen«, erwiderte Roland. »Sie hat einen starken Geist. Sie muss nur den Weg finden.«

Jackies Atem stockte für einen Moment. Dann begannen ihre Gliedmaßen zu zucken. Gabriel war sofort bei ihr, hielt ihre Schultern fest. Roland griff nach ihrer Hand und tastete nach dem Puls. »Viel zu langsam«, sagte er, seine Stimme nicht mehr als ein Flüstern. »Komm schon, Jacks, lass mich hier nicht allein.«

Wenn ihr Herz aufhörte zu schlagen, dann war ihr Geist verloren. Der Gedanke drohte etwas in Gabriel zu zerreißen. Er konnte nicht einfach hier sitzen und dabei zusehen, wie sie sich immer weiter von ihm entfernte, bis sie nicht mehr zurückfand.

»Können wir sie nicht irgendwie rufen?«

Roland sah ihn an. Sein Blick verriet bereits, dass er die Antwort nicht hören wollte. »Sie ist weit weg. Wir können es versuchen, aber ... ich weiß nicht, ob sie uns hören wird. Ihre Chancen sind größer, wenn sie nach dem Salon Nocturne sucht. Zu ihm hat sie eine ...« Roland hielt abrupt inne, seine Augen weiteten sich. Er starrte Gabriel an. »Eine *Verbindung.*«

»Ich ... was?«

»Sie hat von Ihrem Körper Besitz ergriffen, richtig?« Rolands Stimme überschlug sich.

»Ich verstehe nicht.« Jackies Körper zuckte unter seinen Händen, noch stärker als vorhin. Dann lag sie plötzlich ganz still da.

»Wenn Jackies Geist in Ihrem Körper war und *Ihr* Geist auch und Sie ...« Roland sprang auf, packte Gabriel an der Schulter. »Sie müssen es gespürt haben. Zwei Seelen in einem Körper. So eine Verbindung hallt nach. Verstehen Sie? Ich kann sie nicht finden, aber *Sie* können es!«

»Sagen Sie mir, wie.« Er kniete sich vor das Sofa und griff nach Jackies Hand, die sich immer noch viel zu kalt anfühlte. Ihr Puls war kaum noch spürbar.

»Rufen Sie nach ihr«, sagte Roland. »Nach ihrem Geist. Sie waren ihm nahe. Erinnern Sie sich, wie sich das angefühlt hat. Sie braucht einen Anker. Seien Sie ihr Anker.« Neben Gabriel ging er in der Hocke und richtete das Kissen unter Jackies Kopf neu aus. »Und beeilen Sie sich – ihr bleibt nicht mehr viel Zeit.«

Gabriel schloss die Augen. Sein Geist war umnebelt gewesen, als Jackie von seinem Körper Besitz ergriffen hatte. Aber auch durch die Betäubung hindurch hatte er sie gespürt. Sie war ein Licht, eine Wärme, die ihn ganz ausgefüllt hatte. Er hatte gleichzeitig eine tiefe Erschöpfung, ihren ungebrochenen Willen, so viel Wut und einen ewig ungestillten Drang nach Freiheit gespürt. Sie war das Mädchen aus seiner Kindheit, die Lücke in seinem Gedächtnis, von deren Existenz er nichts gewusst, sie aber immer erahnt hatte. Und sie war die Frau, der es in den vergangenen Wochen gelungen war, seine ganze Welt auf den Kopf zu stellen. Sie konnte nicht einfach alles durcheinanderbringen und dann klammheimlich verschwinden.

»Jackie.« Er wusste nicht, ob es half. Ob sie ihn hören konnte. »Wo immer du bist, komm zurück.« Er drückte ihre Hand und versuchte, das Gefühl erneut heraufzubeschwören. Wie es gewesen war, als ihr Geist seinen Körper geteilt hatte.

»Wir sind noch nicht fertig«, flüsterte Gabriel. Sie verdienten mehr Zeit miteinander. Wie sollte sein Leben ohne sie weitergehen? Er war nicht sicher, ob er sie loslassen konnte, nicht dieses Mal. Nein, er wollte wissen, wie ihre Geschichte weiterging. Ob darin auch Platz für ihn war. Mit der freien Hand strich er ihr eine Haarsträhne aus der Stirn, ließ seine Finger an ihrer Wange ruhen. Ihre Haut war so kalt.

»Wage es nicht, dich ein zweites Mal davonzumachen, Jacqueline Beaumont.«

Er wollte ihr in die Augen sehen, aber ihre Lider blieben geschlossen, ihre dunklen Wimpern ein weicher Kontrast zu ihrer hellen Haut. Etwas in Gabriel brach auf, und in diesem Moment wusste er, dass nur sie es wieder zusammensetzen konnte. Er beugte sich vor und presste seine warmen Lippen gegen ihre eisigen.

Kapitel 41

Sie wusste nicht, wo sie war, in welchem Teil des Schattenparis sie sich befand, und es war auch egal – sie würde nicht ewig davonlaufen können. Die rastlosen Geister waren überall. Egal, wo sie sich hinwandte, immer blitzten ihr rot glühende Augen entgegen, griffen Fühler aus Rauch und Kälte nach ihr. Aber Jackie würde rennen, solange sie konnte.

Zögere nicht das Unvermeidliche hinaus, flüsterten die Schatten, *wir warten schon so lange auf dich.* Ihre verlockenden Stimmen versprachen ihr alles, was sie sich jemals gewünscht hatte. Freiheit. Ein Ende aller Anstrengungen. *Was wartet denn schon im Diesseits auf dich?*

Sie wollte nicht auf sie hören. Zu gut wusste sie, dass rastlose Geister vor nichts zurückschreckten, um an ihre Opfer zu gelangen. Aber mit jeder Sekunde wurde ihr innerer Widerstand schwächer, schienen die Worte der Schatten mehr Sinn zu ergeben. *Dein Leben wird sowieso bald vorbei sein,* sagten sie. *Warum nicht jetzt?* Warum kämpfen, wenn sie am Ende doch wieder hier landen würde?

Lauf nicht mehr davon, sagten sie. *Schließ dich uns an.*

Grauer Nebel umgab sie von allen Seiten, kaum ein paar Meter weit konnte sie sehen. Blind rannte sie weiter. Sie wusste nicht, wo der Salon Nocturne war, konnte ihn nicht spüren. Und sie hatte ihn immer gespürt, seit sie an ihn gebunden war. Eine ständige Präsenz in ihrem Hinterkopf, ein Zuhause, das ein Teil von ihr war. Hatte sie die Verbindung ins Diesseits endgültig verloren?

Komm zu uns, flüsterten die Schatten.

Jackies Schritte wurden langsamer, zögerlicher. Schließlich hielt sie an. Die glühenden Augen kamen näher. Sie würde den Weg nach Hause nicht finden.

Komm zurück!, rief eine leise Stimme, aus so weiter Ferne, dass die Worte wie ein bereits verhallendes Echo zu ihr gelangten. Zurück wohin? War das ein weiterer Trick der Schatten? Aber die Stimme klang anders. Sie war ... warm.

Komm zurück, rief sie erneut. Vor dieser Stimme wollte sie nicht davonlaufen – sie wollte ihr entgegenrennen. Doch die wabernden Schatten umzingelten sie von allen Seiten, sieben glühende Augenpaare starrten sie unnachgiebig an.

In diesem Moment, in dem Jackie aller Mut verlassen wollte, leuchtete in den verworrenen und farblosen Weiten der Zwischenwelt plötzlich ein kleines Licht auf. Ein Faden, dünn wie Seide, erfüllt von einem bläulichen Schimmer ... und dem Echo der Stimme von vorhin.

Komm zurück. Wir sind noch nicht fertig.

Sie kannte diese Stimme. Ihr Geist war seinem so nah gewesen, wie sie nie einem anderen Menschen nahegekommen war. Spuren von ihm waren immer noch mit ihr verwoben. Sie spürte, wie sein Geist nach ihrem suchte. Und plötzlich, über die unmögliche Distanz hinweg, konnte sie ihren Körper fühlen. Der Druck sanfter Finger an ihrer Hand, ein Hauch an ihrer Wange. Auf ihren Lippen.

Mit letzter Kraft griff sie nach dem seidenen Faden und ließ sich von dieser Stimme, von ihren Berührungen führen. Mit einem lautlosen Aufheulen wichen die rastlosen Geister zurück, die roten Augen verglühten in der Dunkelheit.

Und Jackie schlug die Augen auf.

Kapitel 42

Wie jeden Morgen trug sie das Tablett mit den Croissants in das noch geschlossene Café hinüber und verteilte das Gebäck in der Auslage. Die Pflaume-Zimt-Marmelade, durchwirkt mit Glückseligkeits-Trunk, stellte sie am Tresen bereit. Die Tage wurden bereits dunkler und nasser und die Prise Magie gegen den Herbstblues war zu einem beliebten Gericht im Salon Nocturne geworden. Jackie bereitete sich selbst einen Teller vor, schnitt eines der Croissants auf und bestrich beide Hälften großzügig mit Marmelade. Nach den jüngsten Ereignissen fühlte sie sich noch nicht ganz wieder wie ihr normales Selbst.

Drei Tage war es her, seit sie unendlich knapp dem Zwischenreich entkommen war, und seitdem hatte sie ihren Körper nicht mehr verlassen. Sie würde noch etwas Zeit brauchen, bis sie wieder in Katzengestalt schlüpfen würde. Die letzten Tage hatte sie genutzt, um neue Kraft zu sammeln, sich auf ihr Café konzentriert. Von Gabriel oder ASRAM hatte sie nichts mehr gehört, hatte keine Ahnung, was mit Antoine geschehen war.

Und dann war da noch das, was sie in jener Nacht in Katzengestalt gesehen hatte: Corbec und die Freimagier. Davon wiederum hatte sie ASRAM noch nichts erzählt. Sie würde mit Gabriel über Corbec sprechen, falls ... wenn er wieder hier auftauchte. Die Stunden nach ihrer Rückkehr aus dem Zwischenreich waren verschwommen, ihr

Geist zu schwach, um alles um sie herum aufzunehmen. Sie hätte schwören können, dass Gabriel stets da gewesen war, wann immer sie für kurze Zeit aus dem erschöpften Schlummer aufgewacht war, der sie überkommen hatte. Am nächsten Morgen jedoch war er verschwunden gewesen. ASRAM-Angelegenheiten, hatte Roland gemeint.

Sie versuchte, nicht allzu sehr darüber nachzudenken. So wenig wie über die Tatsache, dass sie seitdem keine einzige Nachricht von ihm erhalten hatte.

Die letzten Momente vor ihrer Rückkehr wollten sie nicht loslassen. Er hatte sie in den Tiefen des Zwischenreichs gefunden. Hatte sie zurückgeholt. Ohne ihn wäre sie rettungslos verloren gewesen. Der Gedanke löste ein Kribbeln in ihrer Wirbelsäule aus.

»Und du hättest nicht wenigstens mal ...« Roland kam in das Café marschiert, in einer Hand eine Tasse Kaffee, in der anderen sein Smartphone. »Eine Postkarte zum Beispiel?«, sprach er in den Hörer, stellte seinen Kaffee ab und schnappte sich stattdessen eine Hälfte von Jackies Croissant. »Ich bin mir ziemlich sicher, dass es in Peru Telefone gibt, Maman ... ja, ich weiß, dass du dein Handy irgendwo im Verborgenen verlegt hast, hast du mir schon erzählt ...« Er warf einen Blick zu Jackie hinüber und rollte mit den Augen. »Ja, Maman, hier ist alles in Ordnung ... Gerüchte über Bindungszauber, hm? Nein, nein, alles gut ... du auch, Maman.« Damit legte er auf und biss herzhaft in das noch warme Croissant.

»Wie geht es Tante Florence?«, fragte Jackie.

»Hat über einen ihrer Kontakte Gerüchte von Eros gehört«, meinte Roland. »Und sich dann doch mal dazu durchgerungen, sich ein neues Handy zu besorgen.« Er zuckte mit den Schultern und deutete auf die Reste seiner Croissanthälfte. »Die Marmelade wird immer besser.«

»Hast du ihr erzählt, was passiert ist?«

Roland schüttelte den Kopf. »Der Fall ist doch vorbei, oder? Dann müssen wir Maman auch nicht unnötig damit aufregen. Wobei ... ein paar offene Fragen gibt es glaube ich noch.« Er deutete zur verschlossenen Tür. Jackie folgte seinem Blick. Draußen im Hof stand Gabriel, das Gesicht gegen die Scheibe gedrückt, die Augen mit einer Hand abgeschirmt. In der anderen hielt er eine Aktenmappe. Als er Jackies Blick bemerkte, lächelte er.

»Dafür brauchst du mich nicht, oder?« Roland schnappte sich seinen Kaffee und bei der Gelegenheit gleich noch die zweite Hälfte des Croissants, ehe er in Richtung Küche verschwand.

Langsam ging Jackie zur Tür, nahm den Schlüssel aus ihrer Schürzentasche und steckte ihn ins Schloss. Die ganze Zeit über hielt Gabriel ihren Blick.

»Wie geht es dir?«, fragte er, sobald er drinnen war. »Ich wollte schon eher nachfragen, aber Duveau hat darauf bestanden, dass ich den Gefangenentransport begleite, und wir können nicht nach außen kommunizieren, wenn wir ...« Er brach ab.

»... Gefangene in ASRAMs geheime Gefängnisse im Verborgenen transportieren?«, vervollständigte Jackie.

»Mit Betonung auf *geheim*«, erwiderte er.

»Ich habe meine Quellen. Antoine ist also nicht mehr in Paris?«

Gabriel schüttelte den Kopf. Sie hatte es nicht anders erwartet. Sie führte ihn zu einem der Tische. Wortlos setzten sie sich einander gegenüber.

»Ich nehme an, du darfst mir nicht sagen, wo ihr ihn hingebracht habt.«

Erneutes Kopfschütteln. Vielleicht war es besser so. Wer weiß, was dabei herauskam, wenn sie die Gelegenheit bekam, noch einmal mit Antoine zu sprechen, mehr über seine Beweggründe zu erfahren. Darüber, wie viel von dem, was er getan hatte, ihre Schuld war.

»Dir ist klar, dass nichts davon deine Schuld ist, richtig?« sagte Gabriel, als habe er ihre Gedanken gelesen. Sie nickte, auch wenn sie sich da nicht so sicher war. Es gab eben doch noch ein paar Dinge, mit denen sie sich auseinandersetzen musste. Der Mann ihr gegenüber war eines davon.

»Ich …« Gabriel blickte auf seine Aktenmappe hinab, dann legte er sie auf den Tisch. »Das ist für dich.«

»Du weißt wirklich, wie man das Herz einer Frau erobert«, meinte sie. »Hast du es schon mal mit Blumen versucht?«

»Sieh's dir einfach an, Jackie.«

Sie schlug die Mappe auf. Die oberste Akte trug ihren Namen. Ein kurzer Blick hinein bestätigte ihre Vermutung – ASRAMS Akte über sie. Und darunter … ihre Finger zitterten, als sie nach der Fallakte griff.

»Das sind alle Aufzeichnungen, die wir bei Antoine gefunden haben«, sagte Gabriel. »Alles, was er über das Ritual zusammengetragen und selbst ermittelt hat.«

»Durch seine Experimente.«

»Ich würde niemals gutheißen, was er getan hat, Jackie. Aber es lässt sich auch nicht mehr rückgängig machen. Und er scheint einiges über das Ritual herausgefunden zu haben … ich dachte … vielleicht würdest du es dir gerne ansehen.«

Sie legte die Akte beiseite und sah ihn an. Er sah seltsam verwundbar aus, ganz anders als an dem Tag, an dem er zum ersten Mal in ihr Café gekommen war.

»Ist ASRAM damit einverstanden, dass du mir das gibst?«

»ASRAM weiß nicht, dass ich Kopien gemacht habe«, erwiderte er. »Ich hoffe, du kannst ein Geheimnis bewahren.«

»Danke«, sagte sie. Er war definitiv ein anderer Mann als vor ein paar Wochen. Aber auch sie selbst fühlte sich anders.

»Wann gehst du zurück nach Straßburg?«

»Ich weiß nicht. Eigentlich gefällt es mir hier ganz gut. Vielleicht bleibe ich noch eine Weile.«

Sie lächelte, und er lächelte zurück. Etwas war dabei, sich zu verändern, und zum ersten Mal seit langer Zeit fürchtete sie sich nicht vor dieser Veränderung.